Los crímenes de la academia

Los crímenes de la academia

Louis Bayard

Traducción de Enrique Alda

Rocaeditorial

Título original: *The Pale Blue Eye*

Publicada en acuerdo con Harper Collins Publishers

© 2006, Louis Bayard

Primera edición en este formato: septiembre de 2022

© de la traducción: 2007, Enrique Alda
© de esta edición: 2022, 2007, Roca Editorial de Libros, S. L.
Av. Marquès de l'Argentera 17, pral.
08003 Barcelona
actualidad@rocaeditorial.com
www.rocalibros.com

Impreso por LIBERDÚPLEX S. L. U.
Printed in Spain – Impreso en España

ISBN: 978-84-18870-30-9
Depósito legal: B. 12900-2022

RE70309

Para A. J.

La pena por los que han muerto es la única pena
de la que nos negamos a deshacernos.

WASHINGTON IRVING,
Funerales rurales/Libro de apuntes

Mecida por una arboleda de esplendor circasiano,
 En un arroyo tenebrosamente jaspeado de estrellas,
 En un arroyo quebrado por la luna y barrido por el cielo,
Algunas gráciles doncellas atenienses rinden
 Su tributo con tímidos ceceos.
Topé allí con Leonor, desamparada y delicada,
 Arrebatada por un grito que desgarraba las nubes
Hoscamente torturado, nada pude hacer sino rendirme
 A la doncella del ojo azul pálido,
 Al demonio del ojo azul pálido.

Testamento de Gus Landor

19 de abril de 1831

Dentro de dos o tres horas… bueno, es difícil decirlo… dentro de tres horas, seguramente, o como mucho cuatro horas… digamos que dentro de cuatro horas estaré muerto. Lo comento porque eso me hace ver las cosas desde otra perspectiva. Por ejemplo, últimamente me interesan mis dedos. Y también la última tablilla de la persiana veneciana, que está un poco torcida. Al otro lado de la ventana, el brote de una glicinia, separado del tronco, se agita como si fuera una horca. Nunca me había fijado en ello. Aunque, hay algo más: en este momento el pasado vuelve a mí con toda la fuerza del presente. Toda la gente que me ha habitado se apiña a mi alrededor. Me pregunto cómo es que no chocan entre ellos. Hay un concejal de Hudson Park junto a la chimenea; a su lado, mi mujer, con delantal, echa cenizas en una lata, observada por mi perro Terranova. Abajo en el recibidor, mi madre —que jamás había estado en esta casa y que murió antes de que yo cumpliera los doce años— está planchando mi traje de los domingos.

Lo más curioso de mis visitas es que no se dicen ni una palabra los unos a los otros. Observan una rigurosa etiqueta de la que no consigo comprender las reglas.

Debo decir que no todo el mundo se preocupa por esas reglas. Durante estas últimas cuatro horas, un hombre llamado Claudius Foot me ha estado machacando la cabeza, casi me la ha destrozado. Lo detuve hace quince años por robar el tren correo de Rochester. Una gran injusticia: tenía tres testigos que juraron que en ese momento estaba robando el tren correo de Baltimore. Se puso hecho una furia, se fue de la ciudad bajo fianza, pero volvió a los seis meses, encolerizado, para arrojarse bajo las ruedas de un coche de alquiler. No dejó de hablar a las puertas de la muerte. Y sigue haciéndolo.

Es toda una multitud, créeme. Dependiendo de mi estado de ánimo, dependiendo del ángulo que hace el sol cuando entra a través de la ventana del salón, les presto atención o no. Admito que hay ocasiones en las que desearía tener más trato con los vivos, pero cada vez resulta más difícil que eso suceda. Patsy ya no viene a verme nunca… el profesor Papaya se ha ido a medir cabezas a La Habana… y en cuanto a *él*, bueno, ¿para qué llamarle otra vez? Solo consigo evocarlo con mi mente y, en cuanto lo hago, volvemos a las viejas conversaciones. Por ejemplo, la tarde en la que estuvimos hablando del alma. Yo creía que no tenía alma; él, sí. Podría haber sido divertido oírlo hablar, si no se hubiese puesto tan serio. Aunque, la verdad, nadie me había insistido tanto en ese tema, ni siquiera mi padre (presbiteriano itinerante, demasiado ocupado por las almas de su grey como para someter la mía). Le decía una y otra vez: «Bueno, puede que tengas razón». Lo único que conseguía era acalorarlo aún más. En una ocasión me dijo que rehuía la cuestión, a la espera de una confirmación empírica. Entonces le pregunté: «A falta de dicha confirmación, ¿qué otra cosa puedo decir que "puede que tengas razón"?». Le dimos vueltas y vueltas, hasta que un día me comentó: «Señor Landor, llegará un día en el que su alma se dará la vuelta y lo mirará a la cara de la forma más empírica posible, justo en el momento en el que lo abandone. Intentará agarrarla, pero, ¡ay!, en vano. Y la verá abrir unas alas de águila rumbo a sus nidos asiáticos».

Bueno, en ese sentido él era muy imaginativo. Extravagante, si les interesa saberlo. Por mi parte, siempre he preferido los hechos a la metafísica. Los hechos concretos, caseros, sopa para todo el día. Y son los hechos y las conclusiones los que conforman la columna vertebral de este relato. Al igual que constituyeron la de mi vida.

Una noche, un año después de que me jubilara, mi hija me oyó hablar en sueños y al acercarse se dio cuenta de que estaba interrogando a un sospechoso que llevaba veinte años muerto. «Eso no cuadra —repetía—. Ya lo sabe, señor Pierce.» Ese tipo había cortado en pedazos a su mujer y le había dado los trozos a una jauría de perros guardianes de un almacén de Battery. En mi sueño sus ojos estaban enrojecidos de vergüenza, sentía mucho hacerme perder el tiempo. Recuerdo que le dije: «Si no hubieras sido tú, habría sido otro».

Bueno, fue ese sueño el que hizo que lo viera con claridad: uno nunca abandona realmente su profesión. Puedes huir a las tierras altas del río Hudson o esconderte entre libros, códigos y bastones… tu trabajo vendrá y te encontrará.

Podría haber escapado. Subir hacia las montañas un poco más, eso podría haber hecho. Honradamente no puedo decir cómo dejé que me convencieran para volver, aunque, a veces, creo que lo que pasó —todo aquello— fue para que nos encontráramos. Él y yo.

No tiene sentido hacer especulaciones. Tengo una historia que contar, vidas de las que dar cuenta. Y puesto que esas vidas, en muchos aspectos, me eran cercanas, he dejado hueco donde era necesario que hablaran otros narradores, en especial mi joven amigo. Él es el verdadero artífice de esta historia y, siempre que intento imaginar quién será la primera persona que lea esto, él es el primero que me viene a la mente, recorriendo las líneas y columnas con sus dedos, y reconociendo mis borrones.

Ya sé, no podemos elegir a nuestros lectores. Solo puedo consolarme pensando en el desconocido —todavía por nacer, que yo sepa— que leerá estas líneas. A ti, lector, dedico esta narración.

15

Yo también me he convertido en mi propio lector, por última vez. ¿Le importaría echar otro leño al fuego, concejal Hunt?

Y vuelta a empezar.

Narración de Gus Landor

1

$\mathcal{M}$i implicación profesional en el caso de West Point data de la mañana del veintiséis de octubre de 1830. Ese día, estaba dando mi habitual paseo —aunque algo más tarde que de costumbre— por las colinas que rodean Buttermilk Falls. Recuerdo que estábamos en el veranillo de San Martín. Las hojas desprendían calor, incluso las secas, y ese calor traspasaba las suelas de mis botas y doraba la bruma que envolvía las casas de campo. Paseaba solo, por las cimas de las colinas… el único sonido que se oía era el roce de mis botas, los ladridos del perro de Dolph van Corlaer y, supongo, el de mi respiración, ya que aquel día había subido hasta muy alto. Me dirigía al promontorio de granito que los lugareños llaman el Talón de Shadrach y acababa de agarrarme a un álamo, preparado para el último asalto, cuando oí el sonido de una trompa a varios kilómetros hacia el norte.

Era algo que ya había oído en otras ocasiones —es difícil vivir cerca de la academia y no oírlo—, pero aquella mañana tuvo una extraña resonancia en mi oído. Por primera vez empecé a preguntarme por él. ¿Cómo era posible que el sonido de una trompa pudiera llegar tan lejos?

Normalmente no es el tipo de cuestiones que suelen ocupar mi tiempo. Ni siquiera te molestaría con algo así, pero de alguna forma refleja mi estado de ánimo. Un día normal no habría pensado en trompas. No habría dado media vuelta antes de llegar a la cima y no habría tardado tanto en entender qué eran esas huellas de ruedas.

Dos rodadas, de siete centímetros de profundidad cada

una y treinta de largo. Las vi cuando me encaminaba hacia casa, pero estaban junto a todo lo demás: un aster y una bandada de gansos. Un galimatías, por decirlo de alguna manera, así que solo miré a medias esas rodadas y no seguí la cadena de causas y efectos (algo muy extraño en mí). De ahí mi sorpresa, sí, al coronar la cima de una colina y ver, en la explanada situada frente a mi casa, un coche de caballos que llevaba enganchado un caballo bayo.

Lo montaba un joven artillero, pero mi vista, educada en los rangos, ya se había desviado hacia el hombre que se apoyaba en el carruaje. Vestía uniforme completo, se había acicalado como para posar para un cuadro. Engalanado de pies a cabeza en oro: botonadura dorada, cordón dorado en el chacó y empuñadura dorada en el sable. Se presentó ante mí eclipsando el sol y tal era el estado de mi mente que por un momento me pregunté si lo habría creado la trompa. Después de todo había oído su música, y acto seguido apareció ese hombre. En ese momento, una parte de mí —ahora lo veo— estaba relajada, en la forma en que un puño afloja sus partes: dedos y palma.

Al menos tenía una ventaja: el oficial no se había percatado de mi presencia. Algo de la pereza que provocaba el día había conseguido afectar sus nervios. Se inclinaba hacia el caballo y jugueteaba con las riendas sacudiéndolas de acá para allá como imitando la cola del bayo. Tenía los ojos medio cerrados y cabeceaba…

Podríamos haber seguido así un buen rato —yo mirando y él siendo observado— si no nos hubiese interrumpido alguien más: una vaca. Grande, descarada y de seductores ojos, que salía de un bosquecillo de sicomoros, quitándose a lametones una mancha de trébol. La vaca empezó a dar vueltas alrededor del carruaje —con una extraña delicadeza—; daba la impresión de que suponía que el joven oficial tenía una buena razón para haber ido hasta allí. El oficial dio un paso atrás como para prepararse para una embestida y se llevó la mano, nervioso, a la empuñadura de la espada. Supongo que fue la posibilidad de que se produjera una matanza (¿la de quién?) lo que finalmente me indujo a intervenir y bajé la colina con largos y precipitados pasos, al tiempo que decía:

17

—¡La vaca se llama Hagar! —Demasiado bien entrenado como para darse la vuelta, el oficial bajó la cabeza en mi dirección a intervalos y su cuerpo la siguió en su debido momento—. Al menos responde a ese nombre. Apareció a los pocos días de que llegara yo y nunca me dijo cómo se llamaba, así que tuve que ponerle uno.

El oficial logró esbozar algo parecido a una sonrisa y soltó:

—Un magnífico animal, señor.

—Es una vaca republicana. Viene cuando le da la gana y se va de la misma manera. No tiene obligaciones respecto a ninguna de las dos cosas.

—Bueno. Sí… estaba pensando que…

—Ojalá todas las mujeres fueran así, ya lo sé.

No era tan joven como había imaginado. Le quedaban un par de años para llegar a los cuarenta, esa fue la edad que le calculé: solo una década más joven que yo y todavía seguía haciendo recados. Aunque aquella iba a ser su gran ocasión. Se cuadró de pies a cabeza.

18

—¿Es usted Augustus Landor, señor?

—Sí, yo mismo.

—Teniente Meadows, a sus órdenes.

—Es un placer.

Se aclaró la garganta dos veces y prosiguió:

—Señor, he venido para informarle de que el superintendente Thayer solicita mantener una entrevista con usted.

—¿Y cuál es el motivo de esa entrevista?

—No estoy autorizado para decírselo.

—No, claro. ¿Es de tipo profesional?

—No estoy…

—Bueno, ¿puedo preguntar cuándo tendrá lugar?

—Inmediatamente, si le parece bien.

Lo confieso, hasta ese momento no había reparado en la lúcida belleza del día. La peculiar bruma en el aire, tan rara a finales de octubre. La neblina, posándose en capas sobre los promontorios. Un pájaro carpintero picoteaba un mensaje en la corteza de un arce: «¡No vayas!».

Señalé con el bastón en dirección a mi casa.

—¿Está seguro de que no le apetece que le prepare un café, teniente?

—No, gracias, señor.

—Tengo también algo de jamón que podría freír si...

—Ya he comido, gracias.

Me di la vuelta y me dirigí hacia la casa.

—Vine aquí por motivos de salud, teniente.

—Lo siento.

—Mi médico me dijo que era la única forma de llegar a la vejez: tenía que subir, hasta las tierras altas, dejar la ciudad atrás.

—Mmm.

Ojos marrones apagados, chata nariz blanca.

—Y aquí estoy —continué—. El vivo retrato de la salud. —Asintió—. Me pregunto si estará de acuerdo conmigo en que se valora demasiado a la salud.

—No sabría decirlo, puede que tenga razón, señor.

—¿Se ha graduado en la academia?

—No, señor.

—Ah, entonces lo ha hecho por el camino difícil. Subiendo de rango, ¿no?

—Así es.

—Yo nunca fui a la universidad y, al ver que no sentía un particular interés por el sacerdocio, ¿para qué continuar los estudios? Eso es lo que pensó mi padre, así es como pensaban los padres en aquellos tiempos.

—Entiendo.

Algo que es necesario saber: las reglas de los interrogatorios no pueden aplicarse a las conversaciones normales. En una conversación normal, la persona que habla es más débil que la que escucha. Pero en ese momento no tenía la suficiente fuerza para ir por otro camino, así que le di una patada a la rueda del carruaje.

—Un transporte muy elegante para regresar con solo un hombre.

—Era el único que había disponible, señor, y no sabíamos si tenía caballo.

—¿Y qué pasará si decido no ir, teniente?

—Que venga o no es asunto suyo, señor Landor. Es un ciudadano y este es un país libre.

«Un país libre», eso es lo que dijo.

Este era mi país y Hagar, la vaca, estaba a pocos pasos de mí. La puerta de mi casa de campo seguía entreabierta desde que me había ido. En su interior: una serie de mensajes recién llegados por correo, una lata con café seco, un juego de persianas de aspecto lamentable, una cuerda con una ristra de melocotones secos y, en la esquina de la chimenea, un huevo de avestruz que me regaló hace años un comerciante de especias del distrito cuarto. En la parte de atrás, mi caballo, un viejo ruano atado a una empalizada rodeada de heno. Su nombre: Caballo.

—Hace buen día para dar un paseo.

—Sí, señor.

—Y un hombre puede estar harto de no hacer nada, eso es un hecho —dije mirándolo—. Y el coronel Thayer está esperando, ese es otro hecho. ¿Podríamos denominar al coronel Thayer como «hecho», teniente?

—Si prefiere puede ir en su caballo —respondió un tanto desesperado.

—No.

Aquella palabra se quedó flotando en el aire y nos quedamos allí como rodeándola. Hagar seguía dando vueltas alrededor del carruaje.

—No —repetí—. Me encantará ir con usted, teniente. —Me miré los pies para asegurarme—. La verdad es que agradezco la compañía.

Era lo que estaba esperando oír. ¿Por qué? ¿Acaso no había sacado una escalerilla del interior del vehículo? ¿No la había apoyado contra el carruaje e incluso me había ofrecido una mano para subir los escalones? ¡Una mano para el anciano señor Landor! Puse el pie en el último peldaño e intenté subir, pero el paseo de la mañana me había dejado exhausto, me fallaron las piernas, me caí contra la escalera, me di un buen golpe y el teniente tuvo que empujarme dentro del carruaje. Me senté sobre el duro banco de madera, él subió detrás de mí y dije lo único de lo que estaba seguro:

—Teniente, de vuelta, es mejor que tome el camino del correo, en esta época del año el de la granja Hoesman es peor para las ruedas.

Estaba deseando decirlo. Se detuvo e inclinó la cabeza hacia un lado.

—Lo siento. Debería haberme explicado. Quizá se ha fijado en que hay unos pétalos de girasol atrapados en el arnés de su caballo. Por supuesto, nadie los tiene más grandes que Hoesman, prácticamente te atacan cuando pasas a su lado. ¿Y ese trazo amarillo en el panel lateral? Es del mismo tono que el maíz de Hoesman. Según me han dicho, utiliza un fertilizante especial: huesos de pollo y flores de forsitia, es lo que comentan los lugareños, pero un holandés nunca lo dice, ¿verdad? Por cierto, teniente, ¿su gente sigue viviendo en Wheeling?

No me miró ni una sola vez. Solo supe que había dado en el clavo por cómo encogió los hombros y por el fuerte golpecito que dio en el portaequipajes. El caballo dio una sacudida y empezó a subir la colina; mi cuerpo se fue hacia atrás y pensé que, si no hubiera habido respaldo, habría seguido yéndome... hacia atrás, hacia atrás... Lo vi con toda claridad. Llegamos a la cima, el carruaje se dirigió hacia el norte y a través de la ventanilla alcancé a vislumbrar mi soportal y la elegante figura de Hagar, que ya no esperaba ningún tipo de explicación y simplemente se alejaba, para no volver jamás.

Narración de Gus Landor

2

*B*um, bum, bum.

Llevábamos unos noventa minutos de viaje y estábamos a menos de un kilómetro de la reserva cuando se oyeron los tambores. Al principio solo parecía una perturbación en el aire, después un pulso en cada despeñadero. Al poco, bajé la cabeza y vi que mis pies se movían al ritmo de los tambores y no dije ni pío. Pensé: «Así consiguen que los obedezcan, se meten en su sangre».

Había conseguido lo que quería con mi escolta. El teniente Meadows mantenía la vista al frente y ante las pocas preguntas que le formulé sus respuestas fueron escuetas y no cambió de postura ni siquiera cuando el carruaje, al tropezar con una piedra, estuvo a punto de volcar. Se comportó durante todo el tiempo como un verdugo y hubo momentos, es verdad, en los que el carruaje se convirtió —debido a que todavía no tenía despejada la mente— en una carreta, ante la cual se hallaba la turba... la guillotina...

Después llegamos al final de una pronunciada cuesta y el suelo descendió abruptamente a nuestra derecha, allí estaba el río Hudson. Espejado, de color gris ópalo, arrugándose en un millón de olas. La bruma de la mañana era ya una neblina dorada en la que el perfil de la lejana orilla se recortaba directamente en el cielo y las montañas se fundían en una sombra azulada.

—Casi hemos llegado, señor —me informó el teniente Meadows.

Bueno, eso es lo que hace el Hudson, te aclara. Así que

para cuando hicimos el último esfuerzo para llegar al risco en el que está West Point, para cuando la academia asomó entre un manto de bosques, me dio igual lo que pudiera suceder y conseguí disfrutar de las vistas como si fuera un turista. Allí estaba la masa color gris piedra del hotel del señor Cozzens, rodeado por una veranda. Hacia el oeste y en un lugar elevado, las ruinas del fuerte Putnam. Y todavía más arriba, los pardos músculos de la colina, repletos de árboles; y por encima de aquello, nada más que el cielo.

Faltaban diez minutos para las tres cuando llegamos al puesto de guardia.

—¡Alto! —ordenó una voz—. ¿Quién va?

—Teniente Meadows escoltando al señor Landor —contestó el cochero.

—Avance para que pueda reconocerlo.

El centinela se acercó por un lado y cuando me asomé para echar un vistazo me sorprendí al ver a un niño. Este saludó al teniente, se percató de mi presencia y su mano ya había recorrido medio camino para hacer un saludo militar cuando se dio cuenta de mi condición de civil. La bajó hacia el costado, todavía temblorosa.

—¿Era un cadete o un soldado raso, teniente?

—Un soldado raso.

—Pero los cadetes también hacen guardias, ¿no?

—Solo cuando no están estudiando.

—Entonces, por la noche.

Me miró por primera vez desde que habíamos salido de la casa de campo.

—Por la noche, sí.

Pasamos a las instalaciones de la academia. Iba a decir «entramos», pero la verdad es que en realidad no se entra porque no se deja nada atrás. Hay edificios, ciertamente, de piedra y estuco, pero todos parecen molestar a la naturaleza y estar a punto de que los quiten. Finalmente llegamos a un lugar que no puede denominarse naturaleza: la plaza de armas. Dieciséis hectáreas de tierra pisoteada y trozos de césped, verde claro y oro, perforadas con cráteres, que se alargan hacia el norte hasta el punto en el que, escondido detrás de los árboles, el río Hudson se precipita hacia el oeste.

—La explanada —me indicó el buen teniente.

Pero, por supuesto, ya sabía cómo se llamaba y, siendo vecino, conocía su uso. Era el lugar azotado por el viento en el que los cadetes de West Point se convierten en soldados. Pero ¿dónde estaban los soldados? No conseguí ver nada más que un par de armas desmontadas, un asta, un obelisco blanco y una estrecha franja de sombra que el sol del mediodía todavía no había hecho retroceder. Cuando el carruaje pasó por el apisonado camino de tierra, no había nadie que reparara en nuestra presencia. Incluso había cesado el sonido de los tambores. West Point se había replegado en sí misma.

—¿Dónde están los cadetes, teniente?

—En la alocución de la tarde, señor.

—¿Y los oficiales?

Hizo una breve pausa antes de informarme de que muchos de ellos eran instructores y estaban en las aulas.

—¿Y el resto?

—No puedo decirlo, señor Landor.

—Bueno, simplemente me preguntaba si habíamos hecho sonar la alarma.

—No estoy autorizado para…

—Entonces quizá sí podrá decirme si mi entrevista con el superintendente será privada.

—Creo que el capitán Hitchcock también estará presente.

—¿Y el capitán Hitchcock es…?

—El comandante de la academia, señor. Segundo al mando del coronel Thayer.

Eso fue todo lo que me dijo. Tenía intención de mantenerse firme en lo único en lo que estaba seguro, y así lo hizo: me llevó a las dependencias del superintendente y me hizo pasar al salón, donde me esperaba el criado de Thayer. Se llamaba Patrick Murphy y en otro tiempo también había sido soldado. En la actualidad (lo descubrí más tarde) era el principal espía de Thayer y, como la mayoría de ellos, un alma risueña.

—Señor Landor, confío en que su viaje haya sido tan agradable como el día. ¿Tendría la amabilidad de acompañarme?

Enseñaba todos los dientes, pero no miraba a los ojos. Me guio escalera abajo, abrió la puerta de la oficina del superintendente y pronunció mi nombre como habría hecho un lacayo. Cuando me di la vuelta para darle las gracias, ya había desaparecido.

Para Sylvanus Thayer, ocuparse de sus asuntos en el sótano era una cuestión de orgullo, un poco como si ese fuera el escenario de hombre normal y corriente. Aquel lugar estaba condenadamente oscuro. La ventana estaba tapada por arbustos y las velas parecían iluminarse solamente a ellas mismas. Así que mi primer encuentro con el superintendente Thayer se produjo bajo un manto de oscuridad.

Pero me he adelantado. El primer hombre que se presentó fue el capitán Ethan Allen Hitchcock, el segundo al mando de Thayer. El tipo que hace el trabajo sucio de vigilar a los cadetes día tras día. Se dice que Thayer propone y Hitchcock dispone, y cualquiera que quiera tener algo que ver con la academia debe entenderse primero con Hitchcock, que se interpone como un dique contra los embates de las aguas humanas, dejando a Thayer en un lugar alto y seco, impoluto como el sol.

En pocas palabras, Hitchcock es un hombre acostumbrado a estar a la sombra. Y así fue como se me presentó por primera vez: una mano bañada en luz y el resto de su persona pura conjetura. Solo pude darme cuenta de lo impresionante que era (al parecer, según me dijeron, a diferencia de su famoso abuelo) cuando se acercó. Era el tipo de hombre que hace honor a su uniforme. Estómago firme, pecho plano, labios que parecían estar perpetuamente apretando un objeto duro: una piedra o una semilla de sandía. Ojos marrones veteados de melancolía. Me apretó la mano y habló con una voz sorprendentemente suave, con el tono de alguien que visita a un enfermo.

—Espero que le esté sentando bien la jubilación, señor Landor.

—Le sienta bien a mis pulmones, gracias.

—Tengo el placer de presentarle al superintendente.

Un mancha de luz sebosa; una cabeza inclinada sobre un escritorio hecho con madera de árbol frutal. No eran una cabeza o un cuerpo hechos para la práctica del amor. No, el hombre que estaba sentado a ese escritorio se perfilaba para el frío ojo de la posteridad, y el suyo era un arduo trabajo, pese a su esbeltez, su

25

chaqueta azul, sus charreteras doradas y sus pantalones dorados, e incluso pese a ese espadín que permanecía quieto a su lado.

Pero todo eso eran cosas en las que me fijé más tarde. En aquella oscura habitación, con mi silla situada a más baja altura que el escritorio, lo único que alcanzaba a ver realmente era esa cabeza, de una manera firme y clara, y la piel de su cara que empezaba a caerse, como una máscara que pudiera arrancarse. Esa cabeza miraba hacia abajo, me miraba a mí; desde esa elevada posición, habló, y dijo:

—El placer es mío, señor Landor.

No, me equivoco, preguntó:

—¿Pido café?

Eso es, y lo que respondí fue:

—Una cerveza estará bien.

Se produjo un silencio. Quizá fue una ofensa. «¿Será abstemio el coronel?», me pregunté. Pero entonces Hitchcock llamó a Patrick y este vino con Molly, que fue directamente a la bodega. Lo único que tuvo que hacer Sylvanus Thayer fue un mero gesto con los dedos de la mano derecha.

—Creo que ya nos conocemos.

—Sí, fue en casa del señor Kemble, en Cold Spring.

—Así es, el señor Kemble tiene muy buena opinión de usted.

—Muy amable por su parte —agradecí sonriendo—. Tuve la suerte de poder ayudar a su hermano, eso es todo. Hace muchos años.

—Lo comentó —intervino Hitchcock—. Algo relacionado con especulación de tierras.

—Sí, es algo que supera todo lo imaginable, ¿verdad? Toda esa gente de Manhattan que vende terrenos que no posee. Me pregunto si seguirán haciéndolo.

Hitchcock acercó su silla y dejó la vela en el escritorio de Thayer, cerca de una caja de cuero para documentos.

—El señor Kemble dio a entender que era toda una leyenda entre la policía de Nueva York.

—¿Qué tipo de leyenda?

—La de un hombre honrado, para empezar. Supongo que eso es suficiente como para considerar legendario a cualquiera entre la policía de Nueva York.

Me fijé en que Thayer bajó las pestañas como si fueran cortinas: «Bien hecho, Hitchcock».

—En las leyendas no hay nada honrado —comenté relajadamente—. Aunque supongo que, si alguien es famoso por su honradez, esos son usted y el coronel Thayer.

Hitchcock entrecerró los ojos. Se estaba preguntando si aquello solo era coba.

—Entre sus éxitos —continuó Thayer— está el de desempeñar un papel decisivo a la hora de detener a los líderes de los Daybreak Boys. El azote de los comerciantes honrados por doquier.

—Supongo que eso eran.

—También ayudó en la desarticulación de la banda de los Shirt Tails.

—Solo durante un tiempo, luego volvieron.

—Y si no recuerdo mal —agregó Thayer—, se le atribuye la resolución de un crimen particularmente horroroso en el que todo el mundo se había dado por vencido. El de una prostituta en los Campos Elíseos. Un lugar que no era de su jurisdicción, señor Landor.

—La víctima sí que lo era y después resultó que el asesino también.

—Me han dicho que es hijo de un ministro de la Iglesia, señor Landor, oriundo de Pittsburg.

—Entre otros sitios.

—Llegó a Nueva York cuando todavía era usted un adolescente y metió la pata con la Tammany Hall. ¿Estoy en lo cierto? No tiene estómago para esos grupúsculos, supongo. No es un animal político.

Tengo que reconocer que incliné la cabeza. Aunque, de hecho, lo que quería era verle mejor los ojos a Thayer.

—Sus talentos incluyen desciframiento de claves, control de disturbios, construcción de vallas en parroquias católicas e interrogatorios sin contemplaciones.

Ahí estaba, un ligero barrido con la mirada. Algo que ni él habría notado ni yo captado, de no haber estado mirándolo.

—¿Puedo hacerle una pregunta, coronel Thayer?

—¿Sí?

—¿Me está etiquetando? ¿Es eso lo que dicen sus notas secretas?

—No le entiendo, señor Landor.

—Oh, no, soy yo el que no le entiende a usted. Empezaba a sentirme como uno de sus cadetes. Llegan aquí, un poco intimidados, creo, y usted, ahí sentado, les dice cuál es su lugar en la jerarquía, supongo, cuántos puntos en conducta han perdido y, sí, con un poco de concentración, hasta podría decirles exactamente su puesto en clase. Deben de salir de aquí pensando que es casi Dios. —Me incliné hacia delante y apreté las manos en el tablero de caoba de su escritorio—. Por favor, ¿qué más hay en su carpeta, coronel? Es decir, sobre mí. Seguramente dirá que soy viudo. Bueno, eso es obvio, no llevo nada puesto que no tenga menos de cinco años y hace mucho tiempo que no voy a la iglesia. Y, ah, ¿menciona que tengo una hija? ¿Que se fugó hace tiempo? Noches solitarias, pero tengo una vaca muy maja, ¿dice algo de la vaca, coronel?

En ese momento se abrió la puerta y el criado apareció con una bandeja en la que estaba mi cerveza. Espumosa y casi negra. Guardada en las profundidades de la bodega, supuse, pues el primer sorbo hizo que me atravesara una fría sensación.

Las tranquilizadoras palabras de Thayer y Hitchcock se derramaron por encima de mí.

—Lo siento mucho, señor Landor...

—No ha sido un buen comienzo...

—No tenía intención de ofenderlo...

—Con el debido respeto... Levanté la mano.

—No, señores, soy yo el que tiene que pedirles disculpas —expliqué llevándome el frío vaso a la sien—. Acéptenlas. Por favor, continúen.

—¿Está seguro, señor Landor?

—Me temo que hoy estoy un poco agotado, pero estoy contento de... Es decir, por favor, expongan el asunto y haré todo lo que pueda por...

—¿Preferiría...?

—No, gracias.

Hitchcock se puso de pie, volvía a ser su reunión.

—De ahora en adelante deberemos andarnos con pies de plomo, señor Landor. Espero que podamos contar con su discreción.

—Por supuesto.

—Deje que en primer lugar le explique que nuestro único propósito al revisar su carrera era establecer si era el hombre adecuado para nuestras necesidades.

—Entonces quizá debería preguntarles cuáles son esas necesidades.

—Buscamos a alguien, un civil con documentada laboriosidad y tacto, que pueda llevar a cabo ciertas averiguaciones de naturaleza confidencial, por parte de la academia.

Nada había cambiado en su forma de comportarse, pero algo era diferente. Puede que simplemente fuera el darse cuenta —repentinamente como el primer chorro de cerveza— que estaban pidiendo ayuda a un civil, a mí.

—Bueno —dije avanzando despacio para ganar tiempo—, depende de la naturaleza de esas averiguaciones y de mi capacidad para...

—Su capacidad no nos preocupa —aseguró Hitchcock—. Lo que nos preocupa son las averiguaciones. Son de una naturaleza muy compleja, muy delicadas, me atrevería a añadir. Así que antes de que demos un paso más, debo asegurarme de que nada de lo que se diga aquí se hará público en ningún lugar fuera de la academia.

—Capitán, ya sabe qué tipo de vida llevo. No tengo nadie a quién contarle nada, excepto a mi caballo, y es la discreción personificada, se lo aseguro.

Dio la impresión de que se lo tomaba como una promesa seria, ya que volvió a sentarse y, tras una conferencia con sus rodillas, levantó la cara en mi dirección y dijo:

—Tiene que ver con uno de nuestros cadetes.

—Lo imaginaba.

—Un joven de Kentucky en su segundo año aquí, llamado Fry.

—Leroy Fry —añadió Thayer con esa mirada penetrante otra vez, como si tuviera tres carpetas llenas de notas sobre Fry.

Hitchcock se levantó una vez más de la silla y pasó de la luz a la oscuridad. Mis ojos lo encontraron después apoyado contra la pared, detrás del escritorio de Thayer.

—Bueno —continuó Hitchcock—, no tiene sentido andarse con rodeos. Leroy Fry se ahorcó anoche.

En ese momento me sentí como si hubiese llegado al final o al principio de un chiste muy largo y lo más seguro fuera ganar tiempo.

—Lo siento mucho.

—Su pésame es…

—Un asunto horrible.

—Para todas las personas implicadas —aseguró Hitchcock dando un paso hacia delante—. Para el pobre joven, para su familia…

—Tuve el placer de conocer a los padres del joven Fry —intervino Sylvanus Thayer—. No me importa confesárselo, señor Landor, comunicarles la muerte de su hijo fue una de las tareas más tristes que me ha tocado hacer.

—Por supuesto —corroboré.

—No es necesario añadir —continuó Hitchcock, y sentí que estábamos llegando a un punto crítico— que es algo terrible para la academia.

—Jamás había sucedido nada parecido —me informó Thayer.

—Evidentemente no había sucedido —añadió Hitchcock— ni volverá a suceder, es todo lo que podemos decir.

—Bueno, señores. Con el debido respeto, eso no podemos asegurarlo ninguno de nosotros, ¿no creen? Es decir, ¿quién sabe lo que le pasa por la cabeza a un joven de un día para otro? Ahora, mañana… —Me rasqué la cabeza—. Quizá mañana no lo hubiera hecho el pobre diablo. Mañana a lo mejor estaba vivo. Hoy está… Bueno, está muerto, ¿no?

Hitchcock avanzó y se inclinó hacia el respaldo de su silla Windsor.

—Tiene que entender nuestra situación, señor Landor. Estamos a cargo de esos jóvenes. Hacemos el papel de padres, por así decirlo. Nuestro deber es hacer de ellos unos caballeros y soldados, y los conducimos hacia ese fin. No me excuso por ello: los conducimos, señor Landor, pero nos gusta pensar que sabemos cuándo dejar de conducirlos.

—Nos gusta pensar —intervino Sylvanus Thayer— que cualquiera de nuestros cadetes puede venir a nosotros, ya sea a mí o al capitán Hitchcock, o a un instructor o a un oficial cadete, quiero decir acudir a nosotros, siempre que tenga algún problema físico o espiritual.

—Entiendo que eso significa que les pilló desprevenidos.

—Completamente.

—Bueno, no pasa nada —comenté, demasiado despreocupadamente he de reconocer—. Estoy seguro de que hicieron todo lo que estuvo en sus manos. Nadie puede pedirles más.

Ambos meditaron un momento mis palabras.

—Señores, supongo, y puede que me equivoque. Supongo que este es el momento en el que me dirán para qué me necesitan, porque todavía no lo entiendo. Un joven se ahorca, eso es algo que tiene que ver con el juez de instrucción, ¿no? No con un policía retirado con los pulmones débiles y mala circulación.

Me fijé en que el torso de Hitchcock subía y bajaba.

—Por desgracia, eso no es todo, señor Landor —me previno.

A su frase le siguió un largo silencio en el que había más recelo que en el anterior. Miré primero a uno y luego a otro, a la espera de que alguno de los dos se atreviera a añadir algo más. Entonces Hitchcock volvió a inspirar con fuerza y dijo:

—Entre las dos y las tres de la noche, el cuerpo del cadete Fry fue sustraído.

Debí haberlo reconocido entonces: ese redoble. No era el sonido de ningún tambor, sino el de mi propio corazón.

—¿Sustraído dice?

—Hubo… Aparentemente hubo un error en el protocolo —confesó Hitchcock—. El sargento encargado de vigilar el cuerpo abandonó su puesto pensando que lo necesitaban en otro lugar. Cuando se dio cuenta de su equivocación, es decir, cuando regresó a su puesto, el cuerpo había desaparecido. Dejé el vaso en el suelo con mucho cuidado. Mis ojos se cerraron por voluntad propia y después se abrieron a causa de un peculiar sonido, que, pronto descubrí, era el que hacían mis manos frotándose la una contra la otra.

—¿Quién lo retiró? —pregunté.

Por primera vez la oscura y cálida voz del capitán Hitchcock delató un tono de dureza.

—Si lo supiéramos, no habríamos tenido que llamarle, señor Landor.

—¿Puede decirme entonces dónde fue hallado el cuerpo?

—Sí.

Hitchcock volvió hacia la pared, para hacer guardia de su propio relato. A lo que siguió otro largo silencio.

—¿En algún lugar de la reserva?

—En la nevera.

—¿Y lo devolvieron?

—Sí.

Iba a decir algo más, pero se frenó a sí mismo.

—Bueno, no hay duda de que la academia tiene su ración de bromistas. Y no hay nada raro en jóvenes que juegan con cuerpos. Considérense afortunados de que no les dé por desenterrar tumbas.

—Se trata de algo más que una broma, señor Landor.

Se inclinó hacia el borde del escritorio de Thayer y, entonces, ese aguerrido oficial comenzó a tartamudear.

—Fueran quienes fuesen los que se llevaron el cuerpo del cadete Fry, diría que perpetraron una excepcional, una extraordinaria y terrible profanación. De una calaña que, que no se puede...

Pobre hombre, podría haber continuado así un buen rato, dando vueltas alrededor del tema y dejando que Sylvanus Thayer fuera al grano. Erguido en su asiento, con una mano apoyada en la caja de documentos y la otra aferrada a una torre de ajedrez, inclinó la cabeza y me informó como si hubiera estado leyendo la lista de la clase.

—Al cadete Fry le habían extirpado el corazón.

Narración de Gus Landor

3

*C*uando era niño nunca ibas al hospital a menos que estuvieras a punto de morirte o fueras tan pobre que no te importara morir. Mi padre se habría hecho baptista antes o quizá habría cambiado de actitud si hubiera visto el hospital de West Point. La primera vez que entré hacía apenas seis meses que lo habían abierto, acababan de pintar las paredes de blanco, las puertas y la carpintería estaban adecuadamente pulidas, las camas y las sillas bañadas en azufre y gas oximuriático, y una corriente de aire enmohecido envolvía los pabellones.

En un día normal habría habido un par de matronas bien limpias para darnos la bienvenida y puede que para enseñarnos el sistema de ventilación o el quirófano. Aquel día no las había. Habían enviado a una de ellas a casa después de que se hubiera desmayado y la otra parecía demasiado atosigada como para decir nada. Nos miró, aunque sin vernos, y también miró detrás de nosotros, como si nos siguiera un regimiento pero, al no ver ninguno, meneó la cabeza y nos guio escalera arriba hacia el pabellón B-3. Nos hizo pasar rodeando un brasero hasta llegar a una cama de forja. Se detuvo un momento y después apartó las sábanas del cuerpo de Leroy Fry.

—Si me perdonan —se disculpó antes de cerrar la puerta detrás de ella, como una anfitriona que dejara a sus invitados masculinos a solas para que hablaran.

Aunque viviera cien años, lector, y utilizara un millón de palabras, no podría explicarte lo que vi.

Lo haré paso por paso.

Leroy Fry, frío como la rueda de un carro, yacía sobre un colchón de plumas rodeado de argollas de hierro.

Tenía una mano en la ingle y la otra cerrada.

Sus ojos estaban medio abiertos, como si los tambores acabaran de tocar diana.

La boca torcida y dos dientes amarillentos sobresalían debajo de su labio superior.

Tenía el cuello rojo y amoratado, con rayas negras.

Su pecho…

Lo que le quedaba de pecho era de color rojo, de diferentes tonalidades, dependiendo de dónde lo habían desgarrado y dónde lo habían abierto simplemente. La primera idea que me vino a la mente fue que aquello lo había causado una tremenda fuerza impactante. Un pino venido abajo —no, demasiado grande—; un meteorito que hubiese caído del cielo…

A pesar de todo, no lo había atravesado. Quizá habría sido mejor que lo hubiese hecho. Así no podrían verse los colgajos de piel enrollados hacia adentro, los fracturados extremos de los huesos y, más adentro, algo gomoso que permanecía plegado y todavía escondido. Alcancé a ver los arrugados pulmones, el borde del diafragma, el rico y cálido tono marrón de su abultado hígado. Alcancé a verlo… todo. Todo excepto el órgano que ya no estaba allí, que era lo más evidente, la pieza que faltaba.

Me avergüenza confesar que en ese momento me asaltó un pensamiento, de los del tipo con los que jamás te molestaría, lector. Me dio la impresión de que lo único que había dejado Leroy Fry era una pregunta. Una sola pregunta, planteada por el rictus de sus extremidades, por el tinte verde de su pálida y lampiña piel…

«¿Quién?»

Y por el dolor punzante que sentí en mi interior, supe que era una pregunta que tenía que contestar. Sin importar el peligro que pudiera correr, tenía que saber quién le había arrebatado el corazón a Leroy Fry.

Así que me enfrenté a esa incógnita en la forma en que siempre lo hago, haciendo preguntas. No al aire, no, sino al hombre que tenía a menos de un metro: el doctor Daniel Marquis, cirujano de West Point. Nos había seguido hasta el inte-

34

rior de la habitación y me observaba con unos tímidos y ávidos ojos inyectados en sangre, impaciente, imaginé, por que le hiciéramos preguntas.

—Doctor Marquis, ¿cómo puede alguien hacer algo así? —pregunté señalando el cuerpo que había en la cama.

El médico se pasó una mano por la cara. Lo interpreté como cansancio, pero en realidad era una forma de esconder su entusiasmo.

—Hacer la primera incisión no es difícil —contestó—. Un escalpelo, cualquier cuchillo afilado podría hacerla.

Animado con el tema, el doctor se acercó a Leroy Fry e hizo un corte en el aire con una cuchilla invisible.

—La parte complicada es acceder al corazón. Hay que apartar las costillas y el esternón, y esos huesos, bueno, no son tan gruesos como la columna vertebral, pero son bastante duros. No se pueden golpear o romper porque se corre el riesgo de dañar el corazón —afirmó mirando el cráter que había en el pecho de Leroy Fry—. La pregunta que queda por formularse es ¿dónde se hace el corte? La primera opción es hacerlo en el esternón... —¡Zas!, hizo la cuchilla del doctor Marquis bis cando el aire—. Pero todavía hay que levantar las costillas e incluso con una palanca resulta un trabajo fatigoso. No, lo que se hace, lo que se hizo, fue un corte circular en el tórax y después dos más en el esternón. —Dio un paso hacia atrás y observó el resultado—. Por el aspecto, diría que se hizo con una sierra.

—Una sierra.

—Como la que utilizaría un cirujano para amputar una pierna. Tengo una en la farmacia. Con todo, es una ardua labor. Hay que mover la sierra y mantenerla alejada de la caja torácica al mismo tiempo. Mire ahí, en los pulmones. ¿Ve esos cortes de unos dos centímetros? Hay más en el hígado. Imagino que son desgarros colaterales. Los causó la sierra al inclinarla hacia afuera para proteger el corazón.

—Doctor, todo eso nos es muy útil. ¿Podría decirnos qué se hace después, una vez que se ha cortado la caja torácica y el esternón?

—Bueno, a partir de entonces la cosa es más sencilla. Se corta el pericardio, que es la membrana que hay alrededor del epicardio y sirve para anclar el corazón.

—Sí…

—Entonces se secciona la aorta, la arteria pulmonar. Hay que pasar por la vena cava, pero eso es cuestión de minutos. Cualquier cuchillo medianamente decente serviría.

—¿Se produciría un borbotón de sangre, doctor?

—No en alguien que llevara muerto unas horas. Dependiendo de lo rápido que lo hiciera, todavía podría quedar una pequeña cantidad de sangre. Pero sospecho que para cuando se apoderó de él, ese corazón —eso lo dijo con tono de satisfacción—, ese corazón estaba agotado.

—¿Qué viene después?

—Bueno, la cosa está prácticamente acabada —aseguró el cirujano—. Sale limpiamente, supongo. Es muy ligero también, la mayoría de la gente no lo sabe. Es un poco más grande que un puño y no pesa más de doscientos cincuenta gramos. Eso es porque está hueco —dijo dándose golpecitos en el pecho para darle más énfasis.

—Espero que no le moleste que le haga todas estas preguntas.

—En absoluto.

—Quizá pueda decirnos algo más acerca del tipo que lo hizo. ¿Qué necesitaría además de herramientas?

Mostró cierto desconcierto y apartó los ojos del cuerpo.

—Bueno, deje que lo piense. Tendría que ser alguien fuerte, por todas las razones que le he mencionado antes.

—Entonces no podría ser una mujer.

—Al menos ninguna de las que he tenido el placer de conocer —respondió resoplando.

—¿Qué más necesitaría?

—Mucha luz. Llevar a cabo una operación de ese tipo en la oscuridad… Necesitaría luz. No me extrañaría que encontráramos un montón de cera en la cavidad.

Sus ojos, ávidos, volvieron al cuerpo que había en la cama y tuve que tocarle la manga para que se apartara.

—¿Y qué me dice de sus conocimientos médicos, doctor? ¿Tendría que ser alguien tan bien formado e incomparablemente bien cualificado como usted? —pregunté sonriéndole.

—No necesariamente —respondió con cierta vergüenza—. Necesitaría saber… qué buscar, sí, qué iba a encontrar.

Dónde cortar. Algunas nociones de anatomía, pero no tendría por qué ser un médico o un cirujano.

—¡Un loco! —intervino Hitchcock, y he de confesar que me sobresaltó. Había llegado a pensar que el doctor Marquis, Leroy Fry y yo éramos las únicas personas que había en la habitación—. ¿Quién podría haber sido sino un loco? Y aún está por ahí, que sepamos, listo para cometer una nueva atrocidad. Estoy… ¿Es que nadie se enfurece al pensar en él? ¿Que aún siga por ahí?

Nuestro Hitchcock era un hombre sensible. A pesar de toda su dureza tenía sangre en las venas y necesitaba que lo consolaran. Bastó con que el coronel Thayer le diera una ligera palmadita en la espalda para que desapareciera toda tensión en él.

—Tranquilo, Ethan.

—Aquella fue la primera vez y no la última en la que vi su alianza como una especie de matrimonio. No quiero decir nada con eso, excepto que esos dos solteros tenían un pacto, si se le puede llamar así, fluido y cimentado en cosas sobreentendidas. Una vez, y solo una (me enteré más tarde), se habían divorciado, hacía tres años, por cuestión de si las comisiones de investigación violaban el código militar. Poco importa. Un año más tarde, Thayer volvió a llamar a Hitchcock. La ruptura había quedado resuelta. Y todo eso lo trasmitía una palmadita. Y esto también: Thayer estaba al mando, siempre.

—Estoy seguro de que todos sentimos lo mismo que el capitán Hitchcock. ¿No es así, caballeros?

—Y haberlo puesto en palabras, le honra.

—Con toda seguridad, el objetivo de todo esto es que estemos en mejor situación para encontrar al responsable. ¿No es así, señor Landor? —preguntó el superintendente.

—Por supuesto, coronel.

Sin estar apaciguado, no realmente, Hitchcock se sentó en una de las camas vacías y miró por una de las ventanas orientadas hacia el norte. Todos le concedimos un momento. Recuerdo que conté los segundos. Uno, dos…

—Doctor —dije sonriendo—, quizá podría decirnos cuánto le costaría a alguien llevar a cabo esa operación.

—Es difícil de decir, señor Landor. Hace años que no he diseccionado ningún cuerpo y jamás lo había hecho hasta ese,

ese extremo. Si tuviera que hacer una estimación aproximada, dadas las difíciles condiciones, diría que algo más de una hora. Una hora y media quizá.

—En su mayor parte serrando.

—Sí.

—¿Y si fueran dos hombres?

—Bueno, entonces podrían ponerse uno a cada lado y lo habrían hecho en la mitad de tiempo. Tres hombres serían demasiados. Una tercera persona no sería de gran utilidad, a menos que estuviera sujetando un farol.

Un farol, sí. Aquello era lo incomprensible cuando miraba a Leroy Fry: tenía la impresión de que alguien sujetaba una luz hacia él. Lo atribuiría al hecho de que sus ojos estaban orientados hacia los míos, mirándome a través de sus marchitos párpados, si a eso podía llamársele mirar, ya que las pupilas se habían subido como persianas, y solo quedaba en ellos una rayita blanca.

Me acerqué a la cama y, con la punta de los pulgares, bajé los párpados. Se quedaron allí un segundo antes de volver a levantarse. Algo en lo que casi ni me fijé, pues estaba estudiando las laceraciones que había en su cuello. No formaban una sola franja, como había pensado en un principio, sino una trama, un preocupante dibujo. Mucho antes de que el nudo corredizo hubiera cerrado la tráquea de ese cadete, la cuerda había hecho marcas y raspado casi medio kilo de carne antes de que todo hubiese acabado.

—Capitán Hitchcock. Sé que sus hombres han organizado una batida, pero ¿qué han estado buscando? ¿Un hombre o un corazón? —pregunté.

—Lo único que puedo decirle es que hemos peinado los alrededores y no hemos encontrado nada.

—Ya veo.

Leroy Fry tenía el pelo de color rubio rojizo, largas pestañas blancas, callos producidos por el mosquete en la mano derecha, ampollas en la punta de los dedos y un lunar entre dos de los dedos del pie. El día anterior estaba vivo.

—¿Puede alguien recordarme dónde se encontró el cuerpo después de que le quitaran el corazón?

—En la nevera.

—Doctor Marquis, me temo que voy a tener que solicitar sus conocimientos una vez más. Si tuviera… si tuviera que conservar un corazón, ¿cómo lo haría?

—Bueno, seguramente buscaría un recipiente de alguna clase. No es necesario que fuera muy grande.

—¿Y?

—Después envolvería el corazón con algo. Muselina quizá. Un periódico si no tuviera otra cosa.

—Continúe.

—Entonces lo… lo cubriría con… —se calló y se llevó la mano al cuello—, hielo.

Hitchcock se levantó de la cama.

—Así que la cosa es así, ese loco no solo se ha llevado el corazón de Leroy Fry, sino que lo guarda en hielo.

Me encogí de hombros y le mostré la palma de las manos.

—Es posible, nada más.

—¿Y con qué infame propósito?

—Bueno, eso no puedo decírselo, capitán. Acabo de llegar.

La matrona volvió, impaciente por sus quehaceres y deseosa de que el doctor Marquis se ocupara de algo, no recuerdo de qué. Solo me acuerdo de la cara de pena que puso el doctor: no quería irse.

Así que nos quedamos Hitchcock, Thayer y yo, y Leroy Fry. Entonces sonaron los tambores que llamaban a los cadetes para la formación de la tarde.

—Bueno, señores, no cabe duda de que tienen un problema —dije frotándome las manos—. Yo mismo estoy un tanto confuso. Hay una cosa en especial que no logro entender. ¿Por qué no han avisado a las autoridades militares? —Se produjo un prolongado silencio—. Sin duda se trata de un caso que les compete a ellas, no a mí.

—Señor Landor —dijo Sylvanus Thayer—. ¿Le importaría acompañarme?

No fuimos muy lejos, solamente hasta el vestíbulo y volver. Lo hicimos una y otra vez. Me sentía como si estuviéramos haciendo maniobras militares. Thayer era unos diez centímetros más bajo que yo, pero caminaba más erguido, con más determinación.

—Nos hallamos ante una situación delicada, señor Landor.

—No me cabe la menor duda.

—Esta academia... —empezó a decir, pero el tono era demasiado alto y lo bajó un poco—. Esta academia, como seguramente sabe, tiene menos de treinta años de existencia. He sido su superintendente durante la mitad de ese tiempo y creo que no me equivoco si digo que ni la academia ni yo nos hemos ganado el honor de la permanencia.

—Es solo cuestión de tiempo, supongo.

—Como toda institución joven nos hemos granjeado algunos amigos dignos de estima y algunos temibles detractores.

—El presidente Jackson se encuentra en el segundo grupo, ¿no? —aventuré mirando al suelo.

—No pretendo saber quién está en cada campo —contestó lanzándome una rápida mirada de soslayo—. Solo sé que nos han asignado una carga única. No importa cuántos oficiales produzcamos ni cuánto honor supongamos para nuestro país, me temo que siempre estamos en una posición en la que tenemos que defendernos a nosotros mismos.

—¿Contra qué, coronel Thayer?

—Bueno —respondió mirando el techo—, el elitismo es un tema del que se habla mucho. Nuestros críticos dicen que mostramos favoritismo por los vástagos de las familias ricas. Si supieran cuántos de nuestros cadetes provienen de granjas, cuántos son hijos de mecánicos, de obreros de fábrica. Esto es Estados Unidos a escala reducida, señor Landor.

Aquello sonó bien en ese vestíbulo: «Estados Unidos a escala reducida».

—¿Qué más dicen sus críticos, coronel?

—Que dedicamos mucho tiempo a formar ingenieros y no tanto a hacer soldados; que nuestros cadetes reciben los nombramientos que deberían ir a la tropa.

«El teniente Meadows», pensé.

Thayer siguió andando y acomodó el paso al ritmo de los tambores que sonaban en el exterior.

—No es necesario que le hable de nuestro último grupo de críticos, de los que no quieren que haya ningún ejército permanente en este país.

—Me pregunto qué querrían poner en su lugar.

—Aparentemente las antiguas milicias. Un batiburrillo

de chavales de campo. Falsos soldados —dijo sin ningún rastro de resentimiento.

—No fue la milicia la que ganó nuestra última guerra. Fueron hombres como el general Jackson.

—Me alegra saber que estamos de acuerdo, señor Landor. La verdad es que todavía hay muchos norteamericanos que se asustan ante un hombre de uniforme.

—Por eso no nos los ponemos —dije quedo.

—¿Nos?

—Perdone, los policías. Ahora que lo pienso, vaya donde vaya no encontrará ningún policía, ningún agente de la ley de Nueva York que lleve puesto algo que lo distinga. Los uniformes producen una sensación de rechazo, ¿no cree?

Por extraño que parezca no tenía planeado decir eso, pero hizo saltar una chispa de camaradería entre nosotros. Lo que no quiere decir que viera sonreír a Sylvanus Thayer —jamás lo vi hacerlo—, pero sí que se elevaron las comisuras de sus labios.

—Faltaría a mi obligación, señor Landor, si no le dijera que yo mismo fui objeto de los ataques de los leones. Me han llamado tirano, déspota. «Bárbaro» es un término privilegiado.

Se detuvo y dejó que la palabra se asentara en su interior.

—Bueno, está metido en un buen aprieto, ¿no, coronel? Es decir, si se mira desde su posición. Si se corre la voz de que los cadetes se desmoronan bajo su… su brutal régimen hasta el punto de quitarse la vida…

—La noticia sobre lo que le ha pasado a Leroy Fry ya se sabe —dijo frío como una estrella, la sensación de camaradería había desaparecido—. No puedo impedirlo ni impedir que la gente lo interprete como quiera. En este momento, mi única preocupación es mantener esta investigación fuera del alcance de ciertas personas.

Lo miré.

—¿De ciertas personas en Washington? —sugerí.

—Justamente.

—Personas que pueden ser contrarias a la misma existencia de la academia y que buscan cualquier motivo para arrasarla.

—Así es.

—Pero si pudiera demostrarles que lo tiene todo bajo con-

41

trol, que alguien está haciendo el trabajo, entonces a lo mejor podría contener a los perros de caza algún tiempo.

—Un poco más, sí.

—¿Y qué pasará si no averiguo nada, coronel?

—Entonces tendré que enviar un informe al jefe de ingenieros, que a su vez consultará al general Eaton.

Nos habíamos detenido frente a la puerta del pabellón B-3. En el piso de abajo se oía el inquieto ruido que hacía la matrona y el sonido resbaladizo del cirujano. Afuera, las agudas notas de un pífano. Dentro del pabellón B-3, nada.

—¿Quién iba a imaginar que la muerte de un hombre pudiera inclinar tanto la balanza, incluso hacer peligrar su carrera?

—Si no puedo convencerlo de otra cosa, señor Landor, deje que al menos le diga esto: mi carrera no significa nada. Si estuviera seguro de que la academia iba a sobrevivir, mañana me iría de aquí para no regresar jamás. —Tras hacer una cordial inclinación de cabeza, añadió—: Tiene el don de inspirar confidencias, señor Landor. No me cabe la menor duda de que eso es algo muy útil.

—Bueno, eso depende, coronel. Dígame, ¿cree de verdad que soy su hombre?

—Si no fuera así, no estaríamos hablando.

—¿Y está dispuesto a seguir con esto? ¿A llegar hasta el final?

—Y más allá si fuera necesario.

Sonreí y miré hacia el fondo del pasillo, hacia la ventana oval en la que la luz conjuraba una cadena flotante de polvo.

—¿Debo interpretar su silencio como un sí o como un no, señor Landor? —preguntó entrecerrando los ojos.

—Ninguna de las dos cosas, coronel.

—Si es cuestión de dinero…

—Tengo suficiente.

—Alguna otra cosa, quizá.

—Nada en lo que pueda ayudarme —contesté con tanta amabilidad como pude.

Thayer se aclaró la garganta con un ligero carraspeo, eso fue todo, pero me dio la impresión de que algo se le había atragantado.

—Señor Landor, que un cadete muera tan joven y por su propia mano es algo difícil de imaginar, pero que se haga una ofensa de ese tipo en su cuerpo indefenso no se puede tolerar. Es un crimen contra natura y también considero que es un golpe en el corazón —se calló, pero la palabra ya había salido de sus labios—, en el corazón de esta institución. Si es obra de un lunático que pasaba por aquí, muy bien, está en manos de Dios. Si ha sido obra de uno de los nuestros, no descansaré hasta que el culpable haya sido expulsado de la academia. Con grilletes o por su propio pie, me da igual, pero debe ser enviado en el primer paquebote que salga, por el bien de West Point.

Dicho lo cual, suspiró suavemente e inclinó la cabeza.

—Esa es su misión, señor Landor, si decide aceptarla. Descubrir a la persona que lo hizo y ayudarnos a asegurar que no se vuelva a repetir.

Lo miré un poco más. Después saqué el reloj del bolsillo y di un golpecito en el cristal.

—Faltan diez minutos para las cinco. ¿Le parece bien que nos veamos aquí a las seis? ¿Le parece demasiado tiempo?

—En absoluto.

—Estupendo. Le prometo que para entonces tendrá mi respuesta.

Había pensado dar una vuelta por mi cuenta —era la forma en que lo hacía normalmente—, pero la academia no lo permitía. No, debía ir con un acompañante, tarea que adjudicaron una vez más al teniente Meadows. Si aquella propuesta había conseguido ponerle la cara larga, alguien debía de habérsela arreglado, ya que estaba mucho más animado que en nuestro último paseo. Entendí que aquello significaba que no le habían permitido ver a Leroy Fry.

—¿Dónde quiere ir, señor Landor?

Moví la mano en dirección al río.

—Hacia el este, el este me parece bien.

Por supuesto, para llegar allí teníamos que atravesar la explanada, que ya no estaba vacía. Había la formación de la tarde. Los cadetes de la academia militar de Estados Unidos estaban desplegados en compañías, cuatro bulliciosas for-

43

maciones. La banda, dirigida por un hombre que llevaba un bastón adornado con borlas y una gorra roja en la cabeza, tocaba los últimos compases, se oían las cargas de la noche y las franjas y estrellas ondeaban hasta tocar el suelo como el pañuelo de una guapa joven.

—¡Inspeccionen armas! —ordenó el ayudante, e inmediatamente se oyó el estruendo de doscientos mosquetones. En menos de un segundo todos los cadetes empezaron a inspeccionar el cañón de su fusil. El oficial al mando sacó el sable, entrechocó los talones y gritó: «¡Derecha, ar!», seguido de (o eso me pareció a mí): «¡Carguen, ar!». Tras lo que los cadetes dieron media vuelta hacia la derecha dispuestos a machacar al enemigo.

Era todo un espectáculo: trozos de hierba que sobresalían en el césped verde pálido, los últimos rayos del sol enganchados en las bayonetas y los jóvenes con sus apretados cuellos, estrechos uniformes y plumas que brotaban imponentes de sus cabezas.

«¡Derecha, ar!… ¡Carguen, ar!»

La noticia sobre Leroy Fry —parte verdad y parte rumor— ya se había convertido en moneda corriente entre esos cadetes. Y el que soportaran ese golpe sin dar muestras de tensión era un ejemplo de cómo funcionaba el sistema de Thayer. En el puesto que normalmente ocupaba Leroy Fry había otra persona, se había llenado el vacío, y cualquiera que estuviera mirando jamás se habría dado cuenta de que había una persona menos en las filas. Quizá un observador más avezado podría haberse fijado en un paso perdido aquí o el arrastre de unos pies allí. Incluso habría visto algún traspié, pero eso podía achacarse fácilmente a los veinte novatos más o menos que había en cada compañía. Niños hombre que acababan de dejar el arado hacía pocos meses, que aún no habían encontrado su ritmo… pero igualmente arrastrados por una música de mayor alcance.

«¡Oficiales al frente!»

Sí, era una imagen fascinante, lector, en las últimas horas de un día de octubre, el sol poniéndose, las colinas haciendo juego con el azul y gris de los uniformes y en algún lugar un sinsonte trinando… no estaba nada mal. También había otras personas que simplemente pasaban el rato. Un montón de turistas cerca de la oficina del intendente. Mujeres con mangas abullonadas y hombres con levitas azules y chalecos de color beis… envueltos en una festiva liviandad. Seguramente habían llegado por la mañana desde Manhattan, en el barco diurno, o quizá eran británicos haciendo la gira del norte. Formaban tanta parte del espectáculo como todo lo demás.

«¡Milicia de la Academia de Estados Unidos, West Point, Nueva York, 26 de octubre de 1830! ¡Dará las órdenes el segundo al mando!»

Y quién estaba entre los espectadores sino Sylvanus Thayer. No iba a dejar que un cuerpo muerto le privara de sus paseos. De hecho, daba la impresión de no haber estado en ningún otro sitio en todo el día. Un equilibrio maravilloso. Hablaba cuando tenía que hacerlo, callaba cuando convenía, acercaba una oreja ante cualquier pregunta de un caballero, indicaba algún detalle aislado a las damas y nunca aburría. Casi se le podía oír decir:

«Señora Brevoort, no sé si se ha fijado en el espíritu de europeo que hay en esta maniobra. Fue inventada por Federico *el Grande* y después desarrollada por Napoleón en su campaña del Nilo. Oh, y quizá haya visto a ese joven cadete al frente de la compañía B. Se trata de Henry Clay júnior. Sí, sí, hijo de ese gran hombre. Perdió el liderato en su clase ante un granjero de Vermont. Estados Unidos a escala reducida, señora Brevoort…».

En ese momento el disciplinado sargento ordenaba a las compañías de cadetes que salieran a paso ligero, la banda desaparecía detrás de una colina, los espectadores se retiraban y el teniente Meadows me preguntaba si quería quedarme o seguir caminando; contesté que caminar, y eso hicimos, hasta llegar a Love Rock.

Allí estaba el río, esperando treinta metros abajo, lleno de barcos. Cargueros rumbo al canal Eire y paquebotes en dirección a la gran ciudad. Esquifes, canoas y piraguas ardiendo con una luz color geranio. Logré oír, no muy lejos, el sonido de un cañón en los campos de tiro: un ruido apagado seguido de una retahíla de ecos que subían las colinas. Hacia el oeste estaba el río, y hacia el este y hacia el sur más río. Me quedé allí, en mitad de todo aquello y, si hubiera tenido una inclinación más histórica, habría entrado en contacto con los indios o con Benedict

Arnold, que una vez estuvo en ese mismo sitio, o con los hombres que pasaron la gran cadena de montañas al otro lado del Hudson para evitar que la flota británica entrara por el norte…

O si hubiese tenido un alma más profunda quizá habría pensado en el destino o en Dios, ya que Sylvanus Thayer me había pedido salvar el honor de la Academia Militar de Estados Unidos y había retomado una vez más el trabajo que había abandonado para siempre; seguramente había sido por algo más grande —no diré divino—, pero algo sí había intervenido.

Bueno, mi mente no suele ocuparse de cosas tan profundas. Esto es en lo que estaba pensando: la vaca Hagar. Para ser sincero, me preguntaba hacia dónde habría ido. ¿Hacia el río? ¿Hacia las tierras altas? ¿Había alguna cueva por allí detrás de una cascada? ¿Algún sitio secreto que solo conocía ella?

Sí, estaba pensando en dónde podría haber ido y si habría algo que consiguiera hacerla volver.

A las seis menos diez en punto me alejé del río y encontré al teniente Meadows en el sitio exacto en el que lo había dejado, con las manos entrelazadas detrás de la espalda y los ojos cerrados, con todas sus preocupaciones borradas.

—Estoy listo, teniente.

Cinco minutos más tarde estaba en el pabellón B-3. El cuerpo de Leroy Fry seguía allí, envuelto en aquella áspera sábana de lino. Thayer y Hitchcock estaban de pie como en posición de descanso y yo acababa de entrar y estaba a punto de anunciarles: «Señores, soy su hombre».

Pero dije otra cosa, antes incluso de darme cuenta de que estaba hablando.

—¿Quieren que encuentre a la persona que se llevó el cuerpo de Leroy Fry o quieren que primero encuentre al que lo ahorcó?

Narración de Gus Landor

4

27 de octubre

Era una falsa acacia, a unos cien metros del embarcadero del sur. Era una falsa acacia negra, esbelta y de aspecto monacal, con profundos surcos y grandes vainas de color marrón rojizo. No era nada diferente de las que pueblan las tierras altas. Nada diferente, esto es, excepto por la enredadera que caía de una de sus ramas.

Bueno, creí que era una enredadera, tonto de mí. En mi defensa diré que habían pasado más de treinta y dos horas desde el suceso en cuestión y la cuerda había comenzado el lento proceso de mimetizarse con su entorno. Supongo que esperaba que alguien la hubiera desatado, pero habían seguido el procedimiento más rápido: tras descubrir el cuerpo, la habían cortado justo por encima del cadáver y habían dejado el resto colgando; ahí estaba, de magra musculatura, moteada por la mañana. Y allí estaba también el capitán Hitchcock agarrándola con las manos. Un toque de prueba y después un tirón, como si al otro extremo hubiera la campana de una iglesia. Acompañó la acción con su cuerpo y sus rodillas se flexionaron un instante, entonces me di cuenta de lo cansado que estaba el capitán.

No me extrañó, llevaba en pie un día y una noche, y a las seis y media lo habían llamado para desayunar en las dependencias de Sylvanus Thayer. Yo estaba algo más fresco después de haber pasado la noche en el hotel del señor Cozzens.

El hotel, como muchas cosas en West Point, había sido idea de Thayer. Si los pasajeros del barco diurno querían ver la academia en todo su esplendor, necesitaban algún sitio donde reposar la cabeza por la noche. Así que el gobierno de Estados Unidos, sabiamente, decidió levantar un elegante hotel en los terrenos de la academia. Todos los días, durante la temporada alta, turistas de todos los confines del mundo se acostaban en los recién estrenados colchones de plumas, enmudecidos ante el montañoso reino de Thayer.

Yo no era un turista, pero mi casa quedaba demasiado lejos de la academia como para ir y volver a diario. Así que me asignaron una habitación con vistas a la isla Constitution durante un tiempo indefinido. Las contraventanas prácticamente impedían que entrara la luz de la luna o de las estrellas; dormir era como lanzarse a un pozo y el sonido del toque de diana parecía provenir de una estrella lejana. Yacía allí, observando la roja luz que se colaba por la parte baja de las contraventanas. La oscuridad me parecía deliciosa. Me preguntaba si habría desperdiciado mi verdadera carrera.

Pero entonces cometí el error, impropio de un militar, de quedarme en la cama otros diez minutos; me vestí sin prisa y en vez de ir corriendo cuando pasaron lista de diana, me arropé con una manta y bajé al embarcadero. Para cuando llegué a las dependencias de Thayer, el superintendente se había lavado, vestido; había exprimido las noticias de cuatro periódicos y estaba frente a un filete de ternera, esperando a que Hitchcock y yo le hiciéramos el honor que merecía.

Comimos en silencio los tres, bebimos el excelente café de Molly y, cuando retiraron los platos y nos recostamos en las sillas, les expuse mis condiciones.

—En primer lugar, si no les parece mal, caballeros, me gustaría tener mi caballo aquí, ya que estaré en su hotel durante un tiempo.

—No demasiado, esperemos —apuntó Hitchcock.

—No, no demasiado, pero, en cualquier caso, me vendrá bien tener mi caballo cerca.

Me prometieron que enviarían a buscarlo y que le harían sitio en los establos. Cuando les dije que me gustaría volver a mi casa los domingos contestaron que como civil podía abandonar la academia cuando quisiera, siempre que les avisara de dónde iba.

—Y por último, me gustaría tener carta blanca mientras estoy aquí.

—¿Cómo hemos de interpretar esa cláusula, señor Landor?

—No necesito un guardaespaldas armado ni al teniente Meadows, Dios lo bendiga. No quiero que nadie me acompañe al retrete cada tres horas ni que me dé un beso de buenas noches. No funcionaría, caballeros. Soy un solitario, me ahogo entre tanta gente.

Me dijeron que aquello era imposible, que West Point, al igual que el resto de instalaciones militares, tenía que ser patrullada con sumo cuidado. Tenían la responsabilidad, exigida por el Congreso, de garantizar la seguridad de todos los visitantes, evitar situaciones que pudieran resultar comprometedoras y esto y lo otro…

Encontramos una solución intermedia. Me permitirían recorrer el perímetro exterior solo —el Hudson era todo mío— y me comunicarían las contraseñas y santos y señas que me requerirían los centinelas a cada cierta distancia. Pero no podría entrar en el interior sin escolta ni podría hablar con ningún cadete a menos que estuviera presente un representante de la academia.

En general, yo lo habría definido como una magnífica charla… hasta que empezaron a exponer sus condiciones. Debería de haberlo esperado, pero ¿he mencionado ya que era una sombra de lo que había sido en otros tiempos?

Señor Landor, no podrá decir ni una sola palabra sobre esta investigación a nadie ni dentro ni fuera de la academia.

Por el momento…

Señor Landor, deberá informar al capitán Hitchcock todos los días.

… bien…

Señor Landor, deberá redactar semanalmente un informe detallado en el que destaque todas sus averiguaciones y conclusiones, y deberá estar preparado para comunicar sus investigaciones a cualquier oficial del Ejército siempre que se le requiera.

«Será un placer», dije.

Entonces, Ethan Allen Hitchcock se limpió la boca, se aclaró la garganta e hizo un serio gesto hacia la mesa.

—Hay una última condición, señor Landor.

Parecía muy incómodo. Sentí lástima hasta que oí de lo que se trataba, después no volví a sentir lástima por él nunca más.

—Nos gustaría pedirle que no beba…

—Que no beba en exceso —especificó Thayer, con un tono más suave.

—… en el curso de sus investigaciones.

Aquello me hizo comprender la magnitud del asunto que adquirió una dimensión temporal. Porque si lo sabían, eso quería decir que habían estado haciendo pesquisas —acosando a vecinos y colegas, a los chicos de Benny Havens— y eso les habría costado más de una mañana, eso significaba días de alcahueteo. La única conclusión posible era esta: hacía tiempo que Sylvanus Thayer se había fijado en mí. Antes de saber que podría serle útil ya había enviado a sus rastreadores para que se enteraran de todo lo que pudieran sobre mí. Y en ese momento, ahí estaba, tragándome sus condiciones, a su merced.

Si hubiese tenido ganas de pelea, lo habría negado. Podría haberles dicho que mis labios no habían probado una gota de licor en tres días —era la pura verdad—, pero entonces recordé que aquello era lo mismo que solían decir los irlandeses que pasaban la noche en el Garnet Saloon. «Tres días —decían siempre—, hace tres días que no pruebo ni una gota.» Un cambio tan rápido como la resurrección de Cristo. Recuerdo que solía sonreír.

—Señores, mientras dure nuestra relación me verán siempre tan sobrio como un metodista.

No insistieron mucho. Al recordarlo, me pregunto si les asustaba más el mal ejemplo que pudiera dar a los cadetes, a los que, por supuesto, se les habían negado los placeres de la botella, los placeres de la cama, el juego, el ajedrez, el tabaco, la música, las novelas. A veces me duele el pensar en todas las cosas que no pueden hacer.

—Todavía no hemos hablado de sus honorarios —dijo el capitán Hitchcock.

—No es necesario.

—Sin duda… alguna compensación…

—Era lo que esperábamos —intervino Thayer—. Estoy seguro de que en su anterior puesto…

Sí, sí, como agente de policía se trabaja a comisión. O te paga alguien —la ciudad, la familia— o no intervienes. Pero de vez en cuando uno se olvida de la norma. Me sucedió en una o dos ocasiones, por desgracia.

—Señores —dije quitándome la servilleta de la camisa—, espero que no me malinterpreten, parecen personas formales, pero una vez que acabe todo esto les agradecería que me dejaran en paz, excepto si quieren enviarme una nota de vez en cuando para decirme qué tal están.

Sonreí para demostrarles que no les guardaba rencor y ellos me imitaron también, para manifestar que se habían ahorrado un montón de dinero. Dijeron que era un buen norteamericano y ya he olvidado qué más, aunque emplearon la palabra «principios» y también «parangón». Después Thayer se fue a hacer sus cosas y Hitchcock y yo fuimos a la falsa acacia, lugar donde estaba el cansado capitán, inclinado hacia aquel trozo de cuerda cortada.

Uno de los cadetes a las órdenes de Hitchcock estaba a menos de tres metros. Epaphras Huntoon era un joven que llevaba dos años allí, un aprendiz de sastre de Georgia. Alto, de anchas espaldas y, sin embargo, me dio la impresión de que su corpulencia lo intimidaba, ya que parecía que intentaba mitigarla con una frente soñadora y una aduladora voz de tenor. Fue el destino el que lo llevó a encontrar el cuerpo de Leroy Fry.

—Señor Huntoon, acepte mis condolencias —dije—. Debió de ser un golpe terrible.

Movió la cabeza molesto, como si le estuviésemos llamando aparte para tener una conversación en privado. Después sonrió y empezó a hablar, pero se dio cuenta de que no podía.

—Por favor, ¿le importaría explicarme lo que pasó? ¿Estaba de guardia el miércoles por la noche?

Aquello consiguió un resultado, aunque troceado.

—Sí, señor. Acudí a mi puesto a las nueve y media y a medianoche me relevó el señor Ury.

—¿Qué pasó entonces?

—Volví al cuarto de guardia.

—¿Y eso dónde está?

—En los barracones norte.

51

—Y su puesto, ¿dónde estaba?

—Era el número cuatro, señor, más allá del fuerte Clinton.

—Bien… —empecé a decir sonriendo—. He de admitir que no estoy muy familiarizado con el terreno, señor Huntoon, pero me da la impresión de que el lugar en el que estamos no está en el camino del fuerte Clinton ni de los barracones norte.

—No, señor.

—¿Qué le hizo apartarse de su camino?

Miró al capitán Hitchcock, que le devolvió la mirada antes de decir con voz apagada:

—No tiene de qué asustarse, señor Huntoon. No se dará parte.

Aliviado, el joven movió sus amplias espaldas y me miró medio sonriendo.

—Verá, señor. Lo que pasa es que a veces… mientras estoy de guardia… me gusta ir a tocar el río.

—¿Tocar?

—A meter la mano o el pie. Me ayuda a dormir, señor. Es algo que no sé cómo explicar.

—No es necesario que lo haga, señor Huntoon. Dígame, ¿cómo llegó hasta el río?

—Cogí el camino hacia el embarcadero sur, señor. Cinco minutos cuesta abajo y diez cuesta arriba.

—¿Y qué pasó cuando llegó al río?

—No llegué, señor.

—¿Por qué no?

—Oí algo.

En ese momento el capitán se estremeció y, con una voz que no dejaba traslucir su cansancio, preguntó:

—¿Qué oyó?

«Fue un ruido», es lo único que consiguió decir. Pudo haber sido una rama que se rompía o un soplo de viento, quizá no fue nada de nada. Cada vez que iba a explicar lo que había sido, lo que fuera cambiaba de forma.

—Joven —dije poniéndole una mano en el hombro—. Se lo suplico, no se acelere. No me sorprende que no se acuerde… toda esa agitación, todo ese correr de aquí para allá suele desconcertar la mente. Quizá debería preguntarle qué le llevó a seguir ese ruido.

Aquello pareció tranquilizarlo y se quedó muy quieto durante un momento.

—Creí que podía tratarse de un animal, señor.

—¿De qué tipo?

—No lo sé... Quizá había caído en una trampa... Tengo debilidad por los animales, señor. Sobre todo por los perros de caza.

—Así que hizo lo que haría cualquier cristiano, señor Huntoon. Fue a ayudar a una de las criaturas de Dios.

—Eso fue lo que hice. Era cuestión de subir un poco la colina, a pesar de ser muy empinada, y estaba a punto de dar la vuelta...

Se calló.

—Pero ¿entonces vio...?

—No, señor —retomó la palabra como un vendaval—. No vi nada.

—Y al no ver nada...

—Bueno, tuve la sensación de que había alguien. Algo. Así que pregunté: «¿Quién anda ahí?», tal y como me han ordenado. Al no obtener respuesta, levanté el mosquete en posición de carga y dije: «Avance y diga la contraseña».

—Pero no hubo respuesta.

—Así fue, señor.

—¿Y qué hizo entonces?

—Avancé unos pasos, pero no llegué a verlo, señor.

—¿A quién?

—Al cadete Fry, señor.

—Entonces, ¿cómo lo encontró?

Esperó unos segundos para calmar su voz.

—Me tropecé con él.

—¡Ah! —exclamé aclarándome la garganta suavemente—. Debió de ser toda una sorpresa, señor Huntoon.

—Al principio no, porque no sabía lo que era. Pero en cuanto me di cuenta, sí, sí que lo fue.

Desde entonces he pensado a menudo que, si Epaphras Huntoon hubiera pasado un metro hacia el norte o hacia el sur, quizá jamás habría hallado el cuerpo de Leroy Fry, ya que aquella noche debió de ser terriblemente oscura, nublada, en la que solo había una rayita de luna y el farol en la mano de Huntoon con los que ver el camino. Sí, un metro en cualquier otra dirección y habría pasado al lado de Leroy Fry sin darse cuenta.

—¿Qué pasó entonces, señor Huntoon?

—Bueno, me eché hacia atrás.

—Es comprensible.

—Y se me cayó el farol de la mano.

—¿Se cayó o lo dejó caer?

—Esto… quizá lo dejé caer. No podría decirlo, señor.

—¿Y después?

Volvió a enmudecer, al menos su laringe. El resto de su cuerpo seguía hablando a un ritmo frenético. Le castañeteaban los dientes y se le movían las puntas de los pies. Una de sus manos toqueteaba la guerrera y la otra los botones que tenía a los lados de los pantalones.

—¿Señor Huntoon?

—No recuerdo muy bien lo que hice, señor. No estaba en mi puesto, así que no sabía si alguien me oiría gritar. Así que creo que eché a correr.

Había bajado los ojos y eso fue lo único que necesité para que la imagen viniera a mi mente: Epaphras Huntoon corriendo medio a ciegas a través del bosque, arañándose la cara con las ramas, el latón y el metal traqueteando bajo su capote, las cartucheras bamboleándose…

—Fui corriendo hasta los barracones del norte —continuó en voz baja.

—¿Y a quién informó?

—Al oficial cadete que estaba de guardia, señor. Este fue a ver al teniente Kinsley, que era el oficial de guardia aquel día. Me ordenaron que fuese a buscar al capitán Hitchcock, y todos fuimos corriendo y…

Miró a Hitchcock con una inconfundible súplica en los ojos: «DÍGASELO, CAPITÁN».

—Señor Huntoon, creo que deberíamos retroceder un poco, si no le importa. Justo al momento en el que encontró el cuerpo. ¿Cree que podrá soportarlo?

Asintió con un temible gesto ferozmente ceñudo y la mandíbula desencajada.

—Sí, sí.

—Bien. Deje que le pregunte, ¿oyó algo más en ese momento?

—Nada que no pudiera oírse normalmente. Una lechuza o dos, señor. Y… una rana quizá…

—¿Había alguien más?

—No, señor, pero tampoco pensaba encontrarme a nadie.

—Y supongo que tras el primer contacto no tocó el cuerpo. Echó la cabeza hacia atrás, hacia el árbol.

—No habría podido, después de ver lo que era.

—Muy inteligente, señor Huntoon. Ahora a lo mejor puede decirme. —Hice una pausa para estudiar su cara—. Quizá pueda decirme qué aspecto tenía Leroy Fry.

—No muy bueno, señor.

Esa fue la primera vez que oí reírse al capitán Hitchcock. Una risa ahogada, cortada a la mitad. Creo que le sorprendió incluso a él y tuvo otra ventaja: evitó que yo hiciera lo mismo.

—No lo dudo —dije con tanta suavidad como pude—. ¿Quién de nosotros habría tenido buen aspecto en semejante situación? Me refería más a… la posición del cuerpo, si puede acordarse.

Se dio la vuelta y se puso frente al árbol, quizá por primera vez, para dejar trabajar la memoria.

—La cabeza —explicó lentamente—. Tenía ladeada la cabeza.

—¿Sí?

—Y el resto parecía… parecía echado hacia atrás.

—¿Cómo es eso?

—Bueno —contestó pestañeando y mordiéndose el labio—. No colgaba derecho. La espalda, señor, estaba… como si estuviese preparándose para sentarse. En una silla o en una hamaca o algo parecido.

—Estaba en esa posición porque había chocado contra él.

—No, señor. —Fue rotundo en aquella respuesta, lo recuerdo—. No, señor, solo lo rocé, le doy mi palabra de honor. No se movió.

—Continúe, ¿qué más recuerda?

—Las piernas —dijo extendiendo una de las suyas—. Las tenía abiertas, creo. Y hacia delante.

—No le entiendo, señor Huntoon. ¿Quiere decir que tenía las piernas delante de él?

—Me refiero a cómo estaban en el suelo, señor.

Di unos pasos hacia el árbol. Me puse bajo el colgante trozo de cuerda y noté su roce en la clavícula.

—Capitán Hitchcock, ¿sabe más o menos qué altura tenía Leroy Fry?

—Normal o un poco más alto, puede que tres o cuatro centímetros más bajo que usted, señor Landor.

Epaphras tenía los ojos cerrados cuando me acerqué a él.

—Bueno, esto es muy interesante. Quiere decir que sus pies... sus talones quizá...

—Sí, señor.

—... tocaban el suelo, ¿lo he entendido bien?

—Sí, señor.

—Eso puedo confirmarlo —intervino Hitchcock—. Esa era la postura que tenía cuando lo vi.

—¿Y cuánto tiempo pasó, señor Huntoon, entre la primera vez que vio el cuerpo y la segunda?

—No más de veinte minutos, creo. Media hora.

—¿Y había cambiado la posición del cuerpo en ese tiempo?

—No, señor. No que yo notara. Estaba muy oscuro.

—Solo me queda una pregunta, señor Huntoon, y después ya no lo molestaré más. ¿Sabía que era Leroy Fry cuando lo vio?

—Sí, señor.

—¿Por qué?

Sus mejillas se tiñeron de rojo y se le torció la boca.

—Bueno, señor, cuando me tropecé con él levanté el farol. Así. Y ahí estaba.

—¿Y lo reconoció inmediatamente?

—Sí, señor. —Esbozó de nuevo la misma sonrisa avinagrada—. Cuando era novato, el cadete Fry me afeitó media cabeza justo antes de la formación para la cena. Dios, la que me cayó.

Narración de Gus Landor

5

*L*ázaro empezó a apestar a los pocos días, ¿por qué iba a ser diferente Leroy Fry? Como no había nadie que tuviera planeado traerlo de los muertos y sus padres aún tardarían tres semanas en llegar, los administradores de la academia tenían un problema entre las manos. No podían enterrar al joven y enfrentarse a la cólera de la familia Fry ni podían dejar de enterrarlo y arriesgarse a que su maltratado cuerpo se descompusiera. Tras algunas conversaciones, optaron por la segunda opción, pero necesitaban hielo y el doctor Marquis tuvo que volver a practicar algo que había presenciado hacía muchos años cuando era estudiante de medicina en la Universidad de Edimburgo. Lo que quiere decir que sumergió a Leroy Fry en un baño de alcohol.

Y así fue como lo encontramos el capitán Hitchcock y yo: desnudo, en una caja de roble llena de alcohol etílico. Para cerrarle la boca habían encajado un palo entre el esternón y la mandíbula, y para que no flotara habían introducido un trozo de carbón en la cavidad que tenía en el pecho, aunque la nariz seguía sobresaliendo por encima del líquido y sus párpados se negaban a cerrarse. Allí nadaba, con aspecto de estar más vivo que nunca, como si la próxima ola fuera a traerlo de vuelta con nosotros.

Habían calafateado la caja, pero no lo suficiente, ya que se escuchaba un goteo sobre el caballete. Los vapores del alcohol se elevaban a nuestro alrededor e imaginé que eso era lo más cerca que estaría de estar borracho por algún tiempo.

—Capitán, ¿ha estado en el mar? —Respondió que en varias ocasiones—. Yo solo he estado una vez. Recuerdo que vi a una niña allí, de unos ocho años, haciendo una catedral en la arena. Era algo extraordinario, tenía abadías, campanarios… No podría decirle todos los detalles que había esculpido en ella. Lo tenía todo planeado, excepto la marea. Cuanto más rápido trabajaba la niña, más rápido se acercaba el mar. Antes de que pasara una hora, aquella hermosa creación se convirtió en unos montoncitos de arena. —Hice un gesto de allanamiento con la mano—. Una chica inteligente. No soltó una lágrima. Siempre que intento amontonar alguna cosa sobre unos hechos sencillos me acuerdo de ella. Se puede hacer algo bonito, pero entonces llega una ola y lo único que deja son montoncitos. Los cimientos, los que se olvidan de ellos deberían avergonzarse.

—Así que, ¿cuáles son nuestros cimientos? —preguntó Hitchcock.

—Bueno, veamos. Creemos que Leroy Fry quería morir, lo que parece una base extremadamente buena, capitán. ¿Por qué otra razón iba a ahorcarse un joven en un árbol? Estaba derrotado, es una vieja historia. Así que, ¿qué haría un hombre derrotado? Dejaría una nota, eso es lo que haría. Les diría a su familia y a sus amigos por qué lo iba a hacer. Para tener la oportunidad que nunca había tenido cuando estaba vivo. Así que… —comencé a decir abriendo las manos—, ¿dónde está la nota, capitán?

—No encontramos ninguna.

—Mmm. Bueno, no importa, no todos los suicidas dejan notas. Bien sabe Dios que he visto a más de uno saltar desde un puente. Muy bien, Leroy Fry va corriendo hacia el acantilado más próximo, no, un momento, decide ahorcarse. No en un lugar en el que le puedan encontrar fácilmente, aunque quizá no quería causar molestias…

Me callé y comencé de nuevo.

—Muy bien, encuentra un árbol resistente, pasa la soga por una rama… Pero está demasiado trastornado como para calcular la largura de la cuerda. —Extendí una pierna y después la otra—. Se da cuenta de que esa horca ni siquiera le levantará los pies del suelo. Muy bien, ata la cuerda otra vez…, no, no hace eso. No, Leroy Fry tiene tantas ganas de morir que simplemente… sigue haciendo fuerza.

Hice el gesto con una de mis piernas.

—Hasta que la cuerda termina su trabajo. —Fruncí el entrecejo mirando el suelo—. Bueno, ciertamente hacerlo de esa manera es una labor costosa. Y si el cuello no se rompe, aún más…

Hitchcock empezaba a ponerse a la altura de las circunstancias.

—Dijo que no estaba en sus cabales, ¿por qué iba a comportarse de manera racional?

—Bueno, por experiencia sé que no hay nada más racional que un hombre empeñado en matarse. Sabe cómo quiere hacerlo. Una vez…, una vez vi suicidarse a una mujer. Lo había planeado perfectamente. Cuando finalmente lo consiguió, uno habría jurado que esta lo estaba recordando, porque en su mente había sucedido una y otra vez.

—Esa mujer que ha mencionado, ¿era…? —preguntó el capitán Hitchcock.

No, no dijo eso. No dijo nada durante un rato, simplemente marcó un camino alrededor del ataúd de Leroy Fry aplastando la cera con sus botas.

—Quizá fue una prueba que se le fue de las manos.

—Si damos crédito a nuestros testigos, capitán, no es posible que sucediera eso. Tenía los pies en el suelo y las extremidades superiores cerca: si Leroy Fry hubiese querido poner fin a todo aquello habría podido hacerlo fácilmente.

Hitchcock continuó arrastrando los pies por el suelo.

—La cuerda —señaló—. Puede que la cuerda cediera después de ahorcarse o a lo mejor el cadete Huntoon lo empujó con más fuerza de la que cree, puede deberse a un montón de…

Peleaba duramente, era algo propio de su naturaleza. Debería haberlo admirado por aquello, pero estaba consiguiendo que me dolieran los ojos.

—Mire aquí —le pedí.

Me quité la chaqueta de paño, me levanté una manga de la camisa y metí la mano en el baño de alcohol. Sentí frío y después una imaginaria sensación de calor. Y también esto: la extraña sensación de que mi piel se disolvía y endurecía al mismo tiempo. Pero mi mano se mantuvo firme y sacó la cabeza de Leroy Fry hacia la superficie. Y a la cabeza le siguió el resto del cuerpo, tan pétreo y tieso como el caballete en el que descansaba la caja. Tuve que meter mi otra mano debajo para evitar que volviera a hundirse.

—El cuello fue lo primero que me sorprendió. ¿Lo ve? No es una marca limpia. La cuerda se aferró a él. Subió y bajó por la garganta buscando dónde asirse.

—Como si…

—Como si hubiese estado forcejeando. Y mire los dedos, por favor.

Hice un gesto con la barbilla y al cabo de un momento el capitán Hitchcock se arremangó y se inclinó hacia el cuerpo.

—¿Lo ve? En la mano derecha, en la punta de los dedos.

—Ampollas.

—Exactamente. Parecen recientes. Creo que estuvo… agarrando la cuerda, intentando quitársela.

Miramos la sellada boca de Leroy Fry, intensamente, como si al hacerlo pudiéramos abrírsela. Y por algún extraño accidente, la habitación se inundó con una voz —no era ni la mía ni la de Hitchcock— que resonó con tanta fuerza que retiramos las manos y Leroy Fry volvió a hundirse entre siseos y burbujas.

—¿Puede saberse qué está pasando aquí?

Inclinados hacia el ataúd y con las mangas subidas debíamos de ser todo un espectáculo para el doctor Marquis, ladrones de tumbas a la luz del día, a juzgar por nuestro aspecto.

—¡Doctor! —grité—. Me alegro de que se una a nosotros. Necesitamos una autoridad médica.

—Señores, todo esto me parece completamente inadmisible.

—Ciertamente lo es. ¿Le importaría tocar la parte de atrás de la cabeza del señor Fry?

Luchó contra la duda de si aquello era correcto o, al menos, le concedió unos segundos más a la corrección, antes de seguir nuestro ejemplo. Para cuando sujetó la parte de atrás del cráneo, el gesto de esfuerzo de su cara se suavizó hasta convertirse en algo parecido a la serenidad. Parecía un hombre en paz consigo mismo.

—¿Ha encontrado algo, doctor?

—Todavía no, estoy… Mmm, sí. Una contusión.

—¿Se refiere a una hinchazón?

—Sí.

—¿Puede describírnosla?

—Está en la región parietal, que yo vea… y tiene unos siete centímetros de circunferencia.

—¿Como cuánto sobresale más o menos?

—Se eleva… un centímetro y medio por encima del cráneo.

—¿Qué cree que pudo causar esa hinchazón, doctor?

—Supongo que lo que suele causarlas: algo duro que entra en contacto con la cabeza. No puedo precisarle nada más sin verla antes.

—¿Pudo ocasionarse después de la muerte?

—No es muy probable. Las magulladuras se forman con sangre extravasada. Si no hay sangre en circulación, si no hay corazón, la verdad sea dicha —tuvo la sensatez de detener la risa a tiempo—, no puede haber magulladura.

Volvernos civilizados de nuevo, subirnos las mangas y ponernos las chaquetas, fue un trabajo lento y casi vergonzoso.

—Así pues, caballeros —dije haciendo crujir los nudillos—, ¿qué es lo que sabemos exactamente? —Al no obtener respuesta me vi obligado a contestar mi propia pregunta—. Tenemos a un joven que no le comunica a nadie que quiere morir. No deja nota. Muere, eso parece, con los pies en el suelo. En la parte de atrás de su cabeza encontramos una contusión, tal como nos ha indicado el doctor Marquis. Tiene ampollas en los dedos, quemaduras de cuerda arriba y abajo del cuello… Ahora les pregunto, ¿sugiere todo eso que era un hombre que quería reunirse con el Creador por voluntad propia?

Recuerdo que el capitán Hitchcock jugueteaba con las dos barras que había en su guerrera azul, como para recordarse a sí mismo el rango que tenía.

—¿Qué cree usted que sucedió? —preguntó.

—Bueno, tengo una teoría, eso es todo. Leroy Fry salió de su barracón entre las diez y, digamos, las once y media. Sabía que al hacerlo corría el… Perdone, ¿qué riesgo corría, señor Hitchcock?

—Abandonar el barracón fuera de las horas permitidas, diez puntos en conducta.

—¿Diez? Bueno, entonces sí que corría un riesgo, ¿no es así? ¿Por qué? ¿Deseaba ver el Hudson como el encantador señor Huntoon? Puede ser. Puede que sus cadetes alberguen una cuadrilla secreta de amantes de la naturaleza. Aunque en el caso del señor Fry, me inclino a pensar que tenía en mente una misión especial, alguien lo estaba esperando.

—¿Y ese alguien...? —intervino el doctor Marquis dejando la pregunta inconclusa.

—De momento supongamos que es la persona que le dio un golpe en la cabeza, el mismo que le puso el lazo alrededor del cuello y lo apretó. —Di un paso hacia delante y sonreí hacia la pared, después me di la vuelta y añadí—: Por supuesto, solo es una teoría, caballeros.

—Creo que se muestra un tanto evasivo con nosotros —comentó el capitán Hitchcock con un tono creciente de acaloramiento en la voz—. Creo que si no le mereciera crédito, no nos ofrecería una teoría.

—Sí, pero mañana el océano la barrerá y... fuuush.

Se produjo un silencio, roto únicamente por el goteo sobre el caballete del ataúd y el lento arrastre de las botas de Hitchcock... Finalmente, su voz pareció tensarse con cada palabra que pronunciaba.

—Mientras tanto nos ha dejado con dos misterios, cuando antes solo teníamos uno. Según usted, tenemos que encontrar al profanador y al asesino de Leroy Fry.

—A menos —intervino el doctor Marquis lanzándonos una tímida mirada a los dos— que se trate del mismo misterio.

Por extraño que pareciera que fuera él quien sugiriera aquello, lo hizo, y el silencio que produjo adquirió una nueva dimensión. Todos nosotros, creo, estábamos aventurándonos por diferentes caminos, pero sintiendo el mismo cambio de altitud.

—Bueno, doctor —dije—, la única persona que puede decírnoslo es el pobre chaval que tenemos aquí.

Leroy Fry se balanceaba ligeramente en su baño con los ojos todavía medio cerrados y el cuerpo rígido. Sabía que en poco tiempo finalizaría el rígor mortis, las articulaciones perderían su agarrotamiento y entonces ese cuerpo podría revelarnos algo más.

Fue entonces cuando reparé —reparé de nuevo debería decir— en que tenía la mano izquierda cerrada.

—Perdonen, si no les importa...

Creo que aquellas fueron mis palabras, pero ya no ponía tanta atención en lo que estaba diciendo como en lo que iba a hacer. Sabía que tenía que ir hacia la mano de Leroy Fry.

Y debido a que para sacarla a la luz habría tenido que tirar del cuerpo, me contenté con trabajar bajo la superficie del agua. Las otras dos personas presentes no tenían ni idea de qué pretendía hacer hasta que oyeron el crujido del pulgar de Leroy Fry al separarse de la palma. Incluso a través del alcohol, fue un sonido salvaje, como el de un pollo al que se le rompe el cuello.

—¡Señor Landor!

—¿Qué demonios?

Crac, crac, crac, crac.

El puño estaba abierto y en la mano de Leroy Fry había algo minúsculo arrugado, amarillento, mojado y roto. Un trozo de papel.

Para cuando lo saqué, tenía a Hitchcock y a Marquis a ambos lados y lo leímos juntos, los tres pares de labios sonaron en silencio, en la forma en la que los estudiantes observan una frase de latín mientras la escriben en una pizarra.

63

RO
HA A
O VEN T
EN V

—Bueno, quizá no sea nada —dije volviendo a cerrarlo y metiéndomelo en el bolsillo de la camisa. Dejé escapar un largo silbido y, después, al ver la cara de mis acompañantes pregunté—: ¿Vuelvo a poner los dedos como estaban?

Durante mi estancia en la academia no fui un completo prisionero. En el transcurso de las siguientes semanas hubo ocasiones en las que mi escolta se alejaba un rato o me dejaba apartarme unos metros del camino. Y durante un minuto, o dos incluso, la soga se aflojaba, podía estar solo en el corazón de West Point y mi cuerpo volvía a manifestarse: el flequillo, el áspero ruido en mi pulmón izquierdo, el dolor en la cadera… y subyacente, ese latido, latido, latido, esa cadencia que había sentido en la oficina de Thayer. Entendí todos esos síntomas como un motivo para alegrarme, ya que querían decir que había partes de mí que seguían fuera de la academia, y ¿cuántos cadetes, incluso cuántos oficiales podían decir lo mismo?

Pero deja que vuelva, lector, al momento en el que de camino a las dependencias del superintendente (una vez que dejamos que el doctor Marquis reparara las ofensas infringidas al cuerpo de Leroy Fry) un tal profesor Church nos paró al capitán Hitchcock y a mí. Tenía una queja que quería que oyese el capitán Hitchcock. Los dos hombres se apartaron un poco y yo me alejé hasta que llegué al jardín del superintendente. Era un agradable y reducido espacio en el que había rododendros, asteres y un roble en el que trepaba un rosal. Cerré los ojos y sentí que me hundía en un haya roja, solo. Excepto que no lo estaba. Detrás de mí se oyó una voz que hablaba con gran presión.

—Perdone.

Entonces me di la vuelta y lo vi. Estaba medio escondido por un peral de San Miguel. Me pareció tan irreal como un duende porque ¿acaso no había visto (u oído) que ordenaban a los cadetes de la academia desfilar para ir a desayunar, cenar, comer? ¿Desfilar para ir a clase, a formación o a los barracones? ¿Desfilar para ir a dormir, desfilar despiertos? Había llegado a pensar que esos chavales solo respondían ante órdenes y la idea de que uno de ellos saliera de las filas para hacer algo por su cuenta (más urgente que meter un pie en el Hudson) era tan posible como que a una roca le nacieran pies.

—Perdone, señor. ¿Es usted Augustus Landor?

—Sí.

—Cadete de cuarta Poe a su servicio.

Para empezar era demasiado mayor, al menos en comparación con el resto de sus compañeros. Esos chavales todavía tenían granos en la cara, manos grandes y pechos hundidos, y se asustaban con facilidad, como si la vara de su profesor siguiera resonando en sus oídos. Ese novato era diferente: los granos habían cicatrizado y tenía un porte erguido, como el de un oficial convaleciente.

—¿Qué tal está, señor Poe?

Dos mechones de lacio pelo negro sobresalían de su ridícula gorra de cuero, haciendo un camafeo con sus ojos, que eran de color gris avellana y demasiado grandes para su cara. Por el contrario, sus dientes eran pequeños y exquisitos, como los que se ven en el collar de un jefe caníbal. Eran unos dientes delicados, apropiados a su estructura, ya que era delgado como una paja —ligero— excepto por su frente, que ni siquiera conseguía cubrir la gorra. Pálida y pesada, sobresalía de su envoltorio en la forma en la que la comida de una anaconda hace un nudo en su cuello.

—Señor, a menos que me equivoque le han encargado resolver el misterio relacionado con Leroy Fry.

—Así es.

La noticia todavía no se había dado a conocer, pero no tenía sentido negarlo. Y, de hecho, el joven no esperaba que lo hiciese, aunque dudó un buen rato y me sentí obligado a preguntarle:

—¿Qué puedo hacer por usted, señor Poe?

—Señor Landor, creo que nos incumbe a mí y al honor de esta academia el que le cuente algunas de las conclusiones a las que he llegado.

—Conclusiones…

—Relacionadas con el *affaire* Fry.

Al pronunciar esas palabras echó hacia atrás la cabeza. Recuerdo que pensé que todo el que utilizara una frase como la de «el *affaire* Fry» seguramente haría ese mismo movimiento. Exactamente igual.

—Estoy muy interesado en oírlas, señor Poe.

Hizo ademán de hablar y después se contuvo y movió los ojos a ambos lados, supongo que para asegurarse de que no nos veía nadie o, seguramente, para que le prestase la mayor atención. Salió finalmente de detrás del árbol y se presentó de cuerpo entero. Después se inclinó hacia mí (con una muestra de disculpa en ese movimiento) y me susurró al oído:

—El hombre que está buscando es un poeta.

Dicho lo cual se tocó la gorra, hizo una gran reverencia y se fue. Al poco lo vi introduciéndose sin ningún esfuerzo en la corriente de cadetes que se dirigían al comedor.

ϒ

La mayoría de nuestros encuentros permanecen perdidos en una nube. Pero solo cuando alguien llega a ser vital para nosotros intentamos darle a ese primer encuentro la importancia que más tarde tendrá… aunque, para ser sinceros, ese hombre, esa mujer, son simplemente una cara o una circunstancia. Sin embargo, en este caso, creo que mi primera impresión fue tan completa como las siguientes, por la simple razón de que nada en él era normal. Ni lo sería jamás.

Narración de Gus Landor

6

28 de octubre

*A*l día siguiente incumplí mi voto de abstinencia. Comenzó, como todas las grandes caídas, con la mejor de las intenciones. Iba de camino a casa para recoger algunas cosas, cuando de pronto aparecieron ante mí los peldaños que llevan a la taberna de Benny Havens. Llegué a la conclusión de que solo el destino podría haberme dirigido hasta allí. ¿Acaso no tenía la boca más seca que una pasa? ¿Acaso no había un buen montón de heno en la parte de atrás para Caballo? ¿Acaso no había dentro civiles?

Cuando atravesé las puertas de la casa roja de Benny no tenía intención de tomar un trago. Quizá uno de los pasteles de la señora Havens, un vaso de limonada y agua helada. Pero Benny había preparado su famoso brebaje —acababa de hundir el hierro caliente en su baño de huevos batidos y cerveza— y en el aire flotaba un olor a caramelo, el fuego crepitaba en el hogar y antes de que pudiera darme cuenta estaba sentado a la barra, la señora cortaba pavo asado, Benny servía su combinado en un jarro de peltre, y me sentí en casa otra vez.

A mi derecha se sentaba Jasper Magoon, antiguo ayudante de dirección del *New York Evening Post*. Había dejado la ciudad (como yo) debido a su salud y en ese momento, a escasos cinco años de entonces, estaba medio muerto, completamente ciego y se veía obligado a tener que suplicar a la gente que le leyera las últimas noticias al oído izquierdo.

«Feria en el centro masónico», «Informe semanal de óbitos», «Mezcla de sirope y zarzaparrilla...».

En un rincón se hallaba Asher Lippard, párroco episcopalista que casi se cae al mar cerca de Malta y que, en un ataque reformista, se había convertido en uno de los fundadores de la Sociedad Norteamericana para la Promoción de la Templanza... antes de que le entrara otro ataque reformista. Ahora era un devoto bebedor. Se tomaba tan en serio la bebida como un sacerdote la unción.

En la mesa de al lado estaba Jack de Windt, que seguía inmerso en un largo juicio en el que afirmaba que había inventado el barco de vapor antes que Fulton. Era una leyenda local por dos razones: pagaba todo en copecas rusas y apoyaba candidatos condenados al fracaso. A Porter en 1817, a Young en 1824 y a Rochester en 1826; si un barco se hundía, Windt lo encontraría. Pero era más optimista que un corcho y le encantaba contar cómo, una vez que Fulton le pagara lo que le debía, encontraría el Paso del Norte, incluso había empezado a buscar perros.

También estaba el propio Benny, servidor de esas trasquiladas ovejas. Un hombre bajo, cercano a la cuarentena, con boca de viejo y ojos de joven, y una mata de pelo despeinada por el sudor. Una persona orgullosa que podía estar sirviendo a pilotos de gabarras y holgazanes, pero que siempre iba vestido con camisa de pechera y pajarita. Y, a pesar de que según se decía Benny había vivido toda su vida en el valle del Hudson, a menudo se oía cierto acento en sus vocales.

—¿Te he hablado alguna vez del padre de Jim Donegan, Landor? Era el sacristán del pueblo. Vestía los cuerpos para los entierros, les ponía sus mejores ropas y les anudaba las corbatas. Pues bien, siempre que mi colega Jim necesitaba ayuda con la corbata, su padre le decía: «Jim, tendrás que tumbarte en la cama, cerrar los ojos y cruzar las manos encima del pecho». Era la única forma en que era capaz de vestir a sus hijos. Él mismo tenía que estar tumbado para hacerlo. Y nunca le importó el aspecto que tuviera por detrás porque ¿quién le ve el culo a un muerto?

En la taberna de Benny Havens no había ninguno de los cócteles que se servían en los refinados bares de Manhattan.

Solo había whisky sin refinar, bourbon, ron y cerveza, y si alguien estaba fuera de sí, un refresco de raíces se hacía pasar por bourbon. Pero no pienses, lector, que Benny es tan ordinario como lo que lo rodea. Él y su mujer (como ellos mismos serán los primeros en decírtelo, con voz temblorosa por el orgullo) son los únicos ciudadanos de Estados Unidos que tienen prohibida la entrada en West Point, debido a que los pillaron introduciendo whisky en las instalaciones de la academia.

«El Congreso debería de habernos concedido una medalla —es lo que suele decir Benny Havens—. Los soldados necesitan beber tanto como necesitan mano dura.»

Los cadetes lo ven de la misma forma y cuando están lo suficientemente secos se arriesgan a ir al establecimiento de los Havens. Y si por casualidad no pueden hacerlo, siempre está la camarera de Benny, Patsy, para llevarles un cargamento al amparo de la noche. Es la forma que prefieren la mayoría de los cadetes, ya que Patsy nunca es demasiado orgullosa, según dicen, como para añadirse ella misma en la cuenta. Es posible (y no creo que hayamos hecho apuestas) que al menos dos docenas de cadetes se han iniciado en los misterios de la mujer con nuestra Patsy. ¿Quién puede saberlo? Patsy habla de todo excepto del acto en sí y bien puede ser que solo esté representando el papel que todo el mundo adjudica a las camareras. Siendo un estereotipo, por así decirlo, y contemplándolo a gran distancia. La verdad es que no podría garantizar que se entregue a un solo hombre y no es de las que fanfarronean ante nadie.

Pasó a mi lado de camino a la trastienda, con sus ojos morados y sus calzones de batista. Con una gorra demasiado pequeña y las caderas un poco anchas (para algunos gustos).

—¡Ángel mío! —grité con toda sinceridad.

—¡Gus!

Su voz era plana como una mesa, pero aquello no detuvo a Jack de Windt.

—¡Oh! —se quejó—. Estoy hambriento, señorita Patsy.

—Mmm —exclamó, se pasó las manos por los ojos y desapareció en la cocina.

—¿Qué la aflige? —pregunté.

—Bueno —explicó el ciego Jasper meneando la cabeza enigmáticamente—. Tienes que perdonarla, Landor, ha perdido a uno de sus chicos.

—No me digas.

—Seguro que te has enterado —intervino Benny—. Un tipo llamado Fry. Una vez me cambió una manta Macintosh por dos vasos de whisky. No la suya, evidentemente. El pobre diablo se ahorcó la otra noche… —Miró a izquierda y derecha, se inclinó hacia mí y con el susurro más alto posible añadió—: He oído decir que una manada de lobos le arrancó el hígado. —Se irguió de nuevo y limpió una jarra con sumo cuidado—. Pero ¿por qué te estoy contando todo esto, Landor? Tú has estado en la academia.

—¿Quién te lo ha dicho, Benny?

—Un pajarito.

Cuanto más pequeño es el pueblo, más rápidas corren las noticias. Y Buttermilk Falls no es otra cosa que pequeño. Incluso sus habitantes son un poco más bajos que la media. Excepto por un gigantesco vendedor de hojalata que aparece un par de veces al año, debo de ser el hombre más alto de los alrededores.

—Los pajaritos hablan demasiado —sentenció el ciego Jasper asintiendo hoscamente.

—Dime, Jasper, ¿hablaste con Fry alguna vez?

—Una o dos veces nada más. El pobre chaval necesitaba ayuda con sus secciones cónicas.

—Venga —intervino Jack—, no creo que fuera con sus secciones cónicas con lo que necesitaba ayuda.

Podría haber seguido diciendo cosas de ese tipo, pero Patsy volvió a salir con una bandeja de galletas de avena e hizo que nos calláramos avergonzados. Cuando pasó a mi lado me atreví a tocarle el brazo.

—Lo siento, Patsy, no sabía que Fry era…

—No lo era. Al menos no en ese sentido, aunque quisiese serlo y eso hay que tenerlo en cuenta, ¿no crees?

—Dinos —intervino Jasper medio jadeando—. ¿Qué le impedía acceder a tus favores, Patsy?

—Nada que él pudiera remediar, pero Dios, ya sabes que me gustan los hombres de color más oscuro. El pelo rojo está bien en la cabeza, pero abajo no. Es uno de mis principios.

—Dejó la bandeja en la mesa y frunció el entrecejo mirando al suelo—. No entiendo qué puede llevar a un chico a hacer una cosa así. Incluso cuando es demasiado joven como para hacerlo bien.

—¿A qué te refieres con lo de bien?

—Bueno, Gus, ni siquiera supo medir la cuerda. Dicen que le costó tres horas morirse.

—¿Dicen? ¿Quién lo dice?

Pensó en aquello un momento, antes de rebajar su primera afirmación. «Él», dijo indicando con la cabeza hacia el rincón más apartado.

Era el lugar más alejado de la chimenea de Benny y en esa tarde en concreto había un joven cadete. Tenía el mosquetón apoyado en la pared. Su gorra de cuero se hallaba en un extremo de la mesa, tenía el pelo negro mojado por el sudor y su hinchada y pálida cabeza se balanceaba en las medias sombras.

Era difícil aventurar cuántas normas había infringido para ir allí. Salir de West Point sin autorización… acudir a un lugar donde se venden bebidas alcohólicas… ir a dicho lugar con la intención de tomar esas bebidas. Por supuesto, muchos otros cadetes las habían quebrantado, pero casi siempre de noche, cuando los guardias dormían. Era la primera vez que veía que alguien lo hacía a plena luz del día.

El cadete de cuarta Poe no me vio llegar. Si era ensueño o estupor no lo sé, pero me quedé allí medio minuto esperando a que levantara la cabeza, y estaba a punto de darme por vencido cuando oí unos débiles sonidos que provenían de algún lugar cercano a él: palabras, puede, o hechizos.

—Buenas tardes —saludé.

Echó la cabeza hacia atrás y sus enormes ojos negros se volvieron hacia mí.

—¡Ah!, es usted.

Se levantó casi tirando la silla, me estrechó la mano y empezó a sacudirla.

—¡Por Dios! Siéntese. Por favor, siéntese. Señor Havens, otra copa para mi amigo.

—¿Y quién la pagará? —Oí que murmuraba Benny, pero el joven cadete no debió de enterarse, pues me hizo señas para que me acercara y poder decirme entre dientes:

—¿Qué dice el señor Havens de mí, Landor? —Poe ahuecó la mano al lado de su boca para reírse—. El señor Havens es la única persona simpática en este desierto dejado de la mano de Dios.

—Y agradezco el estar aquí para oírlo.

Debo dejar claro que había cierta ambigüedad en todo lo que decía Benny. Había que ser uno de los habituales para entenderlo: lo dicho y el comentario acerca de lo dicho, ambas cosas al mismo tiempo. Poe no lo era y su primer impulso fue repetir la frase, más alto.

—En este cubil sumido en la ignorancia y dejado de la mano de Dios... lleno de rapaces filisteos. El único, Dios me fulmine si miento.

—Si continúa, me hará llorar, señor Poe.

—Y su encantadora esposa —añadió el joven—. Y Patsy, la bendita... la Hebe de las tierras altas. —Encantado con aquella creación, alzó la copa en dirección a la mujer que la había inspirado.

—¿Cuántas copas ha tomado? —pregunté, sonando desagradablemente como Sylvanus Thayer en mis propios oídos.

—No lo recuerdo.

De hecho, había cuatro vasos en fila cerca de su codo derecho. Me pilló en el momento en el que los contaba.

—No son míos, señor Landor, se lo aseguro. Parece que Patsy no tiene este sitio tan limpio como debiera, debido a la pena.

—Parece un tanto... remojado, señor Poe.

—Seguramente se refiere a mi constitución terriblemente delicada. Basta una sola copa para que pierda el juicio. Con dos me tambaleo como un púgil. Es una enfermedad, corroborada por varios eminentes médicos.

—Una gran desgracia, señor Poe. —Aceptó mi expresión de condolencia con el más cortés de los asentimientos de cabeza—. Ahora, antes de que empiece a tambalearse, quizá podría decirme algo.

—Será un honor.

—¿Cómo se enteró de la posición en la que estaba el cuerpo de Leroy Fry?

Se tomó la pregunta como un insulto.

—Pues por Huntoon, por supuesto. Ha estado contándolo todo como si fuera el pregonero. Puede que alguien lo cuelgue pronto a él.

—Lo cuelgue —repetí—. Supongo que no estará intentando decir que alguien colgó al señor Fry.

—No intento decir nada.

—Entonces, dígame, ¿por qué cree que el hombre que se llevó el corazón de Leroy Fry es un poeta?

Esta la entendió como una forma distinta de interpelación, y se metió de lleno en materia. Apartó el vaso y se ajustó las mangas de su guerrera.

—Señor Landor, el corazón es un símbolo. Si se arrebata el símbolo, ¿qué queda? Un puñado de músculos que no tienen mayor interés que una vejiga. Arrebatarle el corazón a un hombre es negociar con símbolos, y ¿quién mejor provisto para ello que un poeta?

—A mí me parece un poeta espantosamente literal.

—No diga eso, señor Landor. No puede fingir que ese acto de salvajismo no despertó resonancias literarias en las circunvoluciones de su cerebro. ¿Quiere que le trace mi propia serie de asociaciones? En un primer momento pensé en Childe Harold: «El corazón se quebrará, pero aun quebrado, pervivirá». Después recordé la encantadora canción de lord Suckling: «Le ruego me devuelva mi corazón, / ya que no puedo tener el suyo». La sorpresa, dado lo poco acostumbrado que estoy a la ortodoxia religiosa, es lo que a menudo me lleva a la Biblia: «Crea en mí, oh Dios, un corazón limpio…». «Al corazón contrito y humillado no despreciarás tú.»

—Entonces bien podríamos estar buscando a un maníaco religioso.

—¡Ah! —exclamó dando con el puño en la mesa—. ¿Una proclama de credo? ¿A eso se refiere? Volvamos al latín entonces: el verbo *credere* procede del nombre *cardia*, que significa, significa «corazón», ¿verdad? En nuestro idioma, por supuesto, corazón no tiene forma predicativa y por eso tradujimos *credo* por «creo», cuando literalmente significa «desear con el corazón», «llevar en el corazón». En otras palabras, una forma de no negar el cuerpo ni de trascenderlo, sino de expropiarlo. Una trayectoria de fe secular. —Se recostó en el asiento sonriendo forzadamente—. En otras palabras, poesía.

Puede que viera que contraía la comisura de la boca porque inmediatamente dio la impresión de que se cuestionaba a sí mismo… y entonces, de pronto, se echó a reír y se dio un golpecito en la sien.

—He olvidado decirle que soy poeta, señor Landor, y que tengo tendencia a pensar como ellos. No puedo remediarlo.

—¿Otra enfermedad, señor Poe?

—Sí —contestó imperturbable—. Tendré que donar mi cuerpo a la ciencia.

Fue la primera vez que pensé que sería un buen jugador de cartas, ya que era capaz de mantener un farol tanto como fuera preciso.

—Me temo que no tengo tiempo para la poesía.

—¿Por qué iba a tenerlo? Es norteamericano.

—¿Y usted, señor Poe?

—Un artista, es decir, apátrida.

Le gustó cómo sonaba aquello y dejó que diera vueltas en el aire como un doblón.

—Bueno —dije poniéndome de pie—. Gracias, señor Poe. Me ha sido de gran ayuda.

—¡Ah! —exclamó cogiéndome del brazo y haciéndome sentar otra vez (aquellos largos dedos tenían mucha fuerza)—. Debería volver a ver al cadete Loughborough.

—¿Por qué, señor Poe?

—Anoche, en la formación, me fijé en que perdía el paso. Confundía todo el rato izquierda con media vuelta. Algo que me indicó que su mente estaba en otro sitio. Además, esta mañana se le veía un poco alterado en el comedor.

—¿Y qué nos dice eso?

—Bueno, si lo conociera, sabría que habla más que Casandra y con el mismo resultado. Nadie le cree, ni siquiera sus mejores amigos. Hoy no quería que le escuchara nadie.

Para darle dramatismo a la escena, se puso un velo invisible sobre la cara y se quedó sentado, enfrascado en sus pensamientos como el mismo Loughborough. Con una sola diferencia, Poe se iluminó rápidamente, como si alguien le hubiera arrojado una cerilla.

—No creo que le haya mencionado que Loughborough fue, en otros tiempos, compañero de habitación de Leroy Fry. Hasta que tuvieron una pelea cuya causa sigue siendo desconocida.

—Resulta extraño que sepa eso, señor Poe.

—Debió de contármelo alguien —aclaró con un relajado encogimiento de hombros—. Si no, ¿cómo iba a saberlo? La gente suele tener confianza en mí, señor Landor. Provengo de una antigua saga de jefes francos. Se ha confiado en nosotros desde los albores de la civilización y esa confianza nunca se ha visto traicionada.

Echó hacia atrás la cabeza otra vez con un gesto de desafío, el mismo que recordaba haber visto en el jardín del superintendente. Afrontaría cualquier menosprecio.

—Perdone, señor Poe. Todavía no me he enterado muy bien de sus idas y venidas en la academia, pero estoy casi seguro de que lo esperan en algún sitio.

Me lanzó una mirada de lo más fiera, como si lo hubiese sacado de un sueño producido por la fiebre. Apartó el vaso y se puso de pie.

—¿Qué hora es?

— Veamos. —dije sacando el reloj del bolsillo—. Las tres y veinte… y veintidós minutos. —No dijo nada—. De la tarde —añadí.

Algo empezó a encenderse detrás de sus grises ojos.

—Señor Havens, tendré que compensarle la próxima vez.

—Siempre hay una próxima vez, señor Poe.

Se puso la gorra de cuero en la cabeza con tanta calma como pudo, se abrochó los botones de latón y cogió su mosquetón. No le costó nada, cinco meses de rutina de cadete habían dejado su impronta en él. Caminar era otra cosa. Atravesó la habitación con sumo cuidado, como si estuviera andando sobre un riachuelo. Cuando llegó a la puerta se apoyó contra el dintel y soltó sonriendo:

—Señoras y señores, les deseo que pasen un buen día.

Después salió por la puerta abierta.

No sé qué me impulsó a seguirlo. Me gustaría creer que me preocupaba su bienestar, pero más bien me pareció que aquella historia no había acabado. Así que lo seguí… pisándole los talones… y cuando pasamos los escalones de piedra oí un rítmico ruido de botas que provenía del sur y se acercaba a nosotros.

Poe iba corriendo hacia ese sonido y, cuando llegó al escalón más alto, se volvió, me sonrió y se puso un dedo en los labios antes de sacar la cabeza por detrás de un olmo para ver qué venía por el camino.

Se oyó el familiar retumbar de los tambores y después, a través de los árboles, apareció la silueta de los cuerpos. Eran dos filas de cadetes que subían una colina y, por su aspecto, debían de llevar medio día andando. Llegaron despacio, con los cuerpos inclinados hacia delante y los hombros hundidos bajo las mochilas. Estaban tan cansados que ni siquiera nos miraron al pasar a nuestro lado, sino que simplemente siguieron, ensartados. Cuando casi habían desaparecido de nuestra vista, Poe salió para seguirlos, acortando gradualmente la distancia que había hasta ellos. Quince metros… diez… hasta que finalmente se unió a ellos y entró en el final de la columna —donde estaba tan seguro como una bellota en la madriguera de una ardilla— y se alejó, más allá de la cima de la colina, para adentrarse en una lluvia de hojas rojizas sin que nada lo diferenciara de sus compañeros, excepto su porte algo más erguido y un breve adiós con la mano, al tiempo que se perdía de vista.

Permanecí un rato más mirando hacia allí, sin querer que su recuerdo desapareciera. Después regresé a la taberna y llegué en el preciso momento en el que el reverendo Lippard decía:

—Si hubiera sabido que se podía beber tan a menudo, me habría alistado en el Ejército.

Narración de Gus Landor

7

29 de octubre

*L*o siguiente en el orden del día era entrevistar a los amigos íntimos de Leroy Fry. Esperaban en fila fuera del comedor de oficiales, jóvenes adustos con los labios grasientos por la cena. Cuando entraron, Hitchcock les devolvió el saludo y les dijo: «Descansen». Entrelazaron las manos detrás de la espalda, sacaron la mandíbula y, si eso es «estar descansando», lector, pues adiós muy buenas. Les costó un par de minutos entender que era yo el que les iba a hacer unas preguntas y, aun así, siguieron con los ojos fijos en el comandante. Cuando acabé el interrogatorio, sin dejar de mirar a Hitchcock, preguntaron: «¿Eso es todo, señor?». «Sí», contestó el comandante, lo saludaron y salieron indignados. De esa misma forma entraron y salieron más o menos una docena de cadetes en una hora. Cuando se fue el último, Hitchcock se volvió hacia mí y dijo:

—Me temo que ha perdido el tiempo.

—¿Por qué, capitán?

—Ninguno sabe nada de las últimas horas de Leroy Fry. Ninguno lo vio salir de los barracones. Estamos igual que cuando empezamos.

—Mmm. ¿Le importaría enviar a alguien a por el señor Stoddard?

Este volvió, moviéndose como una tabernera. Era un cadete

de segunda, de Carolina del Sur, hijo del dueño de una plantación de sorgo. Tenía un lunar de color morado negruzco en la mejilla y una triste hoja de servicios: ciento veinte puntos en conducta y dos meses todavía para acabar el año. Estaba a punto de que lo expulsaran.

—Capitán Hitchcock, si un cadete pudiera decirnos algo sobre las últimas horas de Leroy Fry, ¿quizá podríamos plantearnos el, bueno, pasar por alto las faltas que pudiera haber cometido?

Tras una breve meditación, aceptó.

—Y ahora, señor Stoddard —continué—. Me pregunto si nos ha dicho todo lo que sabe.

No, no lo había hecho. Al parecer, la noche del 25 de octubre había salido tarde de la habitación de un amigo. Ya había pasado más de una hora después del toque de retreta cuando subió la escalera de los barracones norte y oyó pasos de alguien que bajaba. Pensó que sería el teniente Locke haciendo una de sus rondas nocturnas. Se apretó cuanto pudo contra la pared y prestó atención a los pasos que se acercaban...

No tenía por qué haberse preocupado, se trataba simplemente de Leroy Fry.

—¿Y cómo supo quién era?

Al principio no lo sabía, pero Fry rozó con el codo el hombro de Stoddard y gritó con voz aguda:

—¿Quién va?

—Soy yo, Leroy.

—¿Julius? ¿Hay algún oficial por ahí?

—No, vía libre.

Fry continuó bajando los escalones y Stoddard, sin saber que esa sería la última vez que vería a su amigo, se fue a la cama y durmió hasta el toque de diana.

—Bueno, señor Stoddard, esto nos es muy útil. Ahora me pregunto qué más puede decirnos. Por ejemplo, ¿qué aspecto tenía el señor Fry?

Estaba tan oscuro en la escalera que no confiaba poder decir mucho al respecto.

—¿Vio si llevaba algo, señor Stoddard? ¿Un trozo de cuerda o algo parecido?

Nada que él hubiera visto. Estaba oscuro... muy oscuro...

«Un momento», dijo. Pasó algo. Cuando Fry se iba, Stoddard le preguntó:

—¿Dónde vas a estas horas?

Y esto fue lo que le contestó:

—Necesidades personales.

Una broma. Cuando un cadete tiene que ir al baño por la noche —para no tener que utilizar el orinal— se va corriendo al retrete de fuera y si se tropieza con algún oficial solo tiene que decir «Necesidades personales» y este le deja pasar (aunque se espera que regrese enseguida). Pero lo que le sorprendió a Stoddard en esa ocasión fue la gravedad con que lo había dicho Fry.

«Necesidades personales.»

—¿Y qué pensó que quería decir con eso, señor Stoddard?

No lo pensó, Fry se lo había susurrado y sus palabras le llegaron algo apagadas.

—¿Tuvo la impresión de que se trataba de algo urgente?

Puede que lo hubiera sido o quizá simplemente le estaba tomando el pelo.

—¿Le pareció animado?

Sí, lo suficiente. No como un hombre que está a punto de apagar su propia vela. Pero eso nunca se sabe, ¿no es así? Stoddard había tenido un tío que un día estaba enjabonándose la cara y silbando *Hey, Betty Martin* y acto seguido se cortó el cuello con la cuchilla. Ni siquiera llegó a acabar de afeitarse.

Bueno, eso fue todo lo que el cadete Stoddard podía decirnos. Nos abandonó con cierto pesar y con una tímida especie de orgullo. Ya lo había visto en otros cadetes. Les gustaba atribuirse una relación con Leroy Fry. Y no porque fuera genial o bueno, sino porque estaba muerto.

Hitchcock observó cómo se iba y sin apartar los ojos de la puerta formuló la pregunta que más le preocupaba.

—¿Cómo lo ha sabido, señor Landor?

—¿Se refiere a Stoddard? Por sus hombros, supongo. Estoy seguro de que se habrá dado cuenta, capitán, de que cuando se entrevista a los cadetes en presencia de oficiales muestran cierta tensión en el cuerpo. Más de lo normal quiero decir.

—Lo sé muy bien. Lo llamamos la joroba del examen.

—Bueno, por supuesto, una vez que ha pasado la terrible experiencia, los hombros vuelven de forma natural a su lugar habitual. Pero no ha sido así con el señor Stoddard. Ha salido de la habitación igual que ha entrado.

Los hermosos ojos marrones del capitán Hitchcock me miraron un rato y una posible sonrisa jugueteó en sus labios. Después dijo sin demasiada gravedad:

—¿Quiere que vuelva algún otro cadete, señor Landor?

—No, volver no, pero me gustaría hablar con el cadete Loughborough si no le importa.

Aquello llevó más rato. La comida había acabado y Loughborough estaba en la clase dedicada a la filosofía natural y experimental, delante de la pizarra, cuando le llegó el aviso, como si fuera un indulto. Supongo que dejó de serlo cuando entró en la habitación y vio al comandante con los brazos cruzados sobre la mesa y a mí... ¿qué pensaría de mí? Era un chaval de piernas cortas de Delaware que tenía bolas de masa por mejillas y unos brillantes ojos de obsidiana que miraban más hacia adentro que hacia afuera.

—Señor Loughborough, usted era el compañero de habitación del señor Fry, ¿verdad?

—Sí, señor, cuando éramos novatos.

—Y más tarde se enfadaron.

—Bueno, señor, respecto a eso, yo quizá no lo llamaría enfado. Fue más bien cuestión de caminos que divergían, señor. Creo que eso se acerca más a la verdad.

—¿Y qué es lo que hizo que divergieran?

Su entrecejo se arrugó.

—Bueno, nada... que se esperara, diría yo.

Cuando se oyó la voz del capitán Hitchcock se estremeció.

—Señor Loughborough, si sabe algo relacionado con el señor Fry, está obligado a decirlo. Inmediatamente.

Admito que sentí pena por el muchacho. Si realmente era un bocazas, tal como había sugerido Poe, debía dolerle el que le faltaran las palabras.

—La cosa es así, señor. Cada vez que oigo algo relacionado con el cadete Fry recuerdo un incidente.

—¿Cuándo tuvo lugar ese incidente? —pregunté.

—Hace mucho tiempo, señor. Dos años.

—No es tanto. Continúe, por favor.

Y entonces dijo: «No se lo diré, puñetero».

No, lo que dijo fue:

—Fue una noche de mayo.

—¿Mayo de 1828?

—Sí, señor. Lo recuerdo porque me acababa de escribir mi hermana para decirme que iba a casarse con Gabriel Guiad; la carta llegó una semana antes de la boda y tenía que contestarle a la atención de mi tío de Dover porque sabía que mi hermana se detendría allí la semana después de la boda, que era la primera semana de junio.

—Gracias, señor Loughborough. —Las palabras del chico empezaban a brotar—. Centrémonos en el incidente, ¿quiere? ¿Puede decirnos brevemente qué pasó esa noche?

Frunció las cejas ante el trabajo que tenía por delante.

—Leroy se fue corriendo.

—¿Adónde?

—No lo sé, señor. Simplemente me dijo que lo encubriera como pudiera.

—¿Y volvió al día siguiente?

—Sí, señor. Aunque lo separaron del grupo por perderse el toque de diana.

—¿Y no le dijo nunca adónde había ido?

—No, señor —contestó mirando fugazmente a Hitchcock—. Pero me dio la impresión de que después de aquello se le veía preocupado.

—¿Preocupado?

—Y se lo cuento, señor, porque a pesar de que podía parecer tímido al conocerlo, una vez que se le conocía no era tan difícil hablar con él, pero después de aquello no quería hablar en absoluto, lo que no me tomé muy a pecho, excepto lo de que no quería mirarme a los ojos. Le pregunté si le había molestado de alguna forma, pero me dijo que no, que no era por mí. Le pregunté, ya que éramos buenos amigos, de quién se trataba.

—Y no se lo dijo.

—Eso es más o menos todo. Pero una noche, fue por julio, reconoció que... se había juntado con una pandilla de canallas.

Por el rabillo del ojo vi que Hitchcock se inclinaba hacia delante en su asiento, solamente un centímetro.

—¿Una pandilla de canallas? —repetí—. ¿Fueron esas las palabras que dijo?

—No, señor. Por supuesto, le dije que, si estaban haciendo algo ilegal, estaba obligado a dar cuenta —aseguró el cadete de segunda sonriendo a Hitchcock y a la espera de una señal de aprobación que nunca llegó.

—¿Con «pandilla» se refería a otros cadetes, señor Loughborough?

—No me lo dijo. Supongo que pensé que eran cadetes porque ¿a quién más vemos aquí? A menos, por supuesto, que Leroy se juntara con bombarderos, señor.

Llevaba en la academia lo suficiente como para saber que los «bombarderos» eran los miembros de un regimiento de artillería que compartía las instalaciones con el cuerpo de cadetes. Estos los miraban de la misma forma que la hija guapa de un granjero mira a una vieja mula: necesaria, pero sin glamur. Y en cuanto a los bombarderos, estos pensaban que los cadetes eran unos niños mimados.

—Así pues, señor Loughborough. A pesar de todos sus esfuerzos, su amigo no le contó nada más sobre ese tema. Y con el tiempo, los dos… Creo que ha utilizado la palabra divergir.

—Supongo, señor. Ya no quería quedarse en la habitación ni ir a nadar. Incluso se alejaba de los bailes de cadetes. Y cuando iba se juntaba con la cuadrilla de los rezos para entonar uno.

Las manos de Hitchcock se separaban cada vez más.

—Bueno, eso es muy curioso. Entonces, encontró la religión, ¿no?

—Yo no diría… Es decir, nunca pensé que la hubiera perdido, señor. No creo que estuviera con ellos mucho tampoco. Siempre se quejaba de la capilla. Pero por esas fechas ya se había juntado con otra gente y supongo que yo pertenecía a los antiguos y eso, eso fue lo que pasó, señor.

—Y esa nueva gente, ¿sabe quién era?

Cinco nombres fue todo lo que consiguió recordar y estaban todos en el grupo que acabábamos de entrevistar. Loughborough siguió repitiendo los mismos nombres, una y otra vez, otorgándoles un estatus casi mítico hasta que Hitchcock levantó una mano y le preguntó:

—¿Por qué no se ha presentado antes?

Sorprendido a mitad de la frase, el joven se quedó con los labios abiertos.

—Bueno, señor. No pensé que pudiera tener ninguna relación, pasó hace mucho tiempo.

—No se preocupe —contesté—. Le estamos muy agradecidos, señor Loughborough. Si recuerda alguna otra cosa que pueda ayudarnos, no dude en ponerse en contacto con nosotros.

El cadete de segunda hizo una inclinación de cabeza en mi dirección, saludó a Hitchcock y se fue hacia la puerta. Entonces se detuvo.

—¿Alguna otra cosa? —preguntó Hitchcock.

Volvíamos a tener al primer Loughborough que había entrado en la habitación.

—Señor, tengo una preocupación con la que he estado luchando, que tiene relación con la ética.

—¿Sí?

—Si uno sabe que a su amigo le preocupa algo y ese amigo va y hace algo… indigno… Bueno, ese es mi dilema, ¿debería el amigo sentirse responsable? ¿Pensando que quizá, si le hubiese mostrado una mayor amistad, entonces su amigo a lo mejor estaría aquí y todo sería mejor?

Hitchcock se apretó la oreja.

—En el caso hipotético que plantea, señor Loughborough, creo que el amigo puede tener la conciencia tranquila. Hizo todo lo que pudo.

—Gracias, señor.

—¿Algo más?

—No, señor.

Loughborough estaba ya casi en la puerta cuando la voz de Hitchcock le llegó por la espalda.

—La próxima vez que se presente ante un oficial, señor Loughborough, asegúrese de abrocharse la guerrera del todo. Una sanción.

Mi pacto entre caballeros con la academia exigía que debía tener reuniones periódicas con Hitchcock. En esa ocasión, Thayer pidió estar presente también.

Nos reunimos en su habitación. Molly nos trajo pasteles de maíz y pan de maíz con carne. Sirvió té; el reloj de pared del recibidor marcaba los intervalos y las cortinas color burdeos contenían la luz del sol. Horroroso, lector.

Pasaron veinte minutos antes de que nadie se atreviera a mencionar nada e incluso entonces solo fueron preguntas generales respecto a cómo progresaba la investigación. Pero, exactamente cuando faltaban trece minutos para las cinco, el superintendente Thayer dejó la taza de té en la mesa y entrecruzó los dedos en su regazo.

—Señor Landor. ¿Aún piensa que Leroy Fry fue asesinado?

—Así es.

—¿Y estamos cerca de saber la identidad del asesino?

—Lo sabré cuando lo descubra.

Meditó un momento mis palabras. Después, tras mordisquear un trocito de pastel, preguntó:

—Entonces, ¿todavía cree que los dos crímenes están relacionados? ¿El asesinato y la profanación?

—Bueno, en cuanto a eso, lo único que puedo decir es que no se le puede quitar el corazón a alguien antes de que esté dispuesto a darlo.

—¿Y eso qué quiere decir?

—Coronel, ¿qué probabilidades hay de que dos partes diferentes, durante la misma noche de octubre, tuvieran malas intenciones respecto a Leroy Fry?

Aquello no había sido una pregunta y me fijé en que Thayer ni siquiera se la había planteado antes, pero el oírla tuvo su efecto. Las arrugas de alrededor de su boca se hicieron aún más profundas.

—Así pues —dijo con mayor suavidad—, trabaja basándose en la suposición de que hay un solo hombre detrás de los dos crímenes.

—Un hombre y un cómplice quizá. Pero de momento digamos que solo fue uno. Me parece un buen punto de partida.

—¿Y fue la intervención del señor Huntoon lo que impidió que ese hombre le quitara el corazón a Leroy Fry allí mismo?

—De momento vamos a suponer que así fue.

—Una vez que sus planes se habían visto alterados, corríjame si voy demasiado lejos, por favor, esperó la oportunidad para sacar el cuerpo de Leroy Fry del hospital y llevar a cabo sus intenciones.

—Supongamos eso también.

—Y el hombre en cuestión, ¿es uno de los nuestros?

De repente Hitchcock se puso de pie frente a mí, como si intentara bloquearme el paso.

—Lo que al coronel Thayer y a mí nos gustaría saber es si otro de nuestros cadetes puede correr peligro por culpa de ese loco.

—Eso es algo que no puedo asegurles, lo siento.

Se lo tomaron lo mejor que pudieron. Tuve la impresión de que incluso tuvieron pena de mi ignorancia. Se sirvieron más té y se distrajeron con asuntos de menor importancia. Por ejemplo, quisieron saber qué había hecho con el trozo de papel que había sacado de la mano de Leroy Fry (les dije que todavía estaba trabajando en ello); también quisieron saber si había hablado con algún miembro de la docencia (sí, les dije, con todos los que habían dado clases a Leroy Fry); si había entrevistado a otros cadetes (sí, a todos los que conocían a Leroy Fry).

En los aposentos del coronel Thayer el tiempo se había parado mortíferamente y el reloj se demoraba en un segundo plano. Al poco nos quedamos todos callados, excepto yo, ya que mi corazón empezó a agitarse en lo más profundo de mi ser. Bum, bum, bum.

—¿Se encuentra mal, señor Landor?

—Señores, si no les importa, me gustaría pedirles un favor —dije secándome una gota de sudor de la sien.

—¿Cuál?

Seguramente esperaban que les pidiera una toalla fría o tomar un poco de aire, pero en vez de eso esto es lo que oyeron:

—Me gustaría tener como ayudante a uno de sus cadetes.

En el momento de pronunciar aquellas palabras supe que me estaba excediendo. Desde el principio de nuestra relación, Thayer y Hitchcock habían tenido cuidado de mantener una línea divisoria entre el mundo militar y el civil. Y ahí estaba yo para deshacer su trabajo, y sí, aquello les pareció una provocación. Dejaron las tazas en la mesa, menearon la cabeza y empezaron a darme todo tipo de calmados argumentos, adecuados y razonados... Tuve que ponerme las manos en las orejas para que dejaran de hacerlo.

—Por favor, no me han entendido, caballeros. No hay nada reglamentario en ese puesto. Quiero que alguien sea mis ojos y oídos dentro del cuerpo de cadetes. Mi agente, si lo prefieren. Y, por mi parte, cuanta menos gente lo sepa, mejor.

Los ojos de Hitchcock se encendieron ligeramente cuando me miró y con esa voz tan amable suya preguntó:

—¿Quiere que alguien espíe a sus compañeros cadetes?

—Que sea nuestro espía, sí. Eso no afectará al honor militar, ¿no?

Siguieron resistiéndose. Hitchcock puso una atención desmesurada en su taza y Thayer empezó a quitarse una pelusa de la manga.

Me levanté y me dirigí al otro extremo de la habitación.

—Señores, estoy atado de manos. No puedo relacionarme libremente con sus cadetes, no puedo hablar con ellos sin su permiso, no puedo hacer esto ni aquello. Incluso si pudiera —dije levantando una mano ante la objeción que iba a plantear Thayer—, incluso si pudiera, ¿qué conseguiría con ello? Los jóvenes saben muy bien cómo guardar secretos. Con el debido respeto, coronel Thayer, su sistema les obliga a guardarlos. Y solo se los cuentan a uno de los suyos.

¿Realmente creía aquello? No lo sé. Había descubierto que diciendo que se cree en algo, a veces, pasa por ser verdad. Y, al menos, aquello hizo callar a Thayer y a Hitchcock.

Entonces, fueron tranquilizándose poco a poco. No recuerdo quién cedió el primero, pero uno de ellos lo hizo ligeramente. Les aseguré que su preciado cadete seguiría yendo a las alocuciones y a hacer instrucción, cumpliría sus obligaciones e iría a clase. Les dije que adquiriría mucha experiencia en lo que respectaba a recopilar información, algo que a su vez sería bueno para su futura carrera. Medallas, galones…, todo un futuro glorioso…

Sí, se dejaron convencer. Lo que no quiere decir que realmente les entusiasmara la idea, pero al poco empezaron a lanzarse nombres el uno al otro como bolas de cróquet. ¿Qué tal Junion Clay? ¿Y Du Pont? Kibby era muy discreto, Ridgley mostraba una calmada iniciativa…

Sentado en mi silla, con un pastel de maíz en la mano y sonriendo tímidamente, me incliné hacia ellos.

—¿Qué me dicen del cadete Poe?

Al principio pensé que su silencio quería decir que no habían reconocido el nombre, pero estaba equivocado.

—¿Poe?

Las objeciones eran demasiadas como para tenerlas en cuenta. Empezando por esta: Poe era un cadete de cuarta que todavía no se había examinado. A la que había que añadir esta otra: en el poco tiempo que había pasado en la academia había conseguido convertirse en todo un problema disciplinario (menuda sorpresa). Le habían bajado la nota por faltar a la formación de la tarde, a clase y a las guardias. En varias ocasiones había mostrado un espíritu ligeramente insolente. El mes anterior su nombre había aparecido en la lista de cadetes con más infracciones. Su puesto en clase en ese momento era...

—El setenta y uno —apuntó Thayer rápidamente—. De ochenta.

Que se diera preferencia a un simple novato, marcado, sin experiencia, antes que a otros cadetes que eran superiores a él en los estudios, en su puesto en clase y en comportamiento sería dar un terrible ejemplo... un precedente sin precedentes...

Los escuché —siendo militares insistían en ello— y después, una vez que acabaron, argüí:

—Señores, dejen que les recuerde que ese trabajo, por su propia naturaleza, no puede asignársele a nadie que esté entre los primeros de clase. Los cadetes oficiales, bueno, es sabido que les informan a ustedes, ¿no? Si tuviera algo que ocultar, créanme, no se lo diría a un cadete oficial. Se lo diría a alguien como... Poe.

Entonces, Thayer hizo algo extraño: se cogió los párpados y estiró la piel hasta que se vio la roja membrana que había debajo.

—Señor Landor, esto es algo muy poco ortodoxo.

—Todo este asunto es muy poco ortodoxo, ¿no le parece? —Sin ninguna brusquedad añadí—: Fue Poe el que me habló de Loughborough. Es un gran observador. Lo que, admito, entierra bajo una gran capa de presunción, pero sé tamizar, señores.

—¿Realmente cree que Poe es adecuado para ese trabajo? —oí que murmuraba la atónita voz de Hitchcock.

—No lo sé, pero da muestras de ello. —Al ver que Thayer meneaba la cabeza añadí—: Y si no lo es, escogeré a uno de sus Clay o Du Pont, ese es mi trato.

Hitchcock se había llevado las manos a la boca, así que cuando pronunció las siguientes palabras sonaron como si ya las hubiera retirado.

—Hablando en términos estrictamente académicos, Poe es bastante fuerte. Ni siquiera Bérard puede negar que sea inteligente.

—Ni Ross —añadió Thayer taciturno.

—Podría argüirse que, en relación con otros cadetes, no es tan inmaduro. Su anterior servicio quizá le haya aportado cierto equilibrio.

Y, por primera vez en aquella tarde, aprendí algo.

—¿Poe ha estado en el Ejército? —pregunté.

—Creo que estuvo tres años antes de venir aquí.

—Bueno, eso me sorprende, señores. Me dijo que era poeta.

—Y lo es —corroboró Hitchcock sonriendo tristemente—. A mí me regaló dos de sus libros.

—¿Tienen algún valor literario?

—Algo sí, no tienen mucho sentido o, al menos, no el que mis pobres facultades puedan entender. Creo que bebió mucho Shelley de joven.

—Si fuera eso lo único que bebió —murmuró Thayer.

Me perdonarás, lector, si palidecí ante ese último comentario. No habían pasado ni veinticuatro horas desde que había visto irse tambaleando a Poe de la taberna de Benny Havens, no me habría sorprendido nada que Thayer hubiera puesto espías en cada tronco de árbol y enredadera.

—Bueno —intervine hablando apresuradamente—. Es un alivio saber que el asunto de la poesía es verdad. Me da la impresión de que es del tipo de personas que les gusta inventar historias para poder ser el centro de atención.

—Historias intrigantes —añadió Hitchcock—. Le ha contado a más de uno que es nieto de Benedict Arnold.

Supongo que el que aquello me pareciera una locura fue lo que me golpeó en la boca del estómago y solté una carcajada que revoloteó por aquel salón adormecido y mal ventilado. Hacer semejante reivindicación en West Point —el lugar contra el que el general Arnold había conspirado para entregárselo al rey Jorge. El lugar que habría entregado si no hubieran arrestado al comandante André— iba más allá de todo sentido común.

Ciertamente no era una afirmación con la que ganarse las simpatías de Sylvanus Thayer. Me fijé en que tenía los labios inusualmente apretados y los ojos estaban casi amoratados por el frío cuando se volvió hacia Hitchcock para decirle:

—Olvida la historia más intrigante de Poe, dice que es un asesino.

Tras aquello se produjo una larga pausa. Hitchcock meneaba la cabeza y hacía muecas mirando al suelo.

—Bueno, una cosa así no puede creerse —dije—. El joven que conozco no podría… no podría matar a un ser humano.

—Si lo creyera así, no sería cadete de la Academia Militar de Estados Unidos —añadió rápidamente Thayer cogiendo su taza y acabándose su contenido—. De eso puede estar seguro. La cuestión, señor Landor, es si usted lo cree. —La taza se tambaleó encima de sus rodillas y resbaló, pero sus manos estaban listas para cogerla—. Supongo —continuó medio bostezando— que, si está tan interesado en trabajar con Poe, podría preguntárselo usted mismo.

89

Narración de Gus Landor

8

30 de octubre

*U*na vez despejado el polvo, la única cuestión que quedaba por resolver era cuál era la mejor manera de abordar a Poe. A Hitchcock le gustaba la idea de llevarlo a algún desván para tener una entrevista secreta. Yo me inclinaba por hacerlo a plena vista, la mejor manera de ocultar lo que se está haciendo. Y por eso, el miércoles por la mañana, Hitchcock y yo fuimos unos visitantes inesperados en la clase matinal de Poe, impartida por un tal Claudius Bérard.

Monsieur Bérard era un francés con un pasado lleno de evasiones. Cuando era joven, en tiempos de Napoleón, evitó sus deberes militares mediante el civilizado método de alquilar un sustituto. Aquello funcionó bien hasta que al sustituto, desconsideradamente por su parte, le alcanzó una bala de cañón en España, dejando a *monsieur* Bérard otra vez como candidato al reclutamiento. Como no era tonto, recogió sus cosas y huyó allende los mares, donde se hizo instructor francés itinerante, primero en el Dickinson College y después, sí, en la Academia Militar de Estados Unidos. Por muy lejos que vayas, el Ejército siempre te encuentra. Y, si llega el caso, debió pensar *monsieur* Bérard, qué mejor que cumplir en las tierras altas del Hudson oyendo cómo pulverizan el francés los jóvenes estadounidenses. ¿Acaso aquello no había demostrado ser un tormento tan grave como cualquiera de los que había sufrido en su patria?, debió de preguntarse al poco tiempo *monsieur* Bérard sin que le faltaran motivos. Ese escepticismo jamás lo abandonó, formó una mota negra que se movía en el centro de sus ojos incluso cuando estaba quieto.

Al ver al comandante se puso de pie de un salto y los cadetes se levantaron de los bancos sin respaldo. Hitchcock les hizo un gesto con la mano para que se sentaran y me indicó un par de asientos al lado de la puerta.

Monsieur Bérard se dejó caer en su silla de nuevo y miró con unos ojos cubiertos por párpados con venas azules a los cuatro alumnos que permanecían indefensos en el centro del aula, mirando de reojo un libro en cuarto, con tapas de cuero de color rojo.

—Continúe, señor Plunkett —dijo el francés.

El desafortunado cadete avanzó como pudo por la espesa prosa.

—«Llegó a una posada y dejó el caballo. Después comió… una copiosa cena compuesta por pan y… veneno.»

—¡Ah!, señor Plunkett! —le cortó el instructor—. Esa no sería una cena muy sabrosa, ni siquiera para un cadete. *Poisson* es pescado.

Una vez corregido, el cadete se apresuró a continuar hasta que la rolliza mano blanca de *monsieur* Bérard lo detuvo.

—Está bien, puede sentarse. La próxima vez le ruego que tenga más cuidado con las preposiciones. Su nota es uno con tres.

Tres cadetes más se malograron con el mismo libro y obtuvieron un dos con cinco, un uno con nueve y un dos con uno respectivamente. Otro par de ellos trabajaron en la pizarra conjugando verbos con el mismo resultado. Ni uno hablaba una palabra de francés. Su único objetivo por aprender la lengua era traducir textos militares y muchos de ellos se preguntaban por qué perdían el tiempo con panes y pescados cuando podían estar aprendiendo las teorías de Jomini. A Bérard le tocaba hacer una exposición sobre Voltaire y Lesage, pero estaba muy cansado. Solo entonces, diez minutos antes de que acabase la clase, pareció despejarse. Es decir, apretó las manos y le dio una inflexión más alta a su voz.

—Por favor, señor Poe. —En la parte más alejada del aula, una cabeza se sacudió y un cuerpo saltó hacia delante—. Señor Poe, ¿querría traducirnos el siguiente pasaje del segundo capítulo de la *Historia de Gil Blas*?

En tres pasos el cadete llegó al centro de la habitación. Con Bérard frente a él, flanqueado por sus compañeros y observado por el comandante, estaba en un apuro, y lo sabía. Abrió el libro, se aclaró la voz, dos veces, y comenzó:

—«Mientras me preparaban los huevos, entablé conversación con la posadera, a quien no había visto nunca. Me pareció bastante guapa…».

Dos cosas habían quedado claras. En primer lugar, sabía más francés que los demás, y, en segundo, quería que esa interpretación de *Gil Blas* perviviera en la memoria de generaciones aún no nacidas.

—«Vino hacia mí y se mostró cordial: "Acabo de enterarme de que es…", bueno, digamos "el eminente Gil Blas de Santillana, honor de Oviedo y antorcha", perdón "la luz más importante en la filosofía".»

Estaba tan atrapado por su actuación —el golpe de las mandíbulas, el cortante movimiento de las manos— que tardé en darme cuenta del cambio que se había producido en la cara de Bérard. Sonreía, sí, pero en sus ojos había una severidad felina que me hizo pensar que una trampa se había accionado. Y pronto tuve la confirmación que necesitaba, pues empecé a oír las primeras risitas tontas de los cadetes que había sentados.

—«"¿Es posible que ustedes", con lo que se refiere al resto de personas que hay en la habitación, espero, "que todos ustedes contemplen esta mente prodigiosa cuya reputación es tan grande en todas partes? ¿No saben —continuó, dirigiéndose al posadero y a la posadera— lo que tienen aquí?"»

Las risitas iban aumentando en volumen y las miradas eran más atrevidas.

—«Su casa alberga un verdadero tesoro.»

Un cadete le dio con el codo al que tenía al lado y otro se llevó el antebrazo a la boca.

—«He aquí, en este hombre, la octava maravilla del mundo.»

Gritos ahogados y risas, que Poe soportó levantando la voz para igualar a las que lo rodeaban.

—«Entonces, volviéndose hacia mí y estirando los brazos, añadió: "Perdone estas emociones, nunca conseguiré dominar…".»

Finalmente hizo una pausa, pero solamente para soltar a bocajarro estas últimas palabras.

—«... la absoluta alegría que me produce verle.»

Bérard se quedó sentado sonriendo mientras los cadetes chillaban y gritaban. Podrían haber arrancado el techo de la academia si el capitán Hitchcock no se hubiera aclarado la garganta. Un solo sonido, lo suficientemente alto como para llegar a mis oídos, y la habitación quedó en silencio.

—Gracias, señor Poe —dijo Bérard—. Como de costumbre, ha ido más allá de las exigencias de la traducción literal. Le sugiero que en el futuro deje los embellecimientos para el señor Smollett. Con todo, ha capturado con mucho gusto el sentido del pasaje. Tiene un dos con siete.

Poe no dijo nada, no se movió. Simplemente se quedó allí, en el centro de la habitación, con los ojos llameantes y la mandíbula desencajada.

—Puede sentarse, señor Poe.

Solo entonces volvió a su asiento, despacio, fríamente, sin mirar a nadie.

Un minuto después, los tambores llamaban a formación para la comida. Los cadetes se levantaron, dejaron sus pizarras y se pusieron los chacós. Hitchcock esperó hasta que salieron en fila para decir:

—Señor Poe, si no le importa...

Poe se detuvo con tanta rapidez que el cadete que iba detrás de él tuvo que girarse para no chocar con él.

—¿Señor? —preguntó entornando los ojos para poder vernos y pasándose las manos, manchadas de tiza, por la visera de cuero.

—¿Podríamos hablar con usted?

Apretó los labios hasta formar una fina línea y se acercó a nosotros girando la cabeza en el momento en el que salía el último de sus compañeros de clase.

—Puede sentarse, señor Poe.

Me fijé en que la voz de Hitchcock, cuando le hizo un gesto al cadete en dirección a un banco, era más suave de lo normal. Supongo que no se puede ser muy duro con alguien que te ha regalado dos libros de poemas.

—Al señor Landor le gustaría disponer de un par de minutos de su tiempo —explicó el comandante—. Ya le hemos dispensado de la formación para la comida, así que podrá ir al comedor cuando haya acabado. ¿Necesita algo más, señor Landor?

—No, gracias.

—Entonces, señores, les deseo un buen día.

Eso no me lo esperaba, el que Hitchcock se quitara él mismo de escena y Bérard lo siguiera, dejándonos a los dos en aquella pequeña habitación llena de serrín, sentados en bancos y mirando al frente como cuáqueros en una reunión.

—Una valerosa actuación —dije finalmente.

—¿Valerosa? Simplemente he hecho lo que me ha pedido *monsieur* Bérard.

—Apostaría a que ya había leído *Gil Blas*. —Solo lo vi por el rabillo del ojo, pero su boca se ensanchó lentamente—. ¿Se divierte, señor Poe?

—Estaba pensando en mi padre.

—El señor Poe.

—El señor Allan. Una bestia mercantil. Me encontró leyendo *Gil Blas* en su salón, fue hace algunos años. Me preguntó por qué perdía el tiempo con esa basura. Y aquí estamos… —Extendió el brazo para abarcar toda la habitación—. En la tierra de los ingenieros, donde Gil Blas es rey. —Tamborileó sus pequeños dedos sonriendo brevemente—. Por supuesto, la traducción de Smollett tiene su encanto, pero embellece lo que ya es perfecto, ¿no le parece? Si tengo tiempo, este invierno escribiré mi propia versión. La primera copia será para el señor Allan.

Saqué una mascada de tabaco y me la metí en la boca. El dulce y picante sabor hizo estallar mis mejillas y les envió un hormigueo a través de las muelas.

—Si alguno de sus compañeros le pregunta, dígale con toda amabilidad que ha sido una entrevista rutinaria. No hemos hecho otra cosa que hablar de su relación con Leroy Fry.

—No teníamos relación. No lo conocía.

—Entonces me había equivocado. Nos reímos de ello y nos despedimos de buena manera.

—Si esto no es una entrevista, ¿qué es?

—Una oferta de trabajo.

Me miró directamente a la cara y no dijo nada.

—Antes de que continúe, tengo que informarle de que este puesto depende de la satisfactoria ejecución de sus deberes como cadete. Ah, y si suspende o flaquea en esos deberes en cualquier momento, el puesto dejará de ser suyo. —Lo miré antes de añadir—: Eso es lo que el coronel Thayer y el capitán Hitchcock le habrían hecho saber.

Aquellos nombres tuvieron el efecto deseado. Imagino que la mayoría de novatos —incluso este, que presumía de tener mucho mundo— creen que pasan inadvertidos para sus superiores. En el momento en el que se enteran de lo contrario empiezan a esforzarse por merecer la atención que les prestan.

—No hay sueldo, tiene que saberlo. No podrá presumir de él. Ninguno de sus compañeros debe saber lo que está haciendo hasta mucho después de que haya concluido su trabajo. Y si se enteran, seguramente lo maldecirán.

Me miró con una sonrisa perezosa y le brillaron los ojos.

—Una oferta irresistible, señor Landor. Cuénteme más.

—Señor Poe, cuando era policía en Nueva York, no hace tanto tiempo de eso, confiaba en las noticias más de lo que me atrevo a confesar. No de las que se leen en los periódicos, sino las que llegan a través de la gente. Ahora bien, la gente que me daba esas noticias casi nunca era lo que usted llamaría educada. No los invitaría a cenar o a ir a un concierto, ni siquiera querría que me vieran en público con ellos. Eran criminales empedernidos, en su mayoría ladrones, peristas, falsificadores. Por un par de monedas subastarían a sus hijos y venderían a sus madres, y si no las tuvieran, las inventarían. No conozco a un solo policía que pudiera haber hecho su trabajo sin ellos.

La cabeza de Poe iba descendiendo hacia sus manos a medida que iba dándose cuenta de la importancia de todo aquello. Después, pronunciando cada sílaba muy despacio, como si estuviera esperando su eco, dijo:

—Quiere que sea su soplón.

—Un observador, señor Poe. En otras palabras, quiero que sea lo que ya es.

—¿Y qué es lo que tengo que observar?

—No puedo decírselo.

—¿Por qué no?

95

—Porque todavía no lo sé ni yo.

Me levanté y fui directamente a la pizarra.

—¿Le importa que le cuente una historia, señor Poe? Cuando era niño mi padre me llevó a una reunión a media noche en Indiana. Estaba recopilando información. Vimos a esas hermosas jóvenes sollozando y gimiendo, chillando hasta desgañitarse. ¡Qué escándalo! El predicador, un recto y refinado caballero, las exaltó tanto que al cabo de un rato se desmayaron hechas migas. Una detrás de otra, como árboles muertos. Recuerdo que pensé lo afortunadas que eran de tener a alguien que las recogiese, porque no miraban dónde iban a caer. Todas excepto una. «Es diferente», oí decir. Volvió la cabeza ligeramente antes de caer. Quería asegurarse de quién la recogía. ¿Y quién fue el afortunado tipo? ¡El predicador!, que le daba la bienvenida al reino de Dios.

Pasé la mano por la pizarra y sentí su rugosidad en la palma.

—Seis meses más tarde —continué—, el predicador huyó con ella. Después de ocuparse de matar a su esposa. No quería ser bígamo. Los cogieron a pocos kilómetros al sur de la frontera con Canadá. Nadie tenía ni idea de que eran amantes. Nadie, excepto yo, supongo, e incluso entonces... ni siquiera estaba seguro, solo lo había visto, antes de saber lo que había visto.

Me di la vuelta y me fijé en que me miraba con una sonrisa sardónica.

—Y en ese momento nació su vocación.

Era algo curioso. Cuando hablaba a solas con otros cadetes me tenían más o menos el mismo temor que al comandante. Con Poe nunca fue así. Desde el comienzo de nuestra relación, entre nosotros siempre hubo algo... no lo llamaría familiar, sino quizá fraternal.

—Deje que le pregunte. Cuando se incorporó a la columna el otro día...

—¿Sí?

—El caballero que iba al final, el que iba solo. Es su amigo, ¿no? Quizá su compañero de habitación.

Se produjo una pausa.

—Es mi compañero de habitación —contestó cautelosamente.

—Eso es lo que creí. Cuando se incorporó a la fila volvió la cabeza, pero ni se inmutó. Entendí que lo estaba esperando. ¿Es un amigo o un deudor, señor Poe?

Echó la cabeza hacia atrás y miró el techo.

—Ambas cosas —contestó suspirando—. Le escribo las cartas.

—¿Las cartas?

—Jared tiene una enamorada en los yermos de Carolina del Norte. Están prometidos para casarse en cuanto se gradúe. Su simple existencia bastaría para que lo expulsasen.

—Entonces, ¿por qué le escribe las cartas?

—Es medio analfabeto. No sabría lo que es un complemento indirecto aunque se lo metieran por la nariz. Lo que sí tiene, señor Landor, es una letra muy clara. Yo me limito a recitarle algunas cartas amorosas y él las transcribe.

—¿Y ella cree que son suyas?

—Siempre tengo cuidado de introducir alguna frase poco elegante, alguna falta de ortografía vulgar. Lo considero una aventura de estilo.

Me senté en el banco frente a él.

97

—Bueno, aquí está, señor Poe. Hoy he aprendido algo muy interesante. Y todo porque vi a un chaval volver la cabeza. Tal y como usted vio al cadete Loughborough perdiendo el paso en la formación.

Resopló y se miró las botas.

—Nada mejor que un cadete para atrapar a un cadete —dijo casi para sí mismo.

—Bueno, todavía no sabemos si es un cadete. Pero nos será de gran ayuda tener alguien dentro y no puedo pensar en nadie mejor que usted. O en nadie que disfrutara más de ese desafío.

—¿Y esa será toda mi misión? ¿Observar?

—Bueno, conforme vayamos avanzando sabremos mejor lo que estamos buscando y podrá adiestrar sus ojos en consecuencia. Mientras tanto, tengo algo que quiero que estudie. Es un fragmento de una nota. Me gustaría que intentara descifrarlo. Naturalmente, tendrá que trabajar tan en secreto como pueda. Nunca se es demasiado meticuloso.

—Ya veo.

—La precisión lo es todo.

—Ya.

—Y ahora, señor Poe, este es el momento en nuestra conversación en el que dice sí o no.

Se levantó por primera vez desde que habíamos empezado a hablar, fue a la ventana y miró hacia afuera. No me atrevería a decir los sentimientos que se debatían en su interior, pero sí que sabía que, cuanto más tiempo permaneciera allí, mayor sería el efecto.

—Será un sí —dijo finalmente. Cuando se volvió hacia mí mostraba una torcida sonrisa en la cara—. Estaré perversamente honrado, señor Landor, de ser su espía.

—Y ser su jefe no será menor honor, estoy seguro.

Estrechamos nuestras manos de común acuerdo. Mostramos una formalidad como no volveríamos a mostrarnos. Sacudimos las manos como si hubiéramos violado alguna norma.

—Bueno, supongo que debería irse a comer. ¿Por qué no organizamos una reunión el domingo después de misa? ¿Cree que podrá venir al hotel del señor Cozzens sin que lo vea nadie?

98

Asintió dos veces y después, sin decir palabra, se preparó para irse. Se alisó la guerrera, se puso el gorro de cuero en la cabeza y se dirigió a la puerta.

—¿Puedo preguntarle algo, señor Poe?

—Por supuesto —respondió dando un paso hacia atrás.

—¿Es verdad que es un asesino?

Su cara estalló en la más chillona sonrisa que recuerdo haber visto jamás. Imagina, lector, una fila de encantadores dientes como joyas bailando en sus alvéolos.

—Tendrá que ser más meticuloso, señor Landor.

Carta de Gus Landor a Henry Kirke Reid

30 de octubre de 1830

c/o Reid Inquiries, Ltd. 712 Gracie Street
Nueva York, Nueva York

*E*stimado Henry:

Hace una eternidad desde que supiste de mí por última vez. Lo siento. He querido ir a verte desde que nos mudamos a Buttermilk Falls, pero pasaban los días, los barcos iban y venían y Landor se quedaba. Quizá en otro momento.

Mientras tanto, tengo un trabajo para ti. No te preocupes, te pagaré bien, y como el tiempo es esencial, pienso pagarte un poco mejor que bien.

Si estás dispuesto, tu labor consistirá en enterarte de todo lo que puedas acerca de un tal Edgar A. Poe, domiciliado antiguamente en Richmond. En la actualidad es un alumno de la Academia Militar de Estados Unidos. Antes estuvo sirviendo en el Ejército. También ha publicado dos libros de poesía, que no conoce nadie. Aparte de eso, solo he tenido una relación superficial con él. Espero que puedas enterarte de todo lo relativo a su vida: historia familiar, educación, trabajos, líos. Si ha hecho algo en cualquier lugar del mundo, quiero que me informes de ello.

También me gustaría saber si le han acusado alguna vez de algún delito. De asesinato, por ejemplo.

Como te he dicho, me corre mucha prisa. Si puedes enviarme todo lo que descubras aproximadamente en cuatro semanas, seré tu eterno servidor y responderé por ti en las puertas del cielo (no merece la pena responder por mí).

Como siempre, cárgame todos los gastos.

Y dale recuerdos a Rachel. Cuando me escribas, cuéntame todo acerca de ese ómnibus que amenaza las calles de la ciudad. Solo he oído alguna cosa, pero creo que va a ser el fin de los taxis y de la civilización. Tranquilízame, puedo vivir sin civilización, pero no sin taxis.

Tuyo,

GUS LANDOR

Carta a Gus Landor

30 de octubre de 1830

$\mathcal{E}$stimado señor Landor:

Le dejo esta carta en su hotel como anticipo de nuestra próxima reunión.

Su insistencia en la precisión —¡en todo!— me ha inspirado la resurrección de un poema que quizá le parezca que viene al caso. (Sin olvidar nunca, por supuesto, que no le «seduce» la poesía, lo recuerdo.)

¡Ciencia! Verdadera hija del arte de la Antigüedad
que altera todo con ojos escrutadores.
¿Por qué te alimentas del corazón del poeta,
buitre con alas de apagadas realidades?
¿Cómo te amará? ¿O cómo te considerará acertada?
¿Quién no le dejará en su divagaciones
buscar el tesoro en los cielos enjoyados
aunque elevara el vuelo con ala intrépida?
¿Acaso no has sacado a Diana de su carro
y llevado las hamadríades del bosque
a buscar refugio en alguna estrella feliz?
¿Acaso no has arrancado a las náyades de sus torrentes,
a los elfos de su verde hierba y de mí
el sueño de verano bajo el tamarindo?

A menudo, cuando me ahoga la geometría esférica o el álgebra de La Croix, recurro a recordar estas líneas (si lo volviera a escribir, cambiaría un adjetivo participio de pasado por el verde de la penúltima línea. ¿Engañada? ¿Herida?).

Una advertencia, señor Landor: tengo una nueva composición para enseñarle, aunque todavía no está acabada. Creo que le «seducirá» y aceptará que tiene gran relevancia respecto a nuestras investigaciones.

Su fiel servidor,

E. P.

Carta a Edgar A. Poe, cadete de cuarta

1 de octubre de 1830

Señor Poe:

He leído su poema con gran placer y —espero que me perdone— perplejidad. Me temo que todo el asunto de las náyades y las hamadríades me queda un poco grande. ¡Cómo me gustaría que estuviera mi hija aquí para que me lo tradujera! Es una romántica empedernida y conoce Milton de pe a pa.

Espero que mi poco halagüeño interés no lo desanime a la hora de enviar más versos, estén relacionados o no con el asunto que tengamos entre manos. Sospecho que quiero cultivarme tanto como cualquiera y no me importa realmente quién me instruye.

Respecto a la ciencia, le ruego no confunda lo que yo hago con ella.

Suyo,

G. L.

P. S. Un amistoso recordatorio: tenemos una cita en mi hotel el domingo por la tarde, después de misa. Mi habitación es la n.º 12.

De la columna «Noticias»
Poughkeepsie Journal

31 de octubre de 1830

Escuela para señoritas. La señora E. H. Putnam continúa con sus clases en el número veinte de White Street desde el 30 de octubre. El número de alumnas para la clase de lengua está limitado a treinta, a las que enseñará personalmente la señora Putnam. Las clases de francés, música, dibujo y caligrafía las impartirán reputados profesores.

Un caso horrible. Una vaca y una oveja que pertenecían al señor Elias Humphreys, de Haverstraw, fueron descubiertas el viernes en un lamentable estado: los animales presentaban un corte en el cuello. El señor Humphreys también nos ha informado de que habían abierto cruelmente a los animales y les habían quitado el corazón. No quedaba rastro de dichos órganos. No ha podido identificarse al villano responsable de esta agresión. A este periódico ha llegado una noticia similar relativa a una vaca que pertenecía al señor Joseph L. Roy, vecino del señor Humphreys. Dicha noticia no ha podido ser confirmada.

Peaje en el canal. Los peajes recaudados en los canales del estado desde el 1 de septiembre alcanzan la cantidad de 514 000 dólares; una cifra que es unos cien mil dólares más que lo recaudado…

Narración de Gus Landor

9

31 de octubre

—¡*R*eses y ovejas! —gritó el capitán Hitchcock blandiendo el periódico como si fuera un alfanje—. Ahora sacrifica ganado. ¿Es que no hay ninguna criatura de Dios inmune a este loco?

—Bueno, mejor que sean vacas que no cadetes. —Las aletas de su nariz se ensancharon como las de un toro y supe otra vez qué era ser cadete—. Le suplico que no se ponga nervioso, capitán. Todavía no sabemos si se trata del mismo hombre. De no ser así, sería una extraordinaria coincidencia.

—Bueno, entonces podemos consolarnos sabiendo que ha desviado su interés fuera de la academia.

Hitchcock pasó el dedo por la cazoleta de la espada de ceñir frunciendo el entrecejo.

—Haverstraw no queda lejos de aquí. Un cadete podría llegar allí en poco más de una hora y en mucho menos si consiguiera agenciarse un caballo.

—Tiene razón, un cadete podría ciertamente cubrir esa distancia. —Y puede que realmente quisiera provocar a ese refinado norteamericano porque, si no, ¿por qué añadí?—: O un oficial.

Lo único que conseguí por mis desvelos fue una mirada de acero y un meneo de cabeza, seguido de una brusca interrogación. ¿Había inspeccionado la nevera? Sí, lo había hecho. ¿Qué había encontrado? Mucho hielo. ¿Qué más? Ningún corazón, ni pistas de ningún tipo.

Muy bien, ¿había hablado con los instructores de la academia? Sí, lo había hecho. ¿Qué me habían dicho? Me habían informado sobre las notas de Leroy Fry en mineralogía y medición, y quisieron que me enterara de que le gustaban las astillas de roble americano. Y podrían haber llenado carros enteros con sus teorías. El teniente Kinsley me había aconsejado estudiar la posición de las estrellas. El profesor Church me preguntó si había oído algo de las prácticas druidas más extremadas. El capitán Aeneas MacKay, el intendente, me había asegurado que el robo de corazones era un ritual de abandono de la pubertad de ciertas tribus semínolas (que todavía se practica).

Hitchcock absorbió todo aquello a través de sus apretados labios y después lo soltó con un lento silbido.

—No me importa decirle que estoy más intranquilo que antes, señor Landor. Un joven y un par de bestias. Tiene que haber una conexión entre ambas cosas y, sin embargo, no la encuentro. No puedo entender, por nada del mundo, qué puede querer un hombre con todos esos…

—Esos corazones —interrumpí para acabar su frase—. Tiene razón, es algo muy curioso. Mi amigo Poe piensa que es obra de un poeta.

—Entonces, quizá deberíamos buscar el consejo de Platón y desterrar a todos los poetas de nuestra sociedad. Empezando por el señor Poe.

Aquel domingo en concreto fue frío e interminable. Recuerdo que estaba sentado en mi habitación del hotel; la ventana estaba abierta y, si asomaba la cabeza, alcanzaba a ver hasta Newburgh y, más allá, las montañas Shawangunks. Las nubes estaban tiesas como cuellos, el sol había extendido un pasillo resplandeciente a lo largo del Hudson y las ráfagas de viento venían dando sacudidas desde los barrancos, estampando remolinos en el vientre del agua.

Y, justo a su hora, se veía el vapor del río Norte, el Palisado, que había salido hacía cuatro horas de Nueva York y atracaba en ese momento en el embarcadero de West Point. Los pasajeros se apretaban en las cubiertas, con más intimidad que los enamorados, apoyados en las barandillas y agachados bajo los toldos. Sombreros de color rosa, parasoles del azul de los huevos del petirrojo y plumas de avestruz del morado más intenso, ni el mismo Dios podría haberlo igualado en colorido.

Sonó un silbato y el vapor se elevó formando un velo mientras los peones ocupaban sus puestos en las pasarelas y me fijé en que bajaban al agua un pequeño esquife, agitándose como una hoja de álamo, lastrado con cuerpos y equipaje. Más turistas resueltos a pulular por el reino de Sylvanus Thayer. Me incliné hacia ellos intentando fijarlos con la vista.

Y me di cuenta de que me estaban mirando.

Tenían las caras levantadas, sí, y dirigían sus gemelos de teatro y binoculares hacia mi habitación. Me levanté de la silla y me eché hacia atrás… hacia atrás… hasta que casi los perdí de vista, aunque seguía sintiendo que me perseguían con su mirada por la habitación. Estaba a punto de bajar la ventana y cerrar los postigos cuando vi una mano —una sola mano humana— abriéndose paso hacia el dintel.

No grité. Dudo que ni siquiera me moviera. La única sensación que recuerdo es una curiosidad como la que debe de sentir un soldado de infantería cuando ve que una bala de cañón se acerca a su cabeza. Me quedé allí, en medio de la habitación, y observé cómo otra mano —gemela de la anterior— se aferraba al dintel. Oí un pequeño y profundo gruñido como de topo y esperé sin apenas respirar, mientras un gorro de cuero al revés y ligeramente ladeado entraba por el marco de la ventana, seguido de un húmedo flequillo de pelo negro, dos grandes ojos de color gris que miraban forzados y dos narices ensanchadas por el esfuerzo. ¡Ah!, y dos encantadoras filas de dientes apretados.

El cadete de cuarta, Poe, a mi servicio.

Arrastró su torso por la abierta ventana sin decir palabra… se detuvo un momento para tomar aliento… y después tiró de sus piernas, gateando sobre los brazos hasta que aterrizó en el suelo. Se puso de pie enseguida, se levantó la gorra para arreglarse el pelo y, una vez más, me saludó con una reverencia europea.

—Mis disculpas por llegar tarde —dijo jadeando—. Espero no haberle hecho esperar demasiado. —Clavé los ojos en él—. Nuestra reunión, después de misa, como sugirió.

Fui a la ventana y miré hacia abajo. Había una caída de

tres pisos, seguida de una pendiente de treinta metros, que acababa en rocas y el río.

—Está loco, loco de remate.

—Fue usted el que insistió en que viniera de día, señor Landor. ¿Cómo iba a venir sin que me vieran?

—¿Sin que lo vieran? —pregunté bajando la ventana—. ¿No se ha dado cuenta de que todas y cada una de las almas que hay en el vapor lo han visto escalar la pared de un hotel? No me sorprendería nada que hubieran enviado ya a un centinela.

Fui hasta la puerta y esperé allí, como si en cualquier momento fueran a irrumpir los bombarderos. Y cuando no lo hicieron, sentí (ligeramente incomodado) que mi cólera se hacía añicos. Lo mejor que pude hacer fue murmurar:

—Podría haberse matado.

—¡Bah!, no hay tanta caída —replicó diligente—. Y aun a riesgo de alabarme a mí mismo, señor Landor, tengo que decirle que soy un excelente nadador. Cuando tenía quince años nadé doce kilómetros en el río James con un abrasador sol de junio y contra una corriente de siete kilómetros de fuerza por hora. Al lado de eso, el que Byron cruzara el Helesponto remando es un juego de niños.

Se sentó en la mecedora con respaldo de varillas que había cerca de la ventana para secarse las cejas y estirarse los dedos, uno a uno, hasta que le crujieron los nudillos, aunque aquellos no sonaron como los de Leroy Fry cuando se los rompí.

—Dígame, por favor. ¿Cómo ha sabido cuál era mi habitación? —pregunté dejándome caer en el extremo de la cama.

—Lo he visto desde abajo. Huelga decir que he intentado hacerle una seña, pero parecía demasiado absorto. Al menos, estoy encantado de decirle que he descifrado su mensaje.

Tras buscar en el capote sacó el trozo de papel todavía rígido por el baño en alcohol. Lo desdobló con cuidado, lo extendió encima de la cama y sentándose de cuclillas pasó el dedo por la fila de letras.

RO

HA A

O VEN T

EN V

108

—¿Debería comenzar por describirle las etapas de mi labor deductiva, señor Landor? —No esperó al sí—. Empecemos con la nota en sí. ¿Qué podemos decir de ella? Al estar escrita a mano, es evidentemente de naturaleza personal. Leroy Fry la llevaba consigo en el momento de su muerte, hecho del que podemos deducir que esa nota bastó para sacarlo de su barracón aquella noche. Dado que rompieron el resto del mensaje, podemos presumir que la nota identificaba de alguna manera al que la envió. El que usara unas mayúsculas muy rudimentarias indica también que el remitente quería ocultar su identidad. ¿Qué podemos inferir de todo eso? ¿Podría haber sido esa nota una invitación? ¿O deberíamos llamarla con mayor precisión una trampa?

Hizo una pausa después de la última palabra, lo suficientemente larga como para dejar claro que estaba disfrutando.

—Teniendo todo eso en cuenta podemos concentrarnos en la tercera línea de nuestro misterioso fragmento. En él nos vemos recompensados con la única palabra que conocemos, porque, de hecho, está completa: *ven*. El léxico alberga pocas palabras más sencillas o declarativas, señor Landor. Ven. Eso nos coloca inmediatamente, imagino, en el campo de los imperativos. El remitente intentaba que Leroy Fry fuera. ¿Que fuera cómo? Algo que comenzara con una «t». ¿Tranquilo? ¿Tenso? ¿Triste? Ninguna de esas palabras está relacionada con una invitación. De hecho, se esperaba que Leroy Fry estuviera en un sitio y un hora en concreto, solo hay una palabra que coincide: *tarde*.

Extendió la mano, como si las letras estuvieran en la palma.

—Dos palabras, señor Landor, *ven tarde*. Una extraña petición para una invitación. Tarde es lo último que habría querido nuestro remitente respecto a la llegada de Leroy Fry. Ergo, si examinamos la tercera línea, solo podemos concluir que es una construcción en negativo. Y con eso, deducir las dos primeras palabras resulta insultantemente simple: *No vengas tarde*.

Se puso de pie y empezó a andar alrededor de la cama.

—El tiempo, en pocas palabras, es de fundamental importancia. ¿Y qué mejor manera de aclararlo que con la cuarta y, que nosotros sepamos, última línea? Es un refuerzo de ese primer mensaje. Comienza con un enigmático *en*. ¿Es una pa-

109

labra en sí misma como la anteriormente mencionada *ven*? ¿O es, como su posición indica, la última parte de una palabra más larga? Suponiendo que sea la segunda posibilidad, no tenemos que ir muy lejos para encontrar una candidata adecuada. Leroy Fry podía ir a ese lugar determinado, pero para el emisario, Fry estaba yendo. ¿Me sigue, señor Landor? —Extendió la mano con un movimiento invitatorio—. *Ven*, señor Landor. Una vez resuelto eso, resulta muy sencillo deducir la siguiente palabra. ¿Podría ser otra que *volando*? Insertamos la palabra y *voilà!* Nuestro mensaje queda al descubierto: «No vengas tarde, ven volando». —Dio una palmada e inclinó la cabeza—. Ahí tiene la solución, señor Landor, a nuestro *petit énigme*. Presentado con todo respeto.

Esperaba algo, un aplauso quizá, ¿una gratificación? ¿Una andanada de cañones? Lo único que hice fue coger el trozo de papel y sonreír.

—Un trabajo de primera, señor Poe. Absolutamente de primera. Se lo agradezco.

—Y yo le doy las gracias a usted por ofrecerme un entretenimiento tan agradable. —Puso una bota en el alféizar mientras se recostaba en la mecedora—. Aunque efímero.

—El placer ha sido mío. De verdad, ha sido… esto, una sola cosa, señor Poe.

—¿Sí?

—¿Ha tenido suerte con las dos primeras líneas? Hizo un gesto con la mano.

—No he llegado a ninguna parte con ellas. La primera solo tiene dos letras y la segunda, la única posibilidad es *ha*. Una palabra que requiere un verbo, del que por desgracia carecemos. Me veo obligado a decir que he fracasado con las dos primeras líneas, señor Landor.

—Mmm. —Fui a la mesilla y saqué un taco de papel de color crema y una pluma—. ¿Tiene buena ortografía, señor Poe?

—Una autoridad como el reverendo John Bransby de Stoke Newington aseguró que no cometía ni una sola falta de ortografía —dijo irguiéndose ligeramente.

Con él nunca había simples síes o noes. Todo tenía que estar recargado de alusiones, llamadas a la autoridad… ¿Y qué autoridad era esa? ¿John Bransby? ¿Stoke Newington?

—Así que imagino que nunca ha hecho lo mismo que muchos de nosotros.

—¿Y eso es…?

—Confundir la ortografía o palabras que suenan igual. Es decir, *ha* —dije escribiendo la palabra para que pudiera verla—, y *hay…*, ¡ah!, y *allí*.

Inclinó la cabeza hacia el papel y se encogió de hombros.

—Un pésimo solecismo muy habitual, señor Landor. Mi compañero de cuarto lo comete diez veces al día, si no, él mismo escribiría sus cartas.

—Bueno, ¿y si nuestro escritor de la nota era más, digamos, como su compañero de habitación que como usted? ¿Qué tendríamos entonces? —Taché *ha* y escribí *allí*—. Toda una invitación, ¿no?, señor Poe. *Reúnete conmigo allí.* ¡Ah!, pero nos tropezamos con otra palabra, ¿verdad? Que empieza por una «a».

Mirando de reojo pasó la letra por sus labios. Unos segundos después dijo en tono asombrado.

—A.

A, por supuesto. No me extrañaría que después viniera una hora: *Reúnete conmigo allí a las once* o algo así. Eso sería bastante directo, ¿no le parece? Pero si nuestro emisor especificó una hora, no estoy tan seguro de que le pidiera a Fry en la cuarta línea que *fuera volando*. Es una contradicción, ¿no? *Ven a verme* estaría más cerca.

Poe miró el papel nada entusiasmado, sin mediar palabra.

—Solo hay un problema —continué—. Todavía no sabemos dónde iban a encontrarse. Y lo único que tenemos para continuar son esas dos letras: una «r» y una «o». Lo más curioso de esa combinación de letras, estoy seguro de que se ha fijado, señor Poe, es que aparecen muy a menudo al final de una palabra. ¿Recuerda algún sitio en los terrenos de la academia que pueda tener *ro* al final?

Miró por la ventana, como si la respuesta pudiera estar enmarcada allí, y encontró lo que buscaba.

—El embarcadero.

—El embarcadero. Señor Poe, me parece una excelente opción. *Nos encontraremos en el embarcadero.* ¡Ah!, pero hay dos embarcaderos, ¿no es así? Ambos vigilados por el segundo de Artillería, según tengo entendido. No es un sitio en el que haya mucha intimidad.

Meditó aquello un momento y me miró una o dos veces antes de atreverse a hablar otra vez.

—Hay una cueva —explicó finalmente—. No queda muy lejos del embarcadero norte. Allí es donde el señor Havens lleva sus mercancías.

—Donde las lleva Patsy querrá decir. Entonces debe de ser un sitio bastante apartado. ¿Lo conocen los cadetes?

—Todo el que haya entrado cerveza o whisky de contrabando lo conoce —aseguró encogiéndose de hombros.

—Bueno, entonces de momento tenemos una solución para nuestro pequeño rompecabezas. «En la cueva del embarcadero. Reúnete conmigo allí a las once, no vengas tarde. Ven a verme.» Sí, con eso bastará de momento. Leroy Fry recibe esa invitación y se siente obligado a aceptarla. Y si hemos de creer el testimonio del señor Stoddard, la acepta con toda tranquilidad. Incluso podríamos pensar que se alegró de aceptarla. «Necesidades personales», dijo guiñando el ojo en la oscuridad. ¿Le sugiere algo, señor Poe?

Algo se curvó en sus labios y una de sus cejas se elevó como una cometa.

—A mí me sugiere una mujer.

—Una mujer, sí. Es una teoría tremendamente interesante. Y, por supuesto, con la nota escrita de esa forma, en mayúsculas como bien ha dicho, no hay forma de saber el sexo del emisario, ¿no? Así que Leroy Fry podría haber salido esa noche pensando que lo esperaba una mujer en la cueva del embarcadero. Y, que sepamos, sí que la había. —Me tumbé en la cama, me puse un almohadón detrás de la cabeza, me apoyé en el cabezal y me miré las botas—. Bueno, ese es un problema para otro día. Mientras tanto, señor Poe, no puedo… Quiero decir, le estoy muy agradecido por su ayuda.

Si esperaba que aceptara mi agradecimiento y se fuera tranquilamente… Bueno, ni siquiera creo que esperara eso.

—Lo sabía —dijo en voz baja.

—¿El qué, señor Poe?

—La solución al rompecabezas. La ha sabido todo el tiempo.

—Tenía una ligera idea, eso es todo.

Se quedó callado un rato y entonces me pregunté si lo habría perdido para siempre. Si creía que alguien estaba sacando lo mejor de él, podría ofenderse. Podría acusarme de utilizarlo como diversión (¿y no lo hacías, Landor?). Incluso podría cortar nuestro vínculo totalmente.

De hecho, no hizo ninguna de esas cosas. Su escalada lo había cansado más de lo que dejaba ver y se quedó muy quieto en la mecedora, sin ni siquiera mecerla, y cuando le hice algún comentario se limitó a contestar sin animadversión ni necesidad de embellecimientos. Pasamos una hora así, sin decir mucho al principio y después, cuando recuperó las fuerzas, empezó a hablar más y más de Leroy Fry.

Siempre he lamentado que la gente más adecuada para decir cosas acerca de un hombre muerto sea la gente que menos lo conocía; es decir, la gente que lo conoció en los últimos meses de su vida. Para descubrir los secretos de alguien, siempre lo he creído, es preciso regresar al tiempo en el que tenía seis años y se meaba en los pantalones delante de su señorita, o a la primera vez que encontró el camino hacia sus partes inferiores... las pequeñas vergüenzas que los llevan a las grandes vergüenzas.

113

Al menos, en lo único que estaban de acuerdo los cadetes amigos de Leroy Fry era en su carácter reservado y que siempre había que sonsacarle las cosas. Le conté a Poe lo que me había dicho Loughborough acerca de la pandilla de canallas con la que se había juntado Fry y de que buscaba consuelo en la religión y nos preguntamos qué tipo de consuelo podría estar buscando la noche del veinticinco de octubre.

Después, la conversación derivó hacia otras cuestiones... temas diversos... No puedo decirte cuáles fueron porque a eso de las dos me quedé dormido. Algo muy extraño. Estaba hablando, relajado, pero hablando, y de pronto me encontré sentado en una habitación a oscuras, en un sitio en el que no había estado nunca. Un pájaro o un murciélago aleteaba detrás de las cortinas; las enaguas de una mujer me rozaron el brazo. Tenía los nudillos helados, algo me picaba en la nariz y una enredadera se balanceaba en el techo rozando la parte calva de mi cabeza. Entonces sentí unos dedos.

Me desperté aspirando con fuerza y vi que me estaba mirando. El cadete de cuarta Poe, a mi servicio. Tenía cara de estar esperando, como si estuviera en mitad de un chiste o de una historia.

—Lo siento —murmuré.

—No pasa nada.

—No sé qué…

—No se preocupe, señor Landor, yo no duermo más de cuatro horas por la noche. A veces, las consecuencias son nefastas. Una noche me quedé dormido mientras hacía guardia y me pasé una hora en un trance sonámbulo en el que estuve a punto de dispararle a otro cadete.

—Bueno —dije levantándome—, antes de que empiece a dispararles a los cadetes, debería ponerme en marcha. Me gustaría llegar a casa antes de que anochezca.

—Me gustaría ver su casa algún día.

Lo dijo con suavidad y sin mirarme. Como para saber si el que aceptara o no su petición fuese una cuestión de indiferencia hacia él.

—Será todo un placer —contesté, y me fijé en que se le iluminaba la cara—. Y, ahora, señor Poe, si sale por la puerta y después baja la escalera, le evitará una preocupación innecesaria a un hombre mayor.

—No tan mayor —me corrigió balanceándose en la silla antes de levantarse lentamente.

Entonces fui yo el que me alegré y se me tiñeron ligeramente las mejillas. ¿Quién habría imaginado que era tan fácil adularme?

—Muy amable, señor Poe.

—No hay por qué.

Esperaba que se fuera, pero él tenía otra idea en la cabeza. Buscó en el capote y sacó un trozo de papel, uno más elegante y doblado una sola vez, que abrió y dejó ver una hermosa caligrafía. Apenas podía contener el temblor de su voz cuando dijo:

—Lo que buscamos es una mujer, señor Landor, creo que la he visto.

—¿Sí?

La forma en que su voz bajaba de volumen conforme se iba entusiasmando era uno de sus tics, como enseguida me daría cuenta, hasta convertirse en un rumor, un murmullo chasqueante, velado y no siempre comprensible. Sin embargo, en esa ocasión entendí todas las palabras.

—La mañana siguiente a la muerte de Leroy Fry, antes de que me enterara de lo que había pasado, me desperté e inmediatamente me puse a redactar las primeras líneas de un poema, unas líneas que hablan de una misteriosa mujer y de un oscuro y profundo dolor. Este fue el resultado.

Admito que en un primer momento me resistí. Ya había leído lo suficiente de su poesía como para considerarme inmune a ella, pero la cosa se redujo a que, supongo, insistió. Así que cogí el papel de su mano y lo leí:

> Mecida por una arboleda de esplendor circasiano,
> En un arroyo tenebrosamente jaspeado de estrellas,
> En un arroyo quebrado por la luna y barrido por el cielo,
> Algunas gráciles doncellas atenienses rinden
> Su tributo con tímidos ceceos.
> Topé allí con Leonor, desamparada y delicada,
> Arrebatada por un grito que desgarraba las nubes
> Horacmente torturado, nada pude hacer sino rendirme
> A la doncella del ojo azul pálido,
> Al demonio del ojo azul pálido.

—Por supuesto, está inacabado.

—Ya veo —dije devolviéndole el papel—. ¿Y cree que este poema tiene relación con Leroy Fry?

—El ambiente de violencia oculta, la insinuación de una horrible coacción. Una mujer desconocida. El momento de haberlo escrito, señor Landor, no puede ser una coincidencia.

—Pero podría haberse despertado cualquier mañana y haber escrito lo mismo.

—Sí, pero no lo hice.

—Creo que…

—Lo que quiero decirle es que me lo dictaron.

—¿Quién?

—Mi madre.

—Bueno —repliqué con un ataque de risa burbujeando en la voz—. Entones preguntémosle a su madre. Estoy seguro de que podrá arrojar alguna luz sobre la muerte de Leroy Fry.

Siempre recordaré la mirada que me echó. Una mirada de profunda sorpresa, como si yo hubiera olvidado algo que debería saber tanto como mi nombre.

—Está muerta, señor Landor. Murió hace casi diecisiete años.

Narración de Gus Landor

10

1 de noviembre

—*N*o, hacia aquí… eso es… un poco más… así está bien, Gus… Mmm…

Cuando se trata del misterio femenino, no hay nada como un poco de instrucción. Estuve casado unos veinte años con una mujer que me dio poco más que respeto y sonrisas. Que, por supuesto, era todo lo que necesitaba un hombre en aquellos tiempos. Por el contrario, Patsy me hace sentir, con cuarenta y ocho años, semejante a esos cadetes que están siempre soñando con ella. Me coge de la mano, se monta encima con tanta sencillez como un arriero monta su mula y me absorbe por completo. Hay algo marino en sus movimientos, tengo esa sensación, es decir, como de algo que ha estado ahí siempre. Y al mismo tiempo, como persona es muy terrestre, una chica corpulenta con mechones de pelo negro en los brazos, fuerte grupa, grandes pechos y caderas, y piernas cortas; puedes rodearla con las manos y sentir un momento que ese muslo, que ese suave y harinoso vientre son tuyos y no te los pueden quitar. Diría que solo en sus ojos, que son grandes y del color del dulce de azúcar, solo en ellos hay algo que se mantiene aparte.

Lector, lo confieso ahora: Patsy fue la razón por la que tenía tantas ganas de dejar a Poe aquel domingo. Habíamos quedado en vernos a las seis en mi casa y se quedaría o no, dependiendo de cómo se sintiera. Aquella noche le apeteció quedarse. Sin embargo, cuando me desperté a eso de las tres de la mañana, no había nadie en el otro lado de la cama. Me quedé quieto en la media penumbra de la lámpara de noche, sintiendo la paja del colchón en los lugares en los que se amontonaba, esperando… y al poco oí: «Cras, cras».

Para cuando salí de la cama ya había limpiado las cenizas y barrido la chimenea, y estaba sentada en el borde de la mesa con caballetes que había en la cocina, restregando a conciencia una cacerola de hierro. Se había puesto lo primero que había encontrado —mi camisa de dormir— y en la azulada luz de la cocina, sus cremosos pechos caídos, que veía moverse a través del escote, eran lo más parecido a una estrella. Y su pezón brillante por el sudor, sí, el sol de medianoche.

—Te has quedado sin madera de pino, y sin astillas también.

—¿Quieres hacer el favor de parar?

—Me rindo con el latón. Está demasiado desgastado. Tendrás que contratar a alguien.

—Para, para.

—Gus —dijo elevando su voz hasta conseguir un sonsonete mientras ponía a bailar la escoba de crin de caballo—. Roncabas como para despertar a un muerto. O me iba a casa o me ocupaba de esta habitación, que está hecha una pena, ya lo sabes. No te preocupes, no pienso mudarme aquí.

Ese era el estribillo al que siempre recurría: «No voy a mudarme aquí, Gus». Como si eso fuera lo que más temiese en este mundo. De hecho, podría haber cosas peores.

—Puede que a ti te guste estar en una casa con arañas y ratones, pero la mayoría de la gente prefiere tenerlos fuera de sus casas. Y si Amelia estuviese aquí…

El otro estribillo.

—Si Amelia estuviese aquí, haría lo mismo, puedes creerlo.

Oírla decir esas cosas era divertido, como si ella y mi mujer fueran viejas camaradas que trabajaran por el mismo fin. Seguramente debería molestarme que la llamara por su nombre de pila y que le quitara el mando con tanta facilidad (aunque solo fuera una o dos horas a la semana o cada quince días), pero no podía dejar de pensar en cuánto le habría gustado a Amelia esa joven: su laboriosidad y su calma, su delicada moralidad. Patsy elige cuidadosamente de parte de quién está. Solo Dios sabe por qué se pone de la mía.

Volví al dormitorio, busqué una lata de rapé y la llevé a la cocina. Arqueó las cejas cuando me vio.

—¿Cuánto te queda?

Cogió un poco. Y echó hacia atrás la cabeza cuando el polvo se volvió vapor y se filtró a través de sus pulmones y se quedó así un momento, inspirando y dejando salir el aire en largas bocanadas.

—¿Te lo he dicho, Gus? Te has quedado sin cigarros, la chimenea vuelve a revocar y la bodega está llena de ardillas.

Me apoyé contra la pared y me dejé caer hasta quedarme sentado en el suelo de baldosas de piedra. Aquello tuvo el mismo efecto que zambullirse en un lago. Una oleada de frío me subió por la rabadilla y me calentó la columna.

—Ahora que estamos despiertos, Patsy.

—¿Sí?

—Háblame de Leroy Fry.

Se pasó el brazo por las cejas. A la luz de la vela solo podía distinguir las gotas de sudor en su mandíbula, alrededor de su cuello y las venas de sus pechos.

—Ya te he hablado de él, ¿no? Ya me habrán oído.

—Como si pudiera aclararme con todos tus galanteadores…

—Bueno —dijo frunciendo ligeramente el entrecejo—, no hay nada que decir. No hablé nunca con él ni intentó aprovecharse. Casi no podía mirarme, así de mal lo pasaba. Solía venir por las noches con Moses y Tench, quienes siempre contaban los mismos chistes y él se reía igualmente. Para eso estaba allí, para reírse. Era una especie de sonido furtivo, como el que hace el reyezuelo. Solo bebía cerveza. De vez en cuando echaba un vistazo hacia ellos y veía que me estaba mirando, entonces movía la cabeza. Era así, Gus. Como si alguien lo tuviera atado con un nudo corredizo.

Se dio cuenta demasiado tarde. Dejó de barrer y sus labios se estrecharon.

—Lo siento, ya sabes a lo que me refiero.

—Por supuesto.

—Creo que era la persona que se sonrojaba más rápido que he visto jamás. Pero quizá solo fuera porque era muy pálido.

—¿Virgen?

Menuda mirada que me echó.

119

—¿Cómo voy a saberlo? En los hombres no se puede comprobar, ¿no? —Después se calmó—. Solo puedo imaginármelo con una vaca. Una vaca grande y maternal, avasalladora y con unas buenas ubres.

—No sigas. Vas a conseguir que eche de menos a Hagar.

Empezó a limpiar una cazuela con un trapo de algodón. Le dio vueltas y más vueltas, y me encontré mirándole las manos, las ligeras ondulaciones en la piel que provocaban el jabón y la fricción. Unas manos de vieja en los brazos desnudos de una mujer joven.

—Al parecer, Fry iba a reunirse con alguien la noche en que murió —dije.

—¿Con alguien?

—Un hombre, una mujer… No estamos seguros.

—¿Vas a preguntármelo, Gus? —soltó sin levantar la cabeza.

—¿Preguntarte?

—¿Dónde estaba la noche del…? ¿Qué día fue?

—El 25.

—El 25 —repitió mirándome fijamente.

—No, no iba a preguntarte.

—Entonces da igual —dijo bajando los ojos. Metió el trapo en la cazuela y le dio un fuerte restregón, después se limpió la cara una vez más y añadió—: Pasé la noche en casa de mi hermana. Vuelve a tener esos terribles dolores de cabeza y alguien tiene que quedarse con el niño hasta que se le pase la fiebre. Su marido no sirve para nada… Allí es donde estaba. —Meneó la cabeza enfadada—. Y allí es donde debería estar ahora.

Pero si estuviera allí en ese momento, no estaría aquí y eso significaría… ¿Qué? ¿Querría decirme ella lo que eso significaría?

Cogí un poco más de rapé. Una limpia sensación me recorrió la cabeza. Un tipo en un estado así podría hacer una declaración, ¿no? Una noche de otoño, a una joven que está a menos de metro y medio. Pero en mi cabeza había algo duro y coagulado. No supe lo que era hasta que la imagen volvió a mí: dos manos aferrándose al dintel del hotel Cozzens.

—Patsy, ¿qué sabes de un tipo llamado Poe?

—¿Eddie?

El verlo reducido a una pequeña palabra de cariño fue toda una sorpresa. Me pregunté si alguien lo había llamado así alguna vez.

—Un tipo triste. Muy educado. Tiene unos dedos muy bonitos, ¿te has fijado? Habla como un libro, pero bebe como un cubo agujereado. Para mí que ese es tu virgen.

—Hay algo extraño en él, tenlo por seguro.

—¿Por ser virgen?

—No.

—¿Porque bebe un poco?

—No, porque está lleno de fantasías y supersticiones sin sentido. Imagínate, me ha enseñado un poema y me ha dicho que tiene relación con la muerte de Leroy Fry. Asegura que se lo dictó en sueños su madre muerta.

—Su madre.

—La que supongo tiene mejores cosas que hacer en la otra vida, siempre que exista, que susurrar unos versos malísimos en el oído de su hijo.

Se levantó, dejó la cazuela en la encimera de madera y, orgullosa, volvió a meterse el pecho en mi camisa de dormir.

—Estoy segura de que si pensara que era un poema tan malo no se lo habría susurrado al oído.

Lo dijo con tanta solemnidad que pensé que me estaba tomando el pelo, pero no lo estaba haciendo.

—Venga, Patsy. No, tú también no, por favor.

—Yo hablo con mi madre todos los días, Gus. Mucho más que cuando estaba viva. De hecho, el otro día tuvimos una agradable conversación de camino hacia aquí.

—Joder.

—Me preguntó cómo eras. Y le dije, bueno, «es un poco anticuado y dice un montón de bobadas, pero tiene unas manos grandes muy bonitas, madre, y unas costillas… Me encanta tocárselas».

—¿Y ella qué hace? ¿Te escucha? ¿Te responde?

—A veces, cuando lo necesito.

Me puse de pie. El frío me había llegado a las mejillas y tuve que dar varias vueltas a la cocina y frotarme los brazos para que volviera a circular la sangre.

—La gente que amamos siempre está con nosotros —dijo en voz baja—. Deberías saberlo.

—No veo que haya nadie aquí. ¿Y tú? Que yo sepa estamos solos.

—No deberías pensar eso, Gus. No puedes decirme que ella no está aquí.

Aquella noche, el cielo tenía un color púrpura intenso y en las colinas apenas se veía un solitario parpadeo en la granja de Dolph van Corlaer. En algún lugar, un gallo que se había despertado demasiado pronto lanzaba un largo y agudo cacareo.

—Resulta curioso. Jamás me acostumbré a compartir la cama. El codo en la cara y, no sé, el pelo de otra persona en la boca. Pero ahora, después de tantos años, no me habitúo a tenerla para mí solo. Ni siquiera soy capaz de ocuparla toda. Me quedo en mi lado intentando no utilizar demasiada sábana —confesé apretando las manos en el alféizar—. Bueno, hace ya mucho tiempo que se fue.

—No estaba hablando de Amelia.

—Ella se fue también.

—Eso es lo que dices tú.

No merecía la pena discutir. Mi hija se había ido, eso era evidente. Para otras personas, nunca había estado aquí, e incluso yo, en aquellos días, solía acordarme de todo menos de ella. Por ejemplo, recuerdo lo a menudo que mi esposa solía pedirme perdón por no haberme dado un hijo. Y cómo la consolaba yo diciéndole: «Una hija me viene mejor». ¿Quién iba a llenar mejor los silencios? El silencio de una noche como esa, en la que estaba perdido en mis habituales pasatiempos —mi «temperamento de soltero», solía decir Mattie— y levantaba la cabeza de repente… y allí estaba ella, en el otro extremo de la habitación. Mi hija, esbelta y erguida, con las mejillas como coral por haber estado sentada cerca del fuego. Solía estar cosiendo una manga o escribiendo a su tía o sonriendo por algo que hubiese escrito el papa. Cuando la alcanzaban mis ojos, nunca consentían en dejarla.

Y cuanto más la miraba, más se me rompía el corazón, porque me parecía que la estaba perdiendo. La había estado perdiendo desde el primer día que la tuve en los brazos, de color violeta y berreando. Y, al final, no había nada que pudiera impedir que la perdiera. Ni amor ni nada.

—A la única que echo de menos es a Hagar —comenté—. No me importaría ponerme leche en el café.

Me miró, con cuidado, como alguien que estudia unas escrituras.

—Gus, tú no lo tomas nunca con leche.

Narración de Gus Landor

11

1 al 2 de noviembre

Las cuatro de la tarde en West Point era lo que más se parecía a una hora mágica. Las alocuciones de la tarde habían acabado, todavía no habían llamado para la formación de la noche y los cadetes disponían de un breve intervalo en el largo día, que la mayoría aprovechaba para irrumpir en la ciudadela de las mujeres. A las cuatro en punto, un regimiento de jóvenes, valientemente entalladas en rosa, rojo y azul, pasea ya por la Alameda del Galanteo. En pocos minutos llega una horda de «grises», y cada uno de ellos le ofrece el brazo a una rosa o a una azul, y si aquello dura —digamos un día o dos— puede verse a un gris quitándose el botón más cercano a su corazón y cambiándolo por un mechón de cabello de la rosa. Se prometen matrimonio y se vierten lágrimas. En media hora, todo ha acabado. Nada puede superarlo en eficacia.

Ese día en particular tuvo un resultado muy útil. Limpió el lugar de cadetes y me dejó bastante solo, en la entrada norte de la nevera, frente a una explanada vacía. Las hojas caían con un flujo continuo y la luz, que había sido deslumbradora hasta ese día, caía suave y amortiguada sobre una creciente cresta de neblina. Estaba solo.

Entonces oí un crujido… una rama que se quebraba… un leve paso.

—Bien —dije al tiempo que me daba la vuelta—, ha recibido mi nota.

Sin detenerse para contestar, el cadete de cuarta Poe rodeó

el lateral de la nevera, abrió la puerta y se metió dentro. Una bocanada de aire frío brotó tras él.

—¿Señor Poe?

De algún lugar en la oscuridad llegó un ronco susurro.

—¿Me ha seguido alguien?

—Bueno, deje que… No.

—¿Está seguro?

—Sí.

Entonces aceptó acercarse a la puerta, hasta que los distintos planos de su cara volvieron a aparecer en la luz. Una nariz, una mejilla, el glaciar de sus cejas.

—Me desconcierta su conducta, señor Landor. Me pidió absoluto secreto y después me cita a plena luz del día.

—No podía hacerlo de otro modo, lo siento.

—Suponga que me ven.

—Buena cuestión. Creo que será mejor que empiece a escalar otra vez, señor Poe.

Indiqué hacia el techo de paja de la nevera, que se recortaba contra el cielo como la punta de una flecha aplastada. Poe movió la cabeza para seguir la dirección de mi dedo, hasta que estuvo justamente bajo la luz, entrecerrando los ojos hacia el sol.

—No está tan alto, unos cuatro metros y medio y usted es muy bueno escalando.

—Pero ¿para qué? —susurró.

—Ahora supongo que tendría que ayudarle subiéndole de una pierna, ¿bastará con eso? Después puede agarrarse al marco de la puerta, ahí, ¿lo ve? Y desde allí no tendrá problemas para alcanzar la cornisa.

Me miró como si estuviera hablando al revés.

—A menos que esté cansado por lo del otro día.

No tenía elección. Dejó el gorro en el suelo, se frotó las manos, hizo un gesto con la cabeza frunciendo el entrecejo y dijo:

—Listo.

Como era pequeño no le costó adherirse a la superficie de piedra de la nevera y solo resbaló una vez, cuando intentaba llegar a la cornisa. Con todo, su pie derecho se sujetó rápidamente y enseguida se levantó y siguió. Medio minuto después, estaba en la cima, agachado como una gárgola.

—¿Puede verme desde donde está? —grité.

—¡Shh!

—Perdone, ¿puede oírme, señor Poe?

—Sí —contestó susurrando.

—No tiene por qué preocuparse, estamos bastante solos de momento y, si alguien me oye, pensará que estoy loco, algo que... Perdone, ¿qué decía, señor Poe?

—Por favor, dígame por qué estoy aquí arriba.

—¡Ah, sí! Lo que está contemplando es la escena del crimen. —Dibujé con el pie una zona de aproximadamente quince metros cuadrados—. Del segundo crimen —me corregí a mí mismo—. Aquí es donde le quitaron el corazón a Leroy Fry.

Estaba justamente al norte, un poco al noroeste, de la puerta de la nevera. Hacia la parte norte estaban las habitaciones de los oficiales, al oeste los barracones de los cadetes, al sur las academias y al este el puesto de guardia del fuerte Clinton. Nuestro hombre había hecho una elección muy inteligente: encontró el único lugar en el que estaba seguro de que podría hacerlo sin que lo vieran.

—Es curioso —dije—. He buscado en todas partes de la nevera. He gateado a cuatro patas, he ensuciado al menos dos pares de pantalones y hasta ahora no se me había ocurrido intentarlo desde un punto estratégico diferente.

Desde su posición ventajosa, quería decir. El hombre que había cortado la carne y huesos de Leroy Fry había hundido sus manos en los fluidos y el hedor de un cuerpo que había estado vivo.

—Señor Poe, ¿puede oírme?

—Sí.

—Muy bien. Me gustaría que mirara hacia abajo, hacia donde estoy, y me dijera si ve algún hueco en la vegetación. Con eso me refiero a cualquier lugar en el que la hierba o el suelo parezcan pisoteados. Algún sitio en el que hayan tirado alguna piedra o palo.

Se produjo una larga pausa. Tan larga que estaba a punto de repetirlo, cuando oí un siseo.

—Perdón, señor Poe, no consigo...

—Al lado de su pie izquierdo.

—Al lado de mi pie izquierdo… Al lado de… Sí, ya lo veo.

Una pequeña hendidura, de unos siete centímetros. Busqué en el bolsillo y saqué una piedra blanca brillante —había recogido unas cuantas en el río por la mañana—, la apreté en el borde y me alejé.

—Ahí lo tiene. Quizá ahora entienda el valor de los ojos de Dios. Dudo mucho de que lo hubiera podido ver con mis ojos mortales. Ahora, ¿si puede decirme dónde ve más huecos? Más o menos del mismo tamaño y forma.

Era un trabajo lento. Necesitó al menos cinco minutos para poder empezar a hacerlo a conciencia. Entre descubrimiento y descubrimiento pasó más tiempo y en varias ocasiones cambió de opinión y me hizo retirar la piedra que acababa de colocar. Además, como insistía en susurrar, seguir sus indicaciones era casi como avanzar por un callejón con una luciérnaga como toda luz.

Volvió a callarse y después me envió corriendo hacia una dirección imprevista, a unos tres metros de distancia de la zona que le había marcado.

—Nos estamos alejando de la escena del crimen, señor Poe.

Insistió y tuve que poner una piedra. Siguió insistiendo y alejando el perímetro hasta que aquello ya no tenía sentido. Noté que la provisión de piedras menguaba y se apoderó de mí una sensación desalentadora conforme veía que la zona que tan claramente había delineado en mi imaginación se salía de sus límites.

—¿Alguna más, señor Poe? —pregunté cansado.

Había pasado una media hora y mi pequeña gárgola dijo que solo había una más. Que, por extrañas razones, fue la más difícil de encontrar. Tres pasos hacia el norte… cinco pasos hacia el este… no, seis pasos hacia el este… no, se ha pasado… ahí… ¡no!, ahí no, allí. Su ronco susurro me seguía todo el tiempo como un mosquito… hasta que al final encontré el lugar, lo marqué y pude decir aliviado:

—Ya puede bajar, señor Poe.

Bajó con dificultad, saltó los dos últimos metros y aterrizó de rodillas en la hierba. Después se fundió una vez más en la oscuridad de la nevera.

—El otro día me comentó que la naturaleza de este crimen, el que le arrebataran el corazón a Leroy Fry, le había conducido a la Biblia. Debo admitir que yo también iba en la misma dirección. Aunque no hacia la Biblia exactamente, no hay muchas cosas que me lleven hacia ella, sino que no podía dejar de preguntarme si no había en todo este asunto algo que olía a religión.

Sus manos destellaron en la oscuridad.

—Bueno, en realidad todo huele a ella. Leroy Fry se une a una pandilla de canallas hace un par de veranos y, entonces, ¿qué hace? Se entrega al escuadrón de los rezos. Thayer ve el cuerpo de Fry y ¿en qué piensa? En un fanático de la religión. Entonces, tomemos la religión como punto de partida y preguntémonos: ¿han quedado huellas del acto, señales de un ritual, es decir, de una ceremonia, piedras o velas o algo así colocadas de forma intencionada?

Poe había juntado las manos, unas manos suaves, de cura.

—Bueno —continué—, si se utilizó ese tipo de objetos, no cabe duda de que nuestro hombre los retiraría una vez que hubiera acabado. No tiene sentido dejar pruebas, pero ¿qué pasa con las huellas que dejan los objetos? Esas cuestan más de borrar y disponía de poco tiempo, dado que ya habían puesto en marcha la batida de búsqueda. Por no mencionar que nuestro hombre tenía un corazón del que ocuparse. Muy bien, entonces retira los objetos, pero no se queda para tapar los agujeros que han dejado estos. —Sonreí en dirección a las manos que había en la nevera—. Eso es lo que estamos haciendo hoy, señor Poe. Estamos buscando los agujeros que dejó.

Observé las piedras blancas, clavadas como pequeños indicadores de tumbas en la clara hierba. Saqué un lápiz y un cuaderno del bolsillo del abrigo y moviéndome de forma circular empecé a calibrar la distancia que había entre las piedras, dibujando conforme avanzaba, hasta que en el papel apareció un entramado de puntos.

—¿Qué ha encontrado? —susurró Poe desde las profundidades de la nevera.

Creo que hasta que no le di la página no vio realmente lo que había.

128

—Un círculo —dijo Poe.

Eso era, de unos tres metros de diámetro según mis cálculos. Bastante más espacio del que habría necesitado el cuerpo de Leroy Fry. Era lo suficientemente grande como para que cupiera media docena de Leroy Frys.

—No consigo descifrar el dibujo que hay en el interior del círculo —comentó Poe con la cara inclinada hacia el papel.

Lo observamos con mayor detenimiento, intentando conectar los puntos interiores con los exteriores. Aquello no funcionaba. Cuanto más miraba, más parecían dispersarse, hasta que dejé que mi vista se acomodara a las piedras

—Mmm, es evidente.

—¿El qué?

—Es posible que, si nos hemos dejado algún punto de la circunferencia, también podemos haber pasado por alto alguno en el interior. Deje que…

—Puse el papel encima del cuaderno y empecé a dibujar una línea que conectaba los puntos que había más próximos y después continué, casi sin darme cuenta de lo que hacía, hasta que Poe soltó:

—Un triángulo.

—Así es, y por lo que me han contado, imagino que Leroy Fry estaba dentro de ese triángulo. Y nuestro hombre estaba...

¿Dónde?

Hace años, la familia de un herrador de Five Points me pagó (con lo que equivaldría a los ahorros de varias vidas) para que investigara su muerte. Al tipo lo habían golpeado con uno de sus hierros. En la frente le encontré un trozo de piel levantada en forma de U, como si lo hubiese pisado un caballo. Recuerdo que pasé la mano por aquella cicatriz, que me pregunté quién podría haberlo hecho y después levanté la cabeza y vi —no, no fue así—, y me imaginé al asesino en la puerta con el hierro aún humeante en la mano y en sus ojos una mirada... de furia y miedo, supongo, y cierta timidez, como si dudara de que mereciera la pena que yo lo mirase. Bueno, el verdadero asesino, cuando lo encontramos, no se parecía mucho a como lo había imaginado, pero la mirada en sus ojos sí que era la misma y la mantuvo todo el camino hasta la horca.

Ese caso en particular me convirtió en un creyente de, bueno, de las imágenes. Pero aquella tarde en la nevera, lector, no había imagen alguna. No había nadie que me devolviera la mirada. O quizá sería mejor decir que quienquiera que estuviese allí no paraba de cambiar de lugar y de forma... y se multiplicaba.

—Bueno, me ha sido de gran ayuda, señor Poe. Supongo que ahora tendrá que ir a formación y a mí me espera el capitán Hitchcock, así que...

Me volví y lo vi de rodillas en la hierba, con la cara inclinada hacia abajo, murmurando como un cuervo.

—¿Qué ha visto, señor Poe?

—Las he visto desde el tejado. No encajaban, así que no... —Su voz se cortó para convertirse en un murmullo.

—No le entiendo, señor Poe.

—¡Marcas de quemaduras! ¡Venga, rápido!

Cortó una hoja de mi cuaderno, la puso en la hierba y empezó a sombrearla con el lápiz con rápidos trazos, que rápidamente llenaron el papel, o casi. Cuando lo levantó a la luz pudimos ver lo que parecía un mensaje escrito en una ventana empañada.

ƧHႱ

—Parece… —leyó Poe—. Sociedad de…

Sí, repasamos todas las sociedades de las que nos pudimos acordar. Sedes, sanctasanctórums, sables. Pasamos un montón de tiempo así, de rodillas en la hierba, devanándonos los sesos.

—Un momento —exclamó Poe de repente. Miró el papel con los ojos entrecerrados y dijo en voz baja—: Si le damos la vuelta a las letras, ¿no le daremos la vuelta a todo el mensaje?

Rápidamente rompió otra hoja y escribió las letras con trazos largos y fuertes que llenaron por completo el papel.

J H S

—Jesucristo —dijo.

Me senté y me froté las rodillas. Después busqué el tabaco.

—Una inscripción de lo más corriente en la Antigüedad, aunque no creo haberla visto escrita al revés —comenté.

—A menos que se invocara a otra persona que no fuera Cristo. Alguien totalmente opuesto a Cristo.

Estaba sentado en la hierba, mascando un trozo de tabaco, y Poe estudiaba una fila de nubes. Un mirlo cantaba y un sapo croaba. Todo era diferente.

—Sabe —dije finalmente—, tengo un amigo que quizá pueda ayudarnos.

Poe me miró de reojo.

—No me diga.

—Sí, es todo un experto en símbolos y… rituales y cosas así. Tiene una buena colección de libros relacionados con lo…

—Lo oculto —interrumpió Poe para acabar mi frase.

Tras unos segundos de mascar, admití que «oculto» probablemente era la palabra adecuada.

—Es un tipo fascinante. Me refiero a mi amigo. Se llama profesor Papaya.

—¡Vaya nombre!

Le expliqué que Papaya era indio, o mejor dicho, medio indio, bueno, con un cuarto de francés o Dios sabe qué. Poe me preguntó si realmente era profesor y le contesté que era un estudioso, de eso no cabía duda, y que estaba muy solicitado por las damas de la alta sociedad. El señor Livingstone le pagó en una ocasión doce dólares de plata por el placer de disfrutar una hora de su tiempo.

Poe se encogió de hombros con indiferencia.

—Espero que tenga forma de pagarle. Yo voy atrasado en los pagos y el señor Allan ni siquiera me va a enviar dinero para instrumentos matemáticos.

Le dije que no se preocupara, que yo me ocuparía de ello. Después le deseé que pasara un buen día y observé cómo su esbelta figura emprendía el camino (sin mucha prisa) hacia la explanada.

Lo que no llegué a decirle fue esto (y solo pensarlo hizo que me riera a carcajadas mientras volvía al hotel): tenía la mejor recompensa para el profesor Papaya, le iba a llevar la cabeza de Edgar A. Poe.

Narración de Gus Landor

12

3 de noviembre

La casa de campo del profesor Papaya queda solamente a una legua de mi casa hacia el interior, pero está al final de una empinada pendiente y el acceso está tan lleno de vegetación a unos cincuenta metros que es necesario bajarse del caballo y abrirse camino a través de un sendero de arbustos de cedro. Al final uno se ve recompensado por un pórtico coronado con jazmines y madreselvas. ¡Ah!, y un peral seco con un gran manto de flores de bignonia de cuyas ramas cuelgan jaulas de mimbre llenas de sinsontes, oropéndolas, charlatanes y canarios, todos cantando desde el alba a la puesta de sol, sin cesar. No lo hacen en armonía evidente, pero si se escucha un buen rato, o el sonido sigue una pauta o (según la teoría de Papaya) uno se da por vencido con las pautas.

Si Poe se hubiese salido con la suya, habríamos ido a casa de Papaya aquella misma noche. Le dije que no sería capaz de encontrar el camino en la oscuridad. Además, quería avisar al profesor. Aquella misma noche envié un mensajero de la academia con una misiva.

A la mañana siguiente, Poe se despertó, masticó un trozo de tiza y se presentó con la lengua blanca ante el doctor Marquis, quien le recetó polvos de calomelanos y le dio una nota que lo excusaba de sus obligaciones. Después pasó a través de una tabla suelta en la valla de la leñera y se reunió conmigo al sur del puesto de guardia, donde montamos a Caballo y salimos hacia el elevado camino en dirección a Buttermilk Falls.

Era una mañana fría y nublada. El único calor que sentíamos parecía provenir de los árboles, que se elevaban en unos salientes de granito, y de las hojas muertas que brillaban en los charcos, cañadas y lechos de esponjoso musgo. El camino se empinó enseguida, subimos rodeando prominentes paredes de piedra y Poe se quejó en mi oreja sobre Tinter Abbey y el principio de lo sublime de Burke; «La naturaleza es el verdadero poeta de Estados Unidos, señor Landor», dijo, y cuanto más hablaba más sentí que se apoderaba de mí el terror. Ahí estaba, sacando ilegalmente a un cadete de la academia, sabiendo perfectamente que Hitchcock y sus oficiales se encargaban de inspeccionar los cuartos de los barracones todos los días. Pobre del cadete que dijera que estaba enfermo y no contestara a la doble llamada a la puerta.

Bueno, en vez de pensar en lo que podía pasar, le conté a Poe todo lo que sabía de Papaya.

Su madre era hurón y su padre un traficante de armas francocanadiense. De joven lo llevaron a una tribu de indios wyandot, que fueron masacrados al poco por unos resueltos iroqueses. Único superviviente, a Papaya lo rescató un comerciante en huesos de Utica que le dio un nombre cristiano y lo educó con gran rigurosidad: misa dos veces al día; catecismo y cantos religiosos antes de ir a dormir; setenta versículos de la Biblia a la semana. (La misma educación que tuve yo, excepto que Papaya podía jugar a las cartas.) Al cabo de seis años, el comerciante en huesos murió de escrófula. El joven aterrizó entonces en casa de un titán de los textiles con mentalidad caritativa, que murió pronto y le dejó seis mil dólares al año. Este recobró enseguida su nombre indio y se mudó a una casa de piedra caliza estilo Jersey de la calle Warren, donde distribuía monografías sobre el alcoholismo, la manumisión, el beleño y la lectura del cráneo humano. Cuando su fama aumentó, volvió a irse, en esa ocasión a las tierras altas. Desde entonces se comunicaba normalmente por correo, se bañaba dos veces al año y miraba el pasado con cierta ironía. Una vez que le llamaron noble salvaje, Papaya dijo: «¿Por qué estropearlo con lo de noble?».

Toda aquella escuela de los domingos, sabes lector, tenía que sorprender a la gente. Era la razón por la que, para recibirnos, había colgado una serpiente de cascabel en la puerta y cubierto el camino de delante de la casa con huesos de rana. Estos crujían suavemente bajo nuestros pies y se incrustaban en el dibujo de las botas. Estábamos quitándonoslos cuando apareció. Consistente y de ancho pecho, se paró en la puerta con actitud ausente, como si hubiese salido a ver qué tiempo hacía. Lo miramos, ya que está hecho para que lo miren, es causa y efecto. La primera vez que lo visité me recibió con toda la parafernalia india, blandiendo una punta de flecha de piedra. Aquel día, por razones que no alcancé a comprender y puede que él tampoco, se había vestido de granjero holandés. Chaqueta y calzones hechos en casa, hebillas de peltre y los zapatos más grandes que había visto jamás; cabía un hombre en ellos. Lo único que no pegaba era la garra de águila que le colgaba del cuello y la delgada línea de índigo que iba desde su sien derecha hasta el final de la nariz (un nuevo estilo).

Lentamente, sus hermosos ojos color avellana empezaron a relucir al ir entendiendo.

«¡Ah!» —exclamó yendo directamente hacia Poe. Lo cogió del brazo y lo arrastró hasta el umbral—. ¡Tenía razón! —me gritó—. Es extraordinario. ¡Qué órgano tan dilatado!

En ese momento, Poe y él iban casi corriendo hacia el salón. Lo que me permitió ir a la sala delantera del profesor para volver a ver la alfombra de bisonte y la lechuza disecada, los mayales y arneses colgando de las paredes como reliquias de museo. Para cuando llegué al salón, una hilera de manzanas chisporroteaba en el hogar, había sentado a Poe en un sillón Duncan Phyfe y estaba inclinado hacia él, con su piel plata y cobre, y su nariz de patata, frotándose las puntas de los dedos y ofreciendo, en vez de un cordial para beber, la fila con huecos de sus grises dientes.

—Joven —dijo—. ¿Me haría el favor de quitarse el gorro? —Con cierta reticencia, Poe se quitó el gorro de cuero de la cabeza y lo dejó en la alfombra de Bruselas—. No le dolerá nada —aseguró el profesor.

Si fuera la primera vez que veía a Papaya, habría dudado de lo que iba a hacer. Cuando le rodeó la parte más ancha del cráneo con una cuerda lo hizo con las temblorosas manos de un hombre que levanta sus primeras enaguas.

135

—¡Cincuenta y ocho centímetros! No es tan grande como imaginaba. Sin duda es la proporción lo que más sorprende. ¿Cuánto pesa, señor Poe?

—Sesenta y cuatro kilos.

—¿Y cuánto mide?

—Uno cincuenta y dos, y medio.

—Y medio, ¿eh? Vaya, vaya… Ahora, joven, quiero sentir su cabeza. No me mire así. No le causaré ningún dolor, a menos que entregar su alma a través de los dedos le suponga un dolor. Solo tiene que estarse quieto. ¿Podrá hacerlo?

Demasiado intimidado como para asentir, se limitó a parpadear. El profesor inspiró dos veces y dejó que sus crispados dedos se fusionaran con aquel virgen cuero cabelludo. Un suspiro, un mínimo aliento salió de sus grises labios.

—Amante —salmodió Papaya—, moderado. —Apoyó la oreja en el cráneo de Poe, como un granjero buscando taltuzas, mientras sus dedos trillaban el enmarañado pelo negro—. Hogareño: poco —aseguró alzando la voz—. Asociación de ideas: mucho. Facultades intelectuales: grandes, no, muy grandes. —Poe sonrió en ese momento—. Amor a la aprobación: absoluto. —Entonces sonreí yo—. Amor a los niños: muy poco.

Así continuó, lector. Cautela, benevolencia, esperanza: rasgo por rasgo, forzó a ese cráneo a que le revelara sus secretos. A que los revelara al mundo, debería decir, ya que el profesor gritaba cada uno de sus descubrimientos como un subastador; cuando su oscura voz de barítono comenzó a decaer supe que estaba acabando.

—Señor Poe, tiene los chichones de un temperamento desarraigado. La parte de su cerebro dedicada a la propensión hacia los animales, con lo que me refiero al posterior inferior y al lateral inferior, esa zona está menos desarrollada. Sin embargo, la reserva y la combatividad lo están mucho. Distingo en su carácter una violenta y casi fatal división.

—Señor Landor —susurró Poe temblando ligeramente—. No me dijo que el profesor era vidente.

—¡Repita eso! —bramó Papaya.

—No… no me…

—Sí, sí.

—Dijo…

—¡Richmond! —gritó Papaya.

Clavado en el sillón, Poe empezó a tartamudear.

—Es… es verdad. Soy…

—Y si no me equivoco —intervine—, pasó cinco años en Inglaterra. —Poe puso los ojos como platos—. El reverendo John Bransby de Stoke Newington —expliqué—. Esa notoria autoridad en ortografía.

Papaya aplaudió.

—¡Muy bien! ¡Excelente, Landor! El acento británico sintoniza fácilmente con las notas de los bosques del sur. Déjeme ver, ¿qué más puedo decir de este joven? Es un artista. Con esas manos no podría ser otra cosa.

—Bueno, puede decirse que sí —confirmó Poe sonrojándose.

—También es… —Hubo un momento de suspense antes de que Papaya pusiera el dedo en la cara del joven y gritara—: ¡Huérfano!

—Eso también es verdad —corroboró Poe en voz baja—. Mis padres, mis verdaderos padres, murieron en un incendio. El incendio en el teatro Richmond de 1811.

—¿Y por qué estaban en el teatro? —gruñó Papaya.

—Eran actores. Muy buenos, famosos.

—¡Ah!, famosos —repitió el profesor alejándose indignado.

Entonces se produjo un incómodo momento. Poe en el sillón, dolorido por el resentimiento, el profesor dando pasos airados por la habitación, intentando quitar dramatismo, y yo, esperando, hasta que el silencio se estiró hasta un punto, y nada más, momento en el que dije:

—Profesor, me preguntaba si podríamos ocuparnos del asunto que tenemos entre manos.

—Muy bien —aceptó frunciendo el entrecejo.

Antes, preparó té. Lo trajo en una combada olla de plata; sabía a alquitrán: punzante en la lengua y pegajoso en la garganta. Me tomé tres tazas, una detrás de otra, como si fueran vasos de whisky. ¿Qué otra elección me quedaba? Papaya no tenía licores.

—Bueno, profesor. ¿Qué hemos de pensar de todo esto? —pregunté.

Saqué el dibujo que habíamos hecho Poe y yo, el del triángulo en el interior del círculo, y lo dejé encima de la mesa, que no era otra cosa que un baúl de barco de vapor cubierto con hojalata prensada.

—Bueno, depende de con quién hablen. Si convocaran a un griego de la Antigüedad, a un alquimista, diría que el círculo es un *ourobouros*, el símbolo de la unidad eterna. Si preguntaran a un pensador medieval —puso los ojos en blanco—, diría que es la creación y el vacío hacia el que tiende siempre la creación. —Volvió a fijar otra vez los ojos en el papel—. Sin embargo, esto solo puede ser un círculo mágico.

Poe y yo intercambiamos miradas.

—Sí —continuó Papaya—, recuerdo haber visto uno en *El verdadero dragón rojo*, si no recuerdo mal. El mago estaba… allí… en el interior del triángulo.

—¿Solo el mago? —pregunté.

—Tenía un grupo de ayudantes, todos estaban en el interior del triángulo. Tenían velas a ambos lados y enfrente, allí, digamos, un brasero. Había luces por todas partes, era un festival de luz.

Cerré los ojos para intentar imaginármelo.

—La gente que llevaba a cabo esas ceremonias, ¿era cristiana? —preguntó Poe.

—A menudo sí. La magia no siempre ha pertenecido al mundo de la oscuridad. En su dibujo, como pueden ver, aparece una inscripción cristiana.

Había puesto el dedo en el monograma JHS invertido y uno podía pensar que las letras le hablaban directamente a la piel, porque apartó la mano, se levantó, se alejó unos pasos y en su cara se dibujó un malhumorado gesto.

—¡Por Dios, Landor! ¿Por qué me ha dejado continuar? ¿Cree que tengo todo el día? ¡Vengan!

Resulta difícil describir la biblioteca del profesor a alguien que nunca la haya visto. Es una habitación pequeña y sin ventanas, de no más de tres metros y medio cuadrados, exclusivamente dedicada a los libros: infolios, cuartos, duodécimos forrados en piel, apilados vertical y horizontalmente, sobresaliendo en los estantes, extendidos por el suelo. Muchos de ellos abiertos en la última página que había estado leyendo.

Papaya se subió a las estanterías. En medio minuto se hizo con su presa y la bajó al suelo. Era un libro enorme, forrado con piel de color negro y broches de plata. Le dio un golpecito y una columna de polvo se elevó entre sus dedos.

—De Lancre, *Tableau de l'inconstance des mauvais anges.* ¿Sabe francés, señor Poe?

—*Bien sûr.*

Poe abrió con cuidado la primera página de pergamino. Se aclaró la garganta, hinchó pecho y se preparó para leer.

—Por favor, no me gusta que me lean. ¿Por qué no se va a un rincón y lee en silencio? —le pidió Papaya.

Por supuesto, en la habitación no había muebles, ni nada. Con sonrisa tímida, Poe se dejó caer en una almohada con brocados mientras el profesor me hizo un serio gesto indicando el suelo. En vez de eso preferí apoyarme en los estantes, a la vez que sacaba un trozo de tabaco.

—Hábleme de ese tal De Lancre —le pedí.

Papaya apoyó la barbilla en las rodillas y se abrazó los tobillos con los brazos.

—Pierre de Lancre, temible cazador de brujas. Localizó y ejecutó a seiscientas brujas vascas en un período de tiempo de cuatro meses y dejó tras de sí el extraordinario libro que el señor Poe está leyendo con detenimiento. Una auténtica delicia. Pero, espere. Menudo anfitrión estoy hecho…

Se levantó y salió por la puerta, para volver al cabo de un momento con una fuente de manzanas, las que había visto asándose en el hogar. Estaban completamente irreconocibles: llenas de burbujas, heridas y rezumando azúcar. Papaya me miró un tanto ofendido cuando no quise probar una.

—Como quiera —dijo olfateándolas y llevándose una a la boca—. ¿Dónde estábamos? Ah, sí, De Lancre. El libro que me habría gustado darle es *Discours du Diable*, escrito por Henri le Clerc, que acabó con setecientas brujas antes de morir. Lo que hace que su historia sea poco corriente es que a mitad de su vida experimentó una conversión. Como Saúl camino de Damasco, excepto que Le Clerc fue en la dirección opuesta, hacia el lado oscuro.

Una gota de azúcar le resbalaba por la mejilla y se la limpió con un dedo.

—A Le Clerc lo apresaron y lo quemaron en la hoguera, en Caen, en 1603. Según se dice, aferrado al libro que le he mencionado, forrado en piel de lobo. Cuando las llamas fueron cobrando fuerza, le rezó una oración a su, a su señor y tiró el libro al fuego. Las personas que lo vieron aseguran que se esfumó en un santiamén, como si alguien hubiera tirado de él desde el mismo corazón del fuego.

—Bueno, ya veo que…

—La historia no ha acabado, Landor. Pronto se corrió la voz de que Le Clerc había dejado escritos otros tres libros idénticos al que había quedado destruido. No se consiguió identificar ninguno de forma concluyente, pero, en el transcurso de los siglos, la tarea de recuperarlos se ha convertido en la *idée fixe* de muchos coleccionistas de lo oculto.

—¿Es usted uno de ellos, profesor?

Hizo una mueca.

—No codicio ese libro especialmente, aunque puedo imaginarme por qué otras personas sí lo hacen. Se dice que Le Clerc dejó enseñanzas de cómo sanar enfermedades incurables e incluso de cómo asegurarse la inmortalidad.

Entonces sentí un ligero cosquilleo en la mano. Miré y vi que tenía una hormiga en los nudillos.

—Creo que me comeré una de esas manzanas —dije.

Y, mira, estaba buena. La negra piel se desprendía como el papel y el interior era una maravilla derretida, dulce y refrescante. Papaya sonreía como diciendo: «¿Acaso lo dudabas?».

—Quizá deberíamos comprobar los progresos de nuestro joven amigo —comentó.

Solamente habían transcurrido unos pocos minutos desde que lo habíamos dejado en el rincón, pero Poe estaba tan quieto que tenía una capa de polvo en los hombros. Incluso se abstuvo de levantar la cabeza cuando nos acercamos y tuve que inclinarme hacia él para ver qué estaba estudiando.

Era un grabado impreso en dos páginas: el retrato de un festín. Brujas con pechos caídos a horcajadas sobre grandes y peludos carneros. Demonios alados tirando de los cuerpos de niños vivos. Esqueletos tocados y amigos bailando, y, surgiendo en el centro, en una silla dorada, el anfitrión, una educada cabra a la que le salía fuego por los cuernos.

—Extraordinario, ¿verdad? Uno no pude dejar de mirar. Profesor, ¿me permite leer en voz alta solamente un trozo?

—Si se empeña.

—Es la descripción de De Lancre del ritual de un *sabbat*. Perdonen mis tropiezos, todavía lo estoy traduciendo. «Es comúnmente conocido entre… la fraternidad de ángeles malignos que la… la celebración de un *sabbat* de brujas está reservado a los siguientes… a animales inteligentes e impuros que nunca comen los cristianos… —me fijé en que me iba acercando cada vez más— además de los corazones de niños sin bautizar… —Poe hizo una pausa y, tras mirar primero al profesor y después a mí, empezó a sonreír— y los corazones de personas ahorcadas.»

141

Narración de Gus Landor

13

3 al 6 de noviembre

*P*oe y yo hicimos en silencio todo el camino hasta la academia. Cuando desmontó, a eso de unos quinientos metros del puesto de guardia, se sintió en condiciones de hablar.

—Señor Landor, he estado pensando hacia dónde deberíamos dirigir nuestras pesquisas. Creo que si queremos descubrir un enclave secreto de… —dudó un segundo— de seguidores de Satán… Bueno, deberíamos abordar a las personas más sensibles a la presencia de dicho enclave. A sus opuestos, por así decirlo.

Lo medité un momento.

—Cristianos —dije con cautela.

—Sí, cristianos, de los más devotos.

—¿Se refiere al reverendo Zantzinger?

—No, por Dios, no reconocería al diablo aunque le estornudara en la casulla. No, me refiero más bien al escuadrón de los rezos.

Enseguida me di cuenta de que aquello tenía sentido. Era el mismo grupo que Leroy Fry había frecuentado algún tiempo, una asociación voluntaria de cadetes que creían que la iglesia de la academia era demasiado episcopaliana y buscaban un camino más recto hacia Dios.

Por supuesto, hasta ese día, Poe solo había mostrado desdén hacia ese grupo.

—Señor Landor, creo que deberíamos sacarles partido, si me lo permite.

—Pues claro, pero ¿cómo va a…?

—Déjelo de mi cuenta —pidió alargando las palabras—. Mientras tanto, usted y yo deberíamos encontrar una forma de comunicarnos más adecuada. Por mi parte es muy sencillo: basta con que entre en su hotel y le deje notas debajo de la puerta. Sin embargo, sería aconsejable que usted no dejara las suyas en mi habitación, ya que mis compañeros son unos malditos fisgones. Le sugiero que lo haga en el jardín Kosciusko, ¿conoce el lugar? Hay un manantial y en la parte sur una piedra suelta, volcánica, creo, lo suficientemente grande como para esconder un trozo de papel, siempre que esté bien doblado. Deje allí sus misivas por la mañana y yo me ocuparé de recogerlas en el intervalo entre... ¿Qué pasa? ¿De qué se ríe, señor Landor?

De hecho, me sentía ligeramente resarcido. Ninguno de mis espías se había tomado su trabajo con tanta elegancia y estaba deseando poder elogiarlo ante alguien, incluso si ese alguien era simplemente Hitchcock. Al día siguiente me reuní con él, como estaba previsto, en las dependencias de Thayer (Thayer, divino él, se ausentó), tomamos café con nata grumosa y comimos pasteles de maíz y ostras escabechadas. El aroma del asado de Molly flotaba en el aire y Hitchcock me habló del libro que estaba leyendo —*Memorias de Napoleón*, de Montholon, creo—, y todo transcurrió con suavidad y cortesía, aunque esa cortesía proviniera de una gran tirantez, ya que el jefe de ingenieros había solicitado un informe completo de mis investigaciones para enviarlas al secretario de defensa. Se decía que incluso el presidente se había interesado por el tema, y, cuando este lo hace, puede decirse con seguridad que las cosas están a punto de desmoronarse y que hay que tomar las medidas necesarias para arreglarlas. Eso era lo que subyacía en todos nuestros cumplidos: un tictac tan marcado como el del reloj del piso de abajo, en el que, a las cinco, oímos campanadas.

Hitchcock me dio pena e hice todo lo que pude por él. Le conté lo que sabía, lo que no sabía y lo que suponía. Incluso le hablé de Papaya, cuyas rarezas no son nada adecuadas cuando se busca reconfortar la mente de un militar. Había cumplido todos nuestros acuerdos, o eso pensaba, pero cuando se levantó para observar una vitrina llena de fetiches de guerra, me di cuenta de que mi trabajo acababa de comenzar.

143

—Así pues, señor Landor, en virtud de unos... unos agujeros en el suelo, ahora está convencido de que una, ¿cómo debería llamarla?, ¿sociedad diabólica?...

—Puede llamarla así.

—O sea, una sociedad o culto actúa en las proximidades de West Point. Dentro de los muros de la academia seguramente.

—Posiblemente, sí.

—Y además está convencido de que ese tipo...

—O grupo.

—O grupo de individuos actúa bajo el influjo de... iba a llamarlas chorradas medievales.

—Continúe, capitán.

—Y que a consecuencia de todo eso, Leroy Fry resultó asesinado y le quitaron el corazón, simplemente para realizar una extraña ceremonia. ¿Es eso lo que intenta decirme, señor Landor?

—Capitán, parece que no me conociera —dije sonriendo amablemente—. ¿Me ha oído asegurarle algo con rotundidad? Lo único que puedo decirle es que ahora nos encontramos con una serie de posibilidades encadenadas. Unas marcas en la escena del crimen que quizá tengan un sentido oculto y que apuntan hacia direcciones —direcciones ocultas— que pueden tener relación con el crimen.

—Y de ahí deduce...

—No deduzco nada, solo digo que Leroy Fry fue asesinado para que su corazón pudiera ser útil en un tipo de culto muy específico.

—¿Útil? ¿Tipo de culto? Eso son unos eufemismos muy delicados, señor Landor.

—Si los quiere llamar demonios sedientos de sangre, por mí puede hacerlo. Eso no nos ayudará a saber quiénes son. O si están preparándose para hacer algo peor.

—Pero si aceptamos su... su cadena de posibilidades, señor Landor, parece cada vez más probable que fuera un grupo lo que había detrás de ambos crímenes.

—Creo que el doctor Marquis fue el primero en decirlo.

El que sintiera la necesidad de tener un aliado era un síntoma de algo. ¿De mi aburrimiento? ¿De mi desesperación? De hecho, a Hitchcock le importaba un bledo el doctor Marquis;

solo parecía importarle poder buscar defectos en mi teoría. Uno tras otro, una y otra vez, hasta que al final dije:

—Capitán, vaya a la nevera y dígame si estoy equivocado. Dígame que los agujeros no están allí, que no ha visto las letras. Dígame que no forman el dibujo que le he descrito y no volveré a molestarle con mis teorías. Podrá buscarse otro chivo expiatorio.

Tuve la impresión de que aquello —la amenaza de ruptura— lo calmaba, y a mí también. Cuando volví a hablar lo hice con un tono mucho más suave.

—No sé lo que esperaba, capitán. Quienquiera que se llevase el corazón de Leroy Fry tenía un ferviente deseo de hacer algo. ¿Por qué no lo que le he explicado?

La cosa acabó así, lector, Hitchcock tenía que rellenar un informe y ese informe necesitaba palabras. Así que, tras alguna pregunta más por cuestión de «relleno» y cierta vacilación a la hora de encontrar la expresión adecuada, enseguida tuvimos lo que necesitábamos para el jefe de ingenieros, por lo menos, de momento. Y como ese era el verdadero motivo de nuestra reunión, me alegré de poder ocuparme. Estaba a punto de salir cuando cometí el error de mencionar a mi joven amigo.

—¿Poe? —gritó Hitchcock.

Todavía se estaba haciendo a la idea de que hubiera contratado a Poe. Pero el que este se convirtiera en un socio activo —que propusiera seguir utilizándolo a la luz de esos nuevos descubrimientos—, eso no lo había previsto. Solo conseguí que volviera a levantarse y me llenara la cabeza con que si ellos ocupan el lugar de los padres, que si están bajo mandato del Congreso, que si los reglamentos... A pesar de semejante arenga, intenté ver el trasfondo de sus palabras y descubrí algo: tenía miedo.

—Capitán, todo saldrá bien.

Lo que, si uno se para a pensar, es lo que solía decir mi hija incluso en las circunstancias más desesperadas. Me pregunté si en mis labios sonaría igual de convincente.

—Pero sin duda... —replicó Hitchcock con la boca llena de arrugas—, si existe esa sociedad, lo mejor es no jugar con ellos.

—Así es. Por eso le he encargado a Poe que simplemente

recopile información. Esa es su única responsabilidad. Yo correré el resto de los riesgos.

¡Esos militares y sus rígidas actitudes! No aceptan instrucciones de un civil si pueden remediarlo, ni siquiera del presidente (sobre todo de él). Así que insisten e insisten, y al final me vi obligado a decirle:

—Por favor, capitán. Le he explicado al señor Poe en términos muy precisos que no debe ponerse en peligro, que no haga nada que remotamente pueda ser peligroso.

De hecho, aún no se lo había dicho al cadete Poe, pero tenía intención de hacerlo. Aprovechando la fisura que había creado en la conversación, añadí:

—Como siempre, sus deberes académicos son su principal preocupación.

—Si su salud se lo permite —replicó Hitchcock.

El ambiente era rotundamente frío.

—¿Su salud?

—Supongo que deseará que se recupere rápidamente de su reciente enfermedad.

—Creo que ha mejorado.

—Me alegro.

—Le diré que ha preguntado por él.

—Hágalo, por favor.

Cuando salíamos de las dependencias del superintendente, Hitchcock se demoró en el momento de darme la mano y me lanzó una mirada de puro escepticismo.

—Que yo sepa, señor Landor, ni un solo miembro de nuestro profesorado, ni un solo cadete se ha tropezado jamás con ningún indicio de satanismo en la academia. ¿Cómo espera que el señor Poe descubra lo que se les ha escapado a todos los demás?

—Porque nadie ha buscado y nadie sabe hacerlo de la forma en que lo hace él.

Siempre que acababa de hablar con Hitchcock, me empeñaba en ir al hospital de la academia para ver el cuerpo de Leroy Fry. Ahora, al echar la vista atrás, no estoy seguro de por qué lo hacía, debía de ser para poner a prueba mi propia naturaleza, ya que, hacía poco, el doctor Marquis le había inyectado nitrato de potasio, una sustancia química que se utiliza para conservar jamón y embutidos. El resultado saltaba a la vista: su cuerpo estaba cada vez más verde y el pabellón apestaba a carne putrefacta. Había moscas por todas partes, revoloteando codiciosas.

Pero cuando aquella noche soñé con Leroy Fry lo vi en mejores condiciones. Todavía tenía el nudo alrededor del cuello, sí, pero el agujero de su pecho había desaparecido y no vestía el gris de los cadetes, sino el azul de los oficiales. Tenía un trozo de carbón en una mano y en la otra una jaula con pájaros de ojos azules, y siempre que hablaba su voz tenía el sonido de los pájaros. «No lo diré», cantaba una y otra vez. Debajo de ese sonido, se oía otro, el de una mujer cantando con voz de tiple. La cadencia de los tambores de la academia no dejó de oírse en ningún momento. Cuando desperté tenía los tambores en el pecho y las sombras de mi sueño todavía eran medio visibles en la oscuridad.

Bueno, ha sido un capricho, lector, nada más. Lo he mencionado solamente para indicarte algunos de los problemas que tenía para poder disfrutar del sueño. En esos días me resultó muy difícil conciliar el sueño y lo perdía con mucha facilidad. Desde entonces siempre me he preguntado si el tiempo que pasé en la academia no fue un hilo continuo: soñar para despertar y seguir soñando, sin intervalos. Y sin saber dónde empezaba una cosa y acababa la otra.

147

Cuando me desperté al día siguiente tenía una nota esperándome, que alguien había metido doblada por debajo de la puerta. No había saludo ni nombre, pero en el momento en que la vi supe quién me la enviaba. Aunque la hubiese escrito con la mano izquierda lo habría reconocido.

Señor Landor, he hecho un descubrimiento muy importante.

Y cinco centímetros más abajo, con letra más pequeña, pero no menos urgente:

¿Puedo ir a verlo a su casa mañana?

Narración de Gus Landor

14

7 de noviembre

En otros tiempos yo también fui un recién llegado, lector, así que me imagino lo que es llegar a mi casa por primera vez, tal como hizo Poe aquel domingo por la tarde. Primero hay que cruzar un arroyo, dos veces. Después, bajo el dosel de un tulipero, se ve una estrecha chimenea cuadrada hecha con ladrillos holandeses y, debajo, un tejado de anticuadas tablillas de color gris, que sobresalen en el tejado a dos aguas. La casa no es tan grande como uno imagina desde lejos. Seis metros de largo y casi cinco de ancho, sin alas. Hay una parra que llega casi hasta el techo. No hay timbre, es necesario llamar con los nudillos. Si no hay nadie, ponte cómodo.

Eso es lo que hizo Poe, entró como si yo no estuviera allí. No por falta de educación, eso lo sé, sino por necesidad de ver. No sé por qué ese lugar había dominado tanto sus pensamientos, no lo sé, pero cuando un cadete decide dedicarte su tarde de domingo —el único momento de la semana en el que está libre—, es mejor no hacerle preguntas.

Iba de objeto en objeto, para tocar las persianas venecianas y la ristra de melocotones secos o detenerse delante del huevo de avestruz que había en un rincón de la chimenea. En más de una ocasión dio la impresión de estar a punto de hacer una pregunta, pero enseguida se sintió atraído por algo que no esperaba y tenía que ver.

Mis visitas siempre han sido escasas, pero no recuerdo a nadie que lo escudriñara todo de semejante forma. Me sentí incómodo. Me encontré queriendo disculparme por mi dejadez o darle a cada objeto su contexto adecuado.

«Señor Poe, normalmente esas macetas habrían estado llenas de flores. Mi mujer era muy buena con los geranios y los pensamientos. ¿Y esa alfombra sucia? Una cosa bonita antes de que le pusiera las botas encima. Las ventanas estaban cubiertas con muselina blanca de algodón y, sí, esa lámpara de pie de cristal tenía una pantalla italiana, pero se rompió, no recuerdo cómo...»

Poe daba vueltas y vueltas, lo observó todo hasta que no le quedó nada por ver. Después fue a la ventana, apartó las cortinas con los dedos y miró hacia el este, hacia la estaca en la que estaba atado Caballo, hacia la cornisa de piedra que había más allá y más lejos todavía, hacia la sima del Hudson y los tupidos mantos de Sugarloaf y North Redoubt.

—Es muy bonita —murmuró frente al cristal.

—Muy amable.

—Y está más limpia de lo que esperaba.

—Tengo a alguien que viene de vez en cuando.

Qué gracioso me sonó aquello, que viene de vez en cuando. La imagen de Patsy limpiando cacerolas en la cocina a media noche, con sus níveos pechos surcados por el sudor, destelló un instante en mi mente.

Poe estaba arrodillado en el hogar mirando un jarrón de mármol. Dios sabe lo que esperaba encontrar allí, ¿ramitas?, ¿flores?, ¿cenizas? Lo que descubrió no, de eso estoy seguro. Soltó un silbido cuando sacó una pistola de chispa modelo diecinueve, calibre 59, con ánima sin estrías, de veinticinco centímetros.

—¿Fertilizante? —preguntó con sequedad.

—Un recuerdo, nada más. La última vez que se disparó, Monroe todavía era presidente. No hay balas, pero tengo pólvora, si quiere hacer ruido.

¿Quién sabe? Quizá me habría contestado si algo no hubiera atraído su atención.

—¿Libros, señor Landor?

—Leo, sí.

No era realmente una biblioteca —tres escasos estantes—, pero eran míos. Los dedos de Poe se deslizaron por las encuadernaciones.

149

—Swift, ¿quién más adecuado? El lamentable Cooper. *Historia de Nueva York* según *Knickerbocker*, por supuesto. Toda biblioteca debería… debería… ¡Ah!, y Waverley. Me pregunto si podría volver a leerlo. —Se acercó más—. Esto sí que me intriga. *Ensayo sobre el arte de descifrar*, por John Davys. Y ahí está el doctor Wallis y Tritemio, toda una hilera de estudios sobre códigos.

—Es mi pasatiempo de jubilado. Inofensivo, supongo.

—Si hay algo de lo que jamás le acusaría, señor Landor, es de inocuidad. Veamos, fonética, lingüística, esto tiene sentido. *Historia natural de Irlanda, Geografía de Groenlandia*. Debe de ser un explorador polar. ¡Ajá! —exclamó cogiendo un libro del último estante y dándose la vuelta con los ojos brillantes—. Le he descubierto, señor Landor.

—¿Sí?

—¡Byron! —gritó lanzando el libro hacia el techo—. Y si me excusa por decirlo, parece muy manoseado, señor Landor. Parece que tenemos más en común de lo que me había imaginado. ¿Cuál le gusta más? *¿Don Juan* o *Manfred? El Corsario*, siempre he tenido una atracción infantil por él.

—Déjelo, por favor, es de mi hija.

Hice un esfuerzo por mantener el tono de voz, pero algo debió de escapársele, ya que se puso colorado y, por puro embarazo, dejó que el libro cayera abierto al suelo. Una cadena de latón salió de entre las páginas y antes de que pudiera cogerla aterrizó en el suelo haciendo un ruido metálico. El aire absorbió el sonido y lo repitió.

Con la cara arrugada, Poe se arrodilló y la cogió. La puso en la palma de su mano y me la ofreció.

—Es…

—De mi hija también.

Vi que tragaba saliva, con fuerza. Observé cómo metía la cadena en el libro y lo dejaba en el estante. Se sacudió el polvo de las manos. Se dirigió hacia el sofá de arce y se dejó caer en una silla de mimbre.

—¿Su hija ya no vive aquí?

—No.

—Quizá está…

—Se fugó, hace tiempo ya. —Hizo un nudo con las manos

que aflojaba y apretaba, aflojaba y apretaba—. Con alguien. ¿Quiere saber si se fugó con alguien?

Se encogió de hombros y miró al suelo.

—¿Era alguien que conocía? —preguntó al cabo de un rato.

—De vista.

—¿Y no va a volver nunca?

—No es probable.

—Entonces, los dos estamos solos en este mundo.

Pronunció aquellas palabras con una media sonrisa dibujada en la cara, como si estuviese intentando recordar un chiste que le hubiese contado alguien.

—Usted no está solo, tiene al señor Allan, de Richmond.

—Bueno, el señor Allan tiene compromisos en otros sitios. De hecho, acaba de ser padre de gemelos y está a punto de casarse otra vez, aunque no con la mujer que le ha dado los hijos. Es igual, para él ya no importo mucho.

—¿Y su madre? Todavía la tiene, ¿no? —Intenté evitar un tono áspero en mi voz, pero no lo conseguí—. En todo caso, sigue hablándole.

—De vez en cuando, pero nunca de forma directa —explicó extendiendo las manos—. No la recuerdo realmente, señor Landor. Murió antes de que yo tuviera tres años. Mi hermano tenía entonces cuatro y me contó cosas de ella, cómo se comportaba. ¡Ah!, y su perfume, siempre olía a raíz de lirio.

Fue entonces, lector, cuando sucedió algo muy extraño. Solo puedo describirlo como un cambio en la presión barométrica. Sentí como si se estuviera preparando una buena tormenta encima de mi cabeza. Me picaba la piel, sentía el pulso en los ojos y se me erizaron los pelos de la nariz.

—Comentó que era actriz —dije suavemente.

—Sí.

—¿Cantante también?

—Sí.

—¿Cómo se llamaba?

—Eliza, Eliza Poe.

¡Asombroso! Sentí que aumentaba la presión en mis sienes. No era dolor ni siquiera malestar. Era simplemente una advertencia que hizo que me preparara para lo que venía. Queriéndolo.

—Cuénteme más.

—No sé por dónde empezar. —Los ojos de Poe recorrieron la habitación haciendo un círculo—. Era inglesa, supongo que es lo primero que hay que decir de ella. Vino con su madre a Estados Unidos en 1796, cuando todavía era una niña. Eliza Arnold se llamaba entonces. Comenzó con papeles de niña y pasó a los de mujeres ingenuas y ejemplares. Actuó en todas partes, señor Landor: Boston, Nueva York, Filadelfia… Siempre la recibían con entusiasmo. Representó el papel de Ofelia antes de morir, Julieta, Desdémona… Hizo farsa, melodrama, cuadros vivos. No había nada que no fuera capaz de hacer.

—¿Y cómo era?

—Encantadora, es lo que me dijeron. Tengo un camafeo de ella, ya se lo enseñaré algún día. Era pequeña, pero tenía buen tipo, con… pelo negro —dijo tocándose un mechón—. Y grandes ojos —añadió, y al darse cuenta de que estaba agrandando los suyos sonrió con malicia—. Lo siento, siempre me pasa cuando hablo de ella. Creo que se debe a que todo lo bueno que hay en mí, señor Landor, en persona y en espíritu, lo heredé de ella. Eso es lo que creo.

—¿Y se llamaba Eliza Poe?

—Sí —contestó con un extraño gesto en la cara—. Algo le preocupa, señor Landor.

—No exactamente, la vi actuar una vez. Hace muchos años.

Una confesión, lector, no he leído muchos libros buenos. Casi nunca he estado en la ópera ni oído una sinfonía o acudido a alguna lectura pública. Tampoco he ido a ningún sitio al sur de la línea Mason-Dixon, pero sí que he ido al teatro, muchas veces. En el momento en el que pude elegir entre todos los pecados sobre los que me había advertido mi padre, elegí ese, más que ningún otro. En los últimos años mi mujer decía que era la única amante a la que siempre había temido. Llevaba a casa carteles como el que lleva los abanicos que olvidan las mujeres que coquetean en los teatros y por la noche, con Amelia roncando a mi lado, revivía todo el programa en mi cabeza, desde el tragafuegos al actor que se pintaba la cara con un corcho quemado o la reina de la tragedia. He tenido el privilegio de ver a Edwin Forrest y a un caballo bailarín con tres patas, a la señora Alexander Drake y a una bailarina burlesca llamada Zuzina *la Hitita*, a John Howard Payne y a una chica que se ponía una pierna detrás de la cabeza y se rascaba la nariz con los dedos del pie. Los conocía por su nombre, como si hubiese confraternizado con ellos en las tabernas. Y hoy en día oír uno de esos nombres basta para que empiece a evocar toda una serie de asociaciones: sonidos, espectáculos… olores, pues no hay nada como un teatro de Nueva York una tarde de noviembre, cuando el olor de la cera fundida se mezcla con el del polvo de las vigas, las cáscaras de cacahuete llenas de saliva y la lana cargada de sudor, para confeccionar algo tan puro como una droga.

Bueno, eso es lo que sucedió cuando oí el nombre de Eliza Poe. En un instante retrocedí veintiún años y aterricé en una butaca de cincuenta céntimos, octava fila a partir de la orquesta, del Park Street Theatre. Era invierno y hacía tanto frío como en una institución benéfica. Las fulanas que había en el gallinero temblaban bajo sus chales. Durante la actuación de la noche, dos ratas me pasaron rozando las botas, una mujer diez filas más atrás se sacó el pecho para dar de mamar a su hijo, que estaba llorando, y se produjo un pequeño fuego en los últimos bancos. Prácticamente ni me enteré, estaba absorto en la obra. Era algo que se titulaba *Tekeli o el asedio a Montgatz*. Un melodrama sobre patriotas húngaros. Recuerdo muy poca cosa de la trama: vasallos turcos y amantes desventurados, creo, hombres con gorros de cuero que se llamaban Georgi y Bodgan, y mujeres que se movían a duras penas dentro de vestidos magiares, con trenzas postizas que iban arrastrando tras ellas como escobas. Lo que sí recuerdo bien es la actriz que interpretaba a la hija de conde Tekeli.

Lo primero que sorprendía en ella era su estatura —delicados hombros y muñecas, y voz como de pífano—, una complexión demasiado pequeña, podría pensarse, para un trabajo tan intenso. Recuerdo la forma en que corría por el escenario para lanzarse en los brazos del corpulento actor de mediana edad que hacía el papel de su amante, prácticamente se la tragaba. El escenario jamás me había parecido un lugar tan aterrador para una joven.

153

Y, sin embargo, conforme transcurría la obra, percibí algo valiente en ella, que la hacía crecer e incluso parecía hacer crecer al resto de actores, de forma que su rechoncho amante fue cambiando poco a poco hasta convertirse en el amante que ella veía y la obra, con todos sus artilugios y escenas de muerte, tenía la impronta de su espíritu. Su convicción lo conseguía todo y empecé a dejar de preocuparme por ella y, de alguna forma, a echarla de menos, a desear que volviera a escena en el momento en que desaparecía de ella. No era el único que sentía esa admiración, pues se oían aplausos cada vez que aparecía y se dejaron escapar un par de sinceros gemidos cuando murió (como Julieta, sobre el pecho de su amante). Cuando cayó el telón, mientras el pobre Tekeli lamentaba sus crímenes contra la libre Hungría, no sorprendió que el único actor al que se pidió que saliera a hacer un bis fuese ella.

Se puso delante del telón, una luz de color ámbar destellaba en su pelo y sus manos, y sonrió. Entonces me di cuenta de que no era tan joven como había pensado. Tenía la cara demacrada y arrugas, la piel de sus manos estaba ajada y sus codos parecían llenos de eccemas. Dio la impresión de estar demasiado cansada para cantar otra vez y tenía los ojos casi en blanco, como si hubiese olvidado dónde estaba. Pero le hizo un gesto con la cabeza al director, que estaba en el foso y, con solo un par de compases como preámbulo, comenzó a cantar.

Tenía una voz tan reducida como ella. Una voz demasiado suave para un sitio tan grande como el Park, pero eso también actuó a su favor, ya que todo el mundo se calló para oír lo que cantaba —incluso las fulanas del gallinero dejaron de cotorrear— y, debido a que su voz era tan limpia y sencilla, llegó incluso más lejos de lo que lo habría hecho una voz más fuerte. Se quedó inmóvil y, cuando acabó, hizo una reverencia, sonrió y nos hizo saber, con gestos, que no haría otro bis. Entonces, cuando estaba a punto de irse, dio un paso hacia atrás, como si una repentina corriente de aire tirara de su enagua. Lo corrigió rápidamente —fingió que formaba parte de la despedida— y se fue andando con cuidado hacia bastidores, saludó con la mano una última vez y desapareció.

Debería de haberme dado cuenta entonces, se estaba muriendo.

ϒ

Bueno, no le dije todo eso a mi joven amigo, solo las partes más bonitas: sollozos y hurras. Jamás había tenido un público tan entregado. Se sentó a mis pies, como si estuviera en trance, prácticamente viendo las palabras conforme salían de mi boca. Y después me interrogó con tanta severidad como un inquisidor. Quería que se lo repitiera todo, detalles que no era capaz de recordar: el color del vestido, los nombres de los otros actores, el número de músicos en la orquesta.

—¿Y la canción? —preguntó respirando intensamente—. ¿Podría cantarla?

No, no podía. Habían pasado más de veinte años. Lo sentía mucho, pero no podía.

Lo que no le importó mucho. Poe la cantó allí mismo, en mi cuarto de estar.

> Anoche ladraron los perros
> y salí a la puerta a mirar.
> Todas las chicas han tenido un galán
> pero nadie ha venido a mí.
> ¡Dios mío! ¿Qué será de mí?
> ¡Dios mío! ¿Qué voy a hacer?
> Nadie viene para casarse conmigo.
> Nadie viene para cortejarme.
> Nadie viene para cortejarme.

Solo la recordé cuando llegó a la coda, una escala ascendente hacia la aguda dominante que en el último momento volvía a la tónica, conmovedora. Y Poe lo debía de saber, ya que alargó esas tres notas finales. Tenía una buena voz de barítono y no se jactó de ello como hacía cuando hablaba. Parecía encontrar las notas conforme avanzaba y, cuando la última fue disminuyendo, levantó la cabeza y dijo:

—Es mi clave, no la suya. —Y después, más emocionado—: ¡Qué afortunado fue, señor Landor, de poder oírla!

Sí que había sido un privilegio, eso fue lo que le dije. Lo hubiera dicho aunque no lo hubiera sido. Mi lema es no interponerse entre un hombre y su madre muerta.

—¿Cómo era en escena?

—Encantadora.

—No estará…

—No, era deliciosa. Muy femenina y… pura, en una forma muy bonita.

—Es lo que siempre me han dicho de ella. Ojalá pudiera haberla visto —dijo tapándose la barbilla con las manos—. Qué extraordinario, señor Landor, que el destino nos haya conectado de esta forma. Casi creería que el motivo de que la viera fue el poder contármelo algún día.

—Y ahora ya lo he hecho.

—Sí, ha sido toda una bendición. —Miró hacia el suelo y se calentó las manos juntándolas, sintiendo la fricción de dedo contra dedo—. Ya sabe lo que se siente al estar tan totalmente privado, es decir, cuando se pierde a la persona que quieres más que a tu vida.

—Sí, supongo que sí —corroboré con serenidad.

—¿Le importaría hablarme de ella? —preguntó levantando la vista con sonrisa satisfecha.

—¿De quién?

—De su hija, me encantaría escucharle, si no le importa.

Esa era una buena cuestión, ¿me importaba?

Había pasado tanto tiempo desde que alguien me había preguntado si tenía algún reparo en hablar de ello que ya no recordaba quién había sido. Así que —como me lo pidió con tanta amabilidad, no había nadie más allí, el ruido del fuego había disminuido hasta convertirse en un murmullo, el ambiente se estaba enfriando y supongo que porque era domingo por la tarde, día en el que la sentía más próxima a mí— empecé a hablar.

Sin un orden en concreto, salté de año en año, aterrizando en un recuerdo, rebotando en otro. Allí estaba, cayéndose de un olmo en el cementerio de Green-Wood o sentada en medio del mercado Fulton. Desde muy niña, ya podíamos dejarla en los mercados más ajetreados que no se movía, no se quejaba, siempre sabía que alguien iría a buscarla. Allí estaba, comprándose un vestido en Arnold Constable cuando cumplió trece años o comiéndose un helado en Contoit y dándole un abrazo a Jerry Thomas, el camarero del hotel Metropolitan.

Sus enaguas siempre hacían un ruido característico, muy suyo, como el de un arroyo chocando contra una presa. Andaba con la cabeza ligeramente inclinada, como si estuviera comprobando que llevaba atados los cordones de las botas. Solo los poetas conseguían hacerla llorar; los humanos, casi nunca. Si alguien le hablaba enfadado, lo miraba directamente a los ojos, como intentando comprender el terrible cambio que había sufrido esa persona.

Y sabía idiomas y dialectos: irlandés e italiano y tres variedades distintas de alemán, sabe Dios dónde los aprendería, en las calles de Nueva York, supongo. De no haber sido tan introvertida podría haber hecho carrera en el teatro. También tenía una curiosa forma de sujetar la pluma, con el puño aferrado alrededor del cañón, como si intentara arponear un pez. Nunca conseguimos que la sujetara de otra forma, por mucho que le molestara la mano.

¿He mencionado su risa? Un sonido íntimo, una simple ráfaga de aire a través de las narices, acompañada, quizá, por un temblor en la barbilla y un estiramiento del cuello. Había que estar atento cuando esa niña se reía, de otra forma uno no se enteraba.

—No me ha dicho cómo se llama —mencionó Poe.

—¿Cómo se llama?

—Sí.

—Mattie. —Algo se desprendió en mi voz. Debería de haber dejado de hablar, pero seguí, vacilante—. Se llama Mattie. —Puse el brazo delante de mis llorosos ojos y solté una risita—. Creo que no me encuentro muy bien, lo siento…

—No es necesario que siga hablando —me consoló amablemente—, si no quiere.

—Creo que lo dejaré de momento.

Me sentí un poco incómodo. Tenía que fingir que no había pasado nada, pero Poe no vio la necesidad. Recogió todo lo que le había contado, lo guardó y me habló con tanta intimidad como si me hubiese conocido de toda la vida.

—Se lo agradezco mucho, señor Landor.

En su voz había la más dulce de las absoluciones. Nunca he dejado de preguntarme de qué me perdonaba. Simplemente noté que aquella turbación que me había invadido empezaba a desaparecer.

—Gracias, señor Poe. —Hice un gesto con la cabeza. Después me levanté y fui a buscar rapé—. Creo que con toda esta charla nos hemos olvidado del trabajo que nos han encargado. Decía que había encontrado algo interesante.

—Mejor que eso, señor Landor. He encontrado a alguien.

Poe se puso en marcha (como esperaba) el viernes por la tarde, justo después de la formación, pero antes de que llamaran al comedor. Durante ese intervalo consiguió abordar a uno de los líderes de la cuadrilla de los rezos, un cadete de tercera que se llamaba Llewellyn Lee. Con voz baja y suplicante, Poe le preguntó si podía unirse al grupo en su próxima reunión, ya que faltaba mucho para la misa del domingo. El tal Lee llamó rápidamente a varios miembros de la cuadrilla para mantener una charla improvisada en la cureña de los cañones.

—Una tribu sombría, señor Landor. Si les hubiese explicado mis verdaderos principios religiosos, me habrían expulsado inmediatamente de sus filas. Por eso, tuve que aparentar una docilidad y una deferencia muy alejada de mi carácter.

—Se lo agradezco, señor Poe.

—Sin embargo, la suerte se puso de nuestra parte. Como son unos fanáticos, son básicamente crédulos. Con el resultado de que no tuvieron dudas a la hora de invitarme a su próxima reunión, y cuando les dije que tenía una gran necesidad de consuelo espiritual debido a un reciente encuentro con un compañero, bueno, no necesito decirle que eso avivó su interés. «Por favor, explíquese», me pidieron. Les conté, con tono que reflejaba miedo, que ese cadete me había hecho ciertas insinuaciones. Insinuaciones de naturaleza, para mí, bastante oscura e impropias de un cristiano. Cuando siguieron preguntando, les expliqué que me había incitado a que me interrogara sobre los verdaderos cimientos de mi fe… y a que me iniciara en unas misteriosas y arcanas prácticas de remota procedencia.

(¿Fue realmente así como se lo contó? No lo dudo.)

—Bueno, se lo tragaron, señor Landor. Todos me preguntaron quién era ese cadete tan incorrecto. Por supuesto, les dije que me había hecho esas confidencias en privado y que estaba moralmente obligado a no revelar su nombre. Dijeron: «Lo entendemos», pero enseguida volvieron a preguntarme quién era.

El recuerdo hizo que sus ojos centellearan.

—Pero me mantuve firme y les aseguré que no conseguirían sacármelo ni aunque el propio Dios amenazara con castigarme con un rayo. No sería correcto, aduje. Era algo que estaba en contra del código de cualquier oficial y caballero. Bueno, seguimos así hasta que uno de ellos, más curioso de lo que podía soportar, soltó: «¿Fue Marquis?».

Mostraba una feroz sonrisa. Estaba encantado consigo mismo, eso no se podía negar, pero ¿quién podía culparlo? Un cadete no consigue todos los días ganarle la partida a un estudiante de los últimos cursos.

—*Et alors*, señor Landor. Gracias a mi pequeña estratagema y a su bisoña susceptibilidad, ahora disponemos de un nombre.

—¿Y eso es todo lo que le dieron? ¿Un nombre?

—No se atrevieron a más. Hicieron callar inmediatamente al compañero al que se le había escapado.

—No lo entiendo. ¿Por qué mencionaron al doctor Marquis si les había dicho expresamente que era un cadete?

—No es el doctor Marquis, sino Artemus Marquis.

—¿Artemus?

Su sonrisa se agrandó aún más y dejó ver sus anacarados y perfectos dientes.

—El único hijo del doctor Marquis, un cadete de primera, con reputación de aficionado a la magia negra.

Narración de Gus Landor

15

7 al 11 de noviembre

A partir de ese momento, Poe tenía otra misión. Tenía que descubrir la forma de acercarse a Artemus Marquis, enterarse de tantas cosas sobre él como pudiera e informarme a intervalos regulares. Fue en ese momento, cuando estaba a punto de emprender su nueva aventura, cuando mi joven espía palideció.

—Señor Landor, con el debido respeto, es imposible.

—¿Por qué?

—No puede negarse que poseo una cierta fama a nivel local, pero no creo que el señor Marquis me conozca. A pesar de que formemos en la misma compañía, no tenemos conocidos comunes y siendo novato me veo con pocos recursos para tener con él cualquier tipo de intimidad social…

No, me aseguró que no saldría bien. Sonsacar un nombre a la cuadrilla de los rezos era una cosa, conseguir que un cadete de primera le hiciera confidencias, otra.

—Estoy seguro de que encontrará la forma. Cuando se lo propone consigue ser encantador.

—Pero ¿qué es lo que tengo que buscar exactamente?

—Me temo que todavía no lo sé, señor Poe. Me parece que su primer cometido será ganarse la confianza del señor Marquis. Una vez que lo haya conseguido solo tendrá que mantener los ojos y los oídos abiertos.

Y como seguía poniendo reparos, le puse una mano en el hombro y le dije:

—Señor Poe, si alguien es capaz de hacerlo, ese es usted.

Algo que seguramente creía. ¿Por qué si no iba a dejar que

pasara una semana entera sin tener noticias suyas? Aunque, cuando llegó la noche del jueves, admito que empecé a perder la esperanza de que nuestro plan funcionara. Estaba a punto de estructurar mi defensa ante Hitchcock cuando oí un golpe en la puerta de mi habitación del hotel.

Cuando la abrí, el pasillo estaba vacío. Sin embargo, en el suelo había un paquete envuelto en papel marrón.

Esperaba retazos de ingenio, el comunicado más breve, pero Poe había escrito un manuscrito entero. ¡Páginas y páginas! Dios sabe dónde habría encontrado tiempo para hacerlo. Es bien sabido que Thayer es muy exigente: diana al amanecer, maniobras por la mañana, comida, meditación, instrucción, formación, retreta a las nueve y media. Los cadetes no tienen más de siete horas de sueño. Teniendo en cuenta el informe de Poe de aquella semana diría que incluso durmió menos de sus acostumbradas cuatro horas.

Lo leí de un tirón y me produjo un gran placer, en parte porque, como toda narración, dice mucho del autor y no lo que el propio autor habría dicho de él mismo.

Informe de Edgar A. Poe a Augustus Landor

11 de noviembre

Adjunto una breve relación de las investigaciones que he llevado a cabo hasta este momento.

Me he esforzado todo lo que he podido por ser objetivo, precisión —¡señor Landor!—, y he evitado el tono lírico que tanto le molesta en algunas ocasiones. Cuando vea que me desvío hacia la fantasía, por favor, excúselo, no como una prerrogativa, sino como el reflejo de un poeta incapaz de liberar su alma de su verdadera vocación.

Creo que le subrayé los casi insuperables desafíos con los que me encontré para llegar a intimar con Artemus Marquis. De hecho, pasé gran parte del domingo por la noche y parte de la mañana del lunes dándole vueltas al problema. Finalmente llegué a una conclusión, a saber: forzar que el señor Marquis fijara su atención en mí exigiría una demostración pública que me atraería su más profunda y, a menos que mis suposiciones estuvieran equivocadas, su más oscura querencia.

Por consiguiente, en cuanto acabó el toque de diana del lunes, no perdí tiempo para ir al hospital, donde pude presentarme ante el doctor Marquis. Ese buen hombre me preguntó qué me pasaba. Le dije que me dolía el estómago. «Vértigo, ¿verdad? —comentó—. Deje que le tome el pulso. Acelerado. Muy bien, señor Poe, quédese en casa hoy y cuídese. La enfermera le dará una dosis de sales. Mañana quiero que dé un paseo, que haga ejercicio, que se mueva. No hay nada mejor.» Armado con unas sales y una nota que me excusaba de mis obligaciones, me presenté ante el teniente Joseph Locke, que, junto a sus cadetes comandantes, supervisaba la formación para el desayuno. No pude evitar fijarme en que Artemus Marquis estaba en las filas.

Unas breves palabras acerca de su aspecto, señor Landor. Mide aproximadamente uno ochenta, es esbelto y proporcionado, tiene ojos color avellana verduscos y un pelo castaño muy ensortijado que los barberos de la Academia Militar de Estados Unidos todavía no han conseguido domar. Teniendo en cuenta sus privilegios como cadete de primera, incluso ha empezado a lucir un bigotito que acicala con esmero. Parece tener siempre una sonrisa en los labios, que son grandes y cálidos. Se le considera extremadamente guapo. Creo, y un alma más susceptible podría suponer que el propio Byron había renacido en toda su hermosura.

El teniente Locke, tras leer la nota del doctor, me miró con el entrecejo fruncido. Sabiendo que tenía público —y en particular que estaba el joven Marquis— aproveché la ocasión para decir que, además de vértigo, me afligía una enfermedad mucho peor: un ataque *grand ennui*.

—*Grand ennui*? —protestó el teniente.

—De la peor naturaleza —aseguré.

En ese momento, algunos de los cadetes más perspicaces empezaron a reírse disimuladamente. Sin embargo, otros, impacientes por el retraso, comenzaron a expresar su disgusto en términos muy claros. «¡Los he visto más rápidos! ¡Venga, abuelo, acaba de una vez!» (Con mucho pesar, debo darle contexto para este último epíteto. Entre mis compañeros estoy considerado mayor en aspecto, nada de lo que extrañarse, ya que tengo más edad que la mayoría de ellos. Mi compañero de habitación, el señor Gibson, no tiene más de quince años. Ha circulado el calumnioso rumor de que mi puesto en la academia estaba destinado en primer lugar a mi hijo y que me lo dieron a mí tras la muerte de ese hipotético joven.) Esos imbéciles comentarios fueron rápidamente acallados por el cadete ayudante, y me complace informarle de que la mayoría de mis compañeros en la compañía consideraron justo ese proceder. Artemus Marquis fue uno de ellos.

El teniente Locke comenzaba a irritarse. A pesar de que intenté hacerle comprender que mi enfermedad era grave, no escuchó ninguna de mis justificaciones y me advirtió que tuviera cuidado o que haría un informe. Declaré mi inocencia y le dije que podía preguntar al doctor si quería. Cuando pronunciaba esas palabras, señor Landor, llevé a cabo la más temeraria de todas mis acciones. Miré a Artemus Marquis a los ojos y, de forma encubierta, pero inconfundible, le guiñé uno.

Si el *fils* del doctor Marquis hubiera mostrado una disposición más piadosa hacia su padre, podría haberse ofendido mucho, frustrando de ese modo y en el acto cualquier esperanza de relacionarme con él. Entonces, podría preguntar por qué me digné a correr ese riesgo. Previamente había llegado a la conclusión de que un hombre con inclinación a burlarse de la ortodoxia religiosa estaría igual de dispuesto a burlarse de la ortodoxia familiar. Admito que, *a priori*, no existe razón alguna para pensar algo así, pero mis deducciones se vieron muy pronto justificadas por la mueca risueña que se dibujó en la cara del joven. Le oí comentar: «Es cierto, teniente, mi padre me ha dicho que jamás había visto una cosa igual».

Mi placer ante ese giro en los acontecimientos me estimuló a cometer nuevas trasgresiones. Así, cuando el teniente Locke se volvió hacia Artemus para reprenderle por su impertinencia, aseguré, en voz lo suficientemente alta como para que lo oyeran todos, que mis mareos se agudizaban en los lugares donde se celebraban liturgias. «Me temo que tendré que perderme la misa —comenté con toda intención— los próximos tres domingos, como poco.»

Me fijé en que Artemus se llevaba la mano a la boca; si fue para ocultar la risa o la consternación, lo ignoro, ya que el teniente Locke estaba frente a mí. Con voz inusualmente baja me acusó de «descaro indecoroso» y opinó que un turno o dos de guardia ayudarían a «curarme». Buscando su omnipresente libreta, me premió quitándome tres puntos en conducta y añadió un cuarto por llevar las botas mal limpiadas.

(Señor Landor, he de interrumpir mi narración y rogarle encarecidamente que interceda por mí ante el coronel Hitchcock. Jamás habría cometido una infracción con tanto descaro de no haber primado en mí los asuntos de la academia. No me preocupa que me quiten puntos, pero las guardias serían un gran estorbo para nuestras investigaciones, y para mi salud.)

El teniente Locke me ordenó que me fuera directamente a mi habitación, con la advertencia de que era mejor que estuviera allí cuando los oficiales aparecieran para hacer la inspección matinal. Tomé al pie de la letra sus palabras y estaba debidamente sentado en el número veintidós de los barracones sur cuando oí que llamaban a la puerta, poco después de las diez. Imagine mi sorpresa, señor Landor, cuando vi que el propio comandante entraba en mi habitación. Me puse firme inmediatamente y me alivió comprobar que mi gorro y mi guerrera estaban debidamente colgados en la percha de la pared, y que mi petate estaba bien hecho. Por razones que desconozco, el capitán Hitchcock prolongó su inspección más de lo normal y examinó con detenimiento la habitación y el dormitorio, incluso comentó el estado de mi ennegrecido cepillo. Cuando acabó me preguntó, en lo que describiría como un tono excesivamente irónico, qué tal iba mi vértigo. Me contuve de darle otra réplica que no fuera la más evasiva. Entonces, el capitán Hitchcock me exigió que evitara cualquier intento de suscitar el enojo del teniente Locke. Le aseguré que esa no había sido jamás mi intención. A pesar de que no se quedó satisfecho del todo en ese respecto, se fue.

El resto de la mañana lo pasé estudiando algo absolutamente infructuoso: álgebra y geometría esférica, ninguna de las dos plantea un verdadero desafío a mi talento, además de la traducción de un pasaje bastante trivial de la *Historia de Carlos XII*, de Voltaire. Por la tarde, tenía tantas ganas de distraerme que incluso me permití escribir algún verso. Por desgracia, solo fui capaz de garabatear algunas líneas, acosado como estoy por el recuerdo de ese otro poema, dictado por la oculta presencia de la que ya le he hablado.

Mis oscuras meditaciones se vieron interrumpidas a eso de media tarde por el sonido de una piedra en mi ventana. Me levanté de la silla y la abrí. Cuál no sería mi asombro al ver a Artemus Marquis en el patio de asamblea.

—¿Poe? —gritó.

—Sí.

—«Ropa vieja» a las once. Número dieciocho de los barracones norte.

Se fue sin esperar respuesta.

Lo que más me sorprendió fue la importancia de su invitación. Después de todo, era un estudiante de último año invitando a un novato a tomar parte en una actividad ilegal fuera de hora. Y, a pesar de eso, lo dijo *à gorge déployée*. Solo puedo pensar que ser hijo de un miembro del profesorado de West Point debe conferir (al menos eso piensa él) cierta inmunidad ante las represalias.

No le cansaré, señor Landor, con las complicadas estratagemas que me vi obligado a poner en práctica para poder abandonar mis habitaciones al poco del toque de retreta. Baste con decir que los dos cadetes con los que comparto habitación se duermen enseguida y que, a base de pisar sin hacer ruido y pensar con rapidez, pude presentarme ante los ocupantes del número dieciocho del barracón norte unos minutos antes de la hora convenida.

En el interior las ventanas estaban cubiertas con sábanas. Habían sacado a escondidas pan y mantequilla de nuestro comedor y patatas del comedor de oficiales, también habían robado un pollo en algún corral y se habían llevado una cesta de manzanas rojas del huerto del granjero Kuiper.

Naturalmente, como novato al que agasajaban, era objeto de cierta curiosidad, aunque uno de los ocupantes de la habitación se encargó de no dar su aprobación. Fue el cadete de primera, Randolph Ballinger, de Pensilvania, que no perdió ocasión para mofarse de mí. «Papaíto, enséñanos un poco más de francés», «¿Amigo, no es hora ya de que estés acostado?», «Creo que es hora de que llenemos el *pot de chambre*» (no creo necesario tener que recordarle que *pot*, tal como se pronuncia en la lengua gala, es homófona con mi apellido). Como nadie más parecía dispuesto a morder el anzuelo, al principio no entendí por qué se portaba así conmigo, hasta que, tras varias indirectas, descubrí que era el compañero de habitación de Artemus. A partir de aquello, llegué a la conclusión de que se había designado a sí mismo como guardián del círculo de personas más allegadas a Artemus y que en la ejecución de su cometido era tan celoso como el can Cerbero.

Si hubiera acudido por mi cuenta, señor Landor, me habría encargado de que el tal Ballinger respondiera por aquellos menosprecios. Sin embargo, teniendo presentes mis responsabilidades hacia usted y la academia, decidí morderme la lengua. El resto de los invitados, me alegra poder decirlo, parecían obligados y dispuestos a compensarme por el maleducado comportamiento de Ballinger. Algo que atribuyo en gran medida a Artemus, que demostró un interés no fingido por mi humilde historia. Tras enterarse de que era un poeta al que habían publicado, y no es que fuera yo el que le diera esa información (ni le habría expresado, excepto bajo extrema presión, la opinión de la señora Sarah Josepha Hale, que creyó conveniente loar una pequeña muestra de mis versos, ya que evidenciaban un extraordinario talento), como iba diciendo, al enterarse de mi vocación, me pidió inmediatamente que hiciera una lectura pública. ¿Qué otra cosa podía hacer sino complacerlo, señor Landor? La verdad es que mi única dificultad fue encontrar un poema adecuado para la ocasión. *Al Aaraaf* es un tanto inaccesible para un público lego y, en todo caso, sigue inacabado, y, puesto que recibí un gran elogio por la estrofa final de *Tamerlane*, parecía evidente que en ese contexto era necesario algo que tuviera un tono más ligero. Les comenté lo que me había llevado a alabar al teniente Locke. Muy pronto me di cuenta de que más de uno de los presentes —Artemus incluido— había sido denunciado por ese oficial de mirada fulminante en el transcurso de los años. Por consiguiente, estaban favorablemente predispuestos para mis ripios (compuestos, he de confesar aún a riesgo de ser yo el que me alabe, en ese mismo momento).

> John Locke era un hombre importante.
> Joe Locke es mejor; no hay más que hablar.
> El primero era relevante,
> el segundo, relevante por denunciar.

Aquello provocó un efusivo aluvión de carcajadas y aplausos. Me elogiaron de forma inconmensurable y pidieron con empeño que compusiera burlas acerca de otros oficiales e instructores. Accedí tan bien como pude e incluso me arriesgué a hacer imitaciones de los especímenes más pintorescos. Todos estuvieron de acuerdo en que acerté con el profesor Davies —«que era el vivo retrato del viejo "Rush Tush"»— y cuando imité su costumbre de inclinarse hacia delante y gritar: «¿Y eso por qué, señor Marquis?», no podría imaginar las carcajadas que desperté.

En toda esa juerga solo hubo una persona que se abstuvo: el ya mencionado Ballinger. No recuerdo las palabras exactas de sus comentarios, aunque creo que estaban relacionadas con que me convendría más divertir a señoritas en Saratoga que desperdiciar mis exquisitos dones en un sitio como aquel. Por suerte, el amable Artemus me evitó la necesidad de replicarle, ya que se encogió de hombros y señaló: «No solo le pasa a Poe, todos desperdiciamos el tiempo aquí».

En ese momento, uno de los que se reían dijo que la única buena razón para estar en la academia era «conocer a todas las mujeres». Aquello suscitó la carcajada más profunda y escandalosa de toda la noche. Puesto que también es un hombre, señor Landor, no le extrañará que la conversación pronto derivara hacia las partes de la anatomía femenina que habían sido vislumbradas en las últimas semanas. Por la voracidad que ponían en saborear hasta el último detalle daba la impresión de que aquellos pobres no habían visto a una mujer en veinte años.

Finalmente, uno de los presentes sugirió que Artemus sacara su telescopio. En un principio pensé que se trataba de una metáfora poco afortunada, pero alguien cogió de la repisa de la chimenea un telescopio de modestas proporciones y, al poco, Artemus lo colocó en un trípode y lo enfocó a través de la ventana en dirección sur suroeste. Tras unas discretas preguntas me enteré de que, cuando todavía era novato, Artemus había localizado durante sus exploraciones nocturnas un lejano domicilio en el que una mujer había pasado por delante de la ventana medio desnuda. En aquella ocasión solo estaban presentes Artemus y Ballinger y nadie más la había visto desde entonces y, sin embargo, la posibilidad de disfrutar de la elusiva visión de una mujer los arrastraba a uno detrás del otro hacia el ocular.

Solo yo me perdí la oportunidad de verla. Fui profundamente ridiculizado por Ballinger por mi reticencia y, en aquella ocasión, por otros dos más. No me creí obligado a responder a sus ridículas acusaciones y cuando vieron que con sus esfuerzos solo iban a lograr una sucesión de sonrojos, Ballinger y los que lo acompañaban en sus burlas desistieron poco a poco. Puede que incluso mis sonrojos me granjearan aún más la simpatía de mi anfitrión, ya que cuando los bromistas decidieron acabar la fiesta, Artemus se empeñó en invitarme a una partida de cartas el miércoles por la noche.

«Vendrá, ¿verdad, señor Poe?»

Me lo propuso en un tono que bastó para suprimir cualquier tipo de negativa. Y en el instante de silencio que sucedió a continuación, quedó patentemente claro que Artemus Marquis ejercía sobre ese grupo la autoridad de un monarca por cuya corona no dejan de competir a pesar de llevarla tan a la ligera.

El único problema al que me enfrentaba al aceptar la invitación del joven Marquis era lo insuficiente de mis reservas de efectivo. Por razones demasiado largas de enumerar, casi he dado fin al estipendio de veintiocho dólares de este mes. Estuve a punto de pedirle algo de dinero a usted, señor Landor, pero al final acudió en mi ayuda mi compañero de habitación, nacido en el estado del talón de alquitrán, que apareció *au moment critique* y gentilmente me dejó dos dólares de sus ahorros (a sumar a los tres que, tal como amablemente me recordó, me había prestado en octubre). Así que el miércoles por la noche, con dinero en la mano, subí animosamente la escalera que una vez más me llevaba a los anfitriones del número dieciocho de los barracones norte. Artemus se mostró encantado de verme y, con una actitud encantadoramente protectora, me presentó a los compañeros que no habían estado presentes hacía dos noches. Aquella presentación casi no era necesaria, pues habían corrido rumores sobre mis hazañas con los *vers de société* en el comedor y en la explanada, y los cadetes que no habían estado presentes estaban impacientes por que inventara burlas para sus personajes menos apreciados. (Me temo que el capitán Hitchcock se encontraba en ese grupo. No logro acordarme del cuarteto que me inspiró, aparte de la rima que procedía del «reloj».) Aquella reunión fue diferente a la anterior, al menos en un aspecto: uno de los cadetes había metido de contrabando una botella de whisky de Pensilvania (cortesía de la *divine* Patsy). Solo el verla hizo que se me calentara la sangre.

El juego, señor Landor, fue *écarté*, en otros tiempos, uno de mis favoritos, al que solía jugar cuando estaba matriculado en la Universidad de Virginia. Supongo que no le sorprenderá que al cabo de dos rondas fuera ganando, para gran preocupación de Ballinger, que, animado por el alcohol, se olvidó de decir que tenía el rey de tréboles y por lo tanto perdió la oportunidad de anotárselo. Hubiera sido feliz de pasar toda la noche ganándole el dinero, si no me hubiera percatado de que había otra víctima no intencionada de mis artimañas: Artemus. La creciente frecuencia de los malhumorados comentarios que dejaba escapar me llevó a pensar que no era la primera vez que incurría en pérdidas ni sería la última. Conforme aumentaba su irritación, crecía mi preocupación. Tras haber trabajado tanto por poder entrar en la catedral de su cariño, no podía soportar la idea de ver toda mi labor malograda por algo tan miserable como un juego de cartas. Así que, señor Landor, me alejé del camino del orgullo y emprendí el de la concordia: intenté que Artemus ganara y acabé la noche perdiendo tres dólares y veinte céntimos.

(Señor Landor, debo hacer una pausa para suplicarle que abone esas deudas, pues incurrí en ellas por prestar servicio a la academia. Si el señor Allan se dignara cumplir sus promesas, no necesitaría pedírselo, pero mis dificultades económicas no me dejan otro recurso.)

Bueno, señor, no es poco el que un hombre tire incluso un modesto puñado de bienes mundanos cuando le resultan tan fáciles de ganar. Sin embargo, mis «pérdidas» (así lo vería un ojo *amateur*) no despertaron ninguna piedad en mis compañeros cadetes, en Artemus en concreto, y los predispusieron aún mejor hacia mi persona. Pensé que había llegado el momento de madurar nuestro asunto. Y, por consiguiente, con gran cuidado y tacto, saqué a colación el tema de Leroy Fry.

Les conté que usted, señor Landor, me había interrogado con la errónea impresión de que era amigo íntimo de Fry. Aquello provocó un debate sin fin sobre el fascinante tema de su persona. No le cansaré con los detalles, señor Landor, aunque he de decirle que usted está envuelto en un aire de leyenda comparable al de Bonaparte o Washington. Uno de ellos comentó que había conseguido que un criminal confesara simplemente aclarándose la garganta; otro que había descubierto a un asesino al oler el residuo de su pulgar en un candelabro. Para Artemus —creo que es pertinente contárselo—, usted es un caballero moderado que se siente más cómodo cogiendo setas que sinvergüenzas (si esta aliteración le parece demasiado infantil como para hacerle gracia, al menos puede consolarse, señor Landor, en los equívocos a los que conduce su carácter).

La conversación derivó hacia el desgraciado Fry. Según el testimonio de uno de los graciosillos allí reunidos, el pobre jamás había estado en los primeros puestos de nada —ni siquiera sabía manejar un teodolito— y con su muerte había conseguido el único éxito que le había dado notoriedad. La opinión general era que Fry había ocupado un hueco tan pequeño en el firmamento de la academia que se le creía incapaz de un acto de autodestrucción tan horrible. Sí, señor Landor, todavía se cree que Landor Fry murió por voluntad propia. También resulta interesante el que se piense que aquella noche iba a tener una cita secreta. Cómo pueden reconciliarse esas dos creencias queda lejos de mi pobre inteligencia, aunque un cadete de segunda planteó la teoría de que Landor Fry se había ahorcado como resultado de la desesperación que le causó el que la dama que había jurado que se reuniría con él lo dejara plantado.

«¿Y qué dama le juraría que iría a verlo?», preguntó uno de ellos. Entre las carcajadas que despertó ese comentario, el sonriente Ballinger dijo: «¿Qué me dices de tu hermana, Artemus? ¿No le fascinaba Leroy?».

En la habitación se produjo un inquietante silencio, ya que dio la impresión de que el odioso Ballinger estaba poniendo en entredicho el honor de una dama, algo que sin duda reclama el que un caballero que se precie se levante y exija una explicación. Yo mismo estaba a punto de hacerlo cuando la mano de Artemus me contuvo. Su rostro se había iluminado hasta mostrar un estado de extraña serenidad y, con gran desasosiego, le oí decir: «Venga, Randy, en esta habitación tú eras el más cercano a Leroy».

Sin alterar la voz, Ballinger replicó: «No creo que estuviera tan próximo a él como tú, Artemus».

Como el joven Marquis no contestó, la habitación volvió a sumirse en el silencio, un silencio tan grave y tenso que nadie se atrevió a hablar. Entonces Artemus nos desconcertó a todos echándose a reír, al que se unió rápidamente Ballinger. Sin embargo, sus carcajadas no eran la risa que alegra a los oyentes; no, señor Landor, era más bien una risa histérica, muestra de unos nervios tensados al límite. Solo gracias al esfuerzo de Artemus conseguimos renovar el ambiente festivo con el que había comenzado la velada. Incluso entonces, nadie se atrevió a mencionar el fantasma de Leroy Fry, y, cuando ya había pasado la medianoche, nos refugiamos en las banalidades sobre las que pueden hablar unas mentes fatigadas.

172

Poco antes de la una, me di cuenta de que los presentes habían ido yéndose uno a uno hasta que solo quedamos cuatro. Por consiguiente decidí marcharme. Artemus se levantó también y se ofreció —no, prácticamente lo exigió— a acompañarme a la puerta de los barracones. Me explicó que últimamente el teniente Case solía recorrer los pasillos con chanclos de goma. De esa forma había conseguido, en solo una semana, sorprender a cinco cadetes que habían intervenido en tres fiestas y había confiscado tres pipas. Según me informó, si no iba acompañado, podría tildarme de «frígido».

Se lo agradecí profusamente y le aseguré que correría el riesgo. «Bueno, entonces, buenas noches, señor Poe —me despidió. Me estrechó la mano y añadió—: Venga a casa de mi padre este domingo a tomar el té. Algunos de los chicos vendrán también.»

Me temo que lo que viene a continuación concierne indirectamente a Artemus. Me he preguntado si debía contárselo, señor Landor, pero recordé mi obligación de informarle de todo, así que lo haré.

La escalera de los barracones norte estaba sumida en una oscuridad casi impenetrable. Mientras iba a tientas hacia la planta baja me enganché un tacón en la contrahuella de la escalera y habría recorrido de cabeza el resto de los peldaños si no me hubiese agarrado a un candelabro que había justo encima de mi cabeza.

Aferrándome con fuerza a la barandilla bajé los escalones que me faltaban sin más contratiempos hasta que mi mano tocó la puerta, momento en el que me asaltó una terrible premonición. Mis pobres sentidos me decían que había alguien allí, espiando en las negras sombras.

De haber tenido un farol habría podido apaciguar mis temores. Pero, ¡ay!, con una visión tan mermada, solo contaba con lo que me decían mis otros sentidos, que, en compensación, se habían agudizado, y a mis oídos llegó un bajo, apagado y rápido sonido como el que hace un reloj envuelto en algodón. En ese momento me asaltó la nítida e imborrable impresión de que alguien me espiaba, me señalaba, en la forma en que hace una fiera con su presa en las intrincadas penumbras de la jungla.

«Va a matarme», fue el pensamiento que me invadió en ese momento. Y, sin embargo, seguía sin saber ante quién temblaba ni por qué podía desear matarme. Varado en una oscuridad total, solo podía esperar mi destino con el corazón desesperado que caracteriza a un hombre condenado.

Estaba empujando la puerta en medio de un prolongado y pertinaz silencio cuando sentí que una mano se cerraba en mi garganta y otra en mi nuca, y ejercían una perfecta presión.

Debo añadir que no fue tanto la fuerza como la sorpresa de ese ataque lo que me incapacitó para intentar cualquier tipo de defensa. Forcejeé en vano, sí, en vano, hasta que las manos, tan rápidamente como se habían materializado, se retiraron y caí al suelo emitiendo un agudo grito.

De espaldas vi un par de pies desnudos brillando con una palidez sobrenatural en la oscuridad plutoniana. En lo alto escuché un gruñido malintencionado.

«Vaya nenaza que está hecho.»

Aquella voz era la del odioso Ballinger tratándome con prepotencia.

Permaneció allí unos segundos más respirando pesadamente. Acto seguido volvió a subir la escalera y me dejó en un estado de agitación y —he de confesarlo— rabia devoradora. Esos agravios, esos insultos no pueden soportarse, señor Landor, ni siquiera en la búsqueda de la justicia. ¡Acuérdese bien de lo que le digo! Llegará un día en el que el león será devorado por el cordero y el cazador, cazado.

Debo ahora componer mis unidades aristotélicas, señor Landor, pues veo que he olvidado mencionarle el último comentario que me hizo Artemus. Estaba en el pasillo y le oí decir que quería que conociera a su hermana.

Narración de Gus Landor

16

11 al 15 de noviembre

*B*ueno, esa fue la versión de Poe. Por supuesto, uno no puede estar nunca seguro de lo que le cuentan. Por ejemplo, sé que no consiguió tener aquel encuentro con el teniente Locke con la serenidad que quiere hacernos creer. Y sobre la historia de dejar ganar al *écarté* a Artemus, mi experiencia me dice que los jóvenes no juegan a las cartas, sino que son las cartas las que juegan con ellos. Ojalá me equivoque.

Debo decir que de todas las cosas que había en el informe de Poe, la parte que me pareció menos empañada por el narrador —en cualquier caso, la parte a la que sigo dándole vueltas— es el críptico intercambio entre Artemus y Ballinger.

«Tú eras el más cercano a Leroy...»

«No creo que estuviera tan próximo a él como tú...»

Esas palabras: «cercano», «próximo». ¿Hablaban de distancia real esos dos joviales compañeros? ¿Estaban bromeando en clave sobre lo cerca que habían estado del cuerpo de Leroy Fry?

Era un clavo ardiente, pero al que quería agarrarme. Así que antes de cenar me propuse detenerme en el comedor de los cadetes.

Lector, ¿has visto alguna vez a unos orangutanes libres de sus cadenas? Es la imagen que vi cuando entré en el comedor. Imagina cientos de jóvenes hambrientos yendo en fila hacia sus mesas. Imagínalos firmes detrás de los asientos esperando dos palabras: «Pueden sentarse». Piensa en el ronroneante estruendo que se produce cuando se arrojan sobre los platos de peltre y asaltan las viandas. Engullen el té todavía ardiendo, tragan el pan entero, destrozan las patatas hervidas como si fuera carroña, las tajadas de carne de buey desaparecen en un abrir y cerrar de ojos. Durante los siguientes veinte minutos, el bramido de los orangutanes colma el ambiente y no sorprende que allí, como en ningún otro sitio, se produzcan peleas por cosas como el cerdo o la melaza. Lo único chocante es que no se coman las mesas, las sillas en las que se sientan y después se dediquen a cazar a los camareros y al capitán del comedor.

Lo que equivale a decir que cuando entré nadie me hizo ningún caso. Lo que me permitió hablar con uno de los camareros, un negro muy inteligente que parecía haber aprendido mucho en los diez años que llevaba allí. Era capaz de decir qué cadetes robaban pan y cuáles carne, cuáles eran los que mejor trinchaban y los que tenían mejores modales, cuáles estaban acostumbrados a cenar en Mammy Thompson y los que cenaban galletas y encurtidos en las tiendas de soda. Su percepción iba más allá de la comida, ya que tenía un profundo presentimiento de qué cadetes se graduarían (no muchos) y cuáles acabarían como segundos tenientes reenganchados la mitad de sus vidas.

—Cesar, ¿podría señalarme algunos de esos chicos? Con discreción, no quiero ser maleducado.

Para asegurarme, le pedí que identificara a Poe. Lo hizo rápidamente, estaba inclinado sobre un plato de cordero eligiendo con desagrado entre un montón de nabos. Entonces le di una serie de nombres sin sentido, que pertenecían a cadetes que había oído mencionar, pero con los que jamás había hablado. Después, cuidando de mantener baja la voz comenté:

—Ah, y el hijo del doctor Marquis. ¿Dónde estará?

—En la mesa de los comandantes —contestó Cesar—. Allí, en la que queda al sudoeste.

Esa fue la primera vez que vislumbré a Artemus Marquis, sentado en la cabecera de la mesa, tragando un tenedor lleno de budín. Tenía una actitud prusiana y un perfil bien definido, apto para una moneda, el cuerpo estrecho allí donde se estrechaba el uniforme. A diferencia de los comandantes de otras mesas, que se levantaban o gritaban advertencias, él controlaba a sus voraces chavales tal como había mencionado Poe: sin que diera la impresión de que controlaba. Vi que dos cadetes discutían sobre quién debía servir el té. Lejos de entrometerse, Artemus relajó la columna vertebral, se recostó en la silla y observó con una mirada que iba más allá de la indolencia. Les dio toda la cuerda que necesitaban y después, sin decir nada ni hacer ningún gesto, solucionó el problema, pues dejaron de discutir tan de repente como habían comenzado a hacerlo y ambos lanzaron una rápida y evaluadora mirada a Artemus antes de seguir con sus asuntos.

La única persona con la que habló Artemus fue el tipo que tenía a su izquierda. Un guerrero rubio, campechano y con fuerte mandíbula, que hablaba con la boca llena, las mejillas hinchadas como agallas y un cuello tan largo que parecía estar devorándole la cabeza. Se llamaba (como rápidamente me informó Cesar) Randolph Ballinger.

Podría observarse a los dos de principio a fin, hacerlo durante muchas cenas y no encontrar nada raro en ellos. Hablaban con una nítida cadencia masculina. Tenían sonrisas cándidas y modales generosos. No parecían albergar ninguna amenaza. Se reían de los chistes del otro, se levantaron cuando llegó el momento de levantarse y echaron a andar cuando llegó el momento de irse. No había nada, nada, supongo, salvo la belleza de Artemus que los distinguiera del resto de sus compañeros.

Y, sin embargo, eran diferentes, lo sentí en las articulaciones. Lo sentí cuando le di vueltas a la idea en la cabeza: «Artemus, sí, por qué no, arrancándole el corazón a Leroy Fry».

Tenía tanto sentido que casi no podía creerlo. El hijo de un cirujano con acceso al instrumental y libros de texto de su padre, al cerebro de su padre. ¿Quién mejor que él para acometer un asunto delicado en un entorno tan difícil?

He olvidado mencionar que llegó un momento en ese comedor en el que Artemus Marquis volvió la cabeza, muy despacio, y me miró a los ojos. No dio muestras de sentirse incómodo ni tener prisa por apaciguarme a mí o a nadie. Parecían un par de pizarras color verde y avellana limpias.

En ese momento sentí que oponía su voluntad contra la mía, que me desafiaba.

Algo que, en cualquier caso, era lo que me preocupaba cuando salí del comedor. El sol brillaba lo suficiente como para dibujar débiles hilillos en mis retinas. En el parque de artillería, un bombardero le sacaba brillo a un cañón de latón de casi nueve kilos y otro empujaba una carretilla de troncos de pino hacia la leñera. Un caballo subía la empinada colina desde el embarcadero tirando de un carro vacío que traqueteaba como un cubo de guisantes de una fanega.

En el bolsillo tenía una nota para Poe: «¡Bien hecho! Quiero que me cuente todo lo que sepa acerca de ese Ballinger. Ampliar la red».

La llevaba a nuestro escondite en el jardín Kosciusko. El jardín no es gran cosa, lector, ni hay nada digno de mencionar. Es una simple terraza excavada en la orilla rocosa del Hudson. Hay algunos montones de piedras, un poco de follaje, un par de resistentes crisantemos... y, sí, tal y como me había explicado Poe, un transparente manantial que brota de una pétrea concavidad, y grabado en esa piedra, el nombre del coronel polaco que supervisó la construcción de las fortificaciones de West Point. Se dice que fue en ese rincón donde se refugiaba de sus preocupaciones. Hoy en día no hay mucho donde retirarse, al menos en los meses de calor, cuando el lugar se ve invadido por los turistas, pero en una tarde de noviembre, si planeas bien las cosas, puedes conseguir que te responda de la misma forma que hizo con Kosciusko.

O, al menos, esa debía ser la intención de las dos personas que había sentadas en un banco de piedra. Eran un hombre y una mujer. La mujer tenía huesos finos, cadera de niña y cara casi de niña, y una ligera bolsa de piel alrededor de la mandíbula. Sonreía de oreja a oreja —una sonrisa terrible— y de alguna forma conseguía hablar sin dejar de sonreír a la persona que había a su lado, el doctor Marquis.

Al principio no lo reconocí, pero la verdad es que no lo había visto —ni a nadie— en semejante postura. Dudo de que sea capaz de expresar lo extraño de la imagen. Apretaba los pulgares contra las orejas, no como alguien que trata de evitar oír un alboroto, sino como alguien probándose un sombrero. Tenía los dedos en los lados de la cabeza, como la piel de una nutria, y de vez en cuando los movía un poco, como intentando buscar un mejor acomodo. Me miró a los ojos, los suyos eran grandes y venosos, y parecían temblar, a punto de pedirme excusas.

—¡Señor Landor! —saludó poniéndose de pie—. ¿Me permite presentarle a mi encantadora esposa?

Bueno, lector, ya sabes cómo es. En el transcurso de un segundo una persona puede exagerar varias veces por asociación de ideas. Miré a esa sonriente mujer de agotadora cortesía y, de repente, dentro de ese diminuto cuerpo de pajarillo pareció albergar a su marido, su hijo y un armario lleno de secretos.

—Señor Landor —dijo con voz suave y nasal—. He oído hablar mucho de usted. Me alegro de conocerlo.

—Es mío, el placer, me refiero...

—Mi marido me ha dicho que es viudo.

Aquella salida fue tan rápida que me pilló desprevenido y me costó contestar.

—Así es —conseguí decir.

Miré al doctor esperando, ¿qué? Quizá que se sonrojara, que mirara con recelo, pero sus ojos brillaban muy interesados y sus grandes y estropeados labios ya estaban ensayando las palabras que iban a decir.

—Mi más sentido pésame. Mi más... es decir... ¿Ha sido reciente?

—¿El qué?

—Que su mujer recibiera su recompensa. ¿Ha sido...?

—Hace tres años. A los pocos meses de venir a las tierras altas.

—Una enfermedad repentina.

—No lo suficientemente repentina.

Tuvo que parpadear para disimular su sorpresa.

—¡Oh! Lo... lo...

—Al final tuvo unos terribles dolores, doctor. Le habría deseado una recompensa mayor que la que tuvo.

Aquello se dirigía hacia un terreno más profundo del que hubiera deseado. El doctor volvió la cabeza hacia el río y murmuró unas palabras de consuelo en dirección al agua.

—Debe de sentirse... tremendamente solo en... Si algún día...

—Lo que mi marido intenta decir es que —intervino la señora Marquis con una radiante sonrisa— nos sentiremos muy honrados de recibirle en casa, será un huésped muy apreciado.

—Y yo estaré encantado de aceptar. De hecho, estaba a punto de hacerles la misma proposición.

No puedo decir cómo pensaba que reaccionaría, pero lo que hizo sí que no me lo esperaba: su cara se expandió completamente, como si tirasen de ella de ambos lados. Después chilló —sí, creo que chillar es la palabra adecuada— e incluso antes de que el sonido saliera de sus labios ya lo había metido de nuevo en su boca.

—¿Proposición, pícaro? ¡Qué demonio está hecho! —Después, bajando la voz añadió—: Tengo entendido que es el caballero que está al cargo de la investigación sobre la muerte del señor Fry, ¿no es así?

—Así es.

—¡Fascinante! Mi marido y yo estábamos hablando del tema. De hecho, me decía que, a pesar de sus —se apretó el bíceps— heroicos esfuerzos, se ha decidido que el cuerpo del infortunado señor Fry ya no puede mostrarse y finalmente se ha guardado con el debido respeto.

Eso ya lo sabía. La noticia de la muerte de Fry había llegado a sus padres y se había tomado la decisión de encerrarlo para siempre en una caja de pino de seis lados. Antes de sellar la tapa, el capitán Hitchcock me preguntó si quería echarle un último vistazo.

Lo hice, aunque el porqué no lo sé.

El cuerpo ya no estaba hinchado y se había encogido. Flotaba en una ciénaga de sus propios fluidos, sus brazos y piernas eran de un color crema negruzco e incluso los gusanos se habían saciado con él, le salían de todas las cavidades y dejaban el resto a los recién incubados escarabajos que se movían bajo su piel como si fueran nuevos músculos.

Otra cosa en la que me fijé antes de que sellaran la caja fue las bolsas de líquido que se habían formado bajo los párpados de Leroy Fry. Sus amarillos ojos se habían cerrado al cabo de dieciocho días.

Allí estaba, en el jardín Kosciusko, observado por los brillantes y marrones iris de los ojos de la señora Marquis, que los mantenía tan abiertos como podía.

—Señor Landor, este asunto ha impresionado mucho a mi marido. Hace años que no veía semejante carnicería. Desde la guerra, creo, ¿no es así, Daniel?

Asintió con gravedad, y lentamente le puso el brazo alrededor de su reducida cintura, como para reafirmar su derecho sobre ese, ese trofeo, ese reyezuelo mujer, con sus arrugados e intimidatorios ojos color marrón y su bolso de percal.

Farfullé algo sobre que tenía que irme, pero mis dos interlocutores insistieron en acompañarme hasta el hotel. Así que, sin poder dejar el mensaje a Poe, me vi llevado al establecimiento del señor Cozzens; el buen doctor nos seguía y su mujer iba a mi lado, colgada de mi brazo.

—Espero que no le importe que me apoye en usted, señor Landor, estas zapatillas me aprietan mucho en los pies. Las mujeres nos torturamos mucho a veces, simplemente por ir a la moda.

Hablaba como la reina del baile y, si yo hubiera sido un joven cadete en ese baile, habría dicho:

—Puede estar segura de que esos sacrificios no pasan inadvertidos a mi persona.

Me miró como si hubiera pronunciado la frase más original nunca dicha. Algo que, creo recordar, es la forma en que las jóvenes te miran cuando tú también eres joven. Después, de sus labios brotó la risa más extraña que había oído jamás, alta y resonante, quebrada en fragmentos iguales, como estalactitas goteando en una enorme caverna.

El sábado por la noche volví a mi casa, donde me esperaba Patsy. De todos los placeres que me había prometido, el que realmente deseaba era la posibilidad de que consiguiera que me durmiese. Imaginé que hacer el amor me relajaría lo suficiente como para sacarme de ese estado de medio vigilia en el que me encontraba. Lo que había olvidado era lo mucho que me despertaba, incluso cuando ella misma se agotaba. Una vez que había terminado conmigo… simplemente desaparecía en el mundo de los sueños, con la cabeza apoyada en mi esternón. ¿Y yo? Yo me quedaba allí, aún encendido, maravillado por la espesura de su negro pelo, por su fuerza, como de soga de barco.

Y cuando lograba apartar mis pensamientos de Patsy, ellos mismos regresaban por su cuenta a la academia. Ya habría sonado el toque de retreta y la luna habría dejado su huella por todas partes. Y desde la ventana de mi habitación del hotel habría podido ver los últimos vapores del año en dirección sur, dejando atrás una estela brillante. Sombras jaspeadas en las laderas... las ruinas del antiguo fuerte Clinton ardiendo como el extremo de un cigarrillo...

Oí la voz de Patsy, pastosa por el sueño.

—¿Me lo contarás, Gus?

—¿El qué?

—Lo de tu investigación. ¿Me lo vas a contar o tendré que...?

Me pilló desprevenido y giró una pierna hacia mí. Me rozó suavemente y esperó que yo hiciera lo mismo.

—Creo que he olvidado decirte que soy un hombre mayor.

—No tan mayor.

Era lo mismo que había dicho Poe, «no tan mayor».

—¿Qué has descubierto, Gus?

Se puso de costado y se rascó la tripa.

En sentido estricto no iba a decirle nada. Había prometido una discreción total a Thayer y a Hitchcock, pero el haber violado una de mis promesas, la de la abstinencia, hacía mucho más fácil el que pudiera violar otra. Sin necesidad de que me animara más, empecé a hablarle de las marcas en la nevera, la visita al profesor Papaya y el encuentro de Poe con el extraño cadete Marquis.

—Artemus —murmuró.

—¿Lo conoces?

—Por supuesto, es guapísimo. Casi debería morir joven. Nadie querría que envejeciera.

—Me sorprende que no... Me miró con dureza.

—Estás a punto de ponerte en ridículo, ¿verdad, Gus?

—No.

—Muy bien —dijo asintiendo con firmeza—, a mí no me parece un tipo violento. Siempre se le ve muy sereno.

—Quizá no es nuestro hombre, simplemente me da la impresión de que hay algo en él, en toda su familia.

—Explícate.

—Ayer sorprendí a su padre y a su madre en medio de una conversación privada y reaccionaron… Bueno, parece infantil, pero reaccionaron como gente que fuera culpable de algo.

—Todas las familias lo son —aseguró.

En ese momento pensé en mi padre. Para ser preciso, en la vara que solía utilizar para pegarme de vez en cuando. Nunca más de cinco golpes cada vez, nunca necesitaba más. Bastaba con el sonido que hacía, un silbido chirriante que siempre me sorprendía más que el propio golpe. Su recuerdo consigue que hasta ahora me entren sudores.

—Tienes razón —admití—, pero unas familias son más culpables que otras.

Aquella noche conseguí dormir y a la mañana siguiente, de vuelta en el hotel Cozzens, me quedé dormido en cuanto apoyé la cabeza en la almohada. Unos diez minutos antes de la media noche me despertó un suave golpe en la puerta.

—Entre, señor Poe.

No podía ser nadie más. Abrió la puerta con gran cuidado y se quedó allí, enmarcado en la oscuridad, poco dispuesto a entrar en la habitación.

—Tome —dijo dejando otro fajo de papeles en el suelo—. Mi última entrega.

—Muchas gracias, estoy deseando leerlo. —Si asintió, no tengo forma de saberlo, ya que no llevaba una vela y el farol de mi habitación estaba apagado—. Señor Poe, espero que no… Me preocupa que desatienda sus estudios.

—No, continúo con ellos. —Se produjo una larga pausa—. ¿Qué tal duerme? —preguntó finalmente.

—Mejor, gracias.

—Entonces es un hombre afortunado, yo no puedo dormir en absoluto.

—Lo siento.

Se produjo otra pausa incluso mayor que la anterior.

—Buenas noches, señor Landor.

—Buenas noches.

Reconocí los síntomas incluso en la oscuridad. Amor. El amor se había abierto camino hasta llegar al corazón del cadete Edgar A. Poe.

Informe de Edgar A. Poe a Gus Landor

14 *de noviembre*

*S*eñor Landor, me resulta difícil ocultar con qué fervor ansiaba tomar el té el domingo con la familia Marquis. Mi último encuentro con Artemus me había convencido de que verlo rodeado del confort de los suyos y el hogar sería más decisivo a la hora de determinar su inocencia o culpabilidad que cualquier otra prueba. Y si no conseguía incriminarse en el domicilio de su infancia, al menos esperaba obtener alguna pista en aquellos familiares próximos, cuyos involuntarios comentarios podían dar más frutos de lo que ellos mismos pensaban.

La residencia familiar está situada entre las casas de piedra que bordean el extremo occidental de la explanada, «la calle de los profesores», tal como la llama la gente. La casa de los Marquis no se diferencia en nada de las demás, excepto en la muestra de bordado que hay en la entrada, y en la que puede leerse: «Bienvenidos, hijos de Columbia». No me recibió la criada, tal y como podría haber esperado, sino el propio doctor Marquis. Si estaba enterado o no de lo que había dicho de él en los últimos tiempos, no lo sé, pero cualquier duda que pudiera haber tenido ante su rubicunda complexión se desvaneció gracias a la cara de intensa preocupación con la que se interesó por mi vértigo. Tras informarle de que me había recuperado del todo, me sonrió con indulgencia y me reconvino:

—¿Ve, señor Poe, lo bien que viene darse una vuelta?

No conocía a la exquisita señora Marquis, aunque había oído poner en entredicho su carácter y decir que es altamente inestable y tiene un temperamento muy excitable. Contra ese juicio he de interponer mi propia percepción, que no encontró en ella nada neurótico y sí encantador. Tras presentarnos, se deshizo en sonrisas desde un principio. No dejaba de asombrarme el que un novato pudiera provocar semejante efluvio dental y aún me sorprendió más el enterarme por ella de que Artemus había hablado de mí en términos reservados únicamente a las personas que poseen una gran inteligencia.

En aquella ocasión estaban también presentes dos compañeros de la clase de Artemus. Uno de ellos era George Washington Upton, el distinguido cadete capitán de Virginia. El otro —y cómo se me cayó el alma a los pies al verlo— era el beligerante Ballinger. A pesar de todo, y recordando mis deberes para con Dios y el país, decidí sacar de mi mente su injusto comportamiento y su cobarde ataque, y lo saludé con un sincero sentimiento de camaradería. Pronto se hizo evidente una sorpresa. O ese Ballinger había experimentado un profundo cambio en su corazón o, lo que era más probable, le habían pedido que me mostrara mayor deferencia. Solo diré que su conversación era más relajada, cortés y más en armonía con la educación de un caballero.

186

La sombría comida provista por el señor Cozzens en el comedor de cadetes me había dejado con grandes expectativas relativas a las vituallas de los Marquis. En ese sentido no me sentí defraudado. Los pasteles de cazón y los gofres eran de primera calidad y las peras, algo que estuve encantado de comprobar, estaban profusamente rociadas con brandy. El doctor Marquis demostró ser el más agradable de los anfitriones y evidenció un verdadero deseo de enseñarnos un busto de Galeno, además de algunas de las más curiosas e intrigantes monografías que llevan su firma. La señorita Marquis, la señorita Lea Marquis, esto es, la hermana de Artemus, tocó en el pianoforte con adecuada soltura y cantó una selección de las sentimentales cancioncillas que han asolado nuestra moderna cultura, aunque su efecto fue adorable (he de admitir que las notas predominantes hacían que forzara demasiado su voz, un contralto natural. Por ejemplo, su interpretación de *En las heladas montañas de Groenlandia* habría sido más exquisita si la hubiera bajado una cuarta o incluso una quinta). Artemus me pidió que me sentara a su lado durante el recital de su hermana y, a puntuales intervalos, lanzaba inquisidoras miradas en mi dirección para asegurarse de mi admiración. De hecho, esta se vio solamente mitigada por la necesidad de escuchar sus continuos comentarios: «Maravillosa, ¿verdad?», «Tiene el don de la música. Comenzó a tocar a…», «Eso ha estado muy bien». Unos ojos y unos oídos menos atentos que los míos habrían percibido en ello el inherente cariño de un joven hacia su hermana mayor y por las muestras que dio en los interludios del recital, por las sonrisas que le concedía solamente a él, quedó claro que su afecto era recíproco y que realmente había entre ellos una afinidad —una relación fraterna— que jamás he conocido (criado como fui en un hogar distinto del de mi hermano y hermana).

Sin duda, señor Landor, usted habrá disfrutado de suficientes de esos conciertos vespertinos como para saber que cuando el intérprete ha acabado, más a menudo que el caso contrario, aparece otro para llenar el hueco. Así que al finalizar la actuación de la señorita Marquis y las ruidosas palabras de exaltación de su madre y de su hermano, me exhortaron a que agasajara a los invitados con una muestra de mis humildes versos. Confieso que medio esperaba que algo así sucediera y me había tomado la libertad de preparar una breve selección de poemas, compuesta en el campamento del pasado verano, y titulada: *A Helen*. No es mi intención compartir con usted el texto completo (ni creo que ese sea su deseo, ¡oh, gran enemigo de la poesía!). Hago una pausa solamente para comentar que es una de mis obras favoritas entre mis esfuerzos líricos y que la mujer del título tiene relación, en distinta forma, con los barcos de Niza, Grecia, Roma, las náyades, etcétera, y que al llegar a los versos finales —¡Ah! Psique, de las regiones que / son Tierra Santa— mi trabajo se vio recompensado con el sonido de un penetrante y casi percutor suspiro.

—¡Qué demonios! ¡No os había dicho que la bestia era un prodigio! —exclamó Artemus.

La respuesta de su hermana fue mucho más suave y, como ya había sentido una intensa atención por parte de Artemus hacia ella, me propuse verla en privado para asegurarme de si por casualidad mi pequeña ofrenda la había ofendido. Me tranquilizó de inmediato con una sonrisa y un inequívoco movimiento de cabeza.

—No, señor Poe, ha sido encantadora. Solo me entristece un poco el pensar en la pobre Helen.

—¿Pobre Helen? ¿Por qué pobre? —pregunté.

—Bueno, estar en el hueco de esa ventana día y noche. Como una estatua decía, ¿no?, se refería a que es agotador, ¿verdad? ¡Ay!, ahora soy yo la que lo ha ofendido. Le pido disculpas. Solo pensaba en que una joven sana como Helen desearía salir de su ventana de vez en cuando. Pasear por los bosques, hablar con los amigos e ir a un baile incluso, si así lo deseara.

Le conté que Helen —la Helen de mi visión— no necesitaba pasear ni bailar porque tenía algo que era más precioso: la inmortalidad que le había concedido Eros.

—¡Oh! —exclamó—, no conozco a ninguna mujer que desee ser inmortal. Puede que lo único que quiera es un buen chiste, o una caricia…

Tan pronto como acabó de hablar, un minúsculo tinte rojo empezó a irrigar sus mejillas de mármol. Se mordió los labios y se apresuró a derivar la conversación por un derrotero menos tenso, que al final desembocó en, bueno, creo que le habían intrigado ligeramente mis alusiones a «un mar perfumado» y a «un cansado y agotado por el camino paseante» y me preguntó si podía inferir de esas frases que yo había viajado mucho y visto muchas cosas. Le contesté que tenía una lógica irrefutable. Después le describí a grandes rasgos mis temporadas en el mar y mis peregrinaciones por el continente europeo, que culminaron en San Petersburgo, donde arrostré una serie de dificultades de naturaleza tan compleja que solo conseguí resolverlas en el último minuto gracias a los esfuerzos del cónsul estadounidense. (Ballinger pasó a nuestro lado en ese momento y me preguntó si la propia emperatriz Catalina me había defendido. Su tono era sardónico y no me quedó más remedio que pensar que su enmienda hacia mi persona había sido, como mucho, poco sistemática.) La señorita Marquis escuchó mi narración con una actitud de total franqueza, pródiga en ánimos, y solo me interrumpió para hacerme más preguntas sobre algún que otro detalle, y en todo el tiempo evidenció un interés tan puro y perdurable en mis miserables asuntos que, bueno, señor Landor, he olvidado lo seductor que puede ser depositar los actos de uno en la caja fuerte de una joven. Es, creo, una de las maravillas de este mundo menos valoradas.

Pero veo que todavía no he puesto especial cuidado en describirle a la señorita Marquis. ¿Fue Bacon, lord Verulam, quien dijo que no hay belleza perfecta que no tenga alguna rareza en sus proporciones? La señorita Marquis confirmaría ese sagaz comentario. Su boca, por hablar de una parte solamente, tiene una forma irregular —un labio superior más corto y un suave y voluptuoso labio inferior— y sin embargo es un triunfo de la dulzura. Su nariz quizá tiene una tendencia demasiado perceptible hacia lo aquilino y sin embargo su lujuriosa suavidad y armoniosamente curvadas aletas rivalizan con el gracioso medallón de los hebreos. Sus mejillas son rubicundas, pero su frente es alta y pálida, y sus castañas trenzas brillantes, exuberantes y de un rizo natural.

Como me exigió que practicara una escrupulosa honradez en todas las cosas, debería añadir que la mayoría de las personas que la vieran pensarían que ha rebasado ligeramente su pleno esplendor. Además, en su persona hay una persistente *tristesse* que (si me lo permite) indica una esperanza frustrada y una promesa marchita. Y sin embargo, ¡cómo se transforma en ella, señor Landor! No la cambiaría ni por mil de esas atolondradas efusiones de las que está lleno el mundo de las presuntas jóvenes casaderas. De hecho, no entiendo muy bien por qué, cuando tantas de esas insípidas féminas son llevadas directamente de las mansiones de sus padres al altar, una perla como ella siga sin reclamar, en el lecho marino de su casa de juventud. Es cierto pues lo que dice el poeta: «Muchas flores nacen para florecer sin ser vistas / y desperdiciar su dulzura en el aire desierto».

No creo que mi conversación con la señorita Marquis durara más de diez o quince minutos y, sin embargo, qué cantidad de temas tocamos juntos. No tengo tiempo para enumerarlos todos (si pudiera recordarlos), ya que la elocuencia de su profundo y musical lenguaje poseía un encanto que sobrepasaba

189

el mero debate. Por ser mujer, no está tan empapada en las ciencias morales, físicas y matemáticas como un hombre, pero habla francés con tanta fluidez como yo y, para mi asombro, posee una modesta habilidad en las lenguas clásicas. Tras utilizar el telescopio de Artemus, podía hablar con cierto conocimiento de una estrella de sexta magnitud situada cerca de la constelación de Lira.

Sin embargo, más que ningún otro de sus conocimientos, el que más me desconcertó y sedujo fue el de su inteligencia natural, que la hace ir directa a la raíz de cualquier tema por abstruso que sea. Recuerdo bien con qué lucidez me escuchó hablar de cosmología. A petición suya le dije que el universo era, en mi opinión, un eterno *revenant* que regresaba a la plenitud desde el nihilismo material, creándose y después hundiéndose en la nada, un ciclo que se repite hasta el infinito. Así también el alma: un residuo de difusa divinidad, experimenta ese ciclo eterno de aniquilación y renacimiento cósmico.

Cualquier otra mujer, señor Landor, podría haber creído que mis especulaciones eran absolutamente repugnantes. Sin embargo, no vislumbré ningún rastro de repulsión en la señorita Marquis y sí mucho de entretenimiento. La propia ironía de su expresión parecía implicar que yo acababa de ejecutar el ejercicio gimnástico más complicado y peligroso, y no lo había hecho por otra razón, sino porque me habían desafiado.

—Debe de tener cuidado, señor Poe. Toda esa difusión de ideas acabará difuminándole. Y entonces, por supuesto, si quiere flirtear con… el nihilismo material, eso es, ¿no?, entonces tendría que flirtear con el nihilismo espiritual.

—El soldado Poe nunca flirtea.

Una muestra de lo mutuamente absortos que estábamos fue que ninguno de los dos reparó en la presencia de Artemus hasta que él mismo nos la hizo notar con cierta brusquedad. Creo que es más que probable que tuviera intención de asustarnos —vino hacia nosotros con sumo cuidado—, pues, para hacer una broma, cogió el brazo de Lea y se lo puso detrás, como para hacerla prisionera, y con la punta de la mejilla le rozó el hombro.

—Dime, hermana, ¿que piensas de mi *protégé*?

—Creo que el señor Poe está más allá de ser el *protégé* de

nadie —respondió frunciendo el entrecejo y soltándose de él. A Artemus casi se le cayó la cara al suelo por pura consternación, no esperaba que lo reprendiera, pero con su exquisita aversión a causar ningún daño, la señorita Marquis lo absolvió en el acto de su crimen con una carcajada y soltó—: Ciertamente no le puede corromper gente como tú.

Aquel comentario sirvió para que los dos se echaran a reír. Su hilaridad fue tan expansiva y arrolladora que renuncié a tener ninguna sospecha de ser el blanco de sus bromas y me uní a ellos con una risa más suave que la suya. Con todo, no estaba tan desarmado por las artimañas de Talía como para dejar de tener a mano mi ingenio ni dejé de darme cuenta de que Lea dejó de reírse mucho antes que su hermano y que en sus ojos apareció una mirada —de la que Artemus no se enteró por su postración ante la comedia— penetrante. Creo que en ese momento estaba estudiando el alma de Artemus para ver lo que había dibujado en su lienzo. Si encontró consuelo o desolación, no podría decirlo ningún metafísico.

El destino ya no me proporcionó ocasión de hablar con la señorita Marquis. Artemus me había desafiado a una partida de ajedrez (un pasatiempo normalmente prohibido en la academia) y Ballinger y Upton habían invitado a la señorita Marquis a un concierto privado que pronto fue ahogado por el acompañamiento vocal rotundamente inarmónico de esos cadetes. Entre tanto, el doctor Marquis cogió su pipa y nos observó con benignidad desde el baluarte de su mecedora y la señora Marquis se entretuvo bordando con poco entusiasmo, una distracción que pronto dejó, pues declaró que sufría una espantosa migraña y nos pidió permiso para retirarse y aislarse en la comodidad de su habitación. Cuando su marido le pidió que suspendiera su marcha con la más gentil de las protestas, ella adujo: «No veo por qué te preocupa, Daniel. No veo que pueda preocuparle a nadie», y salió de la habitación.

Tras aquella repentina despedida, era cuestión de tiempo el que los invitados empezaran a murmurar sus excusas y dieran comienzo a los necesarios rituales de las despedidas. Sin embargo, aquellos rituales se vieron sumariamente abrogados por Artemus, que me dio un apretón de manos antes de pedir en voz alta a Ballinger y a Upton que lo acompañaran a los barracones. Esa precipitada petición me sorprendió profundamente, ya que no me dejaba forma educada de irme, excepto arreglándomelas por mi cuenta (el doctor Marquis había ido a confortar a su afligida esposa). Mientras esperaba en el vestíbulo a que la criada me trajera el capote y el chacó, alcancé a ver que Ballinger miraba en mi dirección antes de irse, con una mirada repleta de una malignidad tan evidente que me quedé mudo. Por suerte pude hacer el suficiente acopio de mis facultades como para intuir que aquella mirada solo me incluía a mí en parte. Volví los ojos hacia el salón y vi a la señorita Marquis enmarcada en su pianoforte, interpretando distraída un sencillo tema del más alto registro.

Ballinger había salido con Artemus por la puerta, pero aquella expresión se mantuvo poderosamente presente en su cara y al poco comprendí su significado: estaba celoso —sí, celoso, invadido por rabia— ante la idea de que me dejaran solo con la señorita Marquis. De ahí deduje que me consideraba, *mirabile dictu*, como un competidor por sus atenciones.

192

Era una dulce y adecuada ironía, señor Landor, que, al tratarme como su archirrival, Ballinger me hubiese conferido el valor para verme por primera vez de esa forma. Si no, jamás habría tenido la temeridad en aquel momento de dirigirme a la señorita Marquis. No, antes me habría enfrentado a una envalentonada horda de semínolas o me habría arrojado al atronador abismo del Niágara. Pero, seguro en ese momento de la amenaza que constituía, aunque solo fuera ante los resentidos ojos de Ballinger, me vi capaz, de alguna manera, de hablar.

—Señorita Marquis, me temo que sería una gran molestia para su gentileza que requiriera una cita con usted mañana por la tarde. Y, sin embargo, no hay nada, nada en el mundo que me causara mayor placer.

En el momento en el que las palabras salían de mis labios me asaltó un paroxismo de autocensura. Que un simple novato (aunque no un niño) pudiera atreverse a hacer la más pequeña solicitud a una mujer de tan inefable gracia... ¿Cómo podía entenderse sino como el más notorio descaro? Y, sin embargo, sentí que usted, señor Landor, usted sobre todo, me empujaba a hacerlo. Porque, si deseamos sondear las profundidades del enigmático Artemus, ¿qué mejor sonda podríamos tener que su amada hermana, que en virtud de su estima se hunde o navega? No obstante, teniendo muy presente mi falta, esperé el justificable reproche que iba a hacerme.

Sin embargo, su rostro delataba un sentimiento muy diferente. Con esa irónica sonrisa suya —ya me he familiarizado tolerablemente con ella— y con esos ojos brillantes quiso saber si iba a ser en la Alameda del Galanteo o Gee's Point o alguno de esos apartados lugares que tanto gustan a los cadetes enamorados.

—En ninguno de esos sitios —tartamudeé.

—Entonces, ¿dónde, señor Poe?

—Había pensado en el cementerio.

Su asombro fue mayúsculo, pero se recuperó a tiempo y me ofreció una expresión de semejante severidad que casi palidezco ante ella.

—Mañana tengo un compromiso, pero puedo verlo el martes a las cuatro y media. Dispondrá de quince minutos de mi atención. Más allá de eso, no le prometo nada.

Como eran quince minutos más de lo que me había atrevido a esperar, no necesitaba ninguna promesa que fuera más allá. Me bastaba saber que antes de que pasaran cuarenta y ocho horas volvería a estar en su presencia.

Tras leer con detenimiento las líneas anteriores, señor Landor, veo que he podido darle la impresión de estar dominado por los múltiples encantos de la señorita Marquis. Nada podría estar más lejos de la verdad. Si soy consciente de sus virtudes, aún lo soy más del imperativo de llevar estas investigaciones hacia un exitoso final. Por lo tanto, mi único propósito a la hora de fomentar mi relación con ella es cosechar una percepción del carácter y propensión de su hermano que puedan adelantar el fin último de la justicia.

¡Ah!, casi me olvido de incluir quizá el detalle más intrigante relativo a la señorita Lea Marquis. Sus ojos, señor Landor, son de un exquisito e indudable azul pálido.

Narración de Gus Landor

17

15 al 16 de noviembre

*C*uando empezamos a trabajar juntos, el capitán Hitchcock y yo pensamos en toda una gama de eventualidades. Hablamos de lo que haríamos si los culpables eran cadetes u oficiales. Discutimos qué hacer si el agresor de Leroy Fry resultaba ser un miembro del profesorado. Pero esta posibilidad se nos había escapado: que fuera el hijo de un profesor.

—¿Artemus Marquis?

Estábamos sentados en las dependencias del comandante. Un estricto espacio de soltero, bastante desaliñado para los parámetros militares, con plumas secas, un reloj de mármol cuarteado y un aroma a afable decadencia en las cortinas de brocados.

—Artemus —repitió Hitchcock—. ¡Por Dios! Si lo conozco desde hace años.

—¿Y respondería de su reputación? —pregunté.

Era la pregunta más impertinente que le había hecho. El ser cadete respondía por Artemus. ¿Acaso no había sido designado por un representante de Estados Unidos? Había aprobado los exámenes de ingreso, había soportado casi cuatro años de vapuleo por parte de Sylvanus Thayer y, salvo algún desastre, se graduaría en verano. Semejantes proezas eran, por designio propio, garantía de reputación.

Pero, curiosamente, no era la reputación de Artemus lo que se apresuró a defender Hitchcock, sino la de su padre. Era sabido que el doctor Marquis había recibido una bala de mosquete en la batalla de Lacolle Mills, había sido recomendado personalmente por el coronel Pike por su extrema diligencia a la hora de atender a los heridos y jamás había despertado, durante todos los años que había estado en la academia, la más mínima sospecha de escándalo.

—Capitán —dije sintiendo la oleada de resentimiento que me invadía cuando hablaba al mismo tiempo que yo—. No recuerdo haber mencionado al doctor Marquis. ¿Lo he hecho?

Bueno, solo quería que supiese que Artemus Marquis provenía de una familia distinguida y su connivencia en un acto tan incalificable era inconcebible. Sí, lector, iba a repetírmelo cuando algo se le pasó por la cabeza y le dejó mudo por un tiempo.

—Sí que hubo un incidente —confesó finalmente.

Permanecí inmóvil en mi silla.

—¿Sí, capitán?

—Ahora lo recuerdo, fue hace unos años, mucho antes de que Artemus fuera cadete. Tuvo relación con el gato de la señora Fowler. —Siguió pensando—. Ese gato desapareció en circunstancias que no recuerdo, pero que tuvieron un extraño fin.

—¿Una disección?

—Vivisección. Sí, me había olvidado por completo. Y fue —sus ojos se iluminaron por la sorpresa— el doctor Marquis el que aseguró a la señora Fowler que el gato estaba muerto antes de que lo descuartizaran. Recuerdo lo afectado que lo dejó aquel incidente.

—¿Confesó alguna vez Artemus haberlo hecho?

—No, por supuesto que no.

—Pero ¿tenía razones para sospechar de él?

—Sabía que era inteligente, eso es todo. No era malicioso, ni mucho menos, aunque sí bromista.

—Y el hijo de un médico.

—Sí, el hijo de un médico.

Inquieto otra vez, el capitán Hitchcock se apartó de la luz de la vela y me fijé en que estaba haciendo rodar algo, ¿una canica?, ¿una bola de tiza?, en la palma de su mano.

—Señor Landor, antes de que sigamos poniendo en tela de juicio a nadie, me gustaría que me contase si ha descubierto algo que relacione a Artemus con Leroy Fry.

195

—Muy poco. Artemus iba un curso por delante de Fry, eso lo sabemos. No hay indicios de que hubieran confraternizado de ninguna manera. No se sentaban juntos en el comedor, jamás habían compartido clase. Que yo sepa, nunca habían desfilado juntos ni se habían sentado juntos en misa. He entrevistado a varios cadetes y todavía no he oído a ninguno de ellos mencionar el nombre de Artemus relacionado con el de Fry.

—¿Y qué me dice de ese tal Ballinger?

—Ese promete más. Hay indicios de que él y Fry fueron amigos en otros tiempos. Los vieron juntos hace un par de veranos desmontando tiendas con un grupo de novatos. También pertenecieron durante un breve período de tiempo a la… Vaya, ¿cómo se…? La amo… amoso…

—La Sociedad Amosófica.

—Esa misma. Como Fry era un alma reservada, no le gustaba tanto debatir como a Ballinger y pronto la abandonó. Nadie recuerda haberlos visto juntos después.

—¿Eso es todo?

Casi dejé la cosa ahí, pero algo en su voz —un tono de retirada quizá— me incitó a continuar.

—Hay otro vínculo, aunque no es nada más que una insinuación. Parece ser que Ballinger y Fry suspiraban por la hermana de Artemus. De hecho, según lo que he oído, Ballinger se considera el primer candidato de su afecto.

—¿La señorita Marquis? —preguntó Hitchcock arqueando una ceja—. Lo veo poco probable.

—¿Por?

—Puede preguntar al resto de esposas de profesores. La señorita Marquis tiene fama de rechazar las propuestas de incluso el más pertinaz de los cadetes.

«De todos menos de uno», pensé sonriendo en mi interior. ¿Quién habría imaginado que mi pequeña gallina entraría donde otros gallos temían ir?

—¡Ah! Supongo que es cuestión de orgullo.

—Todo lo contrario. Es tan excesivamente modesta como para hacer dudar que se haya mirado nunca en un espejo —me explicó el capitán, cuyas mejillas se habían teñido ligeramente. Así que, al fin y al cabo, también él era receptivo a la llamada de la carne.

—Entonces, ¿cómo explica su alejamiento del mundo? ¿Tan tímida es?

—¿Tímida? Debería hablar con ella de Montesquieu algún día y vería lo tímida que es. No, la señorita Marquis siempre ha sido un enigma y, entre según qué círculos, un apasionado pasatiempo. Ahora que ya tiene veintitrés años, ya no se habla tanto de ella. Excepto, siento decirlo, por su apodo.

Supongo que normalmente la educación lo habría frenado de ir más allá, pero al ver mi curiosidad, quiso saciarla.

—La llaman «la Solterona Afligida».

—¿Por qué afligida, capitán?

—Me temo que no puedo decírselo.

Sonreí, crucé los brazos por encima del pecho y dije:

—Sabiendo lo cuidadosamente que elige las palabras, capitán, supongo que no utiliza la palabra «puedo» en vez de, quizá, «querría».

—Elijo mis palabras con cuidado, es verdad, señor Landor.

—Bueno, entonces —comencé a decir alegremente—, ¿volvemos al tema que estábamos tratando? Que, a menos que tenga alguna objeción, nos lleva hacia las habitaciones de Artemus.

—Qué serio se puso en ese momento, ya que él iba por el mismo camino—. ¿Las registramos mañana a primera hora? —sugerí—. Ah, capitán, si podemos mantener este asunto entre usted y yo...

Recuerdo que hacía mucho frío. Había nubes bajas que colgaban como carámbanos y los edificios de piedra de los barracones norte y sur, que hacían un ángulo perfecto entre ellos, conformaban una piedra de afilar para el fuerte y resuelto viento que provenía del oeste. Lo sentimos en el patio de asamblea en forma de L mientras preparábamos nuestra pequeña incursión. Temblábamos como un pez en el sedal.

—Capitán, si no le importa, me gustaría ver primero las habitaciones del señor Poe.

Jamás me preguntó por qué. Quizá estaba cansado de cerrarse en banda o quizá tenía sus propias sospechas acerca de ese joven amigo mío que con tanta facilidad se revestía a sí mismo de mito. O quizá simplemente quería no pasar frío.

La habitación en la que el cadete Poe y sus dos compañeros pasaban sus días y noches era muy pequeña. Habitación no es la palabra adecuada, era una sombrerera. Tenía cuatro por tres y estaba dividida por un tabique. Terriblemente fría, llena de humo y estrecha, con un olor como el de las tripas de una ballena. Había un par de candelabros, una caja de madera, una mesa, una silla de respaldo recto, una lámpara y un espejo. No había armazones para catres, no en el monasterio de Thayer: allí se dormía en un estrecho jergón en el suelo, que se enrollaba todas las mañanas junto con la sábana. Era un espacio desnudo, gris y miserable, en el que nadie debería habitar. No había nada en el número veintidós de los barracones sur que pudiera decir que alguien que viviera allí había nadado en el río James, escrito poemas o estado en Stoke Newington ni era en nada diferente a los otros doscientos jóvenes, más o menos, que la academia estaba transformando en hombres.

Bueno, supuse que el alma se manifestaría incluso en contra de todas las predicciones. Así que tras un superficial vistazo a la habitación, fui al baúl de Poe y, abriéndolo, encontré en la parte inferior de la tapa un grabado de Byron. Tan efímero e irrefutable como una carta de amor.

De un departamento saqué un bulto envuelto en crespón negro. La tela se cayó y dejó ver el camafeo de una joven que llevaba un vestido estilo imperio y un sombrero con cinta. En sus dulces y enormes ojos y en sus frágiles hombros había una feminidad casi dolorosa. Tenía el mismo aspecto que cuando la había visto en el Park Street Theatre, hacía tantos años, cantando *Nadie viene para casarse conmigo*.

Solo el verla consiguió que se me hiciera un nudo en la garganta. Un tipo de ahogo que me era familiar, me fijé, el mismo que solía sentir cuando pensaba demasiado tiempo en mi hija. Recuerdo lo que había dicho Poe sentado en mi salón.

«Los dos estamos solos en este mundo.» Respiré, cerré el baúl y puse la falleba.

—Tiene limpia la habitación —comentó Hitchcock a regañadientes.

Eso era verdad. Si ponía cuidado, el cadete de cuarta Poe podría seguir manteniendo limpia la habitación durante otros tres años y medio, tres años y medio de petates, cuellos abrochados y botas brillantes. ¿Y qué obtendría como recompensa? Un destino en la frontera oeste donde, además de cazar indios, podría recitar sus poemas a los militares y a sus neurasténicas y desperdiciadas hijas. Qué imagen daría en aquellos pequeños y brillantes salones-tumba.

—Capitán, no tengo corazón para seguir con esto.

Al menos, las habitaciones de los barracones norte eran más grandes —siete y medio por cinco y medio—, una compensación para los estudiantes de los últimos años, la única que yo alcanzara a ver. Las habitaciones de Artemus, aunque más calientes que las de Poe, eran incluso más inhóspitas: los camastros estaban parcheados, las colchas desgastadas, el ambiente lleno de polvo y las paredes agujereadas y rayadas con hollín. Debido a que estaba orientada hacia el oeste, la habitación tenía que arreglárselas con la luz que lograra atravesar las montañas e, incluso a media mañana, la penumbra era tan intensa que nos vimos obligados a utilizar cerillas para mirar en algunos rincones. Así fue como encontré el telescopio plegado de Artemus, entre un cubo y un orinal. No había otro signo de fleuras ni había cartas ni pollos, ni pipas ni tan siquiera un extraviado olor a tabaco (aunque en el alféizar había esparcidos algunos granos de rapé).

—La leñera —comentó Hitchcock—. Siempre es el primer lugar en el que miro.

—Entonces, por supuesto, capitán.

¡Sorpresa! Al principio solo encontró madera, un antiguo billete de lotería de las oficinas Cumming's Truly Lucky, un trozo de pañuelo de muselina y un paquete medio vacío de azúcar de Brasil. Los sacó uno a uno y estaba a punto de inspeccionar el azúcar cuando oí un ruido detrás de nosotros.

Fue un chasquido, como el de un pestillo que se cerrara y, después, otro sonido aún más débil que provenía de detrás del primero.

—Capitán, empiezo a pensar que nos esperaban.

El sol empezaba a rebotar contra las azules laderas rocosas del oeste y por primera vez aquella mañana unos rayos de luz amarilla inundaban aquella oscura habitación. Fue la luz lo que me hizo comprender lo que estaba sucediendo.

199

—¿Qué pasa? —preguntó el capitán.

Había sacado de la leñera un bulto envuelto en papel marrón y lo sujetaba como si me lo estuviera ofreciendo, pero yo me abalancé sobre la puerta.

—No se abre.

—Apártese —gritó.

Dejó el bulto y le dio dos buenos empujones a la puerta. Se movió, pero se mantuvo firme. Dio otros dos golpes con el mismo resultado. Empezamos a golpear los dos con las suelas de las botas creando un gran estruendo. Pero incluso así seguía oyéndose un sonido al otro lado de la puerta.

Un sonido que no tenía igual. Un extraño chisporroteo, como una vela medio apagada.

Y después algo más, una luz que brillaba por debajo de la ranura de la puerta.

Hitchcock fue el primero en actuar. Cogió uno de los baúles de los cadetes y lo lanzó contra la puerta. La madera se combó ligeramente, lo justo para que no perdiéramos la esperanza. En el siguiente intento cogimos los dos el baúl y lo combinamos con nuestro peso contra ella. En esa ocasión, la puerta se desprendió del marco dejando un espacio de unos siete centímetros, suficiente como para que pasara un brazo. Un golpe más de Hitchcock y finalmente se rompió el cerrojo del otro lado y la puerta crujió. De pronto estábamos en el pasillo mirando una bola negra del tamaño de un cantalupo, con una larga mecha que ardía.

Hitchcock agarró la bomba y dio tres largos pasos hasta la ventana más próxima. La abrió y tras comprobar que no había nadie abajo la lanzó al jardín.

Allí se quedó, clavada en la hierba, echando humo.

—Échese hacia atrás, señor Landor.

Pero no pude hacerlo más de lo que él lo había hecho. Observamos la erizada mecha quemarse y quemarse —¿quién habría pensado que le quedara tanto?— y fue como intentar leer un libro por encima del hombro de alguien, esperando a que diera vuelta a la página.

Entonces la volvió, pero no hubo punto culminante, solo la lenta extinción de las chispas, seguido de… nada. No hubo explosión ni nube de azufre, solo silencio. Y unos aros y en-

200

redaderas de humo, y el sonido de mi traidor corazón. Y un pensamiento, real como una herida, de que alguien nos llevaba la delantera.

Unos minutos después, cuando se había despejado el humo y el obús dormía en el jardín, el capitán Hitchcock volvió a la leñera, cogió el bulto que había soltado y, lentamente, con el cuidado que alguien pondría en desenvolver a un faraón muerto, quitó el papel marrón.

Era un corazón que rezumaba óxido, tan crudo como la vida.

Narración de Gus Landor

18

16 de noviembre

Supongo que tuvimos suerte de que, cuando le llevamos el corazón para que lo identificara, el doctor Marquis no nos preguntara dónde lo habíamos encontrado. La visión era demasiado emocionante para él: un auténtico corazón, todavía envuelto, sobre una cama de hierro en el pabellón B-3, tal y como había estado antes Leroy Fry. A juzgar por la forma en que los dedos del doctor Marquis avanzaban hacia él, bien podría haber sido una señora con granos de Park Avenue. Chasqueó la lengua y se aclaró la garganta.

—No está muy descompuesto —dijo por fin—. Deben de haberlo guardado en algún lugar frío.

—Era frío, sí —corroboré recordando la temperatura de la habitación de Artemus.

El doctor daba vueltas alrededor de la cama, rascándose la mejilla, mirando con los ojos entrecerrados.

—Mmm. Sí, caballeros, ya veo por qué han pensado que se trata del corazón de un hombre. Es casi idéntico, ¿verdad? La aurícula y el ventrículo, las válvulas y las arterias, todo donde debe estar, sí.

—¿Pero?

Sus ojos resplandecían cuando su mirada se cruzó con las nuestras.

—El tamaño, caballeros. Eso es lo que lo delata. Apostaría a que este mequetrefe —prosiguió poniendo los dedos debajo del bulto y levantándolo para sopesarlo— pesa más de dos kilos y medio, mientras que el corazón humano pocas veces alcanza más de doscientos cincuenta o trescientos gramos.

—No es más grande que un puño —comenté recordando nuestra última conversación en esa habitación.

—Exactamente —afirmó sonriendo.

—Entonces, díganos —intervino Hitchcock—. Si no es un corazón humano, ¿a qué criatura pertenece?

El doctor arqueó las cejas.

—Sí, es un misterio. Es demasiado grande para ser de una oveja. Una vaca, creo. Sí, casi estoy seguro. —Se le iluminó la cara—. No me importa decirles que ver uno de estos especímenes me recuerda mi juventud. Diseccioné muchos en Edimburgo. El doctor Hunter solía decirnos que, si no sabíamos orientarnos en el corazón de una vaca, era imposible que lo hiciéramos en el de un humano.

El capitán hizo visera con las manos.

—Haverstraw —dijo con voz cansada como la espuma. Como no reaccioné con la rapidez esperada, apartó la visera de sus ojos y me miró—. ¿He de recordárselo? ¿Los dos animales descuartizados sobre los que leímos en los periódicos hace quince días? Si recuerda, uno de ellos era una vaca.

—Lo recuerdo, y creo que su teoría es tan probable como cualquier otra.

Dejó escapar un poco de aire por su apretada mandíbula.

—Señor Landor, ¿no podría encontrar alguna vez algo definitivo que decir? Una vez nada más. ¿No podría tomar partido por la parte positiva de una ecuación?

La verdad es que me caía bien. Allí estábamos sentados en su habitación que olía a humedad, oyendo el batir de los tambores en la lejanía. Teníamos en nuestras manos un tipo de prueba tangible, pero no habíamos llegado más lejos que cuando habíamos empezado y posiblemente habíamos dado un paso atrás.

Pero «¿y el corazón?», podría preguntar. Seguramente era una prueba definitiva. Bueno, que yo sepa, nadie había visto a Artemus poniéndolo en la leñera; tal como señaló Hitchcock, cualquiera podría haberlo dejado allí. Las habitaciones de los cadetes no estaban nunca cerradas. Lo que también quería decir que cualquiera podría haber metido ese tronco en la cerradura de la puerta para impedir que Hitchcock y yo pudiéramos salir.

¿Y la bomba? Seguramente sería difícil conseguirla. Pues no. El polvorín estaba poco vigilado y nunca por la noche, y el proyectil no estaba cargado.

Sin embargo, alguien había encendido la mecha. Alguien había estado en el pasillo mientras el capitán Hitchcock y yo estábamos en la habitación de Artemus, entre las diez y media y las once menos veinticinco.

Y esto era lo más deplorable de todo: Artemus tenía coartada. Había estado en la alocución desde las nueve a las doce, sentado junto a Ballinger, y había mostrado un gran interés en las tácticas de artillería e infantería. Ninguno de los dos cadetes, juró su profesor, había dejado el aula ni medio segundo.

Así que realmente estábamos donde habíamos empezado, salvo por una cosa. Era prácticamente imposible que nadie de fuera de la academia pudiera haber entrado en la habitación de Artemus en ese intervalo de cinco minutos. Ninguno de los centinelas había informado ver entrar a nadie en las instalaciones aquella mañana ni la noche anterior. Aunque un extraño pudiera haberse colado a través de los puestos de guardia, seguramente su presencia —a plena luz del día y en una zona muy transitada de la academia— habría sido detectada.

Así que entre los pelos de punta y las mechas colgantes, las fintas y mofas, lo único que podíamos inferir con claridad era que nuestro hombre —nuestros hombres— era de dentro.

Ahora ya puedes ver, lector, por qué estaba preparado para llorar por el capitán Hitchcock. Para darle esperanzas. Las muertes entre los cadetes hasta ese momento se habían limitado a una. Los periódicos locales no habían publicado más informes sobre ataques a ganado. Había razones para pensar que el loco que había atacado a Leroy Fry se había propuesto aterrorizar otras comunidades. Por las que había que tener lástima, por supuesto, pero que quedaban fuera de la esfera de Ethan Allen Hitchcock.

Todo aquello había cambiado en los diez segundos que le costó llevar esa bomba desde el pasillo a la ventana.

—Lo que no consigo entender —dijo— es por qué Artemus, si es nuestro hombre, habría sido tan estúpido como para dejar el corazón en la leñera. Sabe bien que inspeccionamos los barracones regularmente. Sin duda podría haber encontrado un sitio mejor para ocultarlo.

—A menos...

—¿A menos que qué?

—A menos que alguien lo dejara allí.

—¿Y con qué fin?

—Para incriminar a Artemus, por supuesto. Hitchcock me miró durante un buen rato.

—Muy bien. Entonces, ¿por qué alguien pone una bomba, una bomba sin pólvora, en la puerta de Artemus mientras este está en la arenga?

—Para darle una coartada.

Dos profundas arrugas se dibujaron a ambos lados de su boca.

—¿Así que está sugiriendo que alguien quiere limpiar el nombre de Artemus mientras que otro quiere que lo cuelguen? —Hizo un torno con sus manos y se apretó la cabeza con él— ¿Y Artemus dónde encaja en todo esto? Por Dios que es el lío más infernalmente condenado que he...

Lector, no quiero que pienses que el capitán Hitchcock era adverso a pensar. Era, cualquiera podría corroborarlo, un hombre instruido, que leía con facilidad a Kant y a Bacon. Un swedengorgiano, si quieres, y un alquimista. Pero creo que prefería pensar a su manera, en la tranquilidad de su habitación. En lo tocante a la academia, quería que las cosas fluyeran como el agua en un molino: de acuerdo con unas leyes convenidas sin posibilidad de intervención humana o de cualquier otro tipo.

—Muy bien —intervino de nuevo—. Acepto que no podamos llegar a hacer un pronunciamiento positivo en una dirección o en otra. ¿Qué sugiere que hagamos entonces?

—¿Hacer? Nada en absoluto, capitán.

Me miró, casi demasiado nervioso como para contestar.

—Señor Landor —dijo con voz engañosamente calmada—. Hemos encontrado un corazón en la habitación de un cadete. Un oficial de Estados Unidos y un ciudadano particular han sido amenazados con una bomba y ¿me está diciendo que no hagamos nada?

—Bueno, no podemos arrestar a Artemus, eso lo sabemos. Tampoco podemos arrestar a nadie más. Así que me temo que no sé qué podemos hacer, salvo pedirle al intendente que arregle la puerta de Artemus.

Pasó con suavidad una de las plumas secas por el borde del escritorio y vi que dirigía los ojos hacia la ventana. En ese momento, con la luz de la tarde resplandeciendo en su perfil, casi sentí el peso que le oprimía.

—Un día de estos llegarán los padres del señor Fry. No creo que pueda ofrecerles consuelo, pero me gustaría mirarlos a los ojos y hacerles la sagrada promesa de que lo que le ocurrió a su hijo jamás le sucederá a ningún otro cadete. No mientras yo sea comandante. —Puso ambas manos en el escritorio y me miró—. ¿Podré prometerles eso, señor Landor?

Unas gotas —algo como jugo de tabaco— llegaron a una esquina de mi boca y las limpié.

—Bueno, capitán, puede prometérselo si quiere, pero para estar más seguro, no los mire a los ojos cuando lo haga.

Imagina un galgo sentado sobre dos patas y tendrás una idea aproximada de la altura y peso del soldado raso Horatio Cochrane. Tenía unos estrechos y caídos ojos, la piel de niño, y se le veía la columna vertebral a través de la camisa. Estaba un poco encorvado, como un arco que no ha disparado la flecha. Lo interrogué en la tienda del zapatero, donde había ido a recoger su bota derecha, que le habían arreglado quizá por décima vez ese año. Había un gran espacio entre la puntera y la suela, que parecía una boca sin dientes que hablaba siempre que lo hacía el soldado Cochrane y se callaba cuando lo hacía él. De hecho, su bota era lo más expresivo en él. Nada más se movía en esa cara plana de niño.

—Soldado, tengo entendido que estuvo de guardia ante el cadáver de Leroy Fry la noche que se ahorcó, ¿no es así?

—Sí, señor.

—Me ha ocurrido algo muy gracioso, soldado. He estado repasando todo… —solté una risita sofocada—, todo el papeleo. Ya sabe, todos esos testimonios y declaraciones juradas de la noche del 25 de octubre. Y me he tropezado con un problema que quizá usted podría resolverme.

—Si puedo, estaré encantado de hacerlo.

—Muy agradecido. Bueno, si pudiéramos empezar repasando los acontecimientos en cuestión... Cuando llevaron el cuerpo del señor Fry al hospital, usted estaba destacado en... el pabellón B-3.

—Sí, señor.

—¿Y qué le pidieron que hiciera exactamente?

—Me ordenaron vigilar el cuerpo, señor, y asegurarme de que no le ocurría nada.

—Ya veo. Así que estaban solos usted y Leroy Fry.

—Sí, señor.

—Estaba cubierto con una sábana, imagino.

—Sí, señor.

—¿Qué hora era, soldado?

Se produjo una breve pausa.

—Diría que era la una cuando me enviaron allí.

—¿Y pasó algo mientras estaba de guardia?

—No hasta... hasta eso de las dos y media. Entonces fue cuando me relevaron.

Le sonreí a él y a su bota, que me devolvió la sonrisa.

—Relevado ha dicho. Eso me lleva a ese problema que estoy teniendo. Hizo dos declaraciones. En la primera, lo siento, no la he traído, pero creo que decía que le había relevado el teniente Kinsley.

En ese momento se produjo el primer signo de vida: una ligera flexión de los músculos de alrededor de su mandíbula.

—Sí, señor.

—Algo que resulta muy curioso porque el teniente Kinsley estuvo con el capitán Hitchcock toda la noche. Ambos oficiales me lo han asegurado. Supongo que se dio cuenta de su error porque en su siguiente declaración, un día después, y de nuevo perdone si estoy equivocado, simplemente dijo «el teniente». Me relevó «el teniente».

Vi una ligera agitación en su garganta.

—Sí, señor.

—Así que quizá ahora entienda mi confusión. No estoy seguro de quién lo relevó —dije sonriendo—. A lo mejor puede aclarármelo, soldado.

Una contracción en las aletas de la nariz.

—Me temo que no puedo decírselo, señor.

—Venga, soldado. Le aseguro que nada de lo que diga se utilizará en su contra. No tendrá que pagar por las consecuencias de ninguno de sus actos.

—Sí, señor.

—¿Sabe que tengo plena autoridad por parte del coronel Thayer para llevar a cabo estos interrogatorios?

—Sí, señor.

—Entonces, volvamos a intentarlo de nuevo. ¿Quién lo relevó, soldado?

Una delgada gota de sudor le corrió por donde le nacía el cabello.

—No puedo decírselo, señor.

—¿Por qué no?

—Porque no me dijo su nombre.

Lo miré un momento.

—¿Se refiere al oficial?

—Sí, señor.

Inclinó la cabeza. El reproche que había estado esperando desde hacía tanto tiempo estaba a punto de caerle.

—Muy bien —pronuncié con tanta suavidad como pude—. Quizá pueda decirme lo que le dijo ese oficial.

—Dijo: «Gracias, soldado, eso es todo. Vaya a informar al teniente Meadows a sus habitaciones».

—Una petición muy extraña, ¿no cree?

—Sí, señor, pero lo dijo de forma categórica. «Váyase», me pidió.

—Me parece muy interesante. Lo curioso de las habitaciones del teniente Meadows es que están directamente al sur del hospital.

—Correcto, señor.

Y lejos de la nevera, recordé. A cientos de metros.

—¿Qué pasó después, soldado?

—Bueno, no perdí tiempo en ir a las habitaciones del teniente. No tardé más de cinco minutos. El teniente Meadows seguía dormido, así que llamé a la puerta hasta que salió.

Entonces fue cuando me dijo que no había pedido que me enviaran allí.

—¿No lo había hecho?

—No, señor.

—Entonces…

—Volví al hospital, señor, para asegurarme de las órdenes.

—Y cuando llegó al pabellón B-3, ¿qué encontró?

—Nada, señor. Es decir, el cuerpo ya no estaba.

—¿Cuánto tiempo cree que estuvo lejos del cuerpo?

—No más de media hora, señor.

—Y cuando descubrió que el cadáver había desaparecido, ¿qué hizo?

—Bueno, fui corriendo al cuarto de guardia de los barracones norte y se lo conté al oficial de guardia y este al coronel Hitchcock.

El sonido del martillo del zapatero empezó a sonar en la habitación contigua. Un lento y repetitivo ritmo, como los tambores de diana. Sin siquiera pensarlo me puse de pie.

—Bueno, soldado, no tengo ninguna intención de aumentar sus preocupaciones, pero me gustaría que me dijera algo más sobre ese oficial que le ordenó que abandonara su puesto. ¿Lo reconoció?

—No, señor. Llevo solamente un par de meses aquí, así que…

—¿Puede decirme qué aspecto tenía?

—La habitación estaba muy oscura. Solo había una vela y estaba cerca del señor Fry. El oficial llevaba una vela también, pero tenía la cara en sombras.

—Así que no le vio la cara.

—No, señor.

—¿Cómo supo entonces que era un oficial?

—Por la barra que llevaba en el hombro. Sujetaba la vela de forma que podía verla.

—Muy astuto. ¿Y no se identificó de ninguna otra forma?

—No, señor, pero nunca lo esperaría en un oficial.

Lo veía con claridad, el cuerpo amortajado de Leroy Fry; el tembloroso soldado. El oficial con la espalda bañada en luz y su voz saliendo de las sombras.

—¿Qué tono tenía el oficial, soldado?

—Bueno, no dijo mucho.

—¿Tenía voz aguda? ¿Grave?

—Mediana, mediana tirando a aguda.

—¿Y su figura? ¿Era alto?

—No tan alto como usted, puede que cinco o seis centímetros más bajo.

—Y su estructura. ¿Era delgado? ¿Gordo?

—Diría que delgado, pero es difícil asegurarlo.

—¿Cree que lo reconocería si lo volviera a ver con luz?

—Lo dudo, señor.

—¿Y su voz?

Se rascó la oreja como intentando que el sonido volviera a ella.

—Es posible —concedió—. Es posible, señor. Podría intentarlo.

—Bueno, entonces veré si puedo arreglarlo, soldado.

Cuando estaba a punto de irme, me di cuenta de que en la pared que había detrás de Cochrane había dos montones de ropa. Calzoncillos, camisas y bombachos que olían a sudor, a moho y a hierba.

—Bueno, soldado. Tiene un montón de ropa. Inclinó la cabeza hacia un lado.

—Esa es del cadete Brady, señor. Y ese montón del cadete Witman. Me pagan por lavársela una vez a la semana. —Debí poner cara de asombro porque enseguida añadió—: Un soldado no puede vivir con lo que le paga el Tío Sam.

Entre toda la indisciplina de aquel día no había pensado ni un momento en Poe. Al menos no hasta que volví a mi hotel, tarde aquella noche, tras dar un largo paseo por la academia, y encontré el paquete de papel marrón en la puerta.

Verlo me hizo sonreír. Mi pequeña gallina, trabajando duro todo el tiempo y, aunque él no lo supiera —aunque yo no lo supiera—, yendo hacia el corazón de las cosas.

Informe de Edgar A. Poe a Augustus Landor

16 de noviembre

¿*S*e ha fijado en lo pronto —y con qué singular velocidad—
anochece en las tierras altas? Me da la impresión de que el
sol acaba de comenzar su reinado cuando, de repente, se fuga,
dejando que la invasora penumbra descienda como un castigo.
La cruel tiranía de la noche se impone con dureza y, aun así,
aquí y allí, un prisionero puede encontrar la conmutación de
su pena. Cuando levanta la vista puede deleitarse con la órbita
plena del sol que se retira, enfrentándolo a las fisuras como
torreones de Storm King y Cro'Nest, arrojando una glorio-
sa efulgencia conforme desaparece. En ese momento del día,
como en ningún otro, el amplio pasillo del Hudson se alza en
todo su esplendor, ese profundo y poderoso torrente que, a su
estruendoso paso, arrastra la imaginación a todo barranco y
sombra.

Y ningún otro punto procura una mejor panorámica sobre
esa sagrada escena que el cementerio de West Point. ¿Lo ha
visitado, señor Landor? Es un pequeño recinto a eso de un kilómetro de la academia, situado en una elevada orilla y prácticamente oculto por los árboles y los arbustos. Si uno ha de ser
enterrado, señor Landor, podrían hacerlo en sitios mucho peores. Hacia el este hay un sombreado camino con una exquisita
vista de la academia. Hacia el norte, una inclinada extensión
aluvial, rodeada por escarpadas cimas, detrás de las cuales se
encuentran los fértiles valles de Dutchess y Putnam.

El cementerio es un espacio dos veces santificado —por
Dios y por la naturaleza— y tiene un ambiente tan tranquilo y
enclaustrado como para pensárselo reverencialmente dos veces

antes de entrar. Sin embargo, cierto es que mis pensamientos estaban copados por una persona aún viva. Ella había consumido mi sueño y mi vigilia. Y su inminente llegada había postrado toda la energía de mi mente.

Dieron las cuatro, señor Landor, y no había llegado. Pasaron cinco, diez minutos, y seguía sin aparecer. Una persona que esperara con menos fidelidad se habría desesperado, pero mi devoción a usted y a nuestra causa común me determinó a esperar toda la noche si era preciso. Por lo que ponía en mi reloj, tuvieron que pasar veintidós minutos para que mi vigilia se viera recompensada con el sonido del frufú de la seda y el atisbo de un sombrero de color amarillo pálido.

Hace no mucho, señor Landor, habría sido el primero en negar que nunca se produzca un pensamiento en el cerebro humano que no pueda articularse en palabras. Y, sin embargo, ¡la señorita Marquis! La majestad, la facilidad de su comportamiento, la incomprensible levedad y elasticidad de su paso, el brillo de sus ojos, más profundo que el pozo de Demócrito, todas esas cualidades quedan fuera del alcance del lenguaje. El lápiz se vuelve impotente en mi temblorosa mano. Podría informarle de que llegó ligeramente sin aliento por la subida; que llevaba un chal de la India; que llevaba recogidos los rizos en un moño estilo Apolo; que había enredado distraídamente el cordón de su bolsito alrededor de su dedo índice. ¿Qué significaría todo eso, señor Landor? ¿Cómo podría transmitir los pensamientos no pensados que se despertaron en los abismos de mi corazón?

Allí estaba, señor Landor, buscando las palabras generosas para la ocasión, y encontrando nada más que estas miserables sílabas.

—Temía que el frío la hubiese hecho desistir. Su respuesta fue igual de sucinta.

—No lo ha hecho, como puede comprobar.

Desde el primer momento me fijé en que su comportamiento hacia mí había cambiado en gran manera desde nuestro último encuentro. De hecho, no había lugar a error en la seca frialdad de su tono, en la ofendida actitud de su mentón de alabastro, en el calculado rechazo de sus ojos —encantadores ojos— a encontrarse con los míos. Todo movimiento, toda entonación era una señal de que estaba molesta por la obligación que le había impuesto.

Bueno, señor Landor, confieso que estoy muy poco instruido en la forma en que se comportan las mujeres. Por lo tanto no podía ver la forma de salvar el misterioso *impasse* que nos separaba ni era capaz de descifrar las razones por las que había honrado un compromiso que le resultaba tan evidentemente desagradable. Por su parte, se contentaba con darle vueltas al bolsito y al monumento al cadete.

La vista de esa columna sirvió para que volviera mis pensamientos hacia esos infortunados cadetes que (como Leroy Fry) habían muerto en el alba de poder ser útiles. Miré hacia los grupos de cedros verde oscuro que se alzaban como centinelas en ese campo de la muerte; hacia las níveas lápidas que tantos refugios creaban para aquellos que, en la cima de su masculina belleza, habían sido apartados de la instrucción diaria. Momentáneamente esclavo de esas ideas, incluso me atreví a confiárselas a mi acompañante, con la esperanza de que aportaran un fondo común de discurso, para verlos rechazados con un movimiento de su cabeza.

¡Oh! No hay nada poético relativo a la muerte. No puedo pensar en nada más prosaico.

Le contesté que todo lo contrario, que consideraba la muerte —y en particular la muerte de una joven— como el tema más grandioso y elevado de la poesía. Por primera vez desde su llegada, me prestó toda su atención y después explotó en un paroxismo de risas mucho más desconcertante que la frialdad que lo había precedido, más semejante a la hilaridad que la había asaltado en presencia de Artemus. Primero dejó que atravesara su cuerpo y borrando la alegría de sus ojos dijo:

—Qué bien le sienta.

—¿El qué?

—La morbosidad. Le queda mejor incluso que el uniforme. Ve, ahora tiene las mejillas radiantes y hay un brillo positivo en sus ojos. —Meneando la cabeza sorprendida añadió—: El único que puede igualarle es Artemus.

Repliqué que jamás en mi evidentemente breve relación con ese caballero lo había visto habitar en el reino de la melancolía.

213

—Consiente en visitar nuestro mundo durante largos intervalos —me aclaró pensativa—. Ya sabe, señor Poe, creo que se puede bailar sobre cristales rotos durante cierto tiempo, pero no siempre.

Aduje que si uno solo conoce la sensación del cristal roto —es decir, si te han educado desde la tierna infancia para caminar sobre él— no le parecería peor que el más suave césped. Esa observación, me halagó comprobar, ocupó sus pensamientos durante un tiempo no muy corto y al finalizarlo comentó en tono más bajo:

—Sí, ya veo que tienen mucho en común.

Aprovechándome de ese creciente deshielo en su comportamiento, intenté atraer su atención hacia los diversos puntos de interés que se mostraban al ojo inquisitivo: la vista del embarcadero y de la batería de sitio; el hotel del señor Cozzens; las ruinas del fuerte Clinton, reducidas por tempestades y ráfagas glaciales durante medio siglo. Esos espectáculos provocaron en ella un simple encogimiento de hombros (viéndolo en retrospectiva, señor Landor, debería haber esperado que alguien criado en esos parajes, como la señorita Marquis, los miraría de la misma forma que las hadas que pasan toda su vida en palacios de diademas y consideran que contemplar esos tesoros merece tanto la pena como los arbustos de aulaga). Ya no tenía sombra de esperanza de que pudiera extraerse alegría de nuestro furtivo encuentro y decidí soportar mi sufrimiento con valor. Trivialidades, señor Landor, cuánto valor es necesario para recurrir a ellas en unas circunstancias tan poco propicias. Pregunté por la salud de la señora Marquis e hice algún comentario sobre su gusto para los vestidos. Expresé la creencia de que el azul le quedaba bien. Le pregunté si había tenido el privilegio de acudir a alguna fiesta últimamente. Le pregunté, sí, si creía que el frío se había establecido finalmente. Tras este último comentario, que considero la cúspide de la banalidad y la cima de lo inofensivo, me sorprendió verla volverse hacia mí con los dientes apretados y ojos asesinos.

—No vayamos a… ¿Cree usted, señor Poe, que he aceptado venir aquí para hablar del tiempo? Ya no hago esas cosas, puedo asegurárselo. Durante años, muchos años, fui una de las que esperaban a las cuatro en punto en la Alameda del Galanteo. Ya las ha visto, estoy segura. Sin duda habrá acompañado a alguna. Que yo recuerde, se habla mucho del tiempo, de paseos en barca, de bailes y fiestas, y al poco, el tiempo es esencial, alguien declara un amor eterno. Nunca importa quién, por supuesto, porque todo queda en nada. Los cadetes se van siempre, ¿no es así, señor Poe?, y siempre hay otros que ocupan sus puestos.

Pensé que un discurso de carácter tan vehemente se agotaría pronto o, al menos, supondría alguna disminución en la rabia de su autor. Todo lo contrario, señor Landor, cuanto más seguía, más alto llegaban las lenguas de la llama de su ira.

—¡Ah! Veo que todavía tiene todos sus botones, señor Poe. ¿Quiere eso decir que nunca ha arrancado el más cercano al corazón y lo ha ofrecido a cambio de un mechón de su amada? En mis tiempos di tantos mechones de mis trenzas que es un milagro que no esté calva. He oído tantas promesas que, si se hubiesen realizado, tendría tantos maridos como Salomón esposas. Proceda, pues. Declare su eterno amor para que los dos podamos volver a casa y no ser peor que ellos.

Finalmente su furia amainó gradualmente. Se pasó la mano por la frente, se dio la vuelta y, con un tono lúgubre, murmuró:

—Lo siento, estoy siendo horrible, no sé por qué.

Le aseguré que no era necesario que se disculpara, que mi única preocupación era su bienestar. Si encontró consuelo en ello, no puedo decirlo, pero no buscó más solaz en mí. Los minutos parecían días. Sí, señor Landor, era una situación especialmente incómoda y no me veía capaz de reunir la resolución suficiente para ponerle fin, hasta que me percaté del cambio de actitud en la señorita Marquis. Por primera vez desde su llegada, estaba temblando.

—¿Tiene frío, señorita Marquis?

Meneó la cabeza, lo negó; sin embargo, temblaba. Le pregunté si quería que le dejara mi capote, pero ni siquiera contestó. Repetí la oferta. No hubo respuesta. Sus temblores habían aumentado y en su cara apareció estampada una expresión de indecible horror y sobrecogimiento.

—¡Señorita Marquis! —grité.

Entre las enfebrecidas llamadas de su desordenada fantasía, mi lastimera voz de tiple podría haber emanado de las más recónditas cavernas, tan poca atención me prestó, tan embelesada estaba en la contemplación de su íntimo y demasiado evidente terror. Siendo el miedo, a su manera, una enfermedad tan transmisible como la lepra, pronto sentí que me latía con fuerza el corazón, que se me agarrotaban las extremidades y al poco estuve convencido —simplemente por la evidencia del rostro marcado por el terror de la señorita Marquis— de que había alguien allí, una persona con una depravación tan infame que ante ella, nuestras almas corrían peligro mortal.

Me di la vuelta y escudriñé los horizontes cercanos y lejanos en busca de esa figura —esa malignidad— que tanto oprimía a mi encantadora acompañante. En plena furia de mi monomanía, busqué en todas las piedras, detrás de cada cedro, di tres vueltas más al monumento. No había nadie, señor Landor.

Aplacado, pero ni mucho menos tranquilizado por aquello, me volví hacia mi acompañante y descubrí que el lugar en el que la había visto por última vez estaba desierto. La señorita Marquis había desaparecido.

La urgencia que me invadió fue tan absoluta y total que dejé de creer en mí como algo aparte y me uní a la persona que había desaparecido. Ni una sola vez pensé en que me iba a retrasar a la formación de la tarde. De buena gana habría renunciado a todas las formaciones, a todas las obligaciones por un atisbo de su angélica figura. Corrí —de árbol en árbol, de piedra en piedra—, me precipité por todos los sombreados caminos —tanteé todo tronco y tocón—, busqué entre el césped y el musgo, los prados y los riachuelos. Grité su nombre a los sapos y a los petirrojos; grité hacia el viento del oeste, al sol poniente y a las propias montañas. No recibí respuesta. En las profundidades de mi angustia —y puede imaginar a qué precio— incluso me acerqué al precipicio del peñasco del cementerio y grité hacia la escarpada pendiente, esperando a cada momento ver su cuerpo roto y sin vida, tendido en las rocas que había abajo.

Ya casi había perdido toda esperanza de encontrarla cuando finalmente pasé al lado de un rododendro —situado a menos de cincuenta metros de donde la había visto por última vez— y, a través de la tracería de las casi desnudas ramas, contemplé un pie prisionero en una bota de mujer. Entrecerrando los ojos para mirar a través de la espesura alcancé a ver que el pie estaba conectado a una pierna, la pierna a un torso y el torso a una cabeza; sumados componían el pálido e inerte cuerpo de la señorita Lea Marquis, postrada en el gélido, duro y rocoso suelo.

Arrodillándome frente a ella, permanecí un tiempo sin aliento e inmóvil. Sus ojos azules estaban vueltos hacia arriba de una forma alarmante y sus iris casi habían desaparecido bajo la cubierta de sus párpados. Un resto de saliva se había materializado alrededor de sus tiernos y voluptuosos labios, y toda su persona estaba invadida por un temblor tan pronunciado y generalizado que me hizo temer por su vida. No pronunció ni una sola palabra y yo, por nada del mundo, habría podido proferir una sola sílaba, hasta que finalmente, por fin, el ataque de fiebre comenzó a disminuir. Seguí esperando hasta que mi vigilancia se vio recompensada con la ascensión de su pecho, el apenas perceptible aleteo de sus pestañas, la suave dilatación de las aletas de su nariz. No estaba muerta, no iba a morir.

Sin embargo, su cara mostraba una cadavérica palidez. El moño de su pelo se había deshecho y los rizos de su oscuro pelo caían sobre su frente en una promiscua confusión. ¡Sus ojos, señor Landor! Sus pálidos ojos azules se clavaron en los míos con una efusión salvaje y lasciva, demasiado espléndida. Esas alteraciones en su aspecto, siendo orgánicas en su naturaleza, no eran por sí mismas preocupantes. Sin embargo, no podían negarse los trastornos en su persona, que demostraban una impronta externa, humana, no, aún iría más lejos, inhumana. Su vestido, señor Landor, se había rasgado a la altura del hombro. Unas uñas bestiales se habían hundido en sus muñecas; la sangre todavía brotaba de sus heridas. Un despiadado puño le había dejado una moradura en la sien derecha, un sacrilegio contra la espiritual placidez de su noble frente.

—¡Señorita Marquis! —grité.

Aunque dispusiera de mil años y de innumerables palabras no podría describirle el sonriente ropaje con el que se vistió su encantadora y magullada cara. Y entonces me dijo:

—Siento mucho haberle molestado. ¿Cree que podrá acompañarme a casa? Mi madre se preocupa cuando me ausento demasiado rato.

217

Narración de Gus Landor

19

17 de noviembre

$\mathcal{N}$o puedo culpar a Poe por no reconocer los síntomas. Él jamás había tenido a un pastor en la familia, un pastor es el médico que se elige para este trastorno en particular. Incluso a mi padre, que tendía más a helar el alma que a curarla, lo llamaban más a menudo de lo que habría querido. Recuerdo en especial una familia. Vivía en una granja que había en una cañada cercana. Siempre que su hijo tenía un ataque de epilepsia venían galopando a nuestro valle con ese arqueado y agitado cuerpo en busca de un milagro. ¿Acaso no lo había hecho Jesús por aquel niño en Marcos, 9, 17-30? ¿No podría hacer lo mismo el reverendo Landor?

Mi padre siempre lo intentaba. Ponía sus manos sobre la convulsionante estructura del niño, ordenaba a los espíritus que lo abandonaran y, al parecer, se iban, para regresar al día o a la semana siguiente. Al cabo de un tiempo, la familia del niño dejó de molestarnos.

«Poseído» recuerdo que era la palabra que utilizaba el padre del niño. Pero ¿poseído por qué?, me preguntaba. Lo único que veía era ausencia. Un armazón donde una vez había vivido un ser humano.

Por supuesto, solo podía apoyarme en el informe de Poe. Pero, si había acertado acerca de la enfermedad de Lea Marquis, tenía motivos para ser una solterona afligida. Y, a pesar de que todavía no la conocía, confieso que me apené por ella, ya que ¿quién podía saber cuánto soportaría su cuerpo esa nefasta sentencia?

Las palabras de Poe volvieron a mí como una ráfaga de viento frío: «La muerte de una mujer hermosa es el tema más grandioso y elevado de la poesía…».

Bueno, yo no respaldaría eso. En aquel momento me dirigía hacia un funeral.

Era el día en que iban a entregar a la tierra el cuerpo de Leroy Fry. No sé qué tipo de mortaja llevaba, pues no abrieron el ataúd ni una sola vez desde el momento en que seis bombarderos lo levantaron del coche fúnebre hasta que la tierra lo cubrió.

Poe tenía razón: no hay sitios mejores que el cementerio de West Point para que te entierren. Ni mejor momento que una mañana de noviembre en la que la niebla te rodea las espinillas como una ola, el viento silba entre las piedras y las zarzas, y llueven hojas, las hojas del año anterior, agrupadas en montones de color morado alrededor de las blancas cruces.

Estaba a menos de tres metros de la tumba, escuchando los amortiguados tambores, observando la procesión de estandartes y plumas negras. Recuerdo cómo crujieron las andas bajo el peso del ataúd y la forma en que la cuerda chirrió cuando bajaban la caja hacia la tierra. Y sí, el sonido de la tierra arrojada a aquella desnuda caja de pino, un sonido que parecía subir atravesando el suelo, directamente a través de las hojas de hierba. El resto me resulta confuso. Por ejemplo, el padre de Leroy Fry, seguro que lo vi, pero no lo recuerdo. A la señora Fry, sí. Era una mujer con pecas, ligeramente encorvada, vestida con crespón negro, con ojos y orejas de cierva, escuálida en brazos y hombros, rolliza solamente en las mejillas, hinchadas y de color rosa. Al toser expulsaba pequeñas gotitas de saliva, no paraba de secarse unas lágrimas que no tenía —sus puños dejaban surcos rojos a los lados de su nariz— y no parecía prestar atención a nada, y mucho menos al sermón del reverendo Zantzinger, un largo desfile de rugientes dragones y atronadores cascos.

Una vez que depositaron a Leroy Fry en la tierra, no volvería a soñar con él. Si no me hallaba ya en un sueño. ¿Acaso no se movían a la mitad de su velocidad habitual los caballos que retiraban el vacío coche fúnebre? Y al capellán, le costó

219

más de una hora limpiarse una mota en la manga. ¿Y por qué después de que los bombarderos dispararan las salvas por encima de la tumba de Leroy Fry las montañas recogieron el estallido y se negaron a desprenderse de él? Es decir, el eco no cesó de sonar y de aumentar, como un frente de tormenta atrapado.

¿Y qué podría explicar esto? Tenía a la madre de Leroy Fry delante de mí, marcada por el sol, atenazada por el dolor.

—Usted es el señor Landor, ¿verdad?

No había forma de eludir la pregunta.

—Sí, así es.

Asintió con fuerza sin mirarme a los ojos y yo asentí también porque no era capaz de decir las cosas que se esperaban de mí: lo apenado que estaba, la gran pérdida que suponía, para usted, para todos… No pude decir nada de eso y me alivió ver que renunciaba a hablar también y se ponía a rebuscar en su bolso, del que finalmente sacó un pequeño cuaderno con lomo dorado, envuelto en un trapo.

—Me gustaría que lo tuviera usted —afirmó poniéndomelo en la mano.

—¿Qué es, señora Fry?

—El diario de Leroy.

Mis dedos se cerraron a su alrededor y después se aflojaron.

—¿Diario?

—Sí, creo que se remonta a hace tres años.

—No… —Me callé—. Lo siento, no recuerdo que se encontrara ningún diario entre sus efectos personales.

—No, fue el señor Ballinger el que me lo dio.

—¿El señor Ballinger? —pregunté bajando la voz.

—Sí, ¿puede creerlo? —dijo mientras una sonrisa aparecía en sus labios—. Era buen amigo de Leroy y me dijo que en cuanto se enteró de…, de lo que le había pasado, fue corriendo a las habitaciones de Leroy para ver qué podía hacer. Así fue como encontró el diario. Pensó que nadie debería leerlo excepto la madre de Leroy. Por eso me lo dio y me dijo: «Señora Fry, quiero que se lleve esto a casa, a Kentucky con usted, si quiere quemarlo puede hacerlo, es cosa suya, pero nadie más tiene derecho a leerlo».

220

Así es como lo dijo: una sola frase, cada una de las palabras lanzándose sobre la siguiente.

—Fue algo muy considerado por su parte, pero he estado pensándolo, señor Landor. Puesto que usted es la persona encargada de investigar todo este asunto y la academia prácticamente depende de usted, me parece adecuado que lo tenga. ¿Qué iba a hacer yo con él de todas formas? Casi no puedo leerlo. Mírelo usted mismo, está todo retorcido y desordenado, ¿verdad? No tiene ni pies ni cabeza.

Lo que era, de hecho, el objetivo. Leroy Fry se había preocupado de sombrear con rayas las entradas —poniendo columnas verticales sobre las horizontales—, lo mejor para frustrar el ojo entrometido. Era una práctica que podía dejar semejante revoltijo de letras que hasta su autor podría tener problemas a la hora de transcribirlo. Era necesario un ojo adiestrado en esas cosas. Un ojo como el mío.

Y la verdad es que mi ojo se puso a ello enseguida y mi cerebro le siguió a la zaga. Estaba resolviendo los dibujos cuando oí la voz de la señora Fry, la sentí debería decir, como una gota de granizo en mi cabeza.

—Debería atraparlo.

Levanté la vista de las páginas, la miré a los ojos y supe que no estaba hablando de su hijo.

—Debería atraparlo —repitió en voz ligeramente más alta—. Lo que Leroy hizo es una cosa, pero nadie debería hacer lo que le hizo al pobre chico. Es un crimen o, si no lo es, debería serlo.

¿Qué podía hacer sino estar de acuerdo?

—Sí, un crimen terrible —dije titubeando, sin saber si debería cogerle la mano, llevarla a algún sitio—. Gracias, señora Fry, me ha sido de gran ayuda.

Asintió distraída. Después, dándose media vuelta, vio cómo desaparecía el ataúd de su hijo bajo las palas llenas de tierra. El Ejército ya no podía hacer nada por él, excepto marcar el lugar con una de esas inmaculadas cruces, de un ardiente blanco entre las hojas rojas y doradas.

—Ha sido un oficio muy bonito, ¿no le parece? —comentó la señora Fry—. Siempre le decía a Leroy: «Leroy, el Ejército acabará contigo». Y ya ve, tenía razón.

ϒ

Si pensaba que me vería recompensado por mi descubrimiento, estaba muy equivocado. Hitchcock frunció el entrecejo hasta conseguir un ceño de gala cuando se lo enseñé. No tenía el valor necesario para admitirlo o ni siquiera tocarlo. Cruzó los brazos como si fueran bayonetas y me preguntó cómo sabía que era el diario de Leroy Fry.

—Bueno, capitán, supongo que una madre reconoce la escritura de su hijo.

Repuso que nada le impedía a Ballinger arrancar las hojas que le incriminaran. Le contesté que era poco probable que supiera cuáles eran. Fry no solamente había sombreado con rayas su escritura con letras microscópicas, sino que algunas las había escrito al revés, al estilo hebreo, haciendo de aquello algo tan impenetrable como las letras cuneiformes.

Aunque lo que realmente quería saber el capitán Hitchcock era por qué no se había deshecho Ballinger del diario. Si merecía la pena cogerlo, ¿por qué correr el riesgo de dejar que alguien lo viera?

Para eso no tenía una buena respuesta. Aventuré que quizá Ballinger no tenía nada que temer de esas páginas. Pero entonces, ¿por qué había corrido el riesgo? Interferir en una investigación de la academia era algo muy serio, suficiente como para que lo expulsaran o algo peor. (Fue todo lo que pude hacer para evitar que Hitchcock lo pasara por la quilla en ese mismo momento.) No, la única explicación que se me ocurrió fue la menos probable.

—¿Y cuál es? —inquirió el capitán Hitchcock.

—Que haya lo que haya allí, Ballinger quiere que se conozca. Algún día, por alguien.

—¿Y eso qué quiere decir?

—Pues que quizá tiene conciencia.

Hitchcock se burló, ¿quién era yo para defender a ese joven? No lo conocía y lo que sabía de él no me ponía precisamente de su parte. Pero creo que hay algo en el alma humana que esta quiere que se conozca, incluso sus rincones más desagradables. ¿Por qué si no iba un hombre —incluido yo mismo— a poner palabras en un papel?

16 de junio.
Hoy empieza una gran aventeura (sic).

Así era como empezaba el diario de Leroy Fry. Era una aventura, aunque no para mí, no al principio. Era duro trabajo. Con un lápiz en una mano y una lupa en la otra trabajé sin descanso a la escasa luz de una vela, con el diario a mi izquierda y un cuaderno en el que transcribirlo a la derecha. Las letras se apiñaban a mi alrededor, arriba y abajo, hacia atrás y hacia delante. A veces tenía que levantar la vista del papel para parpadear y poder enfocarla o cerrar los ojos del todo.

Era un trabajo muy lento, enloquecedor, una agonía. Solo había acabado dos líneas cuando Poe llamó con los nudillos. Lo hizo de una manera tan suave que casi no le oí. Se abrió la puerta y allí estaba, con sus gastadas botas y su capote desgarrado a la altura del hombro, con otro paquete de papel marrón.

«Textos, me estoy ahogando en textos», pensé.

—Señor Poe, no era necesario que viniera corriendo hoy. Estoy muy ocupado, como puede ver.

—No ha sido difícil —dijo suavemente en la oscuridad.

—Pero, todo eso que está escribiendo. Se agotará antes de acabar.

—No importa.

Se dejó caer en el suelo y, a la chisporroteante luz de las velas, vi que me miraba con actitud expectante.

—¿Qué pasa, señor Poe?

—Estoy esperando a que lo lea.

—¿Quiere decir ahora mismo?

—Por supuesto.

No me preguntó qué era el otro documento, el que yo tenía en el regazo. Debió imaginar que simplemente ocupaba mi tiempo hasta que me llegara su informe. Puede que así fuera.

—Muy bien —acepté cogiendo las páginas y poniéndomelas en el regazo—. No es tan largo como el último.

—Puede que no.

—¿Puedo ofrecerle algo? ¿Un trago de alguna cosa?

223

—No, gracias. Simplemente esperaré a que acabe.

Y eso es lo que hizo. Se quedó allí sentado en el frío suelo, viendo cómo se elevaba cada palabra del papel en dirección a mi ojo. Cuando miraba en su dirección, seguía en la misma postura, observando.

Informe de Edgar A. Poe a Augustus Landor

17 de noviembre

$\mathcal{M}$i anterior encuentro con la señorita Marquis había resultado tener una naturaleza tan inconclusa como para preguntarme si volvería a verla. Era todavía extraña para mí y, sin embargo, la perspectiva de estar por siempre segregado de ella me parecía una idea insoportable. Más acongojado que de costumbre me embarqué una vez más en el sisífico círculo de las matemáticas y el francés. Qué estériles me parecieron las picarescas travesuras de Lesage y los vuelos lógicos de Arquímedes y Pitágoras. He oído que los hombres privados de toda luz y sustento pueden dormir más de tres días enteros y juzgar que no ha sido nada más que una siestecita. De buena gana les habría cambiado su suerte por la mía. Uncido al lapso de cada nuevo día hay una interminable caravana de días. Los segundos transcurrían como minutos, los minutos como horas. ¿Las horas? ¿No eran eones?

Llegaba la cena y seguía vivo, pero ¿para qué? Toda la energía de mi mente había caído en desuso; unas sombras de la más profunda melancolía oscurecían mi camino. El miércoles por la noche, mientras escuchaba el sonido de la retreta llamando a los cadetes al sueño, me horrorizó que la insufrible tristeza que impregnaba mi espíritu consiguiera tragarme entero no dejando detrás nada más que la ropa de cama y el mosquetón que cuelga —con qué desamparo— en la pared de mi cabecera.

Inexorable, llegó la mañana y el redoble de diana. Desperezándome de las telarañas del sueño vi a uno de mis compañeros de habitación delante de mi petate con una reptilesca expresión de regocijo.

—Un mensaje para usted, con letra de mujer.

Era verdad, había un trozo de papel con mi nombre escrito en el reverso. Y sí, la escritura delataba los graciosos arabescos y florituras tan ampliamente asociados con el sexo débil. Con todo, no me atreví a presumir que la mano en cuestión fuera la de ella, a pesar de que todos los aporreantes latidos de mi corazón gritaban al gélido aire del alba:

«¡Es ella! ¡Es ella!».

Estimado señor Poe (decía):

¿Sería tan amable de reunirse conmigo hoy por la mañana? Tengo entendido que dispone de un breve intervalo de libertad entre el desayuno y las primeras alocuciones de la mañana. Si ese es el caso, y si ve con buenos ojos mi petición, estaré esperándole en el fuerte Putnam. Prometo que no le entretendré mucho rato.

Suya,

L. A. M.

¿Quién podría resistirse a una cita como esa, señor Landor? La suave pertinacia de esas palabras, la sencilla elegancia de su caligrafía, el débil efluvio de perfume en el papel…

El señor Tiempo, con toda su mercurial vanidad, estimó conveniente hacer que las horas que faltaban pasaran tan rápidas como un sueño. Tras ser liberado de los sórdidos confines del comedor, abandoné silenciosamente a mis compañeros vestidos de gris y, sin otro pensamiento, me lancé monte Independence arriba. Estaba solo. Solo, sí, y feliz, porque ¿había alguna duda de que ella me había precedido por ese enmarañado soto y por ese camino del bosque? Entonces, trepar por el suave musgo jaspeado y las esquirlas de piedra, escalar las destruidas murallas de aquella antigua fortificación que había albergado al desgraciado comandante André durante sus últimos días en la tierra, no me costaba nada, porque sus delicadas botas habían abierto el camino.

Pasando bajo una casamata cubierta de enredaderas, llegué a la linde de unos arbustos de cedro y allí distinguí, en un amplio tablazo de granito, la medio inclinada figura de la señorita Lea Marquis. Volvió la cabeza cuando me aproximaba y en su cara se dibujó una sonrisa provocada por un entusiasmo menos forzado y más contagioso. Toda la aflicción que había desfigurado su persona durante nuestro último encuentro había quedado desbancada por completo por esos innatos ardores y gentilezas que tanto encomio habían despertado en nuestro primer encuentro.

—Señor Poe, me alegro mucho de que haya podido venir.

Con un ligero y elegante movimiento me indicó que podía sentarme a su lado, un lugar que ocupé con la debida presteza. Entonces me informó de que su única intención a la hora de concertar aquella entrevista había sido darme las gracias por mi ayuda en un momento de necesidad. A pesar de que no recordaba ninguna conducta extraordinariamente caballerosa por mi parte, ese acto de caridad que había llevado a cabo acompañándola sana y salva a casa se había visto más que ampliamente recompensado (como enseguida descubrí), pues al enterarse de que me había perdido la formación de la tarde por ella (algo que había sido debidamente denunciado por el perro de tres cabezas de Locke), la señorita Marquis se había apresurado a ir a ver a su padre para asegurarle que sin mi pronta intervención podría haber sufrido algún daño.

Tan pronto como el doctor Marquis recibió esas noticias por parte de su única y querida hija, no perdió tiempo en interceder ante el capitán Hitchcock en mi favor y le contó el relato completo de mis magnánimos actos. El comandante, para su eterno honor, no solo me absolvió de cualquier punto en conducta que hubiera podido quitarme, sino que me dispensó de la ronda extra de guardias que Locke me había asignado y, finalmente, me hizo saber que mi conducta estaba a la altura de cualquier oficial del Ejército de Estados Unidos.

Tampoco el amable doctor Marquis se limitó a esa caritativa mediación. Más adelante me insinuó que le encantaría tener la oportunidad de expresar su gratitud hacia mí en persona y que no podía imaginar mejor forma de hacerlo que recibirme una vez más como invitado de la familia con todos los honores, algún día en un futuro próximo.

¡Qué cambio de la fortuna, señor Landor! A mí, que había perdido la esperanza de volver a contemplar a la señorita

Marquis, me iban a conceder una oportunidad más de gozar de su compañía, bajo la benevolente y aprobadora supervisión de aquellos que la tienen... iba a decir en mayor estima que yo... pero no puedo.

El ambiente, tal como le he informado, era frío a esa temprana hora, pero la señorita Marquis, abrigada con una pelliza y una capa, no mostraba signos de pasar excesivos apuros. En lugar de eso, se aplicó por completo al panorama que se extendía ante nosotros, la alta Bull Hill y el viejo Cro'Nest, y la escarpada cadena de Break Neck, deteniéndose de vez en cuando para acariciar la tira de cinta de sus sandalias.

—¡Uf! —exclamó finalmente—. Está todo tan desnudo ahora. Es mucho más agradable en marzo, cuando uno puede al menos estar seguro de que hay vida en el camino.

Le repliqué que todo lo contrario, que estaba convencido de que para percibir las tierras altas en todo su esplendor debían contemplarse justo después de la caída de las hojas, ya que ni el verdor del verano ni la escarcha del invierno podían ocultar los detalles a la vista. La vegetación, le dije, no mejora, sino que obstruye el deseo original de Dios.

¡Cómo parecía divertirla, señor Landor! Más aún cuando yo no tenía ninguna intención de hacerlo.

—Ya veo, un romántico. —Después, con una amplia sonrisa, añadió—: Le gusta hablar de Dios, señor Poe.

Me fijé en que, en cuestiones de procedencia humana y natural, no podía imaginar una entidad más apropiada a la que invocar, y pregunté si conocía una autoridad más adecuada.

—¡Oh! Es todo tan... —Su voz fue apagándose y su mano hizo un suave gesto de abanico, como para enviar el tema con el viento del este.

En nuestra demasiado breve relación, jamás la había visto ser tan imprecisa en ninguna cuestión, tan reacia a coger el pendiente hilo de la conversación. Sin embargo, no deseando despertar sus sospechas con una pregunta más concreta, dejé que se obviara el asunto y me contenté con la anteriormente comentada vista y con tantas miradas de reojo a mi acompañante como pude, con buena conciencia, sustraer.

¡Qué preciosas me parecieron entonces sus facciones! El encantador verde suave de su sombrero, el voluminoso y ondulado pozo de su falda y su enagua. El delicioso contorno de su manga y de la abullonada manga que llevaba debajo, en cuyo final se asomaban unos dedos de deliciosa blancura y vigor. ¡Su perfume, señor Landor! El mismo aroma que había quedado contenido en ese trozo de papel, sencillo, dulce y ligeramente acre. Cuanto más rato pasábamos sentados, más se imponía en mi conciencia, hasta que llevado casi hasta el aturdimiento, le pregunté si tendría la amabilidad de identificarlo para mí. ¿Era *eau de rose?*, me preguntaba. *Blanc de neige? Huile ambrée?*

—Nada tan moderno. Solo es un poco de raíz de lirio —me indicó.

Esa información tuvo el efecto de silenciarme totalmente. Durante unos minutos me sentí incapaz de pronunciar incluso las más rudimentarias palabras. Al final, cada vez más inquieta por mi bienestar, la señorita Marquis me suplicó que le dijera qué pasaba.

—Debo pedirle perdón, la raíz de lirio era el perfume preferido de mi madre y seguía prendido en su ropa mucho después de que muriera.

Pretendía hacer únicamente un comentario, mi intención no era hablar de mi madre en profundidad. Sin embargo, no había contado con la prevaleciente fuerza de la curiosidad de la señorita Marquis. Enseguida hizo que hablara del tema y consiguió sacarme un relato tan minucioso como permitían mis constreñidas circunstancias. Le hablé de la fama a nivel nacional de mi madre, de las numerosas pruebas que existían de su extraordinario talento, de su feliz y sumisa devoción a su marido e hijo… y de su trágico y prematuro fin en los acalorados abismos del Teatro E…, escenario de tantos triunfos dramáticos.

La voz me temblaba cuando le relataba ciertos pasajes y dudo de que hubiera tenido la fuerza suficiente para continuar con mi narración hasta su fin de no haber disfrutado, en la persona de la señorita Marquis, de un público de tan incomparable empatía. Le conté todo respecto al señor Allan, quien, afectado por mi condición de huérfano, asumió la responsabilidad de hacerme su heredero y educarme como el caballero que mi madre habría querido que fuera. Le hablé de su esposa, la difunta señora Allan, que hasta su fallecimiento fue una segunda madre para mí. Le hablé de los años que había pasado en Inglaterra, de mi peregrinación por Europa, de mi servicio en artillería, y aún más, le hablé de mis ideas, de mis sueños, de mis fantasías. La señorita Marquis lo escuchó todo, lo bueno y lo malo, con una ecuanimidad casi sacerdotal. En ella encontré encarnado el principio expresado por Terencio: «*Homo sum, humani nil a me alienum puto*». De hecho, su espíritu de indulgencia me animó tanto que, al cabo de poco tiempo, me sentí lo suficientemente libre como para confesarle que mi madre había seguido manteniendo una especie de presencia sobrenatural en mis sueños y en mi despertar. No me legó memoria viva, le confesé, y sin embargo ella seguía persistiendo con una misteriosa tenacidad como recuerdo-espíritu.

Al oír aquello, la señorita Marquis me miró fijamente.

—¿Quiere decir que le habla? ¿Qué le dice?

Por primera vez en aquella mañana tuve cierta reticencia. ¡Cómo deseaba hablarle de ese misterioso fragmento poético! Pero no podía ni ella pareció en modo alguno necesitar más detalles. Tras plantear la pregunta, renunció a ella rápidamente y concluyó murmurando:

—Nunca nos abandonan, ¿verdad? La gente que nos ha precedido. Ojalá supiera por qué.

Vacilante, le hablé de las teorías que había expuesto sobre esa misma cuestión.

—Hay ocasiones en las que creo que los muertos nos rondan porque no los queremos lo suficiente. Los olvidamos, no es que queramos hacerlo, pero lo hacemos. Todo nuestro pesar y pena disminuye durante un tiempo y en ese intervalo, dure lo que dure, me temo que se sienten cruelmente abandonados. Por eso nos reclaman. Desean que nuestros corazones los recuerden, para no ser asesinados dos veces. En otras ocasiones, creo que los amamos demasiado. Y por ello nunca son libres para irse, porque los llevamos, a las personas que más amamos, dentro de nosotros. Nunca muertos, nunca silenciados, nunca apaciguados.

—Los aparecidos —dijo mirándome detenidamente.

—Sí, supongo que sí. Pero ¿cómo puede llamárseles aparecidos si nunca han desaparecido?

Se pasó la mano por delante de la boca, aunque no puedo determinar con qué propósito, hasta que oí que una erupción de alegría salía de sus labios.

—¿Por qué será, señor Poe, que prefiero pasar una hora con usted inmersa en las —volvió a reírse— más sombrías meditaciones que pasar un solo minuto hablando de vestidos, fruslerías y las cosas que hacen feliz a la mayoría de la gente?

Un rayo solitario golpeó el pie de la montaña que estábamos mirando. Sin embargo, la señorita Marquis desvió su atención y, con la ayuda de un trozo de madera romo, empezó a dibujar figuras abstractas en la superficie de granito.

—El otro día —dijo finalmente—. En el cementerio…

—No es necesario que hablemos de ello, señorita Marquis.

—Pero quiero hacerlo. Quiero decirle…

—¿Qué?

—Lo agradecida que me sentí al abrir los ojos y verlo allí. —Arriesgó una mirada en mi dirección para retirarla rápidamente—. Miré detenidamente su cara, señor Poe, y encontré en ella algo que jamás podría haber esperado, ni en mil años.

—¿Qué encontró, señorita Marquis?

—Amor.

¡Ah!, señor Landor. Seguramente no creerá que hasta aquel momento jamás había abrigado la idea de estar enamorado de la señorita Marquis. Que la admiraba, y mucho, eso no lo niego. Que me intrigaba (no, que me fascinaba), no cabe duda. Pero nunca, señor Landor, me había atrevido a aventurar una interpretación más elevada de mis sentimientos.

Y, sin embargo, en el momento en el que esa sagrada palabra atravesó sus labios, ya no pude negar la verdad que encerraba, la verdad de que ella, con su exquisita clemencia, había hecho brotar de su constreñida celda.

Amaba, señor Landor, a pesar de todas mis protestas, amaba.

Aquello provocó un gran cambio en todo. Un esturión, provocando una gran confusión de estallidos y aletazos, irrumpió en la superficie del Hudson y desde el seno de ese embrujado río propagó, poco a poco, una melodía más divina que la del arpa de Eolo. Me quedé sentado, inmóvil, como si estuviera en el dorado umbral de las puertas abiertas de los sueños, mirando más allá de donde acababa la perspectiva, para darme cuenta de que terminaba en ella.

—Creo que le he hecho pasar vergüenza. No quiero que se sienta mal. Seguro que vio… —Se le entrecortó la voz, pero continuó—: Seguro que vio el amor que había en los míos.

¡Qué repentinamente llega la bendición del amor y cómo nos elude incluso en el momento de nacer! Aunque trepemos al cielo para atraparlo no somos capaces de ceñirlo. No, siempre ha de escapársenos. Debemos fracasar, CAER.

En pocas palabras, me desmayé. Y, sin ningún tipo de escrúpulo, habría faltado a la alocución de la mañana. Y habría faltado a muchas más, incluso habría tolerado que Átropo (la cruel hija de Temis) cortara el hilo de mi vida, de tan feliz —tan exorbitante e inhumanamente feliz— como estaba en ese momento.

Fue su rostro el que contemplé al volver en mí, sus celestiales ojos, que emitían rayos de luz divina.

—Señor Poe, le sugiero que en nuestro próximo encuentro permanezcamos los dos conscientes.

Entre carcajadas estuve de acuerdo con ella y le prometí que jamás volvería a cerrar los ojos si estos la enfocaban a ella. Después le imploré que sellara nuestro pacto tratándome a partir de entonces por mi nombre de pila.

—Es Edgar, ¿verdad? Muy bien, si así lo prefieres, Edgar. Y supongo que deberás llamarme Lea.

¡Lea, Lea! ¡Qué embelesador poso deja ese nombre en mi oído interno! ¡Qué mundo de felicidad presagian esas dos breves y eufónicas sílabas!

Lea, Lea.

Narración de Gus Landor

20

21 de noviembre

*E*sa fue la parte más extraña de todas: Poe no tenía nada que añadir a lo que había escrito. En cuanto acabé de leer, esperé a que continuara donde lo había dejado; que citara a otro poeta latino, me explicara alguna etimología o se explayara sobre la imposibilidad de la supervivencia del amor…

Pero lo único que hizo fue desearme buenas noches. Y tras prometer que me informaría más cuando pudiera, se marchó con tanta facilidad como un fantasma.

No volví a verlo hasta la siguiente noche y quizá no lo hubiera vuelto a ver a no ser por el azar. Poe lo describiría como algo más imponente, pero, de momento, mantengo lo que he dicho. Fue el azar lo que me llevó a hacer una pausa en mis esfuerzos con el diario de Leroy Fry y me hizo desear tomar el aire, el que me indujo a salir por la puerta hacia una noche negra como el carbón y a balancear el farol haciendo cortos arcos para no tropezar.

Era una noche repleta de pinos y estrellas. El río hacía más ruido que de costumbre, la luna podría cortar a quien la mirase y el suelo parecía crujir a cada paso, así que caminé con cuidado, como si pudiera molestar a alguien. Me detuve delante de las ruinas de los antiguos barracones de artillería y me mantuve a una distancia desde la que podía oler la explanada, recorriendo con la vista la extensa pendiente de hierba oscurecida por la noche.

Entonces me paré.

Algo se movía en la hondonada de las ejecuciones.

Levanté la luz y, conforme me acercaba, aquella extraña forma, su confuso contorno, se hizo más claro. Era un hombre, un hombre a cuatro patas.

Algo que, desde esa distancia, parecía una mala postura, nada saludable para nadie, sin duda, preludio de un colapso. Pero cuando me acerqué, vi que aquello tenía un propósito, pues bajo esa primera figura había una segunda.

Reconocí de inmediato a la que estaba encima. Ya la había visto suficientes veces en el comedor de los cadetes como para saber a quién pertenecía ese pelo rubio y esa corpulencia de niño granjero: Randoph Ballinger, cómo no. Estaba a horcajadas sobre su oponente y utilizaba sus fuertes piernas para sujetarle los brazos contra el suelo y aplicaba todo el peso de sus poderosos antebrazos contra la tráquea de la otra persona.

¿Y quién era el objeto de aquel ataque? Hasta que no los rodeé y estuve a la suficiente distancia no reconocí la gran cabeza, la quebradiza estructura de lebrel y, sí, el capote con el hombro desgarrado, de eso no cabía duda.

Eché a correr, ya que sabía a ciencia cierta lo desigual de aquella lucha: Ballinger era unos quince centímetros más alto que Poe, pesaba casi veinte kilos más y, lo peor de todo, sus actos demostraban un indudable propósito de que no había vuelta atrás. No iba a parar.

—¡Suéltelo, señor Ballinger!

Sentí que mi propia voz, firme como una roca, acortaba la distancia entre nosotros.

Levantó la cabeza. Sus ojos —unos pozos blancos a la luz del farol— se encontraron con los míos y, sin soltar el cuello de Poe, dijo tan calmado como un estanque.

—Necesidades personales, señor.

Imaginé a Leroy Fry diciendo despreocupadamente lo mismo al compañero que estaba en el rellano: «Necesidades personales».

Y sí que había necesidad en ese asunto, a juzgar por la plana e imperturbable frente de Ballinger y su deliberada intención. Había fijado un camino del que no se apartaría. Y lo seguiría sin dar explicaciones. De hecho, el único sonido que se oía en ese momento era un gorgoteo en la garganta de Poe, con húmeda y aplastada frecuencia, algo peor que ningún grito.

—¡Suéltelo, señor Ballinger! —volví a gritar.

Siguió presionando con su poderoso brazo, estrujando las últimas burbujas de aire de los pulmones de Poe. Esperando a que se hundiera el cartílago de la tráquea.

Lancé la pierna y alcancé a Ballinger en la sien. Este gruñó, sintió el dolor en la cabeza... pero siguió apretando.

La segunda patada le dio en la mejilla y lo tiró de espaldas.

—Si se va ahora, podrá graduarse. Si se queda, le garantizo que a finales de semana se enfrentará a un consejo de guerra.

Se sentó, se frotó la mandíbula y miró al frente, como si yo no estuviera allí.

—Quizá no conoce la opinión del coronel Thayer respecto al intento de asesinato —continué.

La cosa se redujo a esto: no estaba en su elemento. Al igual que muchos matones, era capaz de imponer su voluntad dentro de un recinto, pero no fuera de él. Como primer ayudante del trinchador de la mesa ocho, podía mirar a cualquiera que pidiera rosbif antes de que le tocara el turno hasta hacerle apartar la vista. Fuera de la órbita de la mesa ocho, fuera del dieciocho de los barracones norte, no tenía un procedimiento al que ceñirse.

Lo que quiero decir que se fue. Con tanta dignidad como consiguió reunir, pero sabiendo que le habían frenado, una certeza que se tradujo en irse echando humo.

Me agaché y levanté a Poe. Respiraba con más facilidad, pero a la luz del farol su piel tenía el moteado color del cobre.

—¿Se encuentra bien? —pregunté.

Puso una mueca de dolor al intentar tragar saliva.

—Estoy bien —respondió jadeando—. Hace falta algo más que un... cobarde... y sucio ataque para... intimidar a un Poe. Provengo de una antigua saga de...

—Jefes francos, lo sé. Dígame qué ha pasado.

—Casi no lo sé, señor Landor. Había salido sigilosamente de mis aposentos con intención de hacerle una visita, habiendo tomado las habituales precauciones. Cuidadoso como siempre... No me explico cómo ha podido sorprenderme.

—¿Ha dicho algo?

—Lo mismo una y otra vez, entre dientes.

—¿Y qué era?

—«Alimaña, yo te enseñaré cuál es tu sitio.»

—¿Eso es todo?

—Eso es todo.

—¿Y cómo lo interpreta, señor Poe?

Se encogió de hombros e incluso ese insignificante movimiento le causó dolor en la garganta.

—Puros celos —aseguró finalmente—. Evidentemente está molesto porque Lea me prefiera a mí. Quiere asustarme para que me aleje de ella. —De su interior brotó una aguda risa como de ardilla—. No sabe lo resuelto que estoy en ese aspecto. No me va a amedrentar.

—¿Así que cree que solo pretendía asustarle?

—¿Qué otra cosa podría ser?

—Bueno, no sé —dije mirando una vez más hacia la hondonada de las ejecuciones—. Parecía tener intención de matarle.

—No sea ridículo. No tiene el coraje. No tiene imaginación.

Estuve a punto de hablarle de los asesinos que había conocido en mis tiempos. Gente de lo menos imaginativa que uno puede encontrar; algo que los volvía muy peligrosos.

—Es igual, señor Poe, ojalá… —empecé a decir metiéndome las manos en los bolsillos y dándole una patada al césped—. La cuestión es que dependo de usted y no me gustaría que perdiera la vida por culpa de una joven, por muy hermosa que sea.

—No seré yo el que la pierda, de eso puede estar seguro.

—Entonces, ¿quién?

—Ballinger. Antes de que se interponga entre mí y los deseos de mi corazón, lo mataré. Sí, me procurará el placer más puro y será el acto más moral de toda mi carrera.

Lo cogí por el codo y lo acompañé subiendo la pendiente en dirección al hotel. Pasó un minuto antes de que me atreviera a hablar otra vez.

—Ah, sí —exclamé con tanta suavidad como pude—. La parte moral me cuadra, pero lo de experimentar placer en ello, señor Poe, no puedo imaginarlo en usted.

—Entonces, es que no me conoce, señor Landor.

Tenía razón. No sabía lo que era capaz de hacer hasta que lo hizo.

Nos detuvimos delante de la columnata. Su respiración era más constante y su cara había recobrado su habitual palidez. Una palidez que jamás me había parecido tan sana.

—Bueno, me alegro de haber aparecido.

—Creo que al final habría podido defenderme de Ballinger. Pero me alegro de haberlo tenido de reserva.

—¿Cree que Ballinger sabía adónde iba?

—No veo cómo iba a saberlo. El hotel ni siquiera estaba a la vista.

—Así que no cree que se haya enterado de nuestro acuerdo.

—Ni se enterará. Nadie, ni siquiera… —Hizo una pausa para dejar que la oleada de sentimientos creciera en su interior—. Ni siquiera ella. —Enardecido, declaró—: No me ha preguntado para qué iba a verlo.

—Supongo que tenía noticias.

—Y las tengo.

Empezó a palparse en los bolsillos. Le costó un minuto encontrar lo que buscaba: una sola hoja, que desplegó con tanta reverencia como si destapara un cáliz.

Debería haberlo imaginado, el brillo en sus ojos tendría que haber bastado para hacérmelo saber, pero no. Cogí el papel inocentemente, así que no estaba preparado para leer:

Inserto en sombras de una empalizada oscurecida por el sueño,
    Temblé bajo la odiosa estola de la noche.
«Leonor, dime cómo llegaste aquí,
    A este inhóspito e inexplicable bajío,
    A este húmedo y oscuro, indeseable bajío.»
«¿Debería hablar?», gritó quebrada por el miedo.
    «¿Osaré susurrar el terrible tañido del infierno?
La nueva alba trae el sombrío recuerdo
    Del demonio que robó mi alma,
    De los demonios que saquearon mi alma.»

Las palabras giraban a la luz del farol y me di cuenta de que no conseguía encontrar nada con qué contestarlas. Una y otra vez, dragué mi cerebro en busca de una respuesta y en cada intento volví de vacío. Finalmente, lo único que conseguí decir fue:

—Es bonito. De verdad, señor Poe. Muy bonito.

Oí su risa, plena, dulce y sonora.

—Gracias, señor Landor. Se lo diré a mi madre.

Narración de Gus Landor

21

22 al 25 de noviembre

Aquella noche, oí un ruido de nudillos en la puerta de la habitación del hotel. No el tímido golpecito característico en Poe, sino una llamada mucho más urgente que me hizo saltar de la cama esperando encontrar... —¿quién podría decirlo?— el Juicio Final.

Era Patsy envuelta en una manta de lana doblada. El vapor de su aliento estaba también presente en el frío pasillo.

—Déjame entrar —pidió.

Esperaba que se desvaneciera, pero en vez de eso entró en la habitación, en tres dimensiones, tan real como mi mano.

—Acabo de traer algo de licor para los chicos —me informó.

—¿Te ha quedado algo para mí?

Un comentario tan despreocupado como pueda hacerse ante semejante tentación. De hecho, creo que es justo decir que salté sobre ella y, como un ángel que es, me aguantó. Se quedó tumbada con una divertida expresión en la cara mientras la desnudaba. De todas las etapas, esa es la que más me gusta: el ir apartando capas —medias, zapatos, enaguas— cada una más llena de intriga que la anterior. Porque ¿estará ella realmente al final de todas? La eterna pregunta. Las manos tiemblan mientras desabrochas la última hilera de botones...

Y allí estaba, reluciente, blanca y próspera.

—Mmm —exclamó dirigiéndome—. Sí, así. Justo ahí.

Duró más de lo normal —la cama del señor Cozzens jamás había chirriado igual en todos sus rincones— y cuando acabamos nos quedamos tumbados un rato, con su cabeza en mi brazo. Después, como siempre, se quedó dormida, y tras escuchar durante un rato la catarata de su respiración, levanté suavemente su cabeza y salí de la cama.

El diario de Leroy Fry me esperaba al lado de la ventana. Encendí una vela, extendí las páginas en mi regazo, coloqué el cuaderno sobre la mesa y una vez más me puse a trabajar, a desenredar las largas madejas de palabras. Llevaba así más de una hora cuando sentí sus manos en mis hombros.

—¿Qué hay en ese libro, Gus?

—¡Ah! —exclamé dejando el lápiz y frotándome la cara—, palabras.

Presionó con los nudillos los tensos nudos que tenía encima de la clavícula.

—¿Buenas?

—No mucho. Aunque estoy aprendiendo un montón sobre teoría del disparo, cohetes Congreve y Dios. ¿No sería estupendo estar en casa, en Kentucky, donde el frío no te entra en los huesos? Es increíble lo aburrido que puede ser un diario.

—No el mío.

—¿El tuyo? —pregunté con los ojos muy abiertos—. ¿Llevas un diario?

Tras una larga pausa, meneó la cabeza.

—¿Y qué si lo hiciera?

«¿Y por qué no iba a hacerlo?», pensé. ¿Acaso no estaba yo rodeado de textos? Poe con sus poemas y prosa, el profesor Papaya con su cuaderno y el teniente Locke con el suyo… Se rumoreaba que hasta el capitán Hitchcock escribía un diario. Pensé en el trozo de papel que había en el cerrado puño de Leroy Fry, en los grabados del *sabbat* de esos demonios, en los periódicos sobre la mesa de Thayer y en los que tenía el ciego Jasper cerca del codo, en todos esos textos. No cobraban sentido, como uno podría esperar, sino que se borraban el uno al otro, hasta que una palabra no resultaba más cierta que la siguiente, y todos caíamos dentro, en esa madriguera de conejos de palabras, atronadoras y estridentes como los pájaros de Papaya…

«Sí —pensé—. Sin duda, Patsy escribe un diario.»

—¿Quieres volver a la cama? —me susurró al oído.

239

—Mmm.

En mi defensa diré que lo pensé un momento. Lo consideré seriamente. Y, tonto de mí, elegí quedarme donde estaba.

—Enseguida voy —prometí.

Pero me quedé dormido en la silla. Y cuando me desperté ya era de día, se había ido. Encontré las siguientes palabras en mi cuaderno: «Abrígate, Gus. Hace frío».

Hizo frío todo el martes y el martes por la noche.

El miércoles, el cadete primero Randolph Ballinger no regresó de su guardia.

Se organizó rápidamente una batida, pero fue abandonada a los veinte minutos porque una tormenta de hielo empezaba a barrer las tierras altas. El frío y la humedad eran extremos, la visión había quedado reducida a nada y los caballos y mulas no conseguían avanzar, así que se acordó que se reanudaría la búsqueda en cuanto el tiempo lo permitiera.

Pero el tiempo no lo permitió. El hielo siguió cayendo por la mañana y por la tarde. Formaba carámbanos en los tejados, tamborileaba en las ventanas de cristales emplomados y producía un enloquecedor tableteo en los aleros y muros. Caía, caía sin cesar ni cambiar. Pasé toda la mañana escuchándolo arañar los canalones como un perro hambriento, hasta que me di cuenta de que, si no me ponía el abrigo y salía, me volvería loco.

Era temprano por la tarde, toda la región se hallaba prisionera del tiempo. Se había formado una gruesa capa de hielo quebradizo en el obelisco del capitán Wood y los cañones de latón de casi nueve kilos del parque de artillería y en la bomba de agua que había detrás de los barracones sur y en la bajante de los edificios de piedra de la calle de los profesores. El hielo había laqueado la gravilla de las entradas, vuelto de color ámbar los líquenes de las rocas y afianzado las grandes extensiones de nieve, haciendo de ellas camas tan duras como el cuarzo. El hielo había doblado las ramas de los cedros hasta convertirlos en tipis que temblaban con cada beso del viento. Ese hielo era pura democracia, caía sobre los azules y grises de igual manera y silenciaba todo lo que tocaba. Excepto a mí. Conforme avanzaba con sumo cuidado, mis botas hacían un ruido como de armadura, un sonido que parecía resonar en toda la academia.

Volví a la habitación tambaleándome y, durante el resto de la tarde, dormité a ratos en la interminable penumbra. Me desperté de repente a eso de las cinco y me acerqué a la ventana. Había dejado de helar y se había hecho el silencio. A través de las cápsulas de niebla distinguí una piragua que descendía por el río con un remero de brazos desnudos. Me apresuré a ponerme los pantalones y una camisa, y cerré la puerta con cuidado.

Los cadetes habían salido de sus agujeros y se alineaban para la formación. El crujiente hielo amplificaba cada paso que se daba miles de veces y, gracias a ese estruendo, llegué sin problemas a Gee's Point. No sé muy bien lo que me llevó allí. Supongo que la misma idea que me invadió el primer día que fui allí, la creencia de que yo —o, si no yo, alguien— podría continuar. Bajar el río hasta algún lugar en el que no hubiera estado jamás.

Oí pasos que crujían en el camino y una voz suave y respetuosa.

—¿Señor Landor?

Era el teniente Meadows, que, por pura coincidencia, era el oficial que me escoltaba la última vez que había ido hasta allí. Estaba a tres metros, justo como en aquella ocasión, preparado, como para saltar un foso.

—Buenas tardes, espero que esté bien.

—El capitán Hitchcock me ha pedido que lo buscara. Se trata del cadete desaparecido —dijo con voz agarrotada.

—¿Han encontrado a Ballinger?

Al principio Meadows no contestó. Le habían ordenado claramente que no dijera nada más que lo estrictamente necesario, pero yo entendí que su silencio quería decir algo más. Medio entre dientes pronuncié la palabra que él no había podido.

—Muerto.

Su única respuesta fue el silencio.

—¿Ahorcado?

En esa ocasión, Meadows consintió en asentir con la cabeza.

—El corazón… —empecé a decir—. El corazón ha…

Me interrumpió con tanta brusquedad como si estuviera trinchando un trozo de carne.

—Sí, el corazón ha desaparecido.

Puede que fuera el frío lo que le hizo temblar y hacer que moviera los pies. O que hubiera visto el cuerpo.

La luna, que empezaba a elevarse sobre Breakneck Hill, lanzaba una suave y vaporosa luz que se reflejó en las facetas de su cara y doró sus ojos.

—Hay algo más —aseguré—. Algo que no me ha dicho.

En circunstancias normales habría recurrido al estribillo habitual: «No estoy autorizado para decírselo, señor». Pero algo en él quería contármelo. Se contuvo, empezó, se contuvo otra vez y, tras un gran esfuerzo, confesó:

—Alguien ha perpetrado otra infamia en la persona del señor Ballinger.

Mala formulación —formal, vacía— y, sin embargo, parecía ser su única protección. Hasta que ya no pudo protegerse más.

—El señor Ballinger ha sido castrado.

Se produjo un silencio únicamente roto por el crujido del hielo bajo las botas de los cadetes.

—Será mejor que me lo enseñe.

—El capitán Hitchcock preferiría que se reuniera con él mañana. Ha sido un día muy largo y cree que no hay luz suficiente para…

—Examinar la escena, ya veo. ¿Dónde está el cuerpo del señor Ballinger en este momento?

—En el hospital.

—¿Vigilado?

—Sí.

—¿Y a qué hora quiere verme el capitán mañana?

—A las nueve.

—Bueno, ahora lo único que necesito es un sitio. ¿Dónde vamos a reunirnos?

Hizo una pausa, para hacer justicia al sitio, supongo.

—En Piedra Solitaria.

Cierto es que en West Point hay un montón de piedras y un montón de soledad. Pero, al menos, cuando se mira desde el hotel del señor Cozzens o se está en Redoubt Hill se ve el río, con toda la libertad que este promete. Cuando uno se aventura a ir a Piedra Solitaria deja atrás todo signo de actividad humana y su única compañía son los árboles, los barrancos y quizá el suave murmullo de un riachuelo… y las colinas, por supuesto, ocultando la luz. Son las colinas lo que te hacen sentir como un preso. Según me han contado, muchos cadetes, tras dos horas de hacer guardia allí, llegan a pensar que nunca saldrán de Piedra Solitaria.

Si Randolph Ballinger era uno de ellos, estaba en lo cierto.

Su búsqueda se había reanudado en el momento en el que cesó la tormenta. Nadie contaba con que el hielo empezaría a derretirse casi con tanta rapidez como había llegado. El temporal voló como la paja y pasaban unos minutos de las cuatro cuando dos soldados, que volvían obedientemente a las dependencias del comandante para hacer su informe, se detuvieron al oír un ruido que parecía provenir de mil goznes. Un cercano abedul sacudía su manto de escarcha y volvía a abrirse para dejar ver —acurrucado en su interior como el pistilo de un lirio— el cuerpo desnudo de Randoph Ballinger.

Una piel de hielo se había adherido a su alrededor y había soldado los brazos a los costados, lo que no impedía que girara, aunque ligeramente, con el viento.

Para cuando el teniente Meadows me llevó allí ya se habían llevado a Ballinger, las ramas que anteriormente habían hecho un capullo a su alrededor habían vuelto a su posición natural y lo único que se veía era la cuerda, que pendía hasta mi pecho más o menos. Tiesa y rasposa, y un tanto ladeada, como si un imán la apartara del lugar en el que debería estar.

El hielo derretido caía —en piedrecitas y en grandes hojas deshilachadas— a nuestro alrededor, el sol arrojaba su resplandor al suelo y lo único que podía mirarse al cabo de un rato, las únicas cosas que no te devolvían la luz eran los rododendros, que seguían con todas sus hojas.

—¿Por qué un abedul? —pregunté, y Hitchcock me miró—. Lo siento, capitán, solo me preguntaba por qué elegir un árbol que se dobla tanto cuando se quiere colgar a alguien. Sus ramas no son tan gruesas como las de un roble o las de un castaño.

—Puede que porque está más cerca del suelo.

—Sí, supongo que eso facilitaría las cosas.

—Sí —corroboró Hitchcock.

Mostraba un nuevo tipo de cansancio. Del tipo que te hincha los párpados y tira de las orejas. Del que te ancla en el suelo porque lo único que puedes hacer es quedarte derecho o caerte.

Me gusta pensar que fui amable con él aquella mañana. Le di toda clase de oportunidades para que se retirara a sus dependencias, donde tendría suficiente espacio para aclarar sus ideas. Y cuando tuve que repetirle una pregunta, lo hice sin que me importara el número de veces. Recuerdo que cuando le pregunté qué diferenciaba la postura del cuerpo de Ballinger de la del cuerpo de Leroy Fry me miró fijamente, como si lo hubiera confundido con otra persona.

—Estaba presente cuando encontraron los dos cuerpos —le recordé—. Simplemente sentía curiosidad por saber qué hace que este cuerpo parezca diferente.

—¡Ah! —exclamó finalmente—. No, este... —Miró las ramas—. Bueno, lo primero en que me fijé es que era mucho más alto, en comparación con Fry.

—¿Así que sus pies no tocaban el suelo?

—No. —Se quitó el sombrero y volvió a ponérselo—. Esta vez no hubo subterfugios. Ballinger tenía todas las heridas cuando lo encontramos. Lo que quiere decir que fue asesinado, lo abrieron y después lo ahorcaron.

—No cabe ninguna posibilidad de que las heridas se las hicieran...

—¿Después? No. —Iba calentándose—. No a esa altura, sería casi imposible. Sería imposible mantener el cuerpo quieto. —Se pasó los pulgares por los ojos—. Un hombre no puede hacerse semejantes heridas y luego ahorcarse en un árbol, eso es evidente. Por consiguiente, la pretensión de suicidio es nula.

Miró el árbol un buen rato con la boca ligeramente abierta. Después recordó algo y dijo:

—Estamos a unos cien metros del puesto de guardia de Ballinger. No sabemos si vino por voluntad propia hasta aquí ni si estaba vivo cuando lo hizo. Podía haber caminado o quizá alguien lo arrastró. La tormenta —meneó la cabeza— lo ha embarullado todo. Hay barro y nieve por todas partes y docenas de soldados que han pasado por aquí. Hay huellas por todos lados y no hay forma de diferenciar unas de otras.

Apoyó un brazo en el tronco del abedul y dejó que su cuerpo se inclinara ligeramente.

—Capitán, lo siento mucho. Sé que ha sido un golpe muy duro.

No sé por qué, pero le di una suave palmadita en el hombro. Ya conoces ese gesto, lector; es el tipo de cosas que hacen los hombres para consolarse los unos a los otros, el único que hacen a veces. Hitchcock no lo entendió así. Apartó el hombro y se volvió hacia mí con la cara pálida por la furia.

—No, señor Landor, no creo que lo sepa. Han asesinado a dos cadetes, cuyos cuerpos han profanado despiadadamente por razones imposibles de entender, durante mi mandato. Y no estamos más cerca ahora de encontrar al monstruo que lo hizo de lo que lo estábamos hace un mes.

—Bueno, capitán —dije para tranquilizarle—. Creo que sí que lo estamos. Hemos estrechado el campo, avanzamos rápidamente. Creo que solo es cuestión de tiempo.

Frunció el entrecejo y agachó la cabeza. De sus fuertemente apretados labios salieron unas inconfundibles palabras, aunque en voz baja.

—Me alegro de que piense así.

Sonreí y apreté los brazos contra el pecho.

—Quizá podría explicarme ese comentario, capitán.

Impertérrito, se volvió hacia mí para proyectar toda la fuerza de su mirada.

—Señor Landor, no me importa decirle que el coronel Thayer y yo tenemos serias reservas acerca del progreso de sus investigaciones.

—¿Ah, sí?

—Corríjame si me equivoco. De hecho, ahora tiene una magnífica oportunidad para defenderse. ¿Por qué no me dice si ha encontrado pruebas de más prácticas satánicas en algún lugar de la academia?

—No las he encontrado, es verdad.

—¿Ha encontrado al supuesto oficial que convenció al soldado Cochrane para que abandonara el cuerpo de Leroy Fry?

—Todavía no.

—Y después de tener en su poder el diario del señor Fry casi una semana, ¿ha encontrado una sola pista que pueda serle útil en su investigación?

Sentí que se me tensaban los músculos alrededor de los ojos.

—Bueno, deje que le diga, capitán. Sé cuantas veces se la cascaba Leroy Fry al día. Sé que le gustaban las mujeres con grandes nalgas. Sé lo mucho que odiaba el toque de diana para pasar lista, la geometría analítica y... a usted. ¿Le basta todo eso?

—Lo que quiero decir es...

—Lo que quiere decir es que no soy lo suficientemente competente como para encargarme de esta investigación y puede que nunca lo haya sido.

—No es su competencia lo que cuestiono, sino su lealtad.

Oí un sonido muy suave que al principio no supe localizar. Después me di cuenta de que era el rechinar de mis dientes.

—Ahora sí que he de pedirle que se explique, capitán.

Me miró un buen rato, preguntándose quizá hasta dónde podía llegar.

—Sospecho que...

—¿Sí?

—... que está protegiendo a alguien.

Me eché a reír. Fue la única respuesta que pude darle en un principio. Porque aquello me pareció muy divertido.

—Así que protegiendo a alguien —repetí.

—Sí.

—¿A quién? —grité extendiendo los brazos. Mis palabras rebotaron en un olmo cercano e hicieron que sus ramas vibraran—. ¿A quién podría estar protegiendo en este sitio olvidado de la mano de Dios?

—Quizá ha llegado el momento de hablar del señor Poe.

En mi estómago se hizo un diminuto nudo. Me encogí de hombros y me quedé perplejo.

—¿Y por qué deberíamos hacerlo, capitán?

—Para empezar, por esto —dijo mirándose las botas—: Que yo sepa, el señor Poe es el único cadete que amenazó de muerte al señor Ballinger.

Levantó la vista justo en el momento preciso para advertir la reacción de sorpresa que había provocado en mi rostro. He de decir que no había nada cruel en la sonrisa que me ofreció a continuación. Parecía más bien una retorcida compasión.

—¿Cree que es la única persona en la que confía, señor Landor? Ayer estuvo divirtiendo a sus compañeros de mesa con un heroico relato de su épica pelea con el señor Ballinger. Según contó, fue exactamente igual que la de Héctor y Aquiles. Curiosamente, finalizó su narración diciendo que, si volvía a pelearse con él, mataría al señor Ballinger. Según todos los presentes, no había lugar a equívoco.

«No, es verdad», pensé al recordar las palabras de Poe en la explanada. Era imposible malinterpretar su significado: «Lo mataré… Lo mataré».

—No es la primera vez que Poe ha hecho una de esas estúpidas amenazas, es parte de su forma de ser.

—Pero sí sería la primera vez que su posible víctima aparece muerta a las veinticuatro horas de haber proferido la amenaza.

No había forma de convencerlo. Hitchcock se aferró a mis palabras como la piel se abraza al hueso. Puede que por eso empezara a haber un timbre de desesperación en mi voz.

Venga, ya conoce a Poe, capitán. ¡Me está diciendo de verdad que cree que consiguió reducir a Ballinger!

—No había necesidad. Un arma habría bastado, ¿no cree? O un ataque por sorpresa. En vez de Héctor y Aquiles a lo mejor fueron David y Goliat.

Solté una risita ahogada y me rasqué la cabeza. «Tiempo —pensé—. Tienes que ganar tiempo.»

—Bueno, pues entonces, si hemos de tomarnos en serio su teoría, capitán, hemos de admitir que tenemos un problema. Fuera cual fuese su relación con Ballinger, no hay pruebas de que Poe estuviera relacionado en forma alguna con Leroy Fry. Ni siquiera se conocían.

—Sí que se conocían.

Fui tonto al pensar que Hitchcock solo guardaba una carta en la manga, cuando, de hecho, tenía todo un mazo guardado en su impecable guerrera azul.

—Me han informado de que Poe y Fry tuvieron una pelea durante el campamento del último verano. Al parecer, el señor Fry, como suelen hacer los estudiantes de los últimos cursos, decidió junto con otros dos compañeros burlarse del señor Poe, que a su vez se sintió tan ofendido que se abalanzó sobre el señor Fry con su mosquetón, con la bayoneta calada. Un par de centímetros más y podría haber herido gravemente la pierna del señor Fry. En esa ocasión hubo más de una persona que oyó que el señor Poe decía que no permitiría que nadie, nadie, lo tratara de esa forma.

Hitchcock dejó que meditara sus palabras un momento.

Después, con un tono de voz más suave, añadió:

—Supongo que no ha sido él el que le ha dado esa información, ¿verdad?

No había forma de ganar al capitán aquel día. Lo único que podía esperar era un empate.

—Hable con sus compañeros de habitación —le sugerí—. Pregúnteles si Poe salió de sus aposentos la noche en que fue asesinado Ballinger.

—Y si dicen que no, ¿qué probará eso? Simplemente que duermen profundamente.

—Entonces, arréstelo —repliqué tan despreocupadamente como pude—. Si está tan convencido, arréstelo.

—Como bien sabe, señor Landor, no basta con demostrar el móvil. Hay que encontrar pruebas directas del crimen. Y me temo que no las hay, ¿no cree?

Mientras estábamos allí, cayó un montón de hielo de un tulipero y aterrizó con un fuerte impacto a metro y medio de nosotros. El sonido bastó para asustar a un grupo de gorriones posados en un olmo cercano. Vinieron hacia nosotros, furiosos como abejas, enloquecidos por el resplandor del hielo.

—Capitán, ¿cree de verdad que nuestro pequeño poeta es un asesino?

—Es curioso que me formule esa pregunta, cuando es usted el que mejor puede contestarla. —Dio un paso hacia mí con una leve indicación en los labios de la pregunta que iba a hacerme—. Dígame, señor Landor, ¿es su pequeño poeta un asesino?

Informe de Edgar A. Poe a Augustus Landor

27 de noviembre

*S*eñor Landor, le pido disculpas por mi demora en informarle. El sobresalto general causado por el asesinato de Ballinger ha dejado un ambiente tan cargado de rumores, chismes y abyectas conjeturas que siento que alguien vigila mis movimientos. Si tuviera una naturaleza más crédula, supongo que yo mismo quedaría bajo el manto de la sospecha. Sí, yo, por la extraña forma en que me miran al pasar algunos de mis compañeros cadetes.

¡Ah! ¿Qué idioma humano podría describir de forma adecuada el horror que me invadió cuando me enteré del brutal fin de Ballinger? El patán que había sido un tormento imperecedero hacia mi persona había sido arrancado de este valle con eficacia y aterradora brusquedad. Cada vez que me atrevo a pensar en las implicaciones... me encuentro con que no puedo hacerlo. Porque si nuestro asesino es capaz de acabar con alguien tan próximo a la familia Marquis, ¿qué le impide que dirija su siniestra atención hacia Artemus o incluso —fíjese como tiemblo, señor Landor— hacia el cauce de mi alma? Tengo la impresión de que nuestras investigaciones no van lo suficientemente rápidas...

Mientras tanto, señor Landor, la redomada y descortés histeria que se ha manifestado entre el cuerpo de cadetes continúa creciendo más allá de lo humanamente creíble. Muchos cadetes comentan que duermen con los mosquetones. Algunos de los más propensos a la fantasía incluso han especulado con que los asesinos de Fry y Ballinger son la encarnación de antiguos espíritus indios que han vuelto para vengarse de su exterminio a manos de los europeos (me pregunto qué diría el profesor Papaya de todo eso). El señor Roderick, un auténtico retrasado mental de tercera, asegura haber visto a ese espíritu en la Alameda del Galanteo, afilando su hacha en la hendidura de un olmo inglés.

Corre el rumor de que el señor Stoddard ha solicitado al coronel Thayer que cancele el resto del trimestre —exámenes finales incluidos—, ya que es casi imposible que los cadetes se apliquen en sus estudios con el suficiente vigor y tesón si temen por sus vidas.

¡Con qué repugnancia contemplo a esos niños cobardes y sus lloriqueos poco propios de los hombres! ¿Cómo se comportarían en un combate, cuando para ellos todo se reduce a un *sauve qui peut* y a las malditas mentiras que se vomitan en todos lados? ¿A quién suplicarán entonces para un aplazamiento del Juicio Final? Todo esto no augura nada bueno para la soldadesca estadounidense, señor Landor.

No obstante, ha habido un acuerdo entre nuestros superiores. En la formación de la tarde han anunciado que se habían doblado las guardias para que ningún cadete pudiera salir al exterior sin un acompañante. En condiciones normales, una orden de ese tipo habría provocado un indecible gruñido, ya que eso implica que tenemos que presentarnos para hacer guardias el doble de veces. Sin embargo, tal es el miedo que se ha generado dentro del cuerpo que todo el mundo considera esa carga como una bendición, si puede procurar un ligero aumento de la seguridad.

Mi verdadero propósito al comunicarme con usted, señor Landor, es informarle de ciertas novedades relativas a Artemus y Lea. Esta tarde, al encontrarme muy agitado y disponer de unos minutos, me he dirigido a casa de la familia Marquis para asegurarme de que el destino de Ballinger no había resultado abiertamente perjudicial para la femenina sensibilidad de Lea.

Tras llamar a esa ya conocida puerta, con su muestra de bordado de «Bienvenidos, hijos de Columbia», me quedé consternado al comprobar que no había nadie en casa, nadie excepto la criada, Eugénie. Estaba pensando en mi siguiente paso cuando mis pensamientos se vieron interrumpidos por un impreciso rumor de voces que provenía, tras investigar detenidamente, de unas dependencias situadas en la parte trasera de la parcela de los Marquis. Dudé un instante y, tras rodear el edificio de piedra, enseguida divisé a Lea y a su hermano Artemus en el jardín trasero, inmersos en el más animado de los diálogos.

Su enfrascamiento era tal que me permitió, que yo sepa, pasar inadvertido. Aproveché la oportunidad y me retiré hacia la intimidad que me proporcionaba un manzano silvestre, desde donde podría oír la esencia de su conversación.

Señor Landor, no crea que estaba libre de escrúpulos al llevar a cabo esa innoble vigilancia sobre mi amada. En más de una ocasión decidí abandonar y dejarles que prosiguieran con su privado coloquio. Sin embargo, cada vez que tomaba esa decisión, recordaba mi obligación hacia usted, querido señor Landor, y, sí, hacia la academia. En su nombre, perseveré. Y solo en su nombre —y no por una indecorosa curiosidad por mi parte— deseé que el árbol estuviera tres metros más cerca. Los hermanos Marquis intentaron mantener su comunicación a nivel de susurros durante la mayor parte del tiempo. Intentaron, he dicho, ya que, como sabe, la voz humana no soporta durante mucho tiempo ese freno. Un innato equilibrio la incita periódicamente hacia un registro más natural, donde, aunque siga siendo baja, se convierte instantáneamente en inteligible, al igual que la irrupción de una palabra o frase conocida en un intercambio entre extranjeros puede desvelar el sentido de lo que están hablando incluso a una persona que no conozca esa lengua. Por consiguiente fui capaz, en cierta forma, de entender algunos hilos de su conversación, sin por ello poder tejer un tapiz narrativo coherente.

Enseguida reconocí que el tema de su conversación era la trágica desaparición del señor Ballinger, ya que en más de una ocasión oí a Artemus referirse a Randy y también afirmar: «Dios mío, era mi mejor, mi amigo más querido». He de decir que Artemus hablaba con una cadencia más evidentemente ofendida que Lea, cuyas palabras eran consecuentes con su

251

equilibrado y sereno carácter, hasta que en una contestación a las confidencias susurradas de su hermano, le preguntó con un timbre ásperamente elevado y que evidenciaba un gran apremio: «¿Quién más?».

«¿Quién más?», repitió Artemus con una voz elevada con la misma intensidad que la de su hermana.

A partir de ahí el diálogo volvió a sumirse en susurros y las palabras que escaparon a su limitada esfera o estaban pronunciadas en voz muy baja o eran demasiado poco claras como para entenderlas. Con todo, hubo un breve intercambio en el que sus exaltados sentimientos elevaron una vez más sus voces —demasiado fugazmente— hasta hacerlas audibles.

—Me dijiste que era débil —dijo Lea—. Me dijiste que podría…

—Y sí que podría —contestó Artemus—. Eso no…

A aquello siguieron palabras de naturaleza poco clara… más susurros… más misterio… Hasta que finalmente oí hablar a Artemus como si, por primera vez, no le importara que alguien lo oyera.

—Querida niña. Cariño.

Acto seguido cesaron sus voces y, cuando levanté la vista a través de las ramas que se interponían, vi que la pareja se abrazaba. Cuál de los hermanos era el consolado y cuál el que consolaba, no llegué a distinguirlo. El nudo gordiano que formaban sus cuerpos no dejó escapar ni una palabra, ni un suspiro. Solo recuerdo que su abrazo me resultó extraño tanto en su intensidad filial como en su duración. Pasaron dos o tres minutos antes de que alguno de los dos mostrara deseo de separarse y habrían seguido así más tiempo de no haberles hecho entrar en razón el sonido de unos pasos que se aproximaban.

Era Eugénie, la criada, que se dirigía hacia la bomba de agua, aplicada, no en labores de espionaje, sino en el apacible y servil deber de llenar su cubo. El que no me viera instantáneamente lo debo a la providencia (o a la actitud monótona y medio animal con que hacía ese trabajo), ya que, aunque seguía fuera del campo visual de Artemus y Lea, una mirada de la criada podría haber penetrado mi arbórea coraza en un santiamén. Sin embargo, Eugénie «siguió con su trabajo», inmune a toda cuita excepto la suya. Para cuando llegó a su destino, Artemus y Lea ya habían, a todos los efectos, desaparecido. Al no tener ya ningún sentido el que esperara escondido y sin ninguna posibilidad de tener acceso a más intercambios entre ellos, salí sigilosamente de allí y me dirigí hacia mis aposentos, donde me dediqué a meditar —en vano en su mayor parte— sobre ese extraño encuentro.

¿Estará pronto en casa, señor Landor? No me he dejado llevar por el frenesí que me invade, pero sí que sucumbo a una especie de aprehensión nerviosa completamente ajena a mi naturaleza. Mis pensamientos forman cauces que van directos a Lea, ¿a quién sino a Lea? Una y otra vez estudio ese poema —el que usted menosprecia— en cuyos versos tanto peligro veo. Con qué fervor ruego que el espíritu que me encuentra apropiado como vehículo me haga —¡pronto!, ¡pronto!— Edipo de sus enigmas de esfinge. ¡Habla conmigo! ¡Habla conmigo doncella del ojo azul pálido!

253

Narración de Gus Landor

22

28 de noviembre al 4 de diciembre

*E*n cuanto acabé de leer el último escrito de Poe, fui al jardín Kosciusko y dejé un mensaje bajo nuestra piedra secreta, en el que le pedía que se reuniera conmigo en mi habitación del hotel después de la misa del domingo. Vino, muy bien, pero no lo saludé, no contesté, simplemente dejé que el silencio se acumulara a nuestro alrededor hasta que el tamborileo de sus dedos se hizo insoportable para los dos.

—Quizá pueda decirme dónde estaba la noche del 23 de noviembre —le pedí.

—¿Se refiere a la noche en que asesinaron a Ballinger? Estaba en mi habitación por supuesto. ¿Dónde iba a estar?

—Supongo que estaba durmiendo.

—Bueno. —Su cara se agrietó para dar forma a una torcida sonrisa—. ¿Cómo voy a dormir, señor Landor, cuando mi mente está atestada de pensamientos sobre esa... esa preciosa criatura, más divina en aspecto que la más fantástica hurí de...?

Puede que fuera la forma en que me aclaré la garganta o cómo endurecí mi mirada, pero se calló de repente y volvió a mirarme.

—Está enfadado, señor Landor.

—Puede decir que sí.

—¿Hay...? ¿Puedo ayudarle en...?

—Sin duda alguna, señor Poe. Puede explicarme por qué me ha mentido.

Sus mejillas se hincharon como si fueran branquias.

—Venga, pensaba que...

Lo interrumpí con un movimiento de la mano.

—Cuando le pedí que aceptara este trabajo me dijo que no había tenido relación alguna con Leroy Fry.

—Bueno… eso no es del todo…

—He tenido que enterarme de la verdad de labios del capitán Hitchcock. Ya imaginará mi vergüenza. Normalmente nunca le pido a alguien que investigue un crimen si hay alguna posibilidad de que lo haya cometido esa persona.

—Pero yo no…

—Así que antes de que lo saque de aquí tirándole de la oreja, señor Poe, tiene otra oportunidad de reparar su error. Dígame la verdad, ¿conocía a Leroy Fry?

—Sí.

—¿Habló con él?

Se produjo una breve pausa.

—Sí.

—¿Mató usted a Leroy Fry?

La pregunta quedó flotando en el aire un buen rato antes de que pareciera capaz de interpretarla. Aturdido, negó con la cabeza.

Continué.

—¿Mató usted a Randolph Ballinger?

Meneó la cabeza otra vez.

—¿Tuvo usted algo que ver con la profanación de esos cuerpos?

—¡No! ¡Que me muera ahora mismo si…!

—Un muerto cada vez. ¿No negará que los amenazó a ambos?

—Bueno, en lo que se refiere a Ballinger, fue… —Sus manos empezaron a crisparse—. Fue la cólera la que habló por mí. No lo dije en serio. Y en cuanto a Leroy Fry… —Su pecho se hinchó como el de una paloma—. Jamás lo amenacé, simplemente expuse mis derechos como soldado. Nos separamos y no volví a acordarme de aquello nunca más.

Apreté los ojos hasta convertirlos en ojales.

—Señor Poe, tendrá que admitir que es una pauta muy inquietante. Las personas que le contrarían acaban con un nudo alrededor del cuello y les extirpan órganos del cuerpo.

Hinchó el pecho otra vez, pero algo debió de estallar dentro de él, pues no llegó a inflarse tanto esa vez. Inclinó la cabeza hacia un lado y dijo con voz suave y fatigada:

—Señor Landor, si tuviera que matar a todos los cadetes que me han insultado durante mi breve estancia aquí, me temo que el cuerpo de cadetes se vería reducido a menos de una docena. E incluso esos permanecerían aquí de mala gana.

Bueno, lector, ya sabes cómo son las cosas. Arremetes contra alguien, lo golpeas con tu lanza, y entonces, de repente, se quita la armadura —como para decir «aquí estoy»— y te das cuenta enseguida de que no había razón para acometer contra él. Aunque el daño ya se había infligido.

Poe se dejó caer en la mecedora y estudió con cuidado sus uñas. El silencio volvió a cernirse sobre nosotros.

—Si quiere saberlo, he sido el hazmerreír desde el día en que llegué. Mi forma de ser, mi persona, mi… estética, señor Landor, todo lo que es puro y verdadero en mí ha sido, sin excepción alguna, motivo de desprecio y burla. Mil vidas no podrían compensar todo el daño que me han hecho. Un hombre como yo… —Hizo una pausa—. Un hombre como yo renuncia enseguida a cualquier idea de retribución y se contenta con la esperanza, con elevarse, señor Landor. Solo allí reside el consuelo.

Me miró e hizo una mueca.

—Sé que soy culpable de hablar cuando no debo. Estoy seguro de que soy culpable de muchas otras cosas: inmoderación, dejar volar la imaginación… Pero nunca de eso, nunca de un crimen.

Entonces su mirada mantuvo la mía y me sondó como nunca antes lo había hecho.

—¿Me cree, señor Landor?

Solté una larga bocanada de aire. Miré el techo un momento y volví a mirarle a él. Después crucé las manos por detrás de la espalda y di una vuelta a la habitación.

—Esto es lo que creo, señor Poe. Creo que debe tener más cuidado con lo que dice y con lo que hace. ¿Se siente capaz de hacerlo?

Asintió con el ritmo más lento que pudo.

—Supongo que de momento podré contener al capitán Hitchcock y al resto de perros de caza, pero si me dice otra mentira, señor Poe, lo dejaré al margen. Ya pueden cargarle de grilletes que no moveré un dedo para defenderlo. ¿Me ha entendido?

Volvió a asentir con la cabeza.

—Muy bien —dije recorriendo la habitación con la vista—. No tenemos una Biblia, así que tendremos que hacer el juramento entre nosotros. Yo, Edgar A. Poe...

—Yo, Edgar A. Poe...

—Juro solemnemente decir la verdad...

—Juro solemnemente decir la verdad...

—Con la ayuda de Landor.

—Con la ayuda de... —Mantuvo la risa en la garganta—. Con la ayuda de Landor.

—Ya está, ya puede irse, señor Poe.

Se levantó, dio un paso en dirección a la puerta y después se sorprendió a sí mismo dando medio paso hacia atrás. Se había sonrojado y una tímida sonrisa temblaba en sus finos labios.

—Si no le importa, ¿podría quedarme un rato más?

Nuestras miradas se encontraron durante un segundo, pero fue un segundo muy largo. Demasiado para él. Se volvió hacia la ventana y empezó a tartamudear.

—No tengo un especial interés en quedarme. Ni tengo nada particularmente relevante que añadir a nuestra investigación. Es simplemente que he empezado a disfrutar de su compañía más que la de ninguna otra persona, de verdad, es decir, excepto la de ella. Y a falta de ella, bueno, supongo que lo mejor es... —Meneó la cabeza—. Me temo que hoy me faltan las palabras.

—Bueno, si quiere quedarse —concedí sin darle importancia—, puede hacerlo. Ando escaso de compañía últimamente. Quizá... —había empezado a sacar el alijo que escondía detrás de la cama— le apetece un poco de whisky de Monongahela.

Fue imposible dejar de ver la luz que le iluminó los ojos. Seguramente la misma que había en los míos. Los dos éramos hombres que necesitaban aliviar los dolores.

Y así fue como llegamos al siguiente nivel de proximidad: con vapores de whisky. Bebimos todas las veces que vino y, en esa primera semana, lo hizo todas las noches. Salía sigilosamente de los barracones sur y atravesaba con cuidado la explanada hasta llegar a mi hotel. La ruta podía cambiar, pero una vez que llegaba a mi habitación, el ritual era el mismo. Llamaba a la puerta —una sola vez— y después empujaba hasta abrirla con gran prudencia, como si apartara con un empujón una roca. Y yo tenía su copa esperándole, nos sentábamos —unas veces en los muebles y otras en el suelo— y hablábamos.

Hablábamos durante horas seguidas. Debo decir que casi nunca de las investigaciones. Y libres de esa carga, nos encaminábamos en cualquier dirección, discutíamos de cualquier cosa. ¿Se había equivocado Andrew Jackson al cargar su arma en aquel duelo con Dickinson? Poe opinaba que sí, yo tomé parte por Jackson. ¿Y ese ayudante de Napoleón que se suicidó porque se retrasaba su ascenso? Poe lo consideraba un acto noble, yo que era un burro. ¿Cuál era el color que mejor le quedaba a una morena? Yo: rojo. Poe: berenjena (jamás habría dicho morado). Discutíamos sobre si los iroqueses eran más feroces que los navajos, sobre si el doctor Drake era mejor en la comedia o en la tragedia y sobre si el pianoforte era más expresivo que el clavicordio.

Una noche tuve que defender la postura de que yo no tenía alma. Ni siquiera fui consciente de que esa era mi postura hasta que la declaré, pero eso es lo que pasa cuando dos hombres intentan hacer una tregua con la noche: se aferran a una idea y la mantienen hasta el final. Así que le dije a Poe que no éramos otra cosa que un montón de átomos que chocaban unos con otros, que retroceden y avanzan, y finalmente se detienen. Nada más.

Aduje un montón de pruebas metafísicas contra mí, aunque ninguna me impresionó. Al final, fuera de sí, empezó a mover las manos.

—¡Está ahí! Su alma, su alma existe. Un poco oxidada por no usarla, sí, pero… La veo, señor Landor. La siento.

Entonces fue cuando me advirtió que un día aparecería y se enfrentaría contra mí. Entonces me daría cuenta de mi error, demasiado tarde.

Podía seguir así durante horas. Pero teníamos las lenguas intoxicadas con el Monongahela. Y, gracias a su frío fuego, lo dejaba irse y lo escuchaba, con cierto alivio, irse por la tangente: la belleza y la verdad, el híbrido transcategórico, los *Études de la nature* de san Pedro. Pensar en todo ello hace que me estalle la cabeza, pero en esos momentos, aquellas conversaciones atravesaban mi pelo como un céfiro.

No sé cuándo sucedió exactamente, pero llegó un momento

en el que dejamos de tratarnos de usted. La palabra «señor» simplemente desapareció y nos convertimos en Landor y Poe. Para mí éramos como dos viejos solteros que alquilaban habitaciones contiguas, unos locos inofensivos que vivían de los remanentes de la fortuna de nuestras familias, perdidos en una especie de interminable especulación sobre las cosas. Era verdad, jamás he conocido a nadie que hiciera eso, excepto en los libros. Así que con el tiempo empecé a pensar en el libro que estábamos escribiendo Poe y yo. ¿Cuánto duraría? ¿Intervendría el Ejército en algún momento? ¿Sorprenderían sus superiores al cadete Poe una noche mientras volvía a los barracones sur? ¿Lo atraparían como había hecho Ballinger? O, como poco, ¿le harían preguntas?

Poe mostraba su habitual bravuconería ante esas cosas, pero escuchó con interés cuando le informé de que había un joven muy necesitado de calderilla. A la mañana siguiente, con mi bendición, llevó una buena provisión de monedas de veinticinco centavos a la habitación del soldado Cochrane y desde aquella noche tuvo un escolta del ejército que lo introducía y sacaba de mi hotel sano y salvo. En el desempeño de su labor, Cochrane demostró tener unas dotes que jamás habríamos sospechado. Podía agacharse como una pantera y explorar el terreno como un indio. Una vez que vimos acercarse a un cadete que estaba de guardia, tiró de Poe y lo metió en el agujero más cercano, donde permanecieron tumbados como caimanes hasta que pasó el peligro. Poe y yo siempre intentábamos demostrarle nuestro agradecimiento, pero cada vez que le decía que subiera a tomar un trago de whisky, declinaba la oferta excusando que tenía que hacer la colada.

Puedes imaginar, lector, que charlando como lo hacíamos noche tras noche acabaríamos por agotar los temas mundanos y acabaríamos arrojándonos el uno contra el otro como caníbales. Así que le pedí que me hablara de cuando cruzó el río James y cuando sirvió en la Junior Morgan Riflemen, sobre su encuentro con Lafayette, sus estudios en la Universidad de Virginia, sobre eso de hacerse a la mar en busca de fortuna y luchar por la libertad de Grecia. Su reserva de historias no tenía límite o puede que sí lo tuviera, porque de vez en cuando, para poder descansar, me pedía que le hablara de mi humilde historia. Así fue como una noche me preguntó:

—Señor Landor, ¿por qué vino a las tierras altas?

—Por cuestiones de salud.

Era verdad. El doctor Gabriel Gard, un médico de St. John's Park, con unos ingresos procedentes en gran parte de personas que no acababan de morir, me había diagnosticado tisis y me dijo que mi única esperanza de vivir otros seis meses era dejar el miasma e irme a las tierras altas. Me habló de Chambers Street, un especulador que, en el último momento, hizo caso al mismo consejo y después se puso tan rollizo como un pavo y daba las gracias de rodillas todos los domingos en la iglesia de Cold Spring.

Yo tenía más inclinación por morir donde estaba, pero mi mujer hizo campaña para que nos mudáramos. Según la forma en que lo imaginó Amelia, el legado de su familia bastaría para pagar la casa y mis ahorros cubrirían el resto. Así fue como encontramos nuestra casita de campo cerca del Hudson y fue ella la que, por capricho del destino, se puso enferma, muy enferma, y murió antes de que transcurrieran tres meses.

—Y pensar que vinimos aquí por mi salud. Bueno, el doctor Gard tenía razón después de todo. Me fui poniendo cada vez mejor y hoy en día —dije dándome un golpecito en el pecho— estoy casi limpio. Solo tengo un poco podrido el pulmón izquierdo.

—¡Oh! —exclamó Poe, sombrío como el alquitrán—. Todos estamos un poco podridos.

—Y, por una vez en la vida, estamos de acuerdo.

Tal como he contado, Poe podía pontificar sobre muchos temas, pero en ese momento solo tenía uno en mente: Lea.

¿Cómo iba a culparle de que quisiera hablar de ella? ¿Qué sentido tenía hablarle de lo comprometedor que podía ser el amor, de lo que podía distraerle de su trabajo? ¿Y qué posible sentido podría tener decirle la verdad acerca de su enfermedad? Se enteraría enseguida y, hasta entonces, ¿no era mejor dejarle la ilusión? En cualquier caso, las ilusiones tardan en desaparecer y Poe no estaba, como cualquier joven amante, nada interesado en lo que cualquiera pudiera decir sobre el tema, a menos que estuviera de acuerdo con sus conclusiones.

—¿Has amado alguna vez, Landor? —me preguntó una noche—. Me refiero a como amo yo a Lea. Pura e inconsolablemente, y…

Eso fue todo lo lejos que consiguió llegar. Cayó en una especie de trance y tuve que levantar un poco la voz para que me oyera.

—Bueno —contesté golpeando el borde de mi vaso de whisky—, ¿te refieres al amor romántico o al amor de cualquier tipo?

—Al amor —respondió simplemente—. En todas sus encarnaciones.

—Porque iba a contestarte que a mi hija.

Fue curioso que su cara fuera la primera que se me apareciera, antes que la de Amelia, antes que la de Patsy. Aquello era una señal de algo —¿confianza?, ¿borrachera?—, de que podía permitirme a mí mismo trepar por esa rama y sentirme a salvo allí. Durante unos segundos.

—Por supuesto —añadí—, cuando se trata de un hijo, el sentimiento es diferente. Es absoluto, está… —miré mi vaso— indefenso, condenado…

Poe me miró un rato, después se inclinó y con los codos clavados en las rodillas lanzó un susurro a la oscuridad.

—Landor.

—Sí.

—Y si volviera mañana, ¿qué harías?

—Le diría «hola».

—No me vengas con evasivas ahora, que ya has ido demasiado lejos. ¿La perdonarías instantáneamente?

Tuvo la delicadeza de dejarlo ahí. Más tarde, por la noche, volvió a sacar el asunto otra vez. Con voz atemperada por el respeto dijo:

—Creo que volverá, Landor. Pienso que creamos… campos magnéticos con la gente que amamos. Así que por muy lejos que estén, por mucho que se resistan a nuestra atracción, al final vuelven con nosotros. No pueden evitarlo, como la Luna no puede dejar de orbitar alrededor de la Tierra.

A lo que contesté, porque fue la única cosa que me vino a la mente:

—Gracias, señor Poe.

Solo Dios sabe cómo pudimos sobrevivir durmiendo tan poco. Yo, al menos, pude robar unas cabezadas a la mañana siguiente, pero Poe tenía que estar levantado al alba. No creo que durmiera nunca más de tres horas. Si el sueño lo requería, tenía que atraparlo. Algunas noches lo sorprendía a mitad de una frase. Su cabeza se tambaleaba, se le cerraban los párpados y su cerebro se apagaba como una mecha…, aunque el vaso jamás se le caía de la mano. Se despertaba a los diez minutos, listo para acabar un razonamiento donde lo había dejado. Una noche que yo estaba sentado en la mecedora, lo vi caerse al suelo mientras recitaba *A una alondra*. Se le abrió la boca, su cabeza se ladeó y acabó apoyada en mi pie, clavándolo al suelo. Me vi en un dilema: ¿lo despertaba o lo dejaba dormir?

Elegí lo último.

Las velas habían menguado, el fuego se había extinguido y las contraventanas estaban cerradas, pero se estaba caliente en la oscuridad. «Toda esta charla —pensé— aviva el fuego.» Miré la cabeza durmiente y su fino y despeinado pelo, y me di cuenta de que había llegado a organizar mi tiempo alrededor de Poe, imagino, o al menos alrededor de esos momentos. Se habían convertido en parte de mi calendario y dependía de ellos, de la misma forma en que se espera que las estaciones se sucedan, que la puerta de atrás encaje o que tu gato se tumbe en el mismo rayo de sol todas las tardes.

Despertó veinte minutos después, se sentó, se frotó los ojos y esbozó una agotada sonrisa.

—¿Estabas soñando?

—No, estaba pensando.

—¿Todavía?

—Estaba pensando en que sería maravilloso que pudiéramos abandonar este lugar infernal.

—¿Y por qué deberíamos hacerlo?

—Ya nada nos retiene aquí. No le tengo especial cariño a esta academia, no más que tú.

—¿Y Lea?

—Me seguirá, ¿no crees?

No contesté, pero no podía decir que no había pensado nunca en irme. O que no hubiese pensado —desde el momento en que encontré el grabado de Byron en su baúl— que el cadete de cuarta Poe estaría mejor atendido por nuevos maestros.

—Bueno, ¿y dónde iríamos?

—A Venecia. Levanté una ceja.

—¿Por qué no? —continuó—. Allí entienden a los poetas. Y si un hombre no es un poeta, Venecia hará un poeta de él. Te lo juro, Landor, antes de que lleves allí seis meses estarás escribiendo sonetos petrarquistas y épicos en verso blanco.

—Prefiero un buen limonero.

Poe daba vueltas a la habitación intentando dar forma a su visión.

—Lea y yo nos casaremos, ¿por qué no? Encontraremos una de esas antiguas mansiones, uno de esos espléndidos y decadentes edificios estilo Faubourg Saint-Germain, y viviremos todos allí. Así, con los postigos cerrados. Leyendo y escribiendo... con conversaciones interminables. Somos criaturas de la noche, Landor.

—Me parece un tanto lúgubre.

—Seguro que habrá crímenes, abuelo, no te preocupes. En Venecia hay muchos, aunque incluso sus crímenes están revestidos de poesía, hay pasión en ellos. Los crímenes estadounidenses son pura anatomía. —Unió sus manos con gesto resuelto—. Sí, debemos abandonar este lugar.

—Te olvidas de una cosa, ese trabajito nuestro.

El asunto de la academia seguía inmiscuyéndose por mucho que intentáramos no prestarle atención. De hecho, a Poe le alegraban más las interrupciones que a mí. Recuerdo que tenía una mirada florida, casi ansiosa, cuando me preguntó si había visto el cuerpo de Ballinger. Quería saber a toda costa qué aspecto tenía.

Le dije que cuando por fin había conseguido ver el cuerpo, estaba tumbado en una cama de forja en el pabellón B-3 del hospital. La tormenta de hielo había retrasado su descomposición: la piel mostraba un ligero tinte azul y, si no hubiera visto nada más que la cabeza, habría pensado que era un hermoso cuerpo, mucho más imponente que el de Leroy Fry. Pero, aun así, estaba igual de muerto, igual de vacío; si acaso, el círculo que tenía alrededor del cuello era incluso más profundo y el cráter en el pecho más dentado, más astillado.

Y la costra de sangre negra en la ingle, casi oculta por el pene todavía hinchado, no había forma de evitar mirarla. La persona que lo había hecho no había mostrado ningún tipo de displicencia. Tenía algo muy particular en mente.

263

Narración de Gus Landor

23

4 al 5 de diciembre

*E*l capitán Hitchcock había estado atormentándome toda la semana con el diario de Leroy Fry. ¿Había encontrado algo? ¿El nombre de algún cadete sospechoso? ¿Nuevos puntos de vista que seguir? ¿Había algo en él?

Para apaciguarlo empecé a llevarle cada mañana las páginas que había transcrito.

«Tome, capitán», decía con voz alegre mientras dejaba el montón encima de su mesa. Sin siquiera molestarse en darme permiso para irme se ponía a leer directamente. Realmente creía que la clave de todo se hallaba en alguna de esas entregas. Cuando la verdad era que en ellas solo había más de lo mismo: letanías de desgracias, trivialidades y deseo sexual. El comandante casi me daba pena. Seguro que no le resultaba agradable lo poco que pasaba por el cerebro de un cadete.

El sábado por la noche Poe permaneció en su habitación. La llamada del sueño había sido demasiado insistente, incluso para él.

Esa misma noche, antes de las once, comenzó a nevar. Un tipo de nieve bestialmente espesa y obtusa. En una situación normal solo Patsy habría conseguido sacarme de la comodidad de mi habitación del hotel para chapotear en la nieve, y ella no me había mandado llamar. Bueno, no importaba, tenía lo último del señor Scott, un buen fuego, comida, tabaco... Podría haberme quedado allí durante días, pero al día siguiente recibí una invitación.

Estimado señor Landor:

Perdone lo inexcusable de que lo avise con tan poco tiempo, pero espero que podamos convencerlo para que honre nuestro humilde hogar en una modesta cena esta noche a las seis. La muerte del señor Ballinger ha trastornado enormemente a nuestra feliz familia y su compañía resultará el reconstituyente ideal. Por favor, acepte nuestra invitación.

Con nuestra más sincera esperanza,

Señora Marquis

¿Acaso no había estado esperando una oportunidad para romper el cerco de la familia Marquis? ¿Acaso no había muchas posibilidades de que ver a Artemus «en el seno» (como habría dicho Poe) de su casa de infancia me proporcionara el indicio —la imagen— que me faltaba?

En pocas palabras, era una invitación que no podía rechazar. Así que, a las seis menos cuarto, me puse mis botas de montar de caña alta, pero cuando estaba cogiendo el abrigo, oí un golpe con los nudillos.

Poe, por supuesto, con el pelo enmarañado por la nieve y un haz de hojas en la mano. Me lo entregó en silencio y se alejó por el pasillo, y si la acústica no hubiese sido tan buena, podría no haber oído lo que dijo antes de desaparecer por la escalera.

—Acabo de pasar la tarde más extraordinaria de mi vida.

Informe de Edgar A. Poe a Augustus Landor

5 de diciembre

¡*L*a primera nieve, Landor! He sentido una extraña dicha al despertarme y ver todos los árboles y piedras cubiertos de nieve; ver caer los copos como monedas atesoradas por las nubes monedero del cielo. Si esta mañana nos hubiera visto a mí o a mis compañeros de armas, Landor, podría haber pensado que acababan de dejar salir de clase a un grupo de chavales de mejillas sonrosadas. Algunos de los miembros de nuestra compañía se disputaban el honor de arrojar la primera bola y, al poco, nuestra pequeña escaramuza prometía convertirse en un combate tan sangriento como el de las Termópilas, de no haber sido por la oportuna intervención de los cadetes comandantes de la compañía, que consiguieron restaurar un poco de orden.

El desayuno nos ofreció varias cucharadas de sopa helada y el canto de *Oh tú que provienes del cielo* en la misa se vio acompañado por duchas bautismales de polvo blanco. Entre toda esa juerga y algarabía, solo las sensibilidades más poéticas se fijaban en... el silencio sobrenatural que queda fuera del reino de nuestras pequeñas conflagraciones. De repente, parecía que nuestra pequeña academia se había transformado en un reino de hadas, un reino enjoyado en el que el atronador ruido de las botas se había convertido en crujidos, en el que los improperios pronunciados en voz más alta quedaban amortiguados por un abrazo de lana blanca.

Tras el desayuno me retiré a mi habitación, donde encendí fuego en la chimenea y me sumí en *Ayudas para la reflexión*, de Coleridge (en nuestro próximo encuentro, Landor, deberíamos discutir la distinción que hace Kant entre «entendimiento» y «razón», pues estoy seguro de que somos las respectivas encarnaciones de esos principios opuestos). A eso de la una y diez oí un inesperado golpe en mi puerta. Suponiendo que era un oficial en su inspección rutinaria, escondí rápidamente el libro de contrabando debajo de la colcha y me puse firme.

La puerta se abrió poco a poco y no dejó ver a un oficial, sino a un cochero. ¡Ah!, qué pobremente hace justicia esa palabra a su estrafalario aspecto. Llevaba un abrigo verde oscuro, con rayas escarlata, ricamente adornado con remaches plateados. Su chaleco era escarlata y sus calzones también, con ligas de encaje de color plata. Esas prendas habrían bastado para convertirle, en este austero clima, en un espécimen de gran exotismo, ya que también llevaba el más anómalo de los sombreros. De piel de castor, si consigue imaginarlo, sobre un pelo de ébano tan exuberante que uno podría haber pensado que un rufián gitano había abandonado su trabajo para el quinto duque de Buccleuch y le había ofrecido sus servicios a Daniel Boone.

—Señor Poe —dijo con ronca voz de tenor que delataba matices de Mitteleuropa—. Me han enviado a buscarlo.

—¿Para qué? —pregunté estupefacto.

—Tiene que seguirme —aseguró llevándose una mano enguantada al bigote.

Dudé en obedecerle, ¿quién no lo hubiera hecho? En mi opinión, fue pura curiosidad (que, junto con la perversidad, creo que son la *prima mobilia* de los esfuerzos humanos) lo que me impulsó a seguirlo.

Me llevó al patio de asamblea y de allí emprendió un paso constante hacia el norte. Mientras nos abríamos camino entre algunos cadetes, era imposible no fijarse en las miradas de conjetura que despertaba en ellos el aspecto de mi acompañante. Todavía menos posible era no hacer caso a la deteriorada situación de mis botas que, tras la inmersión por la mañana en las estepas de las tierras altas, estaban completamente empapadas (me vi lamentablemente obligado a vender las estupendas botas de montar de caña alta que traje de Virginia al señor Durrie, mi novato compañero, para poder satisfacer una deuda

267

con el mayor Burton). Temía menos sufrir congelación que a la realidad con la que tenía que enfrentarme, ya que, al torcer la esquina del edificio, me encontré mirando un… trineo.

Era un trineo de Albany, sus hinchados laterales le conferían el gracioso perfil arabesco de un cisne gigante. El enigmático cochero cogió las riendas con una mano y con la otra me hizo señas para que me sentara junto a él. Había algo en su insinuante sonrisa, en el extraordinario atrevimiento y familiaridad de su comportamiento —y en particular en el singularmente esquelético movimiento de aquellos largos y enguantados dedos— que transmitió el más helador de los escalofríos a mi cuerpo. Podría haber pensado que el mismo Plutón había venido para llevarme a su infernal y pestilente mundo de los infiernos.

«¡Corre, Poe!» ¿Por qué no corriste? Solo puedo asumir que la angustia que impregnaba mi alma se veía igual de contrarrestada por la curiosidad que ya he mencionado, que me dejó inmóvil y con los ojos fijos en el cochero.

—Cochero —dije finalmente con una voz que empezaba a crecer en aspereza—. No consentiré en dar un paso más hasta que me diga cuál es nuestro destino.

No profirió ninguna respuesta. ¿O tenía que aceptar como respuesta aquellos atenuados y demacrados dedos que se doblaban y curvaban?

—He dicho que no iré. No hasta saber adónde tiene intención de llevarme.

Al final, cesaron las invitaciones de su mano y con críptica sonrisa empezó a quitarse los guantes. Los dejó en el suelo del trineo y después, con un movimiento extrañamente intenso, se quitó el sombrero de piel de castor. Antes de que tuviera tiempo para recuperarme completamente empezó a quitarse el bigote de la cara.

No necesitaba nada más para revelar el semblante y la silueta que tan ingeniosamente había quedado oculta detrás de ese *outré* disfraz. Era mi amada Lea.

Al ver su querido rostro, tan adorablemente manchado por la pelusilla y la cola de maquillaje, tan femenina con aquella ropa masculina, mi alma tembló de alegría. Una vez más, Lea me hizo un gesto con los dedos, que ya no eran las cadavéricas

268

garras del emisario de Hades, sino los suaves, tiernos e indescriptiblemente preciosos dígitos de la divina Astarté.

Puse el pie en el patín y me lancé sobre el cochero con una fuerza tan rotunda que nuestros cuerpos sufrieron una estática colisión. Riendo alegremente, se echó hacia atrás y cerró sus manos alrededor de las mías, acercándome a ella en elegantes etapas. Sus largas y negras pestañas se cerraron. Sus labios —esos labios encantadoramente desiguales— se abrieron...

Y en esa ocasión, Landor, no me desmayé. No me atreví a separarme de ella ni un solo instante —aunque fuera para habitar en las más resplandecientes y cristalinas cavernas del sueño—, pues no lo habría soportado.

—Pero ¿adónde vamos, Lea?

Había dejado de nevar, el sol se había elevado en todo su abrasador esplendor y el suelo a nuestro alrededor brillaba con un extraño resplandor. Solo entonces tuve el adecuado dominio sobre mis facultades para aprehender las profundidades del ingenio de Lea. De alguna forma había conseguido ese medio de transporte. De alguna forma había adquirido ese extravagante disfraz. De alguna forma había reconocido ese silvestre enclave, tan ideal para el aislamiento. Enfrentado a tal inteligencia —infinitamente flexible, estratégica en ingenio—, ¿qué podía hacer, Landor, sino resignarme a ser la parte espectadora que espera la siguiente escena del espectáculo?

—Pero ¿adónde vamos? —pregunté de nuevo.

Si hubiese contestado «al cielo» o «al infierno», me habría dado igual. La habría seguido.

—No temas, Edgar. Volveremos a tiempo para la cena. Mis padres nos esperan a los dos, ya lo sabes.

¡Oh! ¿Acaso no era eso la diadema en la corona? Delante de nosotros teníamos no solo la tarde, sino toda la noche, y durante todo ese tiempo estaríamos juntos.

Del resto de ese invernal *excursus* no escribiré más, excepto para decir que, cuando el trineo de Albany se detuvo en la colina que domina Cornwall, cuando el tintinear de las campanillas del arnés del caballo se apagó, cuando Lea dejó las riendas y me concedió el privilegio de apoyar mi cabeza en su regazo, cuando el aroma de raíz de lirio me envolvió como el más puro incienso, entonces mi felicidad entró en una nueva esfera, más allá de la fantasía, más allá de lo creíble, más allá de la propia vida.

Intenté, Landor, introducir el tema de los recientemente fallecidos cadetes en nuestra conversación. En lo que respecta a Ballinger me hizo saber que simplemente lo consideraba un amigo íntimo de Artemus y, por ello, se había entristecido más por su hermano que por sentir la pérdida como suya. Llevar la conversación hacia Leroy Fry fue más complicado. Con la intención de aportar futuros destinos en nuestro trineo de Albany, sugerí que nos aventuráramos una vez más en el cementerio, si esa tierra santa no conservaba asociaciones demasiado insoportables para ella. Añadí que podría ser interesante ver la tumba recién excavada del señor Fry, suponiendo que la nieve no hubiera borrado todo rastro de ella.

—Pero ¿por qué te preocupas por el señor Fry, Edgar?

Ansioso por calmarla le confesé que me habían dicho que era admirador suyo y que en mi presente estado de *innamorato* me sentía obligado por mi honor a presentar mis respetos a todo caballero que alguna vez hubiese pretendido aspirar a ese exaltado estado.

Dando un golpecito con los pies en la alfombra, se encogió de hombros y, con tono brusco, dijo:

—Me temo que jamás me habría servido para nada.

—¿Y quién podría?

Como respuesta a esa simple pregunta, toda huella de emociones o pensamientos desapareció de su rostro y dejó ese atesorado lienzo como una verdadera *tabula rasa* en la que no se podía grabar una línea.

—Tú, por supuesto —contestó finalmente.

Dio una enérgica sacudida a las riendas y, con una larga y alegre carcajada, condujo por el largo camino hasta casa.

Oh, Landor, ya no puedo creer eso de Artemus. Excede a cualquier mente que cualquier pariente de Lea —uno que ha compartido tanto de su noble cuna, tantos de sus rasgos y que ha recitado las mismas oraciones debajo de la misma colcha—sea capaz de una brutalidad tan inhumana e inconcebible. ¿Cómo es posible que dos semilleros del mismo árbol, trepando tan tiernamente uno alrededor del otro, puedan crecer en direcciones tan chocantemente opuestas... uno hacia la luz y otro hacia la oscuridad? No puede ser, señor Landor.

Que el cielo nos ayude, si puede.

Narración de Gus Landor

24

5 de diciembre

Poe debería de haberlo sabido. Me refiero a pensar que la gente solo tiende hacia la luz o la oscuridad y no en ambos sentidos. Bueno, imaginé que serviría para tener un animado debate alguna noche, pero en ese momento tenía que pensar en otra cosa: Poe y yo estaríamos presentes en la misma cena.

Me costó todo el camino hasta la residencia de los Marquis decidir que era una buena idea. Ya que, por lo menos, sabría lo buen observador que era mi pequeño espía.

Me abrió la puerta una joven de ojos estrábicos, piel irritada y mucha energía. Recogió mi abrigo y mi sombrero con una mano mientras se limpiaba la nariz con la otra, los dejó en el perchero y volvió rápidamente a la cocina. Tan pronto como se desvaneció, la señora Marquis asomó su cabeza de roedor en el vestíbulo. En ese momento, sus rasgos parecían congelados, como si la acabaran de sacar de un banco de nieve, pero en cuanto me vio sacudirme las botas en el felpudo, vino con gran resolución, embutida en un vestido de luto de crespón y moviendo las manos como si fueran banderines.

—¡Oh, señor Landor, qué divertido! ¡Todos hemos tenido que refugiarnos de los crueles elementos! Entre, por favor. No le sentará bien estar en esa puerta. —Con un apretón sorprendentemente fuerte me cogió por el codo y me sacó del vestíbulo, aunque la pequeña y sonriente figura del cadete de cuarta Poe, delgado y tieso en su mejor uniforme de gala, nos bloqueó el paso momentáneamente.

Debía de haber llegado unos minutos antes que yo, pero se convirtió en un recién llegado otra vez para la señora Marquis y tuvo que mirarlo fijamente para acordarse de qué lo conocía.

—¿Conoce al señor Poe, señor Landor? ¿Lo vio en una ocasión nada más? Bueno, una vez no es suficiente en el caso de este caballero. No, le prohíbo que se sonroje. Es muy cortés, señor Landor, y tiene el oído poético más exquisitamente afinado que he conocido. Debería oírle hablar de Helen algún día, realmente es como… Pero ¿dónde está Artemus? Se está retrasando más que de costumbre. Dejarme con dos caballeros tan apuestos sin tener a nadie que los reciba es todo un delito. Bueno, tendré que remediarlo. Síganme, por favor.

¿Esperaba verla encorvada de dolor por la muerte de Ballinger? Seguramente no. Sin embargo, me desconcertó un poco el vigor de su paso mientras nos conducía por un pasillo con paneles de roble guarnecido con muestras de bordados: «Dios bendiga esta casa», «La abeja laboriosa trabaja», etcétera. Tras quitar una tela de araña del reloj de pared, abrió la puerta del salón. Un salón, lector —puede que sepas a lo que me refiero—, que parecía albergar las aspiraciones de la familia: sillones imperio americano de arce, con sus patas tipo cornucopia, sinfonier, una vitrina llena de tigres y elefantes de porcelana, dragones y gladiolos en el jarrón de la repisa de la chimenea… y un hogar lo suficientemente grande como para que cupiera en él toda una ciudad. Y sentada cerca del fuego, una joven de mejillas coloradas, bordando en un bastidor. Una joven llamada Lea Marquis.

Estaba a punto de presentarme cuando su madre dejó escapar un gritito ahogado.

—¡Dios mío! He olvidado la distribución en la mesa. Señor Poe, ¿puedo abandonarme a su merced? Solo serán unos minutos y tiene buen ojo para las cosas. Le estaré eternamente agradecida. Lea, si quieres…

¿Quieres qué? No lo dijo. Se limitó a apoyarse en el brazo de Poe y lo sacó de la habitación.

Cuento todo esto para explicar por qué no nos presentaron formalmente. También puede aclarar lo inusual de nuestra conversación. Hice lo que pude por hacerle las cosas fáciles. Puse mi otomana a una distancia discreta y, acordándome de lo horribles que son las conversaciones sobre el tiempo, evité toda referencia a la nieve. Cuando la conversación se fue apagando, me contenté con oler el húmedo y dulce tufo de mis botas, oír el chisporroteo de los troncos de roble y mirar las estolas de nieve por la ventana del salón. Cuando eso dejaba de agradarme, siempre podía mirar a Lea.

Qué tonto fui al pensar que el retrato de Poe sería natural. Ese chico debía de tener una mota en el ojo porque, bueno, estaba algo encorvada y su boca, yo la hubiera descrito como demasiado madura; y me temo que, en todos los sentidos, estaba en desventaja en comparación con su hermano. El mentón de Artemus parecía el de un necio en ella, las cejas, que tan agradablemente se arqueaban en él, eran demasiado cuadradas y pesadas para ella. Y, sin embargo, sus ojos eran tan encantadores como los había descrito Poe; tenía un tipo elegante y algo en lo que no había caído, una extraña vitalidad muy fluida. En el más lánguido de sus movimientos —en reposo incluso— había algo que parecía alerta y preparado, un potencial continuo del que quizá nunca se había dado cuenta. Supongo que lo que estoy diciendo es que no dio ninguna muestra de rendición.

No me importó que evitara mirarme a los ojos ni que cada frase pareciera morir en nuestros labios. Me sentí extrañamente familiar, como si hubiésemos estado muchos años sin hacernos caso sin ningún problema y estaba más incómodo de lo que esperaba cuando finalmente nos interrumpió, no Poe ni la señora Marquis, sino el propio Artemus, que entró en el salón haciendo un ruido chirriante con sus suelas.

—Mujer —le dijo a su hermana—. Tráeme la pipa.

—Tráetela tú —contestó esta.

Ese fue todo su saludo. Lea saltó de su silla y lo atacó, meneándolo, pellizcándolo y aporreándolo. Hizo falta que apareciera la criada con la campanilla que anunciaba la cena para que volvieran al mundo. Entonces fue cuando Artemus me hizo un gesto con la cabeza y me dio un apretón de manos, y Lea me permitió que la cogiera del brazo y la acompañara al comedor.

¿Por qué había necesitado la señora Marquis ayuda con la distribución de la mesa? Bueno, eso es lo que se preguntaban

274

todos. Aquella noche éramos un grupo reducido. La anfitriona se sentó en un extremo de la mesa y el doctor Marquis en el otro (cuadrando la espalda como un animal de tiro). Lea estaba sentada a mi lado y Poe junto a Artemus. Recuerdo que la cena consistía en pato de cabeza roja asado con col, guisantes y compota de manzana. También debía de haber pan porque recuerdo al doctor Marquis limpiando el plato con él y también la forma en que la señora Marquis, antes de empezar a comer, se quitó los guantes centímetro a centímetro, como si estuviera arrancándose la piel.

Poe renunció a mirarme durante la cena, sin duda porque temía que incluso medio segundo de contacto visual nos delataría. Sin embargo, no fue tan cauteloso con Lea. Ella, por su parte, no lo miró a los ojos, pero sí le respondió: una inclinación de la cabeza, un juego con los labios. No, no soy tan viejo como para haber olvidado esas cosas.

Por suerte para ellos, esa noche, los amantes se podían ocultar tras las inquietudes del resto de los presentes. El doctor Marquis mantenía un coloquio con su col y Artemus canturreaba un trozo de... Beethoven creo, una y otra vez.

Entre todas esas contracorrientes, finalmente brotó algo útil: la historia de la familia. A fuerza de suaves preguntas y comentarios sugerentes, me enteré de que la familia Marquis llevaba once años en la academia; que Artemus y Lea habían adoptado esas colinas como su propio hogar y que, entre los dos, habían descubierto tantos escondrijos secretos que si quisieran podrían encontrar trabajo como espías británicos. Gracias a haber estado juntos tanto tiempo, habían conseguido forjar un vínculo que el doctor Marquis solo consiguió mencionar con gran respeto.

—¿Y sabe, señor Landor? Cuando llegó el momento de decidir qué haría Artemus, no hubo dudas. «¡Artemus! —le dije—, Artemus, hijo mío, tienes que ser cadete, por Dios. Tu hermana no permitiría otra cosa.»

—A mí me parece que Artemus siempre ha sido libre para hacer lo que quisiese —comentó Lea.

—Y siempre lo hace —corroboró su madre, acariciando la manga de la guerrera gris de su hijo—. ¿No cree que mi hijo es excepcionalmente guapo, señor Landor?

—Creo que sus dos hijos han sido bendecidos en ese aspecto —repliqué.

Creo que desperdicié ese ejemplo de tacto.

—El doctor Marquis tiene el mismo aspecto que cuando era joven. No te estoy poniendo en una situación violenta, ¿verdad, Daniel?

—Solo un poco, querida.

—¡Qué tipo tenía, señor Landor! Mi familia se relacionaba con muchos oficiales en aquellos tiempos. Mi madre siempre me decía: «Puedes bailar con una hoja y flirtear con una barra, pero reserva tu mejor sonrisa para el águila y la estrella». Bueno, esa era mi intención. No me iba a contentar con menos de un mayor. Pero, después, ¿quién apareció sino este apuesto joven médico? No necesito decirle que tenía encanto. Podría haber elegido entre todo el excedente de mujeres que había en White Plains, así que no entiendo por qué me eligió a mí. ¿Por qué lo hiciste, querido?

—¡Oh! —exclamó el doctor, que se hinchó ligeramente antes de soltar una carcajada.

¡Y qué carcajada! Su mandíbula se abrió y se cerró como si la hubiera accionado un ventrílocuo.

—Bueno —continuó la señora Marquis—, como le expliqué a mis padres: «Puede que el doctor Marquis no sea un mayor, pero tiene un ilimitado potencial». Ha sido médico personal del general Scott, ¿lo sabía? Y, por supuesto, la Universidad de Virginia estaba deseando contratarlo como profesor, pero entonces el jefe de ingenieros llegó con este puesto en la academia y aquí estamos. El deber nos llama, ¿no? —dijo arrastrando el cuchillo sobre unas imaginarias líneas en su plato—. Por supuesto, se trataba solamente de un puesto temporal. Un año o dos, como mucho, y después vuelta a Nueva York. Pero nunca volvimos, ¿verdad, Daniel?

El doctor Marquis confesó que no lo habían hecho, ante lo que la señora Marquis sonrió como un tigre.

—Todavía podemos hacerlo —prosiguió—. Es posible. Mañana puede salir la luna en lugar del sol. Los perros pueden escribir sinfonías. Todo es posible, ¿verdad, cariño?

Diré algo sobre su sonrisa: no la borró en ningún momento, pero tampoco se le quedó fija. Parecía tener una graduación infinita. Vi que los ojos de Poe se agrandaban mientras la observaba, intentando seguirla, igual que se sigue el humo que sale por una chimenea.

—No crea que me importa, señor Landor. Este es un lugar remoto, eso es verdad, aunque también se puede vivir en Perú. Lo que resulta más extraño es conocer a gente interesante en esos sitios. A usted mismo, señor Landor.

—Está muy presente entre nosotros —intervino Artemus—. A todas horas.

—¡Oh! —exclamó la madre—. Eso es porque el señor Landor es una persona que posee una inteligencia particular, un don que escasea por aquí. Por supuesto, excluyo al profesorado, pero las esposas, señor Landor, no tienen ni un ápice de inteligencia, ningún gusto. Jamás en toda su vida verá mujeres tan poco elegantes.

—Sus modales no son buenos —corroboró Artemus—. Seguramente West Point es el único lugar en el que las aceptan. No imagino ningún salón de Nueva York en el que las admitieran.

Lea frunció el entrecejo mirando su plato.

Las dos de cunlla comportando terribl... me mal. Nos han tratado con mucha amabilidad y hemos pasado muy buenas horas con ellas.

—Quieres decir haciendo punto, ¿no? —intervino su hermano—. Infinitas sesiones de punto. —Se puso de pie y empezó a zurcir en el aire con los dedos, imitando un acento sureño que, si se me permite decirlo, se parecía mucho al de una de las mujeres del profesorado, la señora Jay—: «¿Sabes, querida?, creo que este octubre es un poco más frío que el octubre pasado. Sí, sí, lo sé porque el pobrecito Koo-Koo... ¿Conoce a mi querido y dulce lorito de las Azores?, tiembla desde que se despierta. No debería de haberlo llevado al concierto de violín la otra noche, no soporta las corrientes de aire...».

—¡Basta ya! —gritó la señora Marquis a través de sus dedos.

—«Estoy segura de que le saldrán sabañones.»

—¡No seas malo!

Recompensado de ese modo, Artemus volvió a su silla sonriendo. Dejé que se hiciera un momento de silencio antes de aclararme la garganta y decir con tanta suavidad como pude:

—Creo que la señora Jay tiene otros temas en la cabeza últimamente.

—¿Y cuáles son? —inquirió la señora Marquis, que seguía riéndose.

—El señor Fry y su amigo el señor Ballinger, por supuesto.

Ya no hubo más palabras, solo ruidos. El tierno sonido de los nudillos de Poe, el golpecito del dedo de Artemus en el borde de su plato y el del pan del doctor Marquis mientras intentaba atrapar un guisante perdido.

Después, se oyó una risita en voz baja de la señora Marquis mientras echaba hacia atrás la cabeza y decía:

—Espero que no se exceda y empiece a investigar por su cuenta, señor Landor. Seguro que no le parecería nada bien una interferencia femenina de ese tipo.

—Agradezco toda la ayuda que puedan darme. Sobre todo si no tengo que pagar por ella.

La sombra de una sonrisa se paseó por el rostro de Poe. Incriminatoria, por lo insignificante que fue. Pero cuando miré a Artemus, este estaba demasiado ocupado divirtiéndose como para haberse dado cuenta.

—Señor Landor —dijo—. Espero que, cuando acabe con sus asuntos oficiales, me ayude con un pequeño enigma.

—¿Enigma?

—Sí, es algo muy extraño. Al parecer, el lunes alguien intentó tirar abajo la puerta de mis aposentos mientras yo estaba en la alocución.

—Hay gente horrible ahí fuera —pontificó el doctor Marquis.

—¿De verdad, padre? Yo me inclinaba más hacia la idea de que el tipo era simplemente un maleducado. —Artemus volvía a sonreírme—. Pero claro, no sé quién es.

—Es igual, cariño, has de tener cuidado —le pidió la señora Marquis—. En serio.

—Madre, seguramente sería un tipo aburrido que no tenía nada mejor que hacer ni vida propia. Un rústico que vive en una casa de campo, al que le gusta empinar el codo y frecuentar tabernas de mala muerte. ¿No cree, señor Landor?

Vi que la señora Marquis se estremecía y que Poe cambiaba de postura en su silla. El ambiente alrededor de la mesa parecía echar chispas. Artemus debió notarlo también, ya que puso lo ojos como platos.

—Oh, usted tiene una casa de campo también, ¿verdad, señor Landor? Bueno, entonces estoy seguro de que sabe a qué tipo de persona me refiero.

—Artemus —prorrumpió Lea con tono de advertencia.

—Incluso puede que tenga amigos que encajen en ese perfil.

—¡Basta ya! —gritó la madre.

Y todo se paró. De repente todos nos volvimos para mirarla y observamos impotentes las arrugas que tenía alrededor de la boca, las tensas cuerdas en su garganta y sus diminutos puños, que había apretado hasta hacer de ellos un nudo tembloroso.

—¡Odio esas cosas! ¡Odio con todas mis fuerzas que te pongas así!

—No entiendo muy bien adónde quieres ir a parar, madre —replicó Artemus mirándola con anodina curiosidad.

—No, claro, por supuesto que no. ¿A parar? Podría ir a parar al otro lado del Hudson y nadie... —Por primera vez, los extremos de su boca se curvaron hacia abajo—. Nadie me seguiría, ¿verdad, Daniel?

Marido y mujer se miraron con tanta intensidad que los dos metros y medio que los separaban se redujeron a nada. Después, lentamente, con un enigmático brillo en los ojos, la señora Marquis levantó el plato por encima de su cabeza y... lo dejó caer. Un hueso de pato salió volando, la compota de manzana lo siguió y el plato se rompió en una docena de trozos que se esparcieron por el mantel de lino de color rojo.

—¡Ja! ¿Lo veis? Un plato de porcelana jamás se rompería a menos que estuviese demasiado cerca del fuego. Tendré que hablar con Eugénie. —Dio un manotazo a los fragmentos de porcelana como para destrozarlos mientras el tono de su voz iba en aumento—. Estoy muy enfadada con ella. Si pudiera encontrar una buena criada, pero no se pude, Dios nos asista. Y no se te ocurra pedirles que lleven librea o te traten como... como su patrón, no. Bueno, ha llegado el momento de que hablemos. Ha llegado el momento de decirle que no nos puede tratar así.

Su silla se inclinó hacia atrás y, de repente, estaba de pie cogiéndose del pelo. Antes de que ninguno de los caballeros pudiéramos levantarnos, ya había salido de la habitación, con la servilleta todavía colgando del vestido. Oí un frufú de tafetán… un gemido… un ruido de botas en la escalera. Después, todo quedó en silencio y, uno después de otro, volvimos a centrarnos en nuestros platos.

—Tiene que perdonar a mi esposa —pidió el doctor Marquis a nadie en particular.

Y eso fue todo lo que se dijo al respecto. Sin más disculpas ni explicaciones, el resto del clan Marquis se inclinó hacia la comida y siguió comiendo. Ya no estaban escandalizados. Muchas otras cenas habían naufragado en las mismas aguas someras.

Poe y yo, por el contrario, habíamos perdido lo que nos quedaba de apetito. Dejamos los tenedores y esperamos primero a que acabara Lea, después Artemus y finalmente el doctor Marquis, que se levantó y, tras pasar un tiempo hurgándose en los dientes con una navaja, inclinó la cabeza en mi dirección y dijo:

—Señor Landor, ¿le apetece pasar a mi estudio?

Narración de Gus Landor

25

*E*l doctor Marquis cerró la puerta del comedor detrás de él y se inclinó hacia mí con ojos rebosantes y aliento a cebollas y a whisky.

—Los nervios de mi mujer. En esta época del año. Está agotada. El invierno y el frío. Encerrada. Seguro que lo entiende.

Asintió como para asegurarse de que había cumplido con su obligación y después me indicó hacia un extremo del estudio, una habitación muy estrecha que olía a caramelo quemado y en la que el resplandor de una única vela se reflejaba en un espejo con marco deslucido. En la parte de arriba de la estantería del centro fruncía el entrecejo el arrogante Galeno. En una hornacina, entre otras dos estanterías, estaba el retrato al óleo, de no más de medio metro, de un clérigo vestido de negro. Justo debajo había un cojín —basto, gris y que olía a humedad— sobre el que había un camafeo, como si lo hubieran acostado.

—Dígame, doctor, ¿quién es esa encantadora criatura?

—Es mi querida esposa, por supuesto.

Habían pasado más de veinte años desde que se había hecho el retrato en marfil, pero se alejaba muy poco de la estructura o la cara actual de la señora Marquis. Si acaso, el paso de los años simplemente la había *concentrado* y los redondos y optimistas ojos puros del retrato tenían tanta relación con sus equivalentes actuales como la masa y el pan.

—Menosprecia su belleza, ¿no le parece? No tiene nada de *amour propre* que, como sabe, es territorio femenino. Ah, todavía no le he enseñado mis monografías. —Metió la mano en la estantería que tenía justo debajo y sacó un montón de finas hojas de papel amarillento cuyo olor picante invadió el aire como la pimienta—. Sí, sí —dijo con una risita—, esto es: *Un ensayo inaugural sobre las ampollas*. Me invitaron a que lo leyera en el Colegio de Médicos y Cirujanos. *Ensayo inaugural sobre la fístula de ano*, muy bien recibido en la Universidad de… Ah, pero esta, bueno, creo que es justo decir que me otorgó la reputación que tengo. *Breve informe sobre el método más acreditado de tratar la fiebre amarilla biliosa, vulgarmente llamada vómito negro*.

—Un impresionante abanico de intereses, doctor.

—Es simplemente la forma en que trabaja el viejo cráneo. Acá y allá, ese es mi modus. Pero el ensayo que realmente quiero enseñarle, señor Landor, son mis observaciones sobre el trabajo del doctor Rush a propósito de las enfermedades de la mente, publicado en el *New England journal of medicine and surgery*.

—Me encantará verlo.

—¿De verdad? —dijo haciendo una mueca y casi creyéndoselo. Debía de ser el primer ser humano que respondía afirmativamente a su propuesta—. Bueno, eso… Pero ¿no es…? Creo que lo estuve estudiando anoche en la cama. ¿Lo traigo?

—¡Cómo no!

—¿Está seguro?

—Por supuesto. Incluso lo acompañaré si no le importa.

Se le abrió la boca e hizo un gesto de invitación con la mano.

—Será todo un honor, un placer.

Sí, un poco de amabilidad consiguió mucho del doctor Marquis. Recuerdo lo alegres que resonaban sus botas en la escalera, un sonido que rebotó por toda la casa, así de reducidas son estas casas del gobierno. Todo lo que sucede en un cuarto pasa a ser propiedad del resto de habitaciones.

Lo que quiere decir que, desde el comedor, Artemus podía seguir cada paso que dábamos y sabría el momento exacto en el que llegáramos al segundo piso. Pero ¿sabría esto? ¿Que su padre había olvidado llevar una vela? ¿Y que la primera luz que vimos fue un farol de noche fijo en la pared de un pequeño dormitorio cerrado con contraventanas. Un extraño espacio desnudo y cuajado, en el que la única cosa visible era un reloj de pie (parado a las tres y doce) y el contorno de una cama de latón desprovista de todo menos del colchón.

—¿La habitación de su hijo? —pregunté volviéndome hacia el doctor Marquis con una sonrisa.

Admitió que lo era.

—Qué bien para él. Un pequeño retiro del alboroto de la vida de cadete.

—De hecho —comentó el doctor rascándose la mejilla—, Artemus solo viene los días de fiesta. Algo que le honra. Una vez me dijo: «Padre, si voy a ser cadete, por Dios que viviré como uno de ellos. No voy a volver a casa con mis padres por las noches, no es así como se comporta un cadete. Quiero que me traten como al resto de mis compañeros». —Se tocó en el pecho y sonrió—. ¿Cuántos hombres pueden decir que tienen un hijo así?

—Muy pocos, la verdad.

Se inclinó otra vez hacia mí y una vez más el aire se volvió amargo por el olor a cebolla.

No hace falta que le diga, señor Landor, cómo se me hincha el corazón al verlo convertirse en un hombre. No es como yo. Ha nacido para dirigir, todo el mundo lo ve. Sí, pero nosotros estábamos buscando la monografía, ¿verdad? Por aquí, por favor.

El dormitorio del señor Marquis estaba al final del pasillo. Se detuvo, hizo ademán de llamar y después retiró la mano.

—Acabo de acordarme de que mi buena esposa está descansando. Creo que entraré de puntillas. ¿Le importa esperar aquí?

—En absoluto, doctor. Tómese el tiempo que necesite. Tan pronto como se cerró la puerta tras él di tres largos pasos de vuelta por el pasillo y entré en la habitación de Artemus. Cogí el farol de la pared y, a toda velocidad, inspeccioné la cama, después toqué bajo el colchón y detrás del cabezal. Dirigí la luz hacia los fetiches de infancia que había esparcidos con un extraño descuido por el suelo: un par de patines viejos, un muñeco de cera con ojos que parecían cruces, los restos de la caja de una cometa y un carrusel en miniatura con manivela para accionarlo.

283

«No está aquí —lo sabía—. No está aquí.» Entonces, la luz del farol coincidió con mi hilo de pensamiento y viró bruscamente en dirección al armario que había en el rincón más apartado de la habitación.

Armarios, ¿qué mejor lugar para guardar secretos?

La puerta se abrió y reveló una oscuridad tan total que mi luz casi no logró hacerle mella. Me llegaron aromas a bergamota y a frangipani y, combinado con ellos, el dulce y fuerte olor a naftalina. El frufú de satén, organdí y tafetán, rígidos por el frío.

El armario de Artemus era el sedante para el exceso de guardarropa de una mujer. Una forma muy práctica de utilizar el armario abandonado por un hombre, pero en esas circunstancias, no podía dejar de verlo como otra de las burlas de Artemus. (¿Y acaso no habría seguido el sonido de mis pasos? ¿Acaso no sabía exactamente dónde estaba?) Provocado por aquello, estiré el brazo y, para mi sorpresa, no encontré pared en el fondo, nada que bloqueara el paso. Solo más oscuridad.

Con el farol en la mano, pasé a través de las prendas y de repente me encontré, libre de todo estorbo, en un espacio oscuro y cálido en forma de rombo. No había olores ni contornos, aunque sí algo más que vacío. Solo tuve que dar un paso hacia delante y sentir un suave golpe en la frente para saber que era la barra vacía de un perchero.

Pero tampoco estaba del todo vacía. Pasé las manos por ella y me tropecé con una percha de madera, las bajé y encontré la ribeteada cinta de un cuello… el áspero rastro de una espalda… y debajo una extensión de lana húmeda que descendía en piezas cosidas.

Puse las manos alrededor de la prenda, la dejé en el suelo y levanté la luz.

Era un uniforme, un uniforme de oficial.

Verdadero o una buena reproducción. Los pantalones azules con el cordoncillo dorado. Las florituras doradas en la guerrera azul. Y allí, en el hombro (tuve que acercar el farol para poder verlo), un borroso rectángulo con trozos de hilo, donde había estado cosida una barra.

Mi mente revivió, ¿qué si no?, al misterioso oficial que había ordenado al soldado Cochrane que abandonara el cuerpo de Leroy Fry. Y en ese mismo instante, mi mano, que acariciaba la guerrera, se detuvo en un trozo de tela ligeramente elevado justo encima de la cintura en el que había algún tipo de sustancia, ligeramente pegajosa y áspera. Pasé el dedo por ella, pero cuando lo iba a subir hacia el farol oí pasos.

Alguien había entrado en la habitación.

Apagué la luz y me senté allí, en la húmeda oscuridad del armario de Artemus, oyendo cómo la oculta presencia que había al otro lado daba un paso... y otro.

Entonces se detuvo.

No podía hacer nada, solamente esperar, a ver qué sucedía.

En un primer momento oí otro sonido, el de apartar la barrera de ropa que había delante de mí. Para cuando el sonido se convirtió en algo, ya había rebotado en mis costillas, había entrado por mi levita y me había clavado contra la pared del fondo.

Sí, era el accesorio que faltaba en el uniforme: un sable.

En esos momentos iniciales era más fácil sentirlo que verlo. La hoja de acero biselado estaba tan absurdamente afilada que el aire parecía partirse ante ella.

A pesar de que podía haber peleado, aquel sonido me mantenía inmóvil. Saqué el brazo por la manga y empecé a liberarme. Entonces el sable dejó de hacer presión, aunque solamente para atacar otra vez, incluso con mayor rapidez. Cuando me solté, vi que el sable embestía en cada rincón donde anteriormente había estado mi corazón, asestando a mi levita un golpe mortal.

Podría haber gritado, sí, pero sabía que ningún grito se oiría fuera de ese armario. Y sí, quizá podría haberme abalanzado sobre mi atacante, pero la barricada de ropa solo le dejaba una posibilidad. Un paso equivocado y habría estado más a su merced de lo que estaba antes. Pero esto también era verdad: no podía arrojarse sobre mí sin perder su ventaja.

Las reglas habían quedado establecidas, podía empezar el juego.

Volvió a aparecer el sable... arremetió hacia delante... ¡ping!, fue el grito que soltó la pared cuando chocó contra un trozo de yeso justo encima de mi cadera. Un segundo más tarde se retiraba para volver a tantear en la oscuridad una vez más, hambriento de carne.

¿Y yo? No dejaba de moverme, lector. Arriba y abajo, de un lado a otro, era una nueva diana para cada estocada que intentaba leer la mente que había detrás de esa hoja.

El quinto intento me rozó la muñeca. El séptimo pasó como una brisa entre el pelo del cuello. El décimo entró por el recodo entre el hombro derecho y la caja torácica.

Cada vez eran más rápidos, enloquecidos por los intentos fallidos. Ya no buscaba una muerte rotunda; su nuevo objetivo era la estocada grave. Centímetro a centímetro, bajó de la zona del corazón a la de las piernas. Y mis piernas, como respuesta, iniciaron un baile escocés para salvar la vida.

Era una danza que finalizaría pronto, eso lo sabía. Incluso si mis pulmones eran capaces de seguir bombeando aire, en aquel reducido espacio no había suficiente oxígeno que aspirar. Fue el agotamiento y no ninguna esperanza de salvación, simplemente cansancio óseo, lo que me tiró al suelo.

Y allí permanecí, de espaldas, viendo aquel acero dibujar mi silueta en el yeso. Cuanto más se acercaba, más frío era mi sudor. Tuve la impresión de que estaba tomando medidas para mi ataúd.

Cuando volví a oír el estrépito del sable cerré los ojos una vez más. Una vez más, la pared expresó su protesta. Y después… nos quedamos en silencio.

Abrí ligeramente los párpados y vi la hoja exactamente a un centímetro de mi ojo izquierdo. No, todavía no, seguía girando y retorciéndose por pura rabia, pero sin retirarse tampoco.

Entendí lo que había pasado. La estocada llevaba tanta fuerza que el sable se había quedado incrustado en el yeso. Era mi última, mi única oportunidad. Arrastrándome por debajo, cogí uno de los vestidos del colgador, lo puse alrededor de la hoja y empecé a estirar. Utilizando toda mi fuerza, la que tenía, contra la fuerza que había al otro lado.

Durante un momento estuvimos igualados, pero mi atacante tenía un fuerte asidero en el mango, además del efecto de palanca que le confería. ¿Y yo? Solo tenía mis manos desnudas para tirar. Durante unos largos segundos forcejeamos en la oscuridad, sin vernos, pero sin por ello estar menos presentes.

La hoja se había desprendido de la pared. Libre de nuevo, volvía a ser un instrumento de voluntad ciega, que se me escurría. La fuerza desaparecía de mis dedos, de mis muñecas, de mis brazos y lo único que me hacía seguir agarrando el arma era un pensamiento que no dejaba de darme vueltas en la cabeza: «Si suelto será el final».

Así que seguí apretando; a pesar de que me ardían las manos por el dolor y de que el corazón se me derretía entre los pulmones, seguí apretando.

En el momento en el que lo di todo por perdido, cesó la fuerza en el otro extremo del sable y este se quedó laxo. Se hundió en mis magulladas manos como una ofrenda del cielo. Lo miré desconcertado, esperando que volviera a tener vida. No lo hizo. Permanecí allí otro minuto, sin querer, sin poder soltarlo.

287

Narración de Gus Landor

26

$\mathcal{M}$e metí el uniforme bajo el brazo y, arrastrando la levita y el farol detrás de mí, atravesé la barrera de ropas y volví a encontrarme en la fría penumbra de la habitación de Artemus. Busqué alguna señal de violencia en mi cuerpo, aunque no la encontré. Ni un arañazo, ni una gota de sangre. Los únicos sonidos que se escuchaban eran mis jadeos y el suave goteo de mi sudor en el suelo.

—Señor Landor.

Reconocí la voz. Pero allí, en la sombra de la puerta y sin un farol podría haber sido el doble de su hijo. Dudé un momento preguntándome si debería creer lo que me decían mis ojos o mis oídos.

—Lo siento mucho, doctor. Me temo que me he roto la chaqueta. —Avergonzado, señalé hacia la prenda que estaba en el suelo—. Y había pensado tomar prestada una de su hijo.

—Pero su chaqueta está…

—Sí, la he hecho buena, ¿verdad? No pasa nada —dije riendo y mostrándole el uniforme—. No creo que pueda hacerme pasar por oficial, siempre he evitado las situaciones peligrosas.

Vino hacia mí con la boca abierta mirando la prenda que tenía en la mano.

—Vaya, debe de ser de mi hermano.

—¿De su hermano?

—Se llamaba Joshua. Murió poco después de la batalla de Maguaga. De gripe, pobre. Ese uniforme es lo único que tenemos para poder recordarlo. —Se arrodilló, pasó la mano por la tela y se frotó los dedos debajo de la nariz—. Es curioso, el azul se ha desteñido y las correas de los hombros están un poco pasadas de moda, pero, si no, podría pasar por nuevo.

—Eso mismo he pensado yo. Ah, mire. Se ha perdido la barra.

—Nunca la ha tenido —apuntó señalando el entrecejo—. Joshua nunca llegó a ascender más allá de segundo teniente.

Su ceño se arqueó hacia arriba y soltó aire por la nariz.

—¿Algo divertido, doctor?

—Artemus solía ponérselo en casa.

—¿Lo hacía?

—Cuando era un renacuajo. Ojalá lo hubiera visto, señor Landor. Sus brazos eran medio metro más cortos que las mangas. ¡Y los pantalones! Los arrastraba de una forma muy divertida. —Esbozó una mueca—. Sí, debería de haberle pedido que mostrara más respeto por el uniforme de su país, pero no creía que hiciera nada malo con ello. Nunca conoció a Joshua, pero siempre ha mostrado un profundo respeto por la carrera de su tío.

—Y por la suya también —dije—. ¿Cómo podría no respetarla?

—Sí, bueno. Quizá no ha salido a mí. Mejor para él, ¿no cree?

— Es muy humilde, señor. ¿Me está diciendo que después de todos estos años viéndole practicar su arte no ha asimilado nada?

Sus estropeados labios se torcieron hacia un lado.

—Supongo que sí lo ha hecho. Con solo diez años sabía los nombres de todos los huesos y órganos. Sabía cómo utilizar un estetoscopio. Una o dos veces me ayudó a curar un hueso roto. Pero creo que nunca le ha interesado mucho…

—¿Qué demonios?

No había duda de quién estaba en ese momento en la puerta. La cara de la señora Marquis resaltaba grandemente gracias a la vela que llevaba en la mano y su luz exageraba los huesos de pajarillo de su cara y convertía sus ojos en grades flemones.

—¿Ya te has recuperado, querida?

—Sí, parece que estaba equivocada. Creía que iba a ser una de esas horribles migrañas, pero lo único que necesitaba era un poco de descanso. Me encuentro muy bien. Daniel, veo que estás a punto de aburrir al señor Landor con uno de tus artículos periodísticos. Vuélvelo a dejar donde estaba y, señor Landor, debería olvidarse de esa horrible y vieja guerrera militar. Estoy segura de que no le quedará bien. ¿Les importaría acompañarme abajo? Los demás se estarán preguntando dónde estamos. Y, por favor, Daniel, baja el fuego del salón, el señor Landor está sudando.

Estábamos a pocos pasos de la puerta del salón cuando oímos que el pianoforte se había despertado, junto a ruido de pies y una risa sofocada. ¡Alegría! ¿Cómo había conseguido desatarse? La evidencia estaba allí mismo, Lea tocaba una cuadrilla y, siguiendo el ritmo, Poe y Artemus desfilaban por el suelo del salón balanceándose, y riéndose, riéndose como ángeles.

—Lea, deja que toque —pidió la señora Marquis.

Lea no necesitaba otra orden. Dejó su sitio en el piano y se fue corriendo hacia la parte de atrás de la columna, puso las manos en la cadera de Artemus y empezó a balancearse. La señora Marquis se sentó en el banco del piano y aporreó una melodía recientemente importada de Viena, interpretándola a gran velocidad con un aterrador virtuosismo.

Me senté sonriendo, sin chaqueta y sudado, y me pregunté: ¿quién había intentado matarme en esa habitación?

Cuanto más rápidas iban las notas, más ruido hacían los pies y la risa era ya general. Incluso el doctor Marquis se permitió alguna y se secó los ojos. Todo el trasfondo avinagrado de hacía media hora había desaparecido y casi podría haber creído que había soñado toda la historia del armario.

Entonces, la señora Marquis abandonó su tarea con la misma velocidad con que la había abordado. Golpeó el teclado con las manos y lanzó un cuchillo de discordia hacia la habitación que dejó a todo el mundo parado donde estaba.

—Deben perdonarme —dijo levantándose y alisándose la falda—. ¿Qué clase de anfitriona soy? Estoy segura de que el señor Landor no quiere oírme tocar el piano y prefiere que lo haga Lea. —¡En qué forma pronunció su nombre! Lo estrechó tanto como pudo—. Leee-aaa, ¿quieres tocar una canción?

Una canción era lo último en esta vida que quería tocar Lea, pero por mucho que suplicó, la señora Marquis no cedió.

290

Puso las manos en las muñecas de su hija y le dio una serie de tirones poco delicados.

—Tenemos que suplicarte, ¿verdad? Venga, todo el mundo de rodillas. Al parecer tenemos que implorarle.

—Madre.

—Puede que si hacemos unas zalemas…

—No es necesario —replicó Lea bajando la vista—. Estaré encantada.

Ante lo cual, la señora Marquis soltó una plateada carcajada.

—¿No les parece excelente? Debo prevenirles de que el gusto musical de mi hija siempre me ha parecido anticuado y triste. Por eso me he tomado la libertad de sugerirle una selección de *Lady's Book*.

—No sé si al señor Poe…

—Estoy segura de que le gustará. ¿Verdad, señor Poe?

—Cualquier cosa con la que la señorita Marquis quiera premiarnos —dijo Poe medio temblando— será una bendición del…

—Lo mismo pienso yo —gritó la madre apartándolo con la mano—. No nos hagas esperar más. —Con un tono de voz bajo, audible para cualquier persona que estuviera a seis metros a la redonda, añadió—: Ya sabes que al señor Landor no le importará.

Entonces Lea me miró. Sí, con la atención sin reservas que me había prestado toda la noche. Puso la partitura en el atril. Se sentó en el banco y lanzó una última mirada a su madre, imposible de descifrar; no era suplicante ni de resistencia, quizá era curiosidad. Quizá se preguntaba qué iba a pasar.

Después se aclaró la garganta y empezó a tocar. Y a cantar.

> Un soldado es el chico que quiero,
> un soldado es el chico que quiero.
> Las chicas tenemos que admitir que su pum, pum, pum
> mueve el corazón de los que lo oyen…

Resultaba extraño que la hubiera encontrado en el *Lady's Book*. Era el tipo de canción que se oía hacía muchos años en el Olympic Theatre en un programa con comediantes de los de cara pintada con corcho quemado y bailarinas francesas. La habría interpretado una chica llamada Magdalena o Delilah y llevaría gastadas plumas de avestruz bordadas con cuentas azules o, si era más atrevida, un traje de marinero; tendría las mejillas tan coloradas como los labios, y las rodillas más aún, y afearía sus ojos manchados de kohl con un guiño.

Al menos, Delilah habría hecho su trabajo con gran fervor. Aunque imagino que incluso los esclavos de las galeras habrían mostrado más entusiasmo que el que mostró Lea Marquis aquella noche de diciembre, sentada muy tiesa en el banco y con los brazos rígidos como mosquetones. Una vez, solo una vez, levantó los dedos del teclado, como si fuera a acabar, pero entonces ella (o alguien) se lo pensó mejor, dejó caer las manos y elevó la voz.

> Con su pum
> Con su pum
> Con su pum, pum, pum

Era, tal como me había informado Poe, una contralto natural que cantaba en una clave muy alta y, cuando su voz se acercaba al final de la clave, empezaba a nublarse hasta convertirse en una ráfaga de vapor que atravesaba sus apretados labios, prácticamente inaudible, pero extrañamente resistente a la vez. Nada podía acallarla.

> Pum, pum, pum
> Pum, pum, pum…

Supongo que en ese momento pensé en los pájaros de Papaya, trinando a través de los barrotes. Qué no habría dado —qué no habríamos dado todos nosotros— por la llave de esa jaula. La canción prosiguió (resultaba más fácil que la marea se retirara que detenerla) y, mientras continuaba, la voz de Lea tocó fondo y sus manos adquirieron una nueva y extraña energía. Empezó a aporrear las teclas y una nota se salía del ritmo a cada golpe —aterrizaba en otro compás— y el propio piano, aturdido por el aporreo, parecía estar a punto de levantarse como protesta, mientras Lea seguía cantando:

Con su pum

Con su pum

Por primera vez en toda la noche, Poe miraba en otra dirección, como si Lea estuviera en algún sitio en el pasillo. Vi que Artemus se pasaba los dedos por la mejilla y la señora Marquis, la causante de todo aquello, parecía estar en un placentero trance, ¿o era miedo?, con los ojos centelleando en distintas direcciones y la garganta tensa de tanto tragar saliva. «Por favor —pensé—, por favor.»

¡Oh!, un soldado es el chico que deseo.

¡Oh!, un soldado es el chico que deseo.

Hizo tres coros y la canción duró unos cuatro minutos, a cuya finalización todos nos pusimos de pie y empezamos a aplaudir como si la vida nos fuese en ello. La señora Marquis lo hacía con más fuerza que nadie. Sus pies interpretaban una tarantela en el suelo y su voz se oía a semejante volumen que el doctor Marquis tuvo que ponerse un dedo en la oreja.

—¡Oh, sí, querida! —gritó—. Solo desearía, querida, y es lo único que te diré, nunca me volverás a oír mencionar el tema, te lo prometo, que no te apocaras cuando llegas a esos fa y esos sol. Tienes que pensar —dijo pinchando el aire con una larga estocada de sable— hacia afuera, no hacia arriba. No se trata de subir, es un viaje hacia la resonancia, ya te lo he comentado alguna vez, Lea.

—Por favor, Alice —intervino el doctor Marquis.

—Lo siento, ¿he dicho algo ofensivo? —Al no recibir respuesta por parte de su marido, lanzó una mirada interrogante al resto de los presentes, uno por uno, antes de decidirse por su hija—. Lea, querida, has de decírmelo, ¿he hecho algo que te pueda herir?

—No —respondió Lea con gran serenidad—. Ya lo sabes, para herirme tendrías que hacer algo mucho más gordo.

—Bueno, ¿entonces por qué está todo el mundo tan malhumorado? ¿Para qué hacer una fiesta si no podemos estar alegres? —Dio un paso hacia atrás y sus ojos empezaron a hincharse—. Y la luz de la nieve es tan bonita… Y estamos aquí… ¿Por qué no estamos contentos?

—Lo estamos, madre —aseguró Artemus.

Aunque su tono no era precisamente alegre en aquella ocasión, era simplemente el metálico sonido de la obligación, cargada al hombro por milésima vez. Pero bastó para avivar un nuevo ánimo en la señora Marquis, que a partir de ese momento se convirtió en una infatigable organizadora. Nos hizo llevar a cabo varios juegos de mesa y charadas, e insistió en que nos comiéramos el pastel con los ojos vendados, para que pudiéramos adivinar todos los sabores que Eugénie (la querida Eugénie) había puesto en él. Cuando acabamos las trufas de chocolate y volvimos al salón, el doctor Marquis, que tampoco era un músico, interpretó *Old Colony Times* en tono tristón; Artemus y Lea permanecían de pie con los brazos alrededor de la cintura del otro balanceándose hacia delante y hacia atrás y Poe se sentó en la otomana, observándolos como si fueran cóndores… Solo entonces me prestó atención la señora Marquis.

—Señor Landor, ¿ha comido suficiente? ¿Está seguro? ¿Le importaría sentarse a mi lado? Me alegro mucho de que haya podido venir. Ojalá Lea hubiera estado en mejor forma. Le aseguro que si vuelve en otra ocasión no le decepcionará.

—No… No tengo derecho a…

—Por supuesto, eso se debe a la clase de hombre que es. Me sorprende muchísimo, señor Landor, que no haya sido el sujeto de muchas intrigas desde que llegó.

—¿Intrigas?

—¡Ajá! No creo ser ciega ante las artimañas de las mujeres. Sus maniobras han matado a más hombres que todas las caballerías del mundo juntas. Seguro que al menos una de esas esposas del ejército le ha presentado a alguna de sus espantosas hijas.

—No, no creo que…

—Si tuvieran hijas como Lea, no habría forma de pararlas. Lea, como sabe, siempre ha estado considerada como un buen «partido». Si no fuera tan especial podría haber tenido, bueno, muchos… Pero, ya sabe, tiene grandes ideas y siempre he pensado que estaría mucho mejor con un hombre con una, digamos, sensibilidad más madura. Alguien que pudiera guiarla, con delicada persuasión, hacia la adecuada esfera social.

—Pensaba que su hija sería la mejor juez para…

—Sí, claro —me interrumpió con un agudo grito de langosta—. Sí, yo pensaba lo mismo cuando tenía su edad. Y, ¡míreme ahora! No, señor Landor, en esas cuestiones, las madres siempre saben más. Y por eso, siempre que tengo oportunidad, le digo a Lea: «Te conviene un hombre maduro. Deberías echarle el ojo a un viudo».

Tras decir aquello estiró la mano y me tocó en el gemelo.

Bastó ese simple gesto para que fuera yo el que se encontrara en la jaula con los barrotes bajados sin siquiera poder cantar para lograr liberarme.

También hubo un último chiste. La señora Marquis, como de costumbre, hablaba en voz lo suficientemente alta como para que la oyera todo el mundo que había en la habitación. Entonces todos me miraban a través de los barrotes. Allí estaba Artemus, con esa peculiar mirada vacía, y Lea, sin lágrimas y sin palabras. Y también el cadete de cuarta Poe, con las mejillas rojas como si le hubieran dado una bofetada y los labios cerrados por el ultraje.

—¡Daniel! —gritó la señora Marquis—. ¡Trae champán! ¡Me apetece volver a tener veinte años otra vez!

Y, por alguna razón, fue el momento que elegí para mirarme las manos y ver el residuo cobrizo y granular que se había desprendido de la guerrera de oficial del armario de Artemus, conservado, como en ámbar, en la piel de mi dedo.

Sangre. ¿Qué otra cosa podía ser sino sangre?

Narración de Gus Landor

27

6 *de diciembre*

*A*sí fueron las cosas, lector. Había ido a casa de los Marquis esperando resolver un misterio y me fui de allí con tres. El primero: ¿quién había intentado matarme en el armario de Artemus?

Solo Artemus y el doctor Marquis podían tener la fuerza para manejar un sable de esa forma, pero los dos, que yo supiese, podían justificar dónde estaban: el doctor Marquis cuidando a su mujer y el cadete en el salón. Era prácticamente imposible que alguien de fuera hubiera entrado en la casa sin que se diera cuenta nadie. Entonces, ¿quién había sido? ¿Quién había guiado el sable hacia mis puntos más vulnerables?

El segundo era este: si el uniforme del armario de Artemus era el mismo que había visto el soldado Cochrane aquella noche en el pabellón B-3 —y yo creo que lo era—, ¿quién lo llevaba puesto?

Por supuesto, Artemus era el primer candidato. Así que, al día siguiente de la cena en casa de los Marquis, le pedí al capitán Hitchcock que lo llamara con el pretexto de la puerta rota de su cuarto. Tuvieron una conversación muy agradable y el soldado Cochrane estuvo en la habitación contigua con la oreja pegada a la puerta. Cuando acabó la conversación y le dio permiso a Artemus para irse, el soldado Cochrane arrugó un lado de la boca y reconoció que esa podía ser la voz que oyó, pero también podía haberla oído en otro sitio y también podía haber sido la voz de otra persona.

En resumen, estábamos completamente perdidos. Artemus seguía siendo nuestra primera elección, pero ¿acaso no había visto con mis propios ojos lo fácilmente que el doctor Marquis podía imitar a su hijo? Y aún había una nueva cuestión. Según el último relato de Poe, Lea Marquis sabía actuar como un hombre.

Todo eso iba sumándose a la inquietud que empezaba a invadirme: la sensación de que la familia Marquis no tenía centro, no tenía un norte magnético, por así decirlo. Si miraba la brújula que había en mi mente, veía que la aguja señalaba a Artemus… pero también recordaba lo dócilmente que cedía ante los estados anímicos de su madre y lo resignado que parecía cuando estaba con ella.

Muy bien, dejemos que la aguja apunte a la señora Marquis. Pero, a pesar de su habilidad para amoldarse al ambiente general, no llegaba a más. Lea, a su manera, le había hecho frente, incluso cuando cedía ante sus deseos. ¿Cómo justificar aquello?

Lea entonces. Intentémoslo con Lea, pero la aguja no se quedaría en ella tampoco, no, su recuerdo me dejó con la impresión de que era alguien que habían arrojado a los leones.

Lo que me llevaba al tercer misterio: ¿por qué quería la señora Marquis enjaretarle a su hija un reloj gastado como yo?

Lea Marquis todavía podía casarse. Era demasiado mayor para pescar a un cadete, eso era verdad, pero, por lo visto, nunca había querido uno. ¿Y acaso no había muchos oficiales solteros que perdían el tiempo en sus estrechas habitaciones? ¿Acaso no había oído un indicio de añoranza incluso en la voz del capitán Hitchcock cuando hablaba de ella?

Bueno, de todos los misterios, solo ese parecía tener solución. Ya que, si la enfermedad de Lea era lo que sospechaba, sus padres podrían haber acabado viéndola como una mercancía dañada que conceder al primer pretendiente que se presentara. ¿Y no era eso, a su manera, una buena noticia para Poe? ¿Qué pretendiente más fuerte podía haber? No había nadie más dispuesto que él para cuidar de Lea en la salud y en la enfermedad.

Cuando llegó a la habitación del hotel mis pensamientos ya se habían dirigido hacia él. Vino, debería decir, como alguien que sabe que lo están sopesando. La mayoría de las noches solo llevaba camisa y chaleco debajo de la guerrera; pero aquella noche se había puesto su mejor traje —incluso llevaba espada y cinturón cruzado— y, en vez de entrar sigilosamente como hacía normalmente, dio dos largos pasos hasta el centro de la habitación, se quitó el chacó e inclinó la cabeza.

—Landor, quiero pedirte disculpas.

Sonriendo ligeramente me aclaré la garganta y dije:

—Bueno, eso me parece terriblemente amable por tu parte, Poe. ¿Puedo preguntar…?

—Sí.

—¿Por qué pides disculpas?

—Soy culpable de atribuirte motivos indignos.

Me senté en la cama y me froté los ojos.

—Ah, sí. Lea.

—No puedo defenderme, Landor, solo puedo decir que hubo algo desconcertante en la forma en que la señora Marquis te arrastró hacia sus confidencias. Me temo que asumí, equivocadamente, eso no es preciso decirlo, que se alegraba y… quizá incluso instigabas sus artimañas.

—¿Cómo iba a hacerlo si…?

—No, por favor —me pidió levantando una mano—. No te voy a imponer la indignidad de defenderte a ti mismo. Además, no es necesario. Cualquier persona que tenga un dedo de frente se daría cuenta de que la idea de que cortejaras o te casaras con Lea es, francamente, demasiado absurda incluso como para planteársela.

Ah, ¿así que le parecía demasiado absurda? Bueno, como yo también tengo vanidad masculina, casi me molestó su comentario. Pero ¿acaso no había ridiculizado yo también esa idea?

—Así que lo siento mucho, vieja tortuga. Espero que me…

—Por supuesto.

—¿Estás seguro?

—Totalmente.

—Bueno, es todo un alivio. —Se echó a reír, lanzó su gorro a la cama y se pasó la mano por la frente—. Tras hacer esta confesión, espero que podamos pasar a asuntos de mayor trascendencia.

—Pues claro. ¿Por qué no empiezas enseñándome la nota de Lea?

Sus párpados se movieron como alas de polilla.

—¿Nota? —preguntó sin mucho entusiasmo.

298

—La que te metió en el bolsillo cuando te estabas poniendo el capote. Seguramente no te darías cuenta hasta que llegaste a los barracones.

Cuando empezó a acariciársela, su mejilla se estaba poniendo cada ver más sonrosada.

—No es... No estoy seguro de que «nota» sea el mejor nombre para ella.

—Bueno, no nos preocupemos por cómo llamarla. Enséñamela. Si no te da demasiada vergüenza.

Sus mejillas desprendían verdadero calor.

—Lejos de avergonzarme —tartamudeó—, esta misiva es una fuente de inagotable orgullo. Ser el receptor de esta... esta...

Bueno, la verdad era que le daba vergüenza, ya que, tras sacar el perfumado papel del bolsillo del pecho, lo dejó encima de la cama y se dio la vuelta mientras leía:

> Eternamente divagará mi alegre corazón con lo superficial,
> Despavorida si palidezco o me aflijo.
> Guarda nuestros corazones en una verde cúpula de placer
> Adornada con una frondosa enredadera de ciprés
> Recompensada aún más, porque eres mío.

299

—Muy dulce. Y muy inteligente también, la forma en que...

No necesitaba otros testimonios. Ya había empezado a hablar conmigo.

—Landor, apenas sé qué hacer con un regalo como este. Es demasiado... es... —Sonrió con cierta tristeza mientras pasaba sus dedos por el borde del papel—. Sabes, es el primer poema que me ha escrito alguien.

—Pues ya me llevas uno de ventaja.

Sus diminutos y blancos dientes aparecieron súbitamente a mi costa.

—¡Pobre Landor! Nunca le han dado un poema —se burló arqueando una ceja—. Ni ha escrito ninguno, de eso podemos estar seguros.

Estuve a punto de contradecirle, porque sí que he escrito poemas. Eran para mi hermana, cuando era muy pequeña. Rimas ridículas que le dejaba en la almohada: «El hombre del sueño / no quiere ser tu dueño. / Toma un beso. / Cógelos en exceso». No eran ejemplos brillantes de forma. En cualquier caso, ella creció más que mis rimas.

—No pasa nada, algún día te escribiré un poema, Landor. Algo que consiga que tu nombre perdure a través de los tiempos.

—Te estaré muy agradecido, pero supongo que primero deberías acabar el que tienes empezado.

—¿Te refieres a…?

—A la historia esa de la joven del ojo azul pálido.

—Sí —contestó mirándome detenidamente.

Le devolví la mirada y, después, refunfuñando dije:

—Muy bien, suéltalo ya.

—¿El qué?

—Los últimos versos. Debes de tenerlos en alguna parte. Justo detrás de los de Lea, seguramente.

Sonrió y meneó la cabeza.

—¡Qué bien me conoces, Landor! Dudo mucho de que exista un secreto en todo el universo que, con tu extraordinaria percepción, no adivines en el espacio de…

—Sí, sí. Sácalo ya.

Recuerdo lo cuidadosamente que lo desplegó encima de la cama, como si estuviera desenrollando el sudario de Cristo. Alisó todas las arrugas, se echó hacia atrás y lo miró como si fuera una monja rodeada por un silencio lleno de fe. Entonces me hizo un gesto para que lo leyera.

> Cayó, cayó, cayó el cálido y despedazador vendaval
>   Con unas alas demasiado oscuras como para describirlas.
> Ajado mi corazón, le supliqué que se diera prisa…
> «¡Leonor!», se abstuvo de contestar.
> Ya, la interminable noche la había atrapado en su lodo
>   Cubriéndola por completo, excepto su ojo azul pálido.
> Oh, noche oscura con negra furia de infierno calavernario,
>   que olvidó solamente ese sepulcral ojo azul.

Empezó a darme explicaciones, antes incluso de que hubiera dejado de leer.

—Ya hemos tenido ocasión de fijarnos en lo parecidos que son los nombres: Lea… Leonor. También, el rasgo común de los ojos azules. La insinuación de una horrible angustia, totalmente en armonía con la conducta de Lea en el cementerio. Ahora vemos… —Se calló y le tembló la mano con la que apretaba el papel—. Ahora vemos la conclusión, Landor. Un inminente fallecimiento. ¿Qué mayor urgencia puede haber? El poema nos habla, tienes que verlo. No hace otra cosa que anunciar que ha llegado el fin.

—¿Qué hacemos entonces? ¿Enviar a la joven a un claustro?

—Eso es una barbaridad —gritó levantando las manos hacia el techo—. No lo sé. Solo soy el vehículo del poema, no puedo descifrar su significado más profundo.

—Ah, vehículo —gruñí—. ¿Quieres saber algo, Poe? Eres el autor de ese poema. No tu madre, Dios la tenga en su gloria. No es un escritorzuelo sobrenatural. Eres tú. —Cruzó los brazos en el pecho y se dejó caer en la mecedora—. Utiliza algo de ese rigor analítico tuyo. Tienes a Lea en la mente noche y día. Tienes razón, dada tu breve relación con ella, en temer por su seguridad. Naturalmente, ese miedo ha encontrado su camino en la forma de expresión que más te gusta: un poema. ¿Por qué ir más allá?

—Entonces, ¿por qué no consigo lograrlo cuando quiero? ¿Por qué no puedo escribir una cuarta estrofa ahora mismo?

—Supongo que tienes musas —contesté encogiéndome de hombros—. Se dice que son volubles.

—Venga, Landor —replicó moviendo nerviosamente la cabeza—. Deberías conocerme lo suficiente como para saber que no creo en las musas.

—Entonces, ¿qué crees?

—Que no soy el autor de ese poema.

Habíamos llegado a un punto muerto, lector. Allí estaba Poe, duro como el esquisto, mientras yo daba vueltas por la habitación sin hacer otra cosa, creo, que sentir la luz y la sombra en la cara, preguntándome por qué la luz no era más cálida que la sombra. De hecho, tomé una decisión.

—Muy bien —dije al final—. Si insistes en tomártelo en serio, entonces veámoslo al completo. ¿Crees que puedes recordar las dos primeras estrofas?

—Por supuesto, están fuertemente arraigadas en mi mente.

—¿Te importa escribirlas encima de esta?

Obedeció inmediatamente, sin hacer una sola falta hasta que la parte superior del papel quedó sumergida en tinta. Después se sentó.

Estudié la hoja un momento y a él un rato más largo.

—¿Qué pasa? —preguntó con unos ojos que cada vez se hacían más grandes.

—Justo lo que esperaba. Toda esta historia es una alegoría de tu mente. Un mal sueño, eso es todo, disfrazado con métrica.

Dejé que el papel cayera de mi mano. Recuerdo que se balanceó en el aire como un barquito de juguete navegando en el agua, e incluso después de aterrizar en la cama pareció latir un segundo más.

—Por supuesto, hablando ahora estrictamente como lector, creo que algunos cambios en la redacción lo mejorarían. Siempre que a tu madre le parezca bien.

—¿Cambios en la redacción? —preguntó medio riéndose.

—Bueno, por ejemplo lo de «ajado mi corazón». ¿Qué quiere decir? ¿Gastado? ¿Achacoso?

—Para alguien literal, quizá.

302

—Y esta otra frase tuya «hoscamente torturado». Me parece un poco dramática, no sé si sabes a qué me refiero.

—¿Dramática?

—Ah, y si puedes, defiende este nombre, Leonor. ¿Qué clase de nombre es ese?

—Es… dulce, anapéstico.

—No, te voy a decir lo que es, es el tipo de nombres que solo existe en los poemas. Si quieres saber por qué un tipo como yo lee tan poca poesía, es por nombres como Leonor.

Cogió el papel de la cama torciendo la boca y se lo metió en el bolsillo de la guerrera. Echaba humo.

—No dejas de sorprenderme, Landor. No sabía que fueras semejante autoridad en lengua.

—¡Venga ya!

—Creía que no tenías tiempo para esas fruslerías. Ahora veo que tu cerebro lo abarca todo. Al parecer, la superación en tu compañía puede ser infinita.

—Solo estaba apuntando alguna…

—Ya has apuntado bastante, gracias —me cortó dándole un golpecito al papel que tenía cerca del pecho—. Ya no te molestaré más. Puedes estar seguro de que en el futuro me preocuparé de guardarme mis versos para mí.

No se fue. Al menos, no enseguida. Se quedó otra hora, si recuerdo bien, pero era casi como si se hubiera ido. Y ahora creo que fue por eso por lo que nunca le conté lo del armario de Artemus. Porque ¿para qué dar esa noticia a un oído sordo?

(O quizá intervino otra cosa en mí. Algo que quería que se quedara un poco más en la oscuridad.)

Enseguida nos sumergimos en un profundo silencio y estaba pensando, un poco irritado, que no necesitaba haber ido a West Point para estar solo, que me podía haber quedado en Buttermilk Falls... cuando, de pronto, se levantó y sin decir una palabra salió de la habitación.

No dio un portazo, eso he de reconocerlo, pero dejó la puerta medio abierta. Seguía así cuando volvió al cabo de una hora más o menos. Le temblaba el pecho y tenía la nariz tapada por la congestión y su desnuda cabeza perlada de aguanieve. Entró suavemente, casi de puntillas, como si temiera despertarme. Después puso esa sonrisa avinagrada suya y con un altivo movimiento de los dedos dijo.

303

—Me da rabia, Landor, pero parece que tengo que disculparme dos veces en la misma noche.

Le dije que no había necesidad, que era mi culpa, que no tenía por qué inmiscuirme en lo que era un precioso poema, bueno, precioso no, esa era una palabra equivocada, era más bien... muy poético. Bueno, me entendió.

Me dejó hablar un rato, seguramente no le desagradaba, pero no era eso (para mi sorpresa) lo que buscaba. Ni quería tampoco otro vaso de Monongahela, eso lo rechazó con un ligero movimiento de muñeca. Se sentó en el suelo con las manos en las rodillas. Miró la alfombra de algodón, con su arremolinada flor de lis de color dorado y verde, y dijo con tanta suavidad como pudo:

—¡Maldita sea! Si te pierdo a ti, lo pierdo todo.

—¡Ah! —exclamé sonriendo—, todavía tienes muchas razones para vivir, Poe. Muchos admiradores.

—Pero ninguno tan bueno como tú. No, es verdad. Eres un hombre distinguido, un hombre con enjundia, sí. Y me has dejado hablar y hablar durante horas sobre todo tipo de temas.

He soltado el contenido de mi corazón, de mi mente y de mi alma, y tú —ahuecó las manos— lo has guardado en tu caja fuerte. Has sido más amable que ningún padre y me has tratado como a un hombre. Nunca lo olvidaré.

Se abrazó las rodillas por última vez, se puso de pie y se acercó a la ventana.

—Te ahorraré más sensiblerías, sé que no te gustan. Solo te haré una promesa: jamás volveré a tener celos o mostrar un orgullo que ponga en peligro nuestra amistad. Después del amor por Lea, eres el mejor regalo que he tenido desde que llegué a este maldito lugar.

«El precio de la decencia», pensé. Entonces supe que, si algún día quería quitármelo de encima, tendría que hacer algo más que criticar la poesía de su madre. Tendría que hacer algo imperdonable.

Antes de que se fuera le dije:

—Una cosa más, Poe.

—¿Sí?

—Mientras estaba arriba con el doctor Marquis, ¿salió Artemus del salón?

—Sí —respondió lentamente—. Para ir a ver a su madre.

—¿Y cuánto rato estuvo fuera?

—Unos minutos. Me sorprende que no lo vieras.

—¿Había algo diferente en él cuando volvió?

—Estaba un poco aturdido. Dijo que su madre se había portado muy mal con él y que había salido para aclararse la cabeza. Sí, eso es, todavía se estaba quitando la nieve de la frente cuando volvió.

—¿Llevaba nieve?

—Bueno, se estaba limpiando algo. Aunque… resulta curioso.

—¿El qué?

—No llevaba nieve en las botas. Ahora que me acuerdo, Landor, tenía el mismo aspecto que tú cuando bajaste.

Narración de Gus Landor

28

7 de diciembre

$\mathcal{D}$espués de pasar muchas horas confinados en la habitación del hotel, Poe y yo decidimos hacer algo temerario. Nos encontraríamos, al amparo de la noche, en Benny Havens. Habían pasado semanas desde la última vez que había estado allí, pero en ese sitio la gente no muestra ninguna sorpresa cuando apareces, por mucho tiempo que haya pasado. Quizá los músculos de la mandíbula de Benny muestran un ligero temblor, a lo mejor Jasper Magoon quiere que le leas el *New York Gazette & General Advertiser*, Jack de Windt puede, mientras planea su asalto al paso del Norte, levantar la barbilla en tu dirección, pero, si no, no hacen ningún aspaviento, no te hacen preguntas, entra, Landor, y olvidemos que te has ido.

Seguramente, yo era el único que notaba mi ausencia. Todas las cosas familiares me parecían nuevas. No recordaba que la colonia de ratones que vivía en el hueco que había encima de la diana hiciera tanto ruido. Y las botas mojadas de los pilotos de gabarras sobre el suelo de piedra, ¿siempre habían sonado así? Los olores a humedad —moho, cera de las velas y cosas que fermentaban en secreto en las paredes y el suelo— se precipitaban sobre mí como si estuviera metiendo la cabeza por un pozo sin utilizar.

Allí estaba Patsy, echando los restos de un codillo de jamón en su delantal y acabándose la sidra de un mecánico. Creí que era la primera vez que la veía.

—Buenas, Gus.

—Buenas, Patsy.

—¡Landor! —gritó Benny apoyándose en la barra—. ¿Te he contado el de la mosca? ¿La que se cae en el vaso de tres caballeros? Bueno, el primero es inglés y simplemente aparta el vaso, ya que es un mojigato.

La voz de Benny también me pareció nueva. O la oía de forma diferente, no a través de los oídos, sino como una especie de picor que me recorría toda la piel.

—El irlandés se encoge de hombros y se bebe la cerveza. Le da igual lo que haya dentro.

Intenté mirarle a los ojos, pero no pude, me parecieron demasiado ardientes, así que miré la barra y esperé armado de paciencia.

—El escocés —gritó con su grave y ronca voz— coge la mosca y le dice: «¡Escúpela, maldita!».

Jasper Magoon se rio tanto que tiró un dedo de ginebra, un piloto de gabarra recogió la risa y la lanzó al otro lado de la habitación, donde la cogió el reverendo Asher Lippard y fue pasando de mozo de cuadra a carretero. El techo de hojalata y el suelo de piedra resonaron, la risa se extendió hasta convertirse en un tejido de sonido, con un solo hilo descolorido; fue una afilada y serpenteante risa que explotó en los demás como la llamada de un pavo hambriento. Una risa que intenté identificar un buen rato antes de darme cuenta de que era la mía.

Poe y yo habíamos planeado encontrarnos allí de casualidad, así que cuando llegó, unos veinte minutos antes de la medianoche, exclamamos: «¡Hombre, señor Poe!», «¡Hombre, señor Landor!». Y, ahora que lo recuerdo, ni siquiera sé por qué nos preocupamos de hacerlo. Patsy ya sabía que trabajaba para mí y al resto no le importaba. De hecho, les hubiese resultado difícil distinguir a Poe del resto de empapados cadetes con ojos rojos que iban allí noche tras noche. No, solo podía inquietarnos la presencia de otros cadetes y, por suerte, Poe fue el único que apareció aquella noche. Lo que quiere decir que, en vez de escondernos en un rincón oscuro con un farol apagado, pudimos sentarnos cerca de la chimenea, servirnos del brebaje de Benny y tener la sensación que disfrutábamos en la habitación del hotel: el alivio mutuo de dos solteros viviendo el final de su condena.

Aquella noche, Poe quiso hablar del señor Allan. Creo que lo motivó una carta reciente en la que le mencionaba que iba a hacerle una visita, siempre que lograra encontrar una barca que lo llevara río arriba y un barquero que no le cobrara la mitad de su fortuna.

—¿Lo ves? —gritó Poe—. Siempre ha sido igual, desde que era niño. Hay que evitar todo gasto. O sí no evitarlo, estudiarlo con sumo detalle y sondearlo y resentirlo el resto de la vida.

Desde el día que lo había llevado a su casa, Allan se había negado a vestirlo o educarlo como a un caballero. De todas las formas posibles, grandes y pequeñas, le había negado todo, y cuando Poe necesitó ayuda para publicar su primer libro de versos, le dijo: «Los hombres de genio no necesitan pedirme ayuda a mí». Cuando necesitó cincuenta dólares para pagar su reemplazo en el ejército, Allan se mostró reacio y contestó con evasivas durante tanto tiempo que en la actualidad el sargento Bully Graves seguía exigiendo el pago (Bully era tan inflexible como cualquier acreedor). Y no era correcto, no era justo que un joven sensible se viera atormentado de esa forma.

Es lo que dijo Poe antes de servirse otro vaso de brebaje.

—Como te digo, Landor, ese hombre no es coherente. Me enseña a aspirar al prestigio y después se dedica a echar por tierra cualquier esperanza de progreso. Sí, siempre dice: «Has de valerte por ti mismo, cumple siempre con tu deber». Pero la verdad, Landor, la verdad es: «¿Por qué vas a tener tú lo que no he tenido yo?». ¿Sabías que cuando me envió a la Universidad de Virginia me dejó con tan poco dinero que me vi obligado a irme a los ocho meses?

—Ocho meses —repetí sonriendo fríamente—. Dijiste que habías estudiado tres años.

—No lo hice.

—Sí lo hiciste, Poe.

—Por favor, Landor. ¿Cómo iba a estar allí tres años si ese hombre me restringió el dinero desde el momento en que lle-

307

gué? ¿Ves este vaso en mi mano? Si el señor Allan tuviera que pagármelo, me pediría que se lo devolviera en forma de orina.

Pensé en el escocés de Benny que intentaba que la mosca le devolviera la cerveza y estuve a punto de contarle el chiste a Poe, pero se levantó y, con una juvenil sonrisa de satisfacción, dijo que tenía que irse.

—Voy a añadir mi ración a la marea del río.

Soltó una risa tonta, dio un largo paso hacia la puerta y casi chocó con Patsy, con la que se disculpó profusamente y a la que quiso saludar con el gorro hasta que se acordó de que no lo llevaba puesto. Patsy no le hizo caso, vino directamente a nuestra mesa y, al cabo de un momento, empezó a limpiar las migas y charquitos que se habían amontonado en el breve espacio de tiempo que Poe y yo habíamos estado allí. Lo hizo con largas y tranquilas pasadas, con la misma precisión industrial que había demostrado en mi casa. Había olvidado lo encantadora que era.

—Estás muy callada esta noche —le dije.

—Así oigo mejor.

308
—Ya, para qué molestarte en oír cuando puedes... —tanteé con la mano por debajo de la mesa— sentir...

Me contuvo con el brazo. No era la parte de su cuerpo que buscaba y, sin embargo —un solo trozo de su piel—, bastó para que la deseara desde el dedo gordo del pie hasta las orejas. Me invadió el recuerdo de la última vez... la madura plenitud blanca... su aroma a cedro, inconfundible. Lo reconoceré dentro de mil años, si todavía sigo teniendo nariz. A veces pienso que lo que la gente —gente como Poe— llama alma se reduce a eso: a un olor, a un grupo de átomos.

—¡Joder! —exclamé entre dientes.

—Lo siento, Gus, no puedo quedarme. La cocina es un horror esta noche.

—¿Podrías mirarme al menos?

Levantó sus encantadores iris de chocolate hacia los míos. Al cabo de un segundo los apartó.

—¿Qué pasa?

Juntó los hombros contra el cuello.

—Creo que no deberías haber aceptado ese encargo.

—No seas ridícula. Es un trabajo, eso es todo, como cualquier otro.

—No —dijo dando media vuelta—. No lo es. —Echó una mirada al bar—. Te ha cambiado. Lo veo en tus ojos, ya no eres tú.

El silencio cayó sobre nosotros como un viento, ya sabes cómo son esas cosas, ¿verdad, lector? Crees que alguien ha adoptado una postura y luego resulta que nunca la ha adoptado.

—Bueno, entonces la que has cambiado eres tú, no yo. No pretendo entenderlo, pero puedo…

—No —insistió—. No soy yo.

Estudié esa cara que me evitaba.

—Supongo que por eso no has venido a buscarme.

—He estado muy liada con mi hermana, ya lo sabes.

—Y tus cadetes. ¿También se han liado mucho ellos?

Ni se inmutó. Con una voz muy suave que apenas llegué a oír dijo:

—Me imaginé que también estabas muy ocupado.

Me levanté a medias de la silla.

—Nunca tanto como para no…

Y eso es todo lo que pude decir antes de que Poe se interpusiera entre nosotros. Se reía tontamente por el frío y estaba caliente por la bebida, no hacía caso a nadie ni a nada aparte de sí mismo. Se sentó a horcajadas dándole la vuelta a la silla, se frotó las manos y gruñó:

—¡Cielo santo! Mi sangre de Virginia nunca se acostumbrará a este frío. Alabado sea Dios por este brebaje. Y alabado sea Dios, solo un poquitín, muchas gracias, por ti, Patsy. Por cómo iluminas estas aburridas y desperdiciadas horas. Algún día te escribiré un sexteto.

—Alguien debería hacerlo —comenté.

—Alguien, sí, tienes razón. Me encantará, señor Poe —dijo Patsy.

La observó irse con un largo y silbante suspiro. Después inclinó la cabeza hacia el vaso y murmuró:

—No hay manera. Todas las mujeres que conozco, por bellas que sean, me devuelven a Lea. Solo puedo pensar en ella, no puedo vivir por nadie más que ella. —Dejó que el líquido burbujeara en su garganta—. Landor, recuerdo la ignorante criatura que era antes de conocerla y veo a un hombre muerto que hace lo correcto, contesta cuando le hablan, cumple con sus obligaciones, pero sigue estando muerto. Ahora, esta mujer me ha despertado y finalmente vivo y ¡a qué precio! ¡Qué dolor estar entre los vivos!

Bajó la cabeza hasta la cuna de sus manos.

—¿Podré pensar algún día en volver? ¡Jamás! Mejor sufrir esta agonía multiplicada mil veces que regresar a la tierra de los muertos. No puedo volver, no lo haré. Y, sin embargo, Dios, Landor, ¿qué puedo hacer?

Vacié el vaso, lo puse en la mesa y lo aparté.

—Deja de amar.

Si hubiese estado sobrio o si hubiese tenido más tiempo para contestar, se habría sentido insultado. Pero el reverendo Asher Lippard apareció por la puerta de atrás en ese momento.

—¡Oficial Landward!

Tras eso, el establecimiento de Benny Havens... Iba a decir que entró en erupción, pero eso no traduciría el orden que eso conllevaba. Sucedía al menos una vez a la semana. Uno de los azules de Thayer hacía una redada sorpresa y la persona que estaba más cerca de la puerta —aquella noche era Asher— daba la voz de alarma y los cadetes que habían elegido «arriesgarse» salían a empujones por la puerta de atrás y se iban en manada hacia la orilla del río. Así que aquella noche le tocó a Poe. Patsy le tiró el capote y lo puso de pie. Benny lo arrastró desde la chimenea a la puerta y la señora Havens le dio el último empujón y cerró la puerta detrás de él. Lo echaron como a una piedra que salta en el agua. El resto aportamos nuestro granito de arena al simulacro. Teníamos que quedarnos donde estábamos hasta que apareciera el oficial y teníamos que poner cara de tontos cuando preguntara si había habido algún cadete allí. El oficial, si no conocía la jugada, murmuraría algo de forma amenazadora y abandonaría el lugar a su debido tiempo (uno o dos se tomarían un trago antes de irse).

Esperamos al oficial de aquella noche, pero la puerta no se movió. Finalmente fue Benny el que la abrió, desde dentro. Dio un paso hacia afuera y estiró el cuello.

—No hay nadie —dijo frunciendo el entrecejo.

—¿Crees que le habrán cortado el paso en el río? —preguntó Jack de Windt.

—Habríamos oído algo. Venga, Asher, dinos, ¿qué te ha hecho pensar que habías visto a un oficial?

Los ojos de ratón de Asher se estrecharon.

—¿Que qué me ha hecho pensar? Joder, ¿por quién me tomas, Benny? ¿Crees que no sé reconocer una barra tan bien como el que más?

—¿Has dicho una barra?

—Eso es. Llevaba un farol en lo alto, así, y la barra se veía tan bien como un grano. Aquí, en el hombro.

—¿Te has fijado en algo más? ¿Algo además del hombro?

La seguridad empezó a huir de la cara de Asher y movió los ojos de lado a lado.

—No, Gus. Ha sido el farol. La forma en que lo sujetaba. Es decir, solo dejaba ver…

Había empezado a caer una afilada lluvia helada, la misma que caía la noche en que fue asesinado Ballinger, que había tapado el pomo de la puerta de Benny, cubierto las ramas de las cicutas y formado una capa reluciente en los escalones que llevaban al camino principal.

Puse el pie en el primer escalón y esperé. O quizá simplemente presté atención, ya que la noche tenía una metálica resonancia. Oí el tamizado ruido del viento, un susurro como de murciélago en un arce y, justo encima de mí, en un abedul medio desnudo, un cuervo —negro sobre negro— que parecía hacer el ruido de las agujas al tricotar.

Oscuridad. La única luz que se veía era la antorcha que había en la puerta de Benny y su reflejo en un charco de agua helada, capturada por una mata de enebro. Aquel charco era casi un espejo perfecto: encontré a Landor enseguida. Estaba mirándolo cuando oí el sonido cayendo por la escalera como una canica.

No era un ruido que pudiera hacer la naturaleza, era demasiado humano. Muy parecido al de alguien que escapa.

Y quizá si me hubiese dedicado a otra cosa, si no hubiese trabajado media vida de policía, no habría salido en su persecución. Pero cuando has hecho lo que hice yo para ganarme la vida y un tipo escapa de ti no te queda más remedio que seguirlo.

Subí a gatas el resto de los escalones cubiertos de hielo y me encontré una vez más en el camino a West Point. Hacia el norte vi —no, no era ver—, sentí movimiento, un alboroto en la oscuridad. Piernas, brazos y cabeza. Era poco más que una corazonada, pero cuando eché a andar cautelosamente por el camino, enseguida tuve la prueba que necesitaba: un chapoteo de botas.

Sin un farol a mano, solo podía guiarme por aquel sonido, pero era un guía tan seguro como cualquiera. Lo seguí sigilosamente, intentando mantener la oscura figura a mi alcance, intentando acompasar mi paso al suyo. Debía de estar acercándome, pues el sonido era cada vez más fuerte. Entonces, por encima del ruido de pasos, se oyó el resoplido de un caballo, a unos seis metros.

Aquello lo cambió todo. Sabía que una vez que lo montara no habría forma de bajarlo al suelo.

Y también sabía esto: sería una locura abalanzarme sobre él en ese momento. Era mejor esperar hasta el momento justo en que estuviera montando —el momento en el que todo jinete es más vulnerable— antes de correr ningún riesgo.

Al menos, en esa ocasión, no estaba a ciegas como en el armario de Artemus. Mis ojos habían disfrutado de unos minutos para acostumbrarse a la oscuridad y conseguí distinguir los flancos morados de un caballo, sacudiéndose el hielo de la cruz y el contorno de otra figura, más humana, agarrándose al pomo.

Y algo más: una franja blanca, partiendo la oscuridad.

Como era la parte mejor definida de la imagen, fue sobre esa franja sobre lo que me arrojé y la agarré con la mano. Y cuando sentí que el cuerpo de aquel extraño cedía bajo mi peso, aquella franja fue mi ancla.

Porque íbamos rodando por una colina muy empinada. El camino había elegido el mejor lugar para desmoronarse y estábamos a su merced. El barro me succionaba, los cristales de hielo se me clavaban en la cara y las piedras me cortaban en la espalda. Oí un rápido gruñido que no era mío y una mano que me presionaba los ojos. En mis cuencas estallaron unas estrellas de dolor y por detrás sentí un golpeteo como de piedras cayendo en desorden. Y cuando dejamos de rodar —cuando finalmente llegamos al pie de la colina—, busqué a tientas una vez más la tira de color blanco y solo encontré oscuridad.

Pero una oscuridad tan diferente a la de la noche que solo pude hundirme en ella. Cuando salí, estaba tumbado en el camino con la cabeza tan desquiciada como la de una mosca atrapada. A lo lejos oí el sonido de cascos, galopando hacia el norte.

«Tu último fracaso», pensé.

Era mi culpa, lo sabía, por pensar que solo tenía que enfrentarme a un tipo. Otra persona había estado allí todo el tiempo. Alguien que sabía cómo atizar en la cabeza.

Media hora más tarde, cuando llegué al bar de Benny, la señora Havens me curó y mis comprensivos amigos me invitaron a una ronda, también me fijé en la cosa que se había enrollado sin que me diera cuenta en la manga de mi chaqueta. Era el único premio que había conseguido en la lucha: una banda de tela almidonada, manchada con barro y palitos. El alzacuello de un sacerdote.

Informe de Edgar A. Poe a Augustus Landor

8 de diciembre

Querido Landor, he pensado que te gustaría saber cómo llevé a cabo mi retirada del establecimiento del señor Havens anoche. Mi huida, como podrás haber imaginado, se hizo enteramente por la orilla del río. Sin embargo, el hielo existente había conseguido hacer que aquello fuera extremadamente peligroso. Me caí en más de una ocasión y por poco acabo en el abrazo del helador Hudson. Aquello requirió la completa concatenación de mi fuerza, agilidad e ingenio para poder mantenerme erguido y en continuo movimiento.

Confieso que si, debido a mi enfebrecida imaginación, no hubiera creído que las autoridades me habían descubierto, habría puesto más cuidado. Por supuesto, había tomado la precaución de rellenar la ropa de la cama, pero sabía que bastaba con apartar la colcha para descubrir mi burda estratagema. A partir de ese momento estaría arrestado, me llevarían rápidamente ante el tribunal del coronel Thayer, me acusarían de mis diversos delitos con monótonas letanías y pronunciarían mi eterna condena con sonoras y atronadoras cadencias.

Destitución.

No me preocupaba mi estatus de cadete. ¿Mi carrera? De buen grado la habría abandonado con un chasqueo de los dedos. Pero estar eternamente prohibido ante el imán de mi corazón. No volverme a bañar en el centelleo de sus ojos, ¡no!, ¡no! Eso no podía ser.

Por lo tanto alargué el paso y redoblé la velocidad. Creo que sería a eso de la una y media o dos de la mañana cuando me vi recompensado por la visión de Gee's Point. Como mis esfuerzos me habían llevado al mismo precipicio del agotamiento, descansé un momento antes de emprender el empinado ascenso hacia las instalaciones. Sin otro incidente llegué a la puerta de los barracones sur, felicitándome por mi buena suerte.

Deteniéndome una vez más para reconocer el terreno, entré en la escalera y la puerta se cerró detrás de mí rápidamente. La atmósfera de ébano se arremolinó a mi alrededor, ajena a la propia noche, y me dio la impresión de que oía una vez más un sonido bajo, apagado y rápido, una vibrante pulsación tan parecida y, sin embargo, tan diferente a las palpitaciones de un corazón humano. ¿Era el mío?, me pregunté. ¿O mis jadeos, todavía audibles, marcaban un ritmo parecido en el tenso aire, de la misma forma que la baqueta del tambor encuentra reverberaciones en la tensa membrana de su tímpano?

No se movía nada y sin embargo sentía en todos lados un testigo, Landor. Unos ojos que me cauterizaban con su impura llama. Con qué furia silenciosa discutí conmigo mismo. Qué severamente puse en marcha mi poco dispuesto cuerpo. Un paso —al que siguió otro—, y otro más. Y entonces, como una llamada del otro mundo, oí mi nombre:

«Poe»

No sé cuánto tiempo había estado esperando. Solo puedo informarte de que cuando se acercó sentí el suave y métrico sonido de su jadeo, lo que me hizo pensar que había estado corriendo a casi la misma velocidad que yo.

Asediado por mil sensaciones contradictorias, mantuve la suficiente entereza como para preguntarle qué pretendía yendo a esa hora tan avanzada a unos barracones que no eran los suyos. No obtuve respuesta —ni se acercó—, aunque podía sentirlo, perturbando las mismísimas moléculas de esa negra cámara con su inquieta peregrinación. Solo así pude inferir —puedes imaginar con qué escalofrío de terror— que orbitaba a mi alrededor, como una fría y maléfica luna.

Una vez más le pregunté, con tanta cortesía como pude, qué quería de mí y si podía esperar al día siguiente. Finalmente, con una fría, seca y malintencionada voz, dijo:

—Serás bueno con ella, ¿verdad, Poe?

Mi corazón se sobresaltó al oír ese pronombre personal. Ella. Podría haberlo expuesto solamente con la luz de mi pecho. En-

315

valentonado por los sentimientos que iban aumentando en mi interior, le dije con tono decidido que antes —estuve a punto de decir «me arrancaría el corazón del pecho»— me cortaría las manos que comportarme de forma que pudiera herir a su hermana.

—No —me corrigió con paciencia—. A lo que me refiero es que ¿no eres del tipo de gente que se aprovecha de una dama? No tienes nada de canalla detrás de esos tristes ojos tuyos, ¿verdad?

Le informé de que para una sensibilidad como la mía, fueran cuales fuesen los encantos físicos de una mujer, siempre palidecían al lado de esos inefablemente atractivos encantos espirituales que componen el verdadero lugar del hechizo femenino, y que tienden con mayor eficacia hacia una duradera concordia entre los sexos.

Esa sincera declaración no produjo otra cosa que una seca carcajada en Artemus.

—Eso pensaba. No me sorprendería... por supuesto, no pretendo avergonzarte, Poe, pero sospecho que todavía no... te has entregado, digamos, a una mujer.

Qué agradecido estuve en ese momento del amparo que proporcionaba la oscuridad. Ya que mi rubor tenía una violencia y un fuego como para eclipsar al carro dorado de Ra.

—Por favor, no me malinterpretes, Poe. Es una de las cualidades que me parece más atractivas en ti. Posees una especie de... de implacable inocencia que respeta a las personas que quieres. Y naturalmente, entre esos me encuentro yo.

Por primera vez pude percibir sus rasgos lo suficientemente bien como para ver que le temblaban los labios, que miraba fijamente a lo lejos y que de vez en cuando inclinaba la cabeza hacia un lado. ¿Qué había estado temiendo de él? En su rostro solo había dulzura y benignidad.

—Poe —dijo una vez más.

Fue entonces cuando me tocó, pero no de la forma que podría haber esperado, no como una masculina expresión de camaradería, no, me cogió la mano y me extendió los dedos. Después, con tono de afligida sorpresa, murmuró:

—Tienes unas manos muy bonitas, Poe. Son tan hermosas como las de una mujer. —Se las acercó a la cara—. Manos de sacerdote.

Entonces —tiemblo, sí, tiemblo al escribir esto—, apretó sus labios contra ellas.

Landor, casi no sé cómo formular la pregunta sin coronar a Artemus con una nueva nube de sospechas, y, sin embargo, lo haré, es necesario. ¿Puede ser posible que, en la noche en que murió, Leroy Fry se aventurara fuera de su habitación con el propósito —una vez más mi pluma tiembla solo al pensarlo—, con el propósito de reunirse no con una joven como suponíamos, sino con un joven?

317

Narración de Gus Landor

29

8 de diciembre

Dejemos de lado la pregunta de Poe de momento, lector. Tengo otra para ti: ¿por qué esperaba algún tipo de solidaridad por parte del capitán Hitchcock?

¿Por qué esperaba que tras informarle de que me había salvado por los pelos en el armario de Artemus y en la taberna de Benny Havens iba a preguntarme qué tal estaba o a expresar alguna preocupación por mi integridad? Debería de haber sabido que se aferraba demasiado al mensaje como para poder preocuparse por el mensajero.

—Lo que no entiendo —empezó a decir poniendo el puño encima de la mesa— es por qué nuestro hombre, si es nuestro hombre, lo siguió fuera de las instalaciones. ¿Con qué propósito?

—Para seguir mis huellas, supongo. Como yo he seguido las suyas.

Nada más expresar aquello, otra idea empezó a formarse en mi mente. ¿Qué pasaría si nuestro misterioso hombre no me hubiese estado siguiendo a mí en absoluto? ¿Qué pasaría si hubiese estado siguiendo a Poe?

Y si lo había hecho, lo habría visto entrar en la taberna. Se habría enterado de que yo estaba dentro y, a partir de ahí, habría sacado unas interesantes conclusiones sobre lo que hacía el cadete Poe después de retreta.

Aunque, por supuesto, no podía compartir nada de aquello con Hitchcock porque eso habría significado confesarle que había sacado a uno de sus cadetes de la academia y, lo que era peor, había bebido con él. Algo que me hubiese hecho caer más bajo de lo que ya lo estaba en la estima de Hitchcock.

—Sigue sin tener sentido —continuó el capitán—, si realmente se trataba del mismo hombre que estaba en casa de los Marquis. ¿Por qué había intentado matarle entonces y dejarle solamente inconsciente la segunda vez?

—Bueno, ahí es donde encaja nuestro segundo hombre. Puede que ejerza una influencia tranquilizadora en su compinche. O quizá solo intentaba asustarme.

—Pero, si realmente cree que Artemus está involucrado en todo eso, ¿por qué no lo arrestamos?

—Capitán, no pretendo saber cómo funciona la justicia militar, pero en Nueva York no podemos arrestar a nadie a menos que haya alguna prueba contra él, y lo siento mucho, pero de momento no la tenemos. —Fui contando con los dedos—. Tenemos un alzacuello, algo de sangre en el uniforme de Joshua Marquis, que podría ser de cualquiera. Joder, hasta podría ser de la batalla de Maguaga, que nosotros sepamos. El soldado Cochrane no podrá identificar el uniforme, se lo aseguro, ni Asher Lippard. Lo único que vieron era una barra.

Hitchcock hizo algo que todavía no le había visto hacer: se sirvió un jerez y, tras dar un trago, lo mantuvo un rato entre sus dientes.

—Puede que haya llegado el momento de interrogar a fondo a Artemus —propuso.

—Capitán…

—Seguramente, si lo presionamos…

Para entonces sabía lo suficiente como para no rechazar ninguna idea propuesta por un oficial del Ejército, al menos, no de entrada. No, es necesario examinarla detenidamente como si fuera un mineral de primera, para después darte cuenta con gran pesar de que no es el que estabas buscando. Así que le hice una demostración de cómo se examina.

—Bueno, por supuesto, es su decisión, capitán. En mi opinión, Artemus tiene demasiada sangre fría como para poner en práctica esa estrategia. Sabe muy bien que no tenemos brea para untarle las plumas. Lo único que tiene que hacer es negarlo todo una y otra vez, parecer un caballero al hacerlo,

319

y no podremos tocarle. Al menos, eso es lo que creo. Y me pregunto si al llamarle la atención en público no lo estaremos fortaleciendo.

¿Ves cuánto tacto puedo tener cuando me lo propongo, lector? No conseguí nada. Los ojos de Hitchcock se estrecharon y su mejilla se elevó cuando dejó el vaso vacío en el escritorio.

—¿Así que esas son sus razones para esperar, señor Landor?

—¿Qué otras podría haber?

—Quizá está preocupado porque otra persona pueda verse incriminada.

Se produjo un largo silencio en el que crepitaban viejas tensiones. Oí el bajo gruñido que salía de mi garganta en el momento en el que echaba hacia atrás la cabeza.

—Poe —dije.

—Según su relato, aquella noche había dos hombres.

—Pero Poe estaba...

... volviendo a toda prisa a la academia.

Sí, una vez más me había arrinconado a mí mismo. No podía proporcionarle una coartada a Poe porque no podía confesar que había estado conmigo. Y también porque otro peregrino pensamiento se había aproximado furtivamente para quedarse enganchado en mí.

—¿Cómo podía estar seguro de dónde había estado Poe?

Expulsé el aire de los pulmones y meneé la cabeza.

—No puedo creer que siga detrás de la cabeza del chaval, capitán.

Hitchcock se inclinó hacia mí.

—Deje que le aclare una cosa, señor Landor. La única cabeza que persigo está pegada al hombre, u hombres, que asesinaron a mis dos cadetes. Y a menos que crea que soy el único que piensa así, puedo asegurarle que mi objetivo lo comparten todas las personas que están en la cadena de mando, hasta he incluido el comandante en jefe.

No pude hacer otra cosa que meterme las manos en los bolsillos fingiendo que me rendía.

—Por favor, capitán. Estoy de su parte, se lo aseguro.

No sé si conseguí apaciguarlo realmente, pero se quedó callado un minuto entero mientras yo desentumecía los músculos de mi espalda.

—Le diré por qué quiero esperar —propuse finalmente—. Falta una pieza y sé que en el momento en que la encuentre todo encajará y tendremos todo lo que necesitamos. Y hasta que la encuentre, nada tendrá sentido, nada tendrá consistencia y nadie estará satisfecho. Ni usted ni yo ni el coronel Thayer ni el presidente.

Bueno, nos costó darle bastante más vueltas, pero al final llegamos a un acuerdo: Hitchcock encargaría a alguien (no a un cadete) vigilar las idas y venidas de Artemus tan discretamente como fuera posible. De esa forma podríamos asegurar la integridad de los cadetes sin poner en peligro mis investigaciones. No llegó a decirme a quién tenía en mente para esa misión y no se lo pregunté, no lo quería saber. Una vez que llegamos a ese acuerdo, ya no tuve ningún interés para él y me dio permiso para irme con estas palabras:

—Confío en tener la próxima entrega del diario del señor Fry mañana por la mañana.

Debería de haberlo dicho que sí.

—De hecho, capitán, la tendrá un poco más tarde. Hoy me han invitado a cenar.

—¿Ah, sí? ¿Puedo preguntar quién?

—El gobernador Kemble.

Si lo había impresionado, no dio muestras de ello. Y, la verdad sea dicha, no creo que lo estuviera.

—Estuve una vez en su casa. Ese hombre habla más que un metodista.

Sin duda, si le pidiera a Poe que describiera al gobernador Kemble, sacaría algo de su bolsa de mitos: Vulcano en su fragua, quizá, o Júpiter con sus truenos. Sé muy poco de mitología y mucho de Kemble, que es una de las personas menos míticas que he conocido jamás. Simplemente es alguien que adquirió secretos y dinero más o menos en la misma proporción e imaginó cómo plantar una cosa para cosechar la otra.

Su primera oportunidad la tuvo en Cádiz, donde aprendió algo sobre cañones. Cuando volvió a casa, fue directamente a

Cold Spring y construyó una fundición en las orillas del arroyo Margaret. Algo rechinante, humeante y ruidoso con ruedas de molino y bombas impelentes y moldes. Un sitio mágico. Los dólares del Tío Sam entraban y salían cañones y cañoneo, metralla y disparos, ejes, cigüeñales, tubos, equipos. Si hay una pieza de hierro entre Pensilvania y Canadá que no la haya fabricado el gobernador Kemble, no se puede confiar en ella. Si no muestra el imprimátur de la fundición de West Point, es para tirarla, para arrojarla fuera de este valle bendito.

La fundición lleva allí el suficiente tiempo como para que uno no se fije en ella, o quizá debería decir que uno se fija en ella como en las franjas de feldespato de un canto rodado. Forma parte de la imagen que tienes de un sitio. El rugido de los altos hornos, el poderoso sonido metálico del martillo basculante de ocho toneladas del gobernador Kemble, esas cosas llevan años en funcionamiento. Al igual que los bosques con los que se alimentan día tras día los hornos de carbón de Kemble —que se han talado tanto y a tanta velocidad que las colinas parecen sacudirse los árboles como haría un erizo—, seguro que llevan siglos haciéndolo.

Bueno, ese mismo gobernador Kemble, un viejo solterón, está ansioso por tener compañía humana. Hace una fiesta de puertas abiertas una vez a la semana a la que invita a gente como él para que saboreen el fruto de su generosidad. Son casi siempre solteros, pero todo el que se precie debe hacer el viaje, en algún momento, a Marshmoor. Por supuesto, Thayer es un invitado asiduo. Al igual que sus oficiales y los miembros de su equipo de dirección y de la junta de visitantes. Y más o menos toda estrella de paso: paisajistas, escritores del *Knickerbocker*, actores, algún burócrata y algún Bonaparte.

Y yo. Tras haber ayudado hacía años al hermano de Kemble a salir bien parado de un timo en una compra de terrenos en Vauxhall Gardens, me había invitado media docena de veces desde que había llegado a las tierras altas y, antes de aquella noche, había estado… una vez. Me alegraba que me invitara, pero no ansío la compañía y el horror a la gente normalmente supera al honor de ir a Marshmoor. Pero eso era antes de empezar a enmohecerme entre las paredes del hotel del señor Cozzens. Antes de pasar días y noches con hombres con uniformes de lana y barba de tres días. Antes de que las visiones de Leroy Fry empezaran a bailar en mi mente. El pavor a los extraños empezaba a desvanecerse ante el pavor a ese sitio, a esa academia. Así que, cuando llegó la última invitación de Kemble, casi me caí por la prisa en aceptar.

Y eso explica por qué estaba deslizando el culo por una colina de hielo cuando lo que correspondía era que estuviera estudiando el diario de Leroy Fry, y por qué cuando llegué al embarcadero y me puse de pie me vi escudriñando las aguas y preguntándole al soldado de guardia si el tiempo no obligaría a Kemble a cancelar la fiesta. El hielo seguía llegando, regular como el correo.

No tendría por qué haberme preocupado. A veinte metros de la orilla estaba la barcaza de Kemble, solo unos minutos más tarde de la hora acordada. ¡Tenía seis remos! Kemble siempre hace las cosas a lo grande. No me quedó más remedio que poner mi mojado culo en uno de los mojados bancos y dejar que me… transportaran.

Cerré los ojos un rato y fingí que estaban llevando a otra persona. Y eso me acercó al ritmo del río, que se agitaba y respiraba azufre. Aquella noche tuve un viaje movido y con sacudidas. Sabía que en dos meses el río estaría completamente helado y entonces me habrían llevado en un coche de caballos. Aquella noche, no conseguía ver otra cosa que los parpadeantes puntos de las antorchas a través de la neblina y solo sabía que nos estábamos acercando porque el agua se iba calmando, la orilla se curvaba y los remeros no metían los remos tan profundamente. Incluso así, seguían sacando los remos llenos de cieno y algas —alguna nasa para anguilas, alguna tapa de caja de tabaco— y el bote, de vez en cuando, se movía sin previo aviso con las impelentes mareas.

El muelle apareció de repente; era un simple contorno borroso en el anochecer no más real que la niebla, hasta que un guante lo hizo real.

Pertenecía al cochero de Kemble. Brillante como el dinero en su librea color vainilla, conducía un tílburi de grandes ruedas tirado por dos caballos blancos, inmóviles como el mármol, y lo empañaba el vapor de su propia respiración.

—Por aquí, señor Landor.

Un grupo de criados había quitado el hielo del embarcadero y el coche subió dando un tirón, se elevó como si eso fuera lo normal. Entró por un pórtico y se detuvo. Y allí, en el último escalón, estaba el gobernador Kemble.

Estaba, como a caballo, con su gran cabeza peluda erecta y las piernas dobladas. Tenía unos pies grandes como calabazas y una cara ancha, con mejillas caídas y feas, roja de placer. Empezó a hablar desde el momento en que me vio y cuando cubrió mi mano con las suyas creí que desaparecía dentro de él.

—¡Landor! Hace mucho que no te vemos. Pasa, hombre, este tiempo no es bueno ni para los perros. Ah, estás empapado, ¿verdad? ¡Y vaya abrigo! ¡Tiene agujeros! No importa, siempre tengo alguno de reserva para situaciones como esta. No son de mi talla, no te preocupes, tienen un tamaño humano y, si no te molesta que te lo diga, tiene un poco más de *ton*. Qué palabra más estúpida. Pero basta ya, deja que te mire: estás demasiado flaco, Landor. Las gachas de la academia no te sientan bien, aunque eso solo les sienta bien a las ratas. No importa, esta noche cenarás estupendamente, amigo mío. Hasta que revientes las costuras de todos mis abrigos.

Veinte minutos más tarde estaba metido en una brillante levita nueva y un chaleco, con un delicioso cuello de cisne, de pie en el estudio de Kemble, que era más o menos cuatro veces más grande que el de Papaya, forrado con paneles de los mismos árboles con los que alimentaba su horno de carbón. Un criado atizó el fuego, un segundo criado llegó con un decantador de Madeira y un tercero trajo los vasos. Me tomé dos, para recuperar el tiempo perdido, y los vacié cuando quise, mientras Kemble se llevaba el suyo al ventanal para mirar a través del césped hacia la amplia y brillante extensión del Hudson. «Su Hudson», tan sereno en su discurrir que podría confundirse con un lago.

—¿Rapé, Landor?

En casa del gobernador Kemble no había pipas, pero sí cajas de rapé. No tan bonitas como esa: un pequeño sarcófago dorado con la caída del hombre incrustada en los lados y un cañón dorado bisecando las tapas.

Kemble sonrió al verme meter la mano.

—Thayer siempre lo rechaza —dijo.

—Bueno, esa es su naturaleza, renunciar.

—Todavía no ha renunciado a ti, ¿no?

—Puede que, de la forma en que se están alargando las investigaciones, lo haga pronto.

—No es como tú, Landor, que te tomas tanto tiempo con las cosas.

—Bueno —dije con una lánguida sonrisa—, supongo que no estoy en mi salsa. No estoy hecho para la vida militar.

—Ese es el problema. Si fallas, es simplemente un golpe a tu orgullo profesional. Solo tienes que regresar a tu encantadora casita y tomarte otro vaso de Madeira o un whisky, eso bebes, ¿no, Landor?

—Sí, whisky.

—Mientras que, si Thayer fracasa, habrá gente que caiga con él. —Se metió un gigantesco pulgar en la oreja y lo sacó haciendo ruido—. Es una cuestión delicada, Landor. La asamblea legislativa de Carolina del Sur aprobó una resolución que pide la abolición de la academia, ¿lo sabías? Y no creo que les falten aliados en el Congreso o en la Casa Blanca —explicó levantando su vaso de Madeira hacia la luz de una lámpara de cobre—. Creo que el pasatiempo favorito de Jackson es reincorporar a todos los cadetes que destituye Thayer. Está esperando la oportunidad para cortarle la cabeza a Thayer y quiero que sepas que, si no conseguimos que este asunto se solucione, lo conseguirá. Tiemblo por la academia.

—Y por tu fundición —añadí.

Es extraño, no tenía intención de decir aquello en voz alta, pero Kemble no se ofendió. Dio un paso, se irguió y dijo:

—Una academia fuerte significa un país fuerte, Landor.

—Por supuesto.

—Creo que una muerte, por extrañas que sean las circunstancias, no importa mucho. Dos es otra cosa.

¿Qué podía decir? Dos eran otra cosa. Tres serían otra cosa también.

Kemble frunció el entrecejo y tomó un sorbo de Madeira.

—Bueno, espero por todos nosotros que encuentres al hombre y acabes con este horrible asunto. Pero mírate, Landor, te tiemblan las manos. Acércate al fuego y toma otro vaso. Ah, ¿lo ves? Creo que es el resto de los invitados, si no me equivoco, que han llegado al embarcadero. ¿Sabes, Landor? He estado encerrado tanto tiempo que casi estoy por saludarlos en persona. No te importa, ¿verdad? ¿Seguro? Bueno, si insistes, pero abrígate. No hace falta coger una pulmonía, ya sabes que tu país depende de ti...

Envió dos coches a buscar al grupo que llegaba en el bote. Kemble y yo íbamos en el segundo, arropados con varias capas de ropa, un poco morados por el licor. Íbamos en silencio o, si él hablaba, yo no le contestaba. Estaba meditando, como jamás lo había hecho, sobre el coste del fracaso.

—¡Ah! ¡Ya hemos llegado! —gritó Kemble.

Puso un pie en el suelo y se cayó antes de que nadie pudiera pestañear. Dio la impresión de que sus criados no habían limpiado todo el hielo. Fue una caída épica, cien kilos de peso aterrizando en el suelo. En ese momento se convirtió en pura topografía: su estómago era tierra alta, estrechándose hacia una cabeza-poblado, con dos ojos estanque que no dejaban de parpadear. Cuatro criados corrieron a socorrerlo. Los apartó con una sonrisa e hizo una demostración de cómo se levanta uno, como que me llamo Kemble. Después, poniéndose la chistera en la cabeza y quitándose los cristales de hielo de los hombros y los codos, levantó una espesa ceja y confesó:

—Odio hacer reír, Landor.

La primera en subir al embarcadero fue Lea Marquis. Toda una sorpresa, sí, pero mayor aún fue la de ver lo bien que se la veía. La doncella soltera del salón de la familia Marquis se había hecho un moño estilo Apolo, se había puesto un vestido de tafetán de color lila con la falda más amplia que había visto en la vida y se había rociado con almidón, parte del cual había sobrevivido al cruce del río, aunque tampoco podría haber escondido el rosa de sus mejillas debido al cortante viento de la noche.

—¡Querida Lea! —exclamó Kemble sonriendo y extendiendo los brazos.

—Tío Gov —contestó sonriendo.

Dio un paso hacia él y se detuvo al darse cuenta de que los ojos de Kemble se habían vuelto hacia la figura que había detrás de ella.

Era un oficial del Ejército, eso era lo único que podía saberse a esa distancia. No se distinguía el rango. No se le veía la cara. Por supuesto, a esas alturas conocía a todos los oficiales de West Point y, para mí, reconocerlos antes de que me reconocieran a mí era una cuestión de orgullo, pero ese, por alguna razón, no se mostró. Hasta que uno de los faroles de los cocheros lanzó un rayo de luz en su dirección y acertó en él justo en el momento en el que ponía pie en el embarcadero no supe quién era.

Lo reconocí de inmediato, a pesar de su falsa ropa, los aires que se daba y los adornos faciales. Era el cadete de cuarta Poe, con el uniforme del difunto Joshua Marquis.

Narración de Gus Landor

30

*B*ueno, me he adelantado. Al principio no tenía ni idea de qué uniforme era. Poe se quitó el capote, lo puso encima de los hombros de Lea y se quedó allí, en aquella laguna de luz de farol. Inmediatamente supe lo que estaba mirando. Solo había un detalle diferente desde la última vez que lo había visto: llevaba una barra amarilla en el hombro.

—¡Señor Landor! —exclamó Lea abriendo mucho los ojos—. Permítame que le presente a un buen amigo de la familia, el teniente Le Rennet, Henri le Rennet.

En un primer momento casi ni me enteré del nombre que había dicho. Lo único en lo que podía fijarme era en ese uniforme. Y lo que es más, lo bien que le quedaba. Un sastre no lo hubiera hecho mejor.

Y debido al mucho tiempo que había estado intentando ponerle cara y cuerpo a ese uniforme, ver el de Poe en él me hizo sentir como si estuviera cayendo en un profundo torbellino. El torbellino de sus palabras, todos esos cariñosos textos por los que tanto había apostado, ¿cómo podía saber ya si debía confiar en él? Dejando aparte las sospechas de Hitchcock, ¿cómo sabía si había estado diciéndome la verdad? Que no se había cruzado con Artemus y Lea Marquis meses antes de cuando él decía. Y ya puestos, ¿por qué había supuesto que no podía haber sido él el que estaba agachado en la explanada arrancándole el corazón del pecho a Leroy Fry?

Era una locura, lo sabía. Intenté salir de aquello con una argumentación: «Solo lleva un disfraz, Landor. No sabe que tiene un significado especial. Es simplemente un juego, ¡por Dios!».

A pesar de todo, seguí mirando esa cara, intentando convencerme de que nada podía haber cambiado tanto en tan solo un minuto. Llevaba puesto un uniforme, eso era todo.

—Encantado de conocerle, teniente —lo saludé después de tragar saliva.

—El placer es mío.

Para aquella ocasión había adoptado un ligero acento, una brisa mediterránea que recordaba levemente a los susurros de *monsieur* Bérard. Aunque lo que más me sorprendió fue el cambio que mostraba en su cara. Lea (u otra persona) había confeccionado un bigote hecho con crin de caballo, lo había teñido con betún y se lo había pegado en la lampiña franja que había encima de su labio. Tosco, sí, pero tenía algo de genial también, ya que gracias a él Poe parecía tener treinta o treinta y dos años. También estaba más guapo: parecía natural en él.

El segundo bote había llevado un montón de gente que empezaba a subir a los coches. Ojalá pudiera recordar todos sus nombres, lector. Uno de los propietarios del *New York Mirror*, un pintor que se llamaba Cole, un carpintero cuáquero y una mujer que componía himnos. Hombres o mujeres, Kemble los trataba a todos por igual. Les daba una palmadita en el brazo, les estrechaba la mano como a una de sus bombas impelentes y les pedía que tomaran café, Madeira o que vaciaran su bodega si querían (como si pudieran), les ofrecía abrigos de emergencia o levitas, y de esa forma los iba empujando como un fuelle mientras los llevaba del atrio al salón.

Solo yo me retrasé, siempre soy el último en dejar que me empujen. Me quedé en el atrio, oyendo el ruido de pasos en los magníficos suelos de roble de Kemble, el tictac de su reloj de pared (el más grande que había visto nunca) y el sonido de los golpecitos de mis propios pies en el suelo de parqué. Antes de que pasara un minuto, mis oídos consiguieron captar otro ritmo, un leve tamborileo, como el de un baile de ratones. Levanté la cabeza y vi a Lea Marquis a unos tres metros, haciendo contrapunto al ruido de mis pies, sonriendo.

—Señorita Marquis…

—No nos denunciará, ¿verdad? —imploró —. Esta pequeña farsa no le hará daño a nadie, se lo aseguro.

—A nadie, excepto al señor Poe —dije con gravedad—. Ya sabe que los oficiales de la academia cenan aquí a menudo.

—Sí, ya estamos *en garde* para esa posible eventualidad. Mientras tanto…

Contra mi voluntad y mi juicio, sentí que me cosquilleaban los labios.

—Mientras tanto no haré nada para molestarles. Estoy encantado de verla aquí, señorita Marquis. Pensaba que iba a ser otra velada de hombres.

—Sí, esta parece ser la única noche del año en que las mujeres están a salvo en Marshmoor. Nuestra noche anual de emancipación, histórica en sus implicaciones.

—Pero seguramente, como sobrina…

—«Tío» es solo un nombre cariñoso. Lo conozco desde que era niña. Es un viejo amigo de la familia.

—¿Y dónde está el resto de los Marquis?

—Bueno —contestó despreocupadamente—, no le sorprenderá saber que mi madre ha caído en cama otra vez.

—¿Migraña?

—Los miércoles es neuralgia, señor Landor. Mi padre se ha quedado con ella, mi hermano está inmerso en la geometría y yo soy la única emisaria de la familia.

—Pues todos nos alegramos. —En el momento de pronunciar aquello sentí que me quemaban las mejillas. ¿No eran esas las palabras de un pretendiente? Di un paso atrás y crucé los brazos—. He de decirle que siempre me he preguntado por qué aquí nunca hay más mujeres. A este sitio no le irían nada mal.

—El tío Gob nos odia. No, no me mire de esa forma. Sé que dice que simplemente le desconcierta nuestro sexo. Pero ¿qué otra confesión puede esperarse? Uno no comprende lo que no aprecia.

—Usted tiene muchos admiradores, señorita Marquis. ¿La entienden todos?

Apartó lentamente los ojos de los míos y cuando volvió a hablar lo hizo con recargada levedad.

—Siempre he oído decir que hace tiempo una mujer le rompió el corazón al tío Gob, pero creo que nunca ha tenido el corazón roto. —Me miró—. No como usted, ni como yo.

330

—Sonrió e inclinó la cabeza—. Al parecer nos han abandonado. ¿Nos unimos a los demás?

El gobernador tenía unas ideas muy claras respecto a la mesa en la que se iba a cenar. Las mujeres debían sentarse en un extremo y los hombres en otro. Por supuesto, con esa disposición siempre hay dos miembros de cada sexo codeándose con el opuesto. Así que la compositora de himnos se sentó al lado del carpintero cuáquero y a mí me colocaron al lado de una tal Emmeline Cropsey.

Casada con un inestable *baronet*, la señora Cropsey había sido desterrada a Estados Unidos con una pequeña asignación y se había convertido en una especie de crítica errante, que se iluminaba yendo de un estado a otro y se mofaba de todo lo que veía. Niágara la había aburrido, Albany la había horrorizado y, en ese momento, cuando estaba acabando su viaje por las tierras altas, quería que su marido le enviase más dinero para encontrar más sitios del país a los que odiar. Antes incluso de que cogiéramos los tenedores ya me había dicho que estaba componiendo un volumen titulado *Estados Unidos: el experimento fallido*.

—Asumiendo que no comparta el imperante espíritu de esta espantosa tierra, señor Landor, admito que no confieso con ninguno de sus hermanos que escupen tabaco: West Point será el primero en mi lista de casos pendientes.

—Muy interesante —murmuré.

De allí pasó al mito de Cadmo y a algo sobre que Leroy Fry y Randoph Ballinger eran corderos en el altar de los semidioses norteamericanos. Era un poco como escuchar a Poe, salvo que no tan descansado. No sé exactamente cuándo, pero llegó un momento en el que la cantinela de la señora Cropsey —y de hecho todo el maremágnum de sonidos que cruzaban la mesa del gobernador Kemble— empezó a ceder ante una voz. No era más alta que las demás, pero tenía una autoridad natural tan útil como mil trompetas. El teniente Henri le Rennet —con su absurdo bigote y su prestado disfraz— se estaba apoderando de la conversación.

—Sí, es verdad. Francia es mi *pays natal*, pero he sido

soldado de su ejército el tiempo suficiente como para llegar a estar tolerablemente al tanto de la literatura inglesa. Y lamento informarles de que su situación es alarmante. Sí, alarmante.

El pintor, corriendo un gran riesgo, dijo:

—Supongo que el señor Scott decepciona pocas veces.

Poe se encogió de hombros y pinchó un nabo.

—Si uno tiene pocas expectativas, no.

—¿Wordsworth? —aventuró otro.

—Comparte los mismos defectos que los poetas del lago: insiste en edificarnos, cuando, de hecho… —Se calló y mantuvo el nabo en alto como una antorcha—. Cuando, de hecho, el único fin de la poesía debe ser la creación rítmica de belleza. Belleza y placer, esas son sus más altas aspiraciones, y la muerte de una mujer hermosa, su tema más elevado.

—¿Y qué hay de los escritores de estas tierras? —inquirió una persona—. Digamos Bryant.

—Concedo que ha renunciado a la afectación poética de la que cojea la mayoría de la poesía moderna, pero no puedo decir que su obra muestre ninguna grandiosidad.

—¿Irving?

—Demasiado sobrevalorado —adujo Poe de forma inexpresiva—. Si Estados Unidos fuese realmente una república de las letras, Irving estaría considerado como poco más que un tributario estancado.

Ahí se excedió. Irving era una divinidad en aquellos lares. Y lo que es más, un inseparable del gobernador Kemble. Incluso aunque uno no lo supiera, no podía dejar de fijarse en (a menos que se fuera Poe) el movimiento de cabezas en cadena que se produjo entre los comensales que hicieron una ansiosa lectura de la cara de Kemble para saber si debían ofenderse o no. Kemble no levantó la vista y dejó que el propietario del *New York Mirror* tomara la palabra por él.

—Teniente, estoy empezando a temer que está abusando de la generosidad de nuestro anfitrión desahogando tan libremente su bilis. Seguro que al menos hay alguien en el mundo de las letras que lea con placer.

—Hay uno. —Hizo una pausa y estudió las caras del público como para determinar si merecían la pena. Después, con los ojos entrecerrados y la voz baja para conseguir un efecto especial, dijo—: Supongo que no habrán oído hablar de… Poe.

—¿Poe? —preguntó la señora Cropsey como si estuviera sorda—. ¿Ha dicho Poe?

—De los Poe de Baltimore —contestó.

Bueno, nadie había oído hablar de Poe o de los Poe de Baltimore, lo que llenó a nuestro teniente de una profunda y oscura tristeza.

—¿Es posible? —preguntó suavemente—. Ah, amigos míos, no soy profeta, pero puedo predecir con toda seguridad que, si no han oído hablar de él todavía, lo harán. Por supuesto, no conozco a ese señor, pero me han dicho que proviene de una antigua saga de jefes francos, como yo —añadió con una modesta reverencia con la cabeza.

—¿Y es poeta? —inquirió el carpintero.

—Para mí, llamarle simplemente poeta es como etiquetar a Milton de mercader de ripios. Ese Poe es joven, de eso no hay duda. El árbol de su genio todavía ha de dar sus frutos más maduros, pero tiene una cosecha suficiente como para satisfacer el paladar más refinado.

—¡Señor Kemble! —exclamó la señora Cropsey—. ¿Dónde ha encontrado a este encantador *soldat*? Creo que es el primer hombre con el que me he tropezado en su país que no es imbécil ni está manifiestamente loco.

Kemble no le dio importancia a aquel comentario, ya que la mofa a Irving le había afectado más de lo que nadie podría haber imaginado. Con un tono de frío resentimiento manifestó que estaba seguro de que la señorita Marquis respondía por el teniente.

—¡Por supuesto! —gritó esta desde un extremo de la mesa—. El teniente Le Rennet es un viejo camarada de guerra de mi padre. Estuvieron juntos en la defensa de Ogdensburg.

Un murmullo de aprobación recorrió la mesa y se paró en seco en la señora Cropsey, que frunció el entrecejo y dijo:

—Teniente, usted es demasiado joven para haber combatido en la guerra de 1812.

Poe sonrió.

—En esas fechas era un simple *garçon*, señora, que luchaba al lado de mi padre adoptivo, el teniente Balthasar le Ren-

333

net. Mi madre intentó retenerme en casa, pero le dije: «¡Bah! No voy a quedarme con las mujeres cuando hay que pelear». —Miró la araña de luces—. De modo que, amigos míos, estuve presente para cumplir con mi deber cuando una bala de cañón hirió a mi padre en el pecho. Fui yo el que lo cogió mientras caía y el que lo depositó en el trozo de tierra que muy pronto se convertiría en su tumba. Y fui yo el que se inclinó hacia él para oír su agonizante susurro: «*Il faut combattre, mon fils. Toujours combattre...*». —Inspiró profundamente—. En ese momento supe cuál era mi destino: ser un soldado tan valiente como él. Ser un oficial en el Ejército de Columbia, luchar por la tierra que ha sido... un segundo padre para mí.

Hundió la cara entre las manos y el silencio reinó en la mesa mientras los invitados de Kemble recogían su historia como un pañuelo que se hubiera dejado caer y lo mantenían delante de ellos sin saber si quedárselo o devolverlo.

—Siempre que lo recuerdo, lloro —lo defendió Lea.

De hecho, no estaba llorando, pero inclinó la balanza hacia el lado de Poe. La compositora de himnos se quitó algo del ojo, el pintor se aclaró la garganta y la directora del colegio de Newburgh estaba tan afectada como para posar su mano un segundo o dos sobre la manga del carpintero.

—Bueno —dijo Kemble hoscamente—. Su carrera hace... el mayor honor posible a la memoria de su padre y a su país de adopción. —Cambió la mueca de su cara por una expresión neutral—. ¿Puedo brindar por usted?

Levantamos las copas y sonreímos. Todo fue entrechocar de cristales y «Bien dicho, Kemble» y yo me dediqué a observar hasta que un color parecido al del rosado tiñó las pálidas y orgullosas mejillas del teniente Le Rennet.

Y así fue como un humilde novato de West Point llegó a ser odiado y, rápidamente, aclamado como uno de los grandes hombres de Estados Unidos. El triunfo de Poe fue completo y, como toda esa suerte de triunfos, estaba condenado al fracaso, ya que cuando hundió la cara entre sus manos se le despegó casi medio bigote. Al principio no me di cuenta, fue Lea la que, haciéndome una desesperada señal, dio la voz de alarma. Entonces me fijé en que la señora Cropsey miraba a Poe con cara de estar sorprendida, como si empezara a desmoronarse ante ella. Solo tuve que seguir su mirada para ver el mechón de crin de caballo que le colgaba del labio, moviéndose con su respiración, como el rabo de una cría de mofeta.

Me levanté inmediatamente.

—Teniente Le Rennet, debo suplicarle que me conceda el intercambiar unas palabras con usted. En privado, si me lo permite.

—Por supuesto —contestó Poe muy a su pesar.

Lo conduje de habitación en habitación, en busca de un lugar en el que no hubiera criados que pudieran oírnos. En casa del gobernador Kemble eso significa acabar agotado. No me quedó más remedio que sacarlo por el estudio hacia la veranda delantera.

—¿Qué pretendes, Landor?

—¿Que qué pretendo? —Le arranqué el colgante mechón de color negro y lo mantuve en el aire entre el pulgar y el índice—. La próxima vez ponte un poco más de goma arábiga.

Se le saltaron los ojos de las órbitas.

—¡Dios mío! ¿Lo ha visto alguien?

—Creo que solo Lea. Y la señora Cropsey, a lo que, por suerte para ti, desprecia todo el mundo.

Buscó en sus bolsillos.

—Tiene que haber algo de…

—¿Qué?

—Algo de rapé.

—¡Rapé!

—Sí, el jugo es adhesivo, ¿no?

—Si no te importa oler como una escupidera. Venga, Poe, ya has hecho tu numerito. Ha llegado la hora de bajar el telón y…

—¿Y abandonar a Lea? —preguntó con ojos brillantes como los de un lobo—. ¿En la primera noche que hemos pasado juntos? Preferiría renunciar a mi graduación ahora mismo. No, me quedo mientras dure esto, Landor, me ayudes o no.

—Entonces es no. Y antes de que me enfade más, dime dónde has encontrado ese uniforme.

—¿Este? —preguntó mirando su atuendo como si acabara de ponérselo—. Me lo ha dado Lea. Era de un tío suyo difunto o algo así. Me queda estupendamente, ¿verdad? —Su sonrisa se desvaneció gradualmente cuando vio la cara que ponía—. ¿Qué pasa, Landor?

Cogí la parte de abajo de la guerrera y pasé el dedo por el trozo de tela manchado de sangre que había encontrado en el armario de Artemus. Mi dedo estaba limpio.

—¿Qué pasa, Landor?

—¿Lo has limpiado? —pregunté con voz de estar a punto de estallar—. ¿Lo has cepillado antes de salir?

—Pero ¿para qué iba a hacerlo? Está suficientemente limpio, ¿no?

—Quizá lo haya hecho Lea por ti.

Sus labios empezaron a abrirse y cerrarse.

—No tengo… No tengo ni la más remota… Landor, ¿qué te pasa?

Abrí la boca para contestarle, pero una voz a mi espalda me frenó. Una voz que no era la de Poe ni la mía, pero que también me resultaba familiar.

—Señor Landor.

El intruso estaba en la puerta, con el capote todavía puesto y las botas llenas de hielo. Su silueta se recortaba y, al mismo tiempo, quedaba oculta por la luz del estudio.

Solo Ethan Allen Hitchcock podía hacer una entrada así.

—Esperaba encontrarle aquí —dijo.

Estaba tan serio como una parca.

—Y lo ha hecho —contesté haciéndole una seña a Poe—. Me ha encontrado.

—Me gustaría tener mejores noticias que…

Entonces, se calló. Juntó las cejas y prestó atención a la pequeña y esbelta figura que había dado media vuelta en dirección al río e intentaba introducirse en los pliegues de la noche.

—El señor Poe —soltó.

Supongo que, si Poe hubiera saltado directamente de la veranda al Hudson, lo habría conseguido. Si hubiera podido subirse a la montaña más próxima, lo habría conseguido. Pero jamás se había sentido tan pequeño, supongo, como se sintió en aquel momento. Tan lejos de ser sobrehumano.

Le temblaron los hombros y su cabeza cayó del cuello. Se dio la vuelta lentamente.

—¡Qué bien le queda el uniforme! —Lo alabó Hitchcock ampliando su campo de visión para abarcarnos a los dos—. Y qué ingeniosa diversión han ideado el señor Landor y usted.

Poe dio un paso adelante —siempre lo recordaré— e inclinó la cabeza como un vasallo ante su señor.

—Señor, debo informarle, por mi honor, que el señor Landor no tiene nada que ver con todo esto. Se sorprendió tanto como usted, señor. Ha sido… créame, señor, una iniciativa mía y merezco…

—Señor Poe —lo interrumpió Hitchcock moviendo enérgicamente la mandíbula—. No estoy de humor para tomarle juramento. Tengo cosas más importantes de las que ocuparme.

Se acercó a mí con una cara apagada e inexpresiva en la que no se podía leer nada, excepto en sus ojos, pequeños y llameantes.

—Parece ser que mientras disfrutaba de la hospitalidad del señor Kemble ha desaparecido otro cadete.

Casi no presté atención a lo que decía. No, estaba más atento al hecho de que lo estaba diciendo ante Poe, alguien a quien podría haber alejado con un movimiento de la mano. Algo había cambiado, eso estaba claro. Las reglas del decoro que habían guiado a Hitchcock desde el momento en que se levantaba hasta que se acostaba habían desaparecido.

—No —repliqué extrañamente calmado—. Eso es imposible.

—Ojalá fuera así.

Poe echó la cabeza hacia atrás y un escalofrío le recorrió de los pies a la cabeza.

—¿Quién?

Hubo una larga pausa hasta que contestó Hitchcock.

—El señor Stoddard.

—Stoddard —repetí apagadamente.

—Sí. ¿No le hace gracia la ironía, señor Landor? El último cadete que vio vivo a Leroy Fry ahora ha corrido su misma suerte.

—¡Ah! —Se oyó un grito en la puerta.

En ese momento fue Hitchcock el que se sorprendió. Se dio la vuelta y vio la figura de Lea Marquis.

No se desmayó, no creo que fuera para tanto, pero se cayó. Se cayó sobre una rodilla. La amplia falda se volvió de gelatina, pero sus ojos, sus ojos permanecieron fijos todo el tiempo. Ni siquiera pestañeó.

Poe fue el primero en ir corriendo a su lado. Después fui yo y luego Hitchcock, más nervioso de lo que lo había visto nunca.

—Señorita Marquis, por favor, acepte mis… No tenía ni idea de que estuviera… Debería de…

—Seguirán muriendo.

Eso fue lo que dijo. Entre dientes y más alto también. Lo dijo con unos llameantes ojos azules. Lo dijo como si no hubiese nadie más en la veranda.

—Uno a uno, seguirán muriendo hasta que no quede nadie.

Narración de Gus Landor

31

8 al 9 de diciembre

Para cuando sonó retreta aquella noche, el rumor de la desaparición de Stoddard había llegado a todos los cadetes, bombarderos e instructores. Las teorías resplandecían como luciérnagas. La señora Cutbush seguía insistiendo en que era obra de druidas; el teniente Kinsley, que la respuesta estaba en las estrellas; la señora Thompson, la propietaria de la pensión, apostaba por los demócratas; y cada vez más cadetes suscribían la idea de un espíritu indio vengador. Nadie se iba tranquilo a la cama. Varias de las mujeres de los profesores anunciaron su intención de pasar el resto del año en Nueva York (una incluso estuvo despierta hasta el alba supervisando su equipaje). Los cadetes de guardia las hacían espalda contra espalda para que nada pudiera cogerlos por sorpresa y al menos un estudiante de los últimos años se despertó aterrorizado, gritando y echando mano al mosquetón que tenía en la pared.

Sí, había miedo, pero nadie lo habría sabido por el aspecto del comandante de West Point. Cuando pasé por sus dependencias poco después de las diez de la mañana del día siguiente, Hitchcock estaba en su escritorio, sereno y quizá un tanto despistado. La única señal de que algo no iba bien era su mano derecha, que había partido en una misión por cuenta propia y le peinaba el pelo incesantemente.

—Hemos enviado otra patrulla de búsqueda al amanecer, aunque no sé qué van a encontrar que no encontrara la anterior. —Su mano se detuvo y cerró los ojos—. No, no lo sé.

—Capitán, yo no perdería la esperanza.

—Esperanza —repitió en voz baja—. Me temo que es demasiado tarde para eso, señor Landor. Preferiría dormir bien.

—Pues hágalo. Acabo de estar en la habitación del señor Stoddard.

—¿Y?

—He hecho un interesante descubrimiento.

—¿Sí?

—Su baúl estaba vacío.

Me miró con cara de estar en suspense, como si el resto de la frase se hubiese cortado en el aire.

—No había ropa —apunté—. No había ropa de paisano.

—¿Y qué he de pensar con eso?

—Bueno, en primer lugar, no creo que tengamos otro cadáver entre manos, capitán. Creo que el señor Stoddard se ha ido por su propio pie.

Se irguió y apartó la mano del pelo.

—Continúe.

—Estoy seguro de que recuerda que el señor Stoddard fue uno de los que… no, fue el único cadete que pidió que le eximieran de su servicio en la academia. ¿No es así?

Asintió.

—Créame que sé que la gente está muy angustiada. Incluso hay quien busca iroqueses en los arbustos, pero, que yo sepa, solo Stoddard ha pedido que se le envíe a casa. ¿Por qué?

Hitchcock me escrutó unos segundos.

—Porque tiene un motivo especial para temer por su vida.

—Eso es lo que creo yo también. Como recuerda, capitán, tuvimos ocasión de hablar con el señor Stoddard al comienzo de mis investigaciones. Fue él el que nos dijo que se tropezó con Leroy Fry en la escalera. Ese extraño encuentro, ese comentario de Fry sobre «Necesidades personales».

—¿Cree que vio algo aquella noche? ¿Algo más?

—Bueno, es posible. Es todo lo que puedo decir.

—Pero ¿por qué lo calló cuando le dimos todas las oportunidades de contárnoslo?

—Lo único que puedo pensar es que tenía miedo de decírnoslo.

Hitchcock se arrellanó en la silla y sus ojos se dirigieron hacia la ventana de bisagras.

—¿Está sugiriendo que Stoddard puede estar implicado en la otra muerte?

—Bueno, está involucrado en algo serio. Lo suficiente como para preferir escapar que confesar.

De repente, se puso de pie, fue directo a la librería como si tuviera un título en particular en mente, pero se detuvo a un metro de ella.

—Sabemos que era amigo íntimo de Fry.

—Sí.

—Pero no sabemos que tuviera ninguna relación con Ballinger.

—La verdad es que sí. Lo verá en la próxima transcripción del diario de Fry. Hace dos veranos, él y Ballinger eran buenos amigos de Fry.

Sus ojos lanzaron una mirada húmeda y ávida.

—Pero ¿qué relación tiene Stoddard con Artemus Marquis?

—Eso todavía no está claro. Un misterio cada vez. Mientras tanto es muy importante que encontremos al señor Stoddard. He de hacer hincapié, capitán, debemos localizarlo, esté donde esté.

Me miró un momento y después, con voz baja, pero firme, me aseguró:

—Si el señor Stoddard está escondido en la academia, lo encontraremos rápidamente.

—No, capitán —repliqué amablemente—. Creo que ya nos ha abandonado.

Empecé a ponerme el abrigo, pero después lo pensé mejor y lo dejé en la percha, me senté en la silla, miré la vela de Hitchcock y dije:

—Capitán, si no le importa…

—¿Sí?

—Me gustaría suplicarle clemencia para Poe.

—¿Clemencia? ¿Se refiere a ese pequeño *coup de théâtre* de la otra noche? Me parece una petición extraña, señor Landor, cuando usted, mejor que nadie, puede enumerar sus infracciones. Empezando por abandonar la academia fuera de horas.

Continuando con la ingesta de licores, en gran cantidad, por su aspecto. Y no olvidemos el presentarse con un nombre falso.

—No sería el primer cadete que…

—Señor Landor, es el primero que ha tenido la temeridad de hacerse pasar por un oficial del Ejército de Estados Unidos durante mi mandato. Puede imaginarse cómo veo ese subterfugio en particular.

Era extraño, no podía dejar de sentir —como siempre me pasaba en presencia de Hitchcock— que era yo al que estaba juzgando. Apoyé la cabeza en la mano y las palabras me salieron en un ataque de nervios, como espasmos de pecador.

—Creo, creo que lo hacía con la impresión de que…

—¿De qué?

—De que me estaba ayudando.

Me miró fríamente.

—No, señor Landor, no creo que esa fuera la impresión que tenía. Creo que sé cuál era la sensación con la que actuaba.

Podría haberle suplicado que recordara lo que puede hacer el amor en un joven, pero era Ethan Allen Hitchcock. Contra él, todo el arsenal de Cupido habría hecho simplemente una muesca.

—Y ya sabe —continuó— que no es ni de lejos la primera infracción de Poe. Todavía no le he mencionado la docena de veces, más o menos, que durante las últimas semanas ha abandonado su habitación después de retreta para…

¿Por qué no me dice usted, señor Landor, lo que lo atrae al hotel del señor Cozzens noche tras noche?

¡Dios mío!

Al final tuve que sonreír, lector. Creyéndonos muy listos, Poe y yo habíamos contratado a un escolta del Ejército y nos habíamos encerrado entre puertas para beber y hablar hasta el alba. Poe no había visto que lo siguiera nadie. Así que habíamos confiado en la evidencia de nuestros sentidos, cuando habríamos tenido que contar con Thayer y Hitchcock. Esos hombres tienen que saberlo todo. Y, por lo tanto, lo saben.

Hitchcock puso las manos sobre la mesa y se inclinó hacia mí.

—No lo detuve en ninguna ocasión, Landor. Les concedí esa libertad, nunca jugué sucio y jamás pedí una explicación. Ni le pedí que respondiera por frecuentar el establecimiento del señor Havens. Como verá, no soy tan rígido como cree. Y si necesita otra confirmación, le informaré encantado de que la única persona a la que se sancionará por el fiasco de anoche es el teniente Kinsley.

—¿Kinsley?

—Por supuesto, era el oficial encargado de vigilar los barracones sur. Evidentemente no cumplió con su obligación.

—Pero Poe fue…

—Y tanto que fue. Sin embargo, el que me lo tropezara debe considerarse un desafortunado accidente. Si no hubiera estado preocupado por otros asuntos, bien habría podido brindar por su salud y felicitarle por su valor. Ni siquiera ahora puedo castigar a alguien en conciencia porque el destino se haya confabulado contra él.

Esperé sentir algún síntoma físico de alivio —un desentumecimiento de los hombros y el pecho, que disminuyera mi ritmo cardíaco—, pero no sentí nada. No podía creerlo. No podía creer que estuviéramos libres y, de hecho, no lo estábamos. A nuestras espaldas llegó la voz de Hitchcock, una línea recta en la oscuridad.

—No obstante, señor Landor, no puedo seguir consintiendo que Poe sea su agente en este asunto.

Lo miré.

—No veo… Hemos hecho… Capitán, hemos hecho grandes progresos gracias a él. Me ha sido de gran ayuda.

—No lo pongo en duda. Pero con dos cadetes muertos y un tercero desaparecido, no puedo pensar en poner a otro joven en peligro.

Entonces tuve una extraña sensación, lector: una especie de quemazón en la cara y el cuello. Vergüenza, supongo. Porque hasta hacía poco no me había preocupado por la seguridad de Poe. Había seguido sus encuentros con Lea y Artemus como haría un lector, sin pensar jamás que detrás de la historia había una persona real, de carne y hueso, que podía ser sancionada en cualquier momento.

—Esa no es la única razón —protesté.

—No, no lo es —aceptó—. Ya se lo he dicho, creo que su proximidad con Poe le ha hecho perder la objetividad. Puede que cuando no tenga contacto regular con él esté más preparado para…

No acabó la frase. No tenía por qué hacerlo. Me erguí en la silla, inspiré profundamente y dije:

—Tiene mi palabra de que Poe ya no tomará parte en la investigación.

Al menos, no hubo el triunfo que esperaba Hitchcock. Sus ojos parecieron girar hacia dentro y empezó a pasar la mano por encima del escritorio para disipar las sombras.

—Debe saber que el coronel Thayer ha informado de la desaparición del señor Stoddard al jefe de ingenieros.

—No le agradará la noticia, después de la muerte de Ballinger.

—Sí, creo que es justo decir que no se alegrará. Y ya que estamos jugando a los adivinos, creo que es justo también esperar que el coronel Thayer se lleve una reprimenda por la forma poco convencional con la que se ha tratado este asunto.

—No pueden echarle la culpa de...

—Le recordarán que desde un principio debería haber encargado la investigación a un oficial, no a un civil.

Hubo algo en la forma en que dijo aquello, algo forzado y ensayado que produjo un eco en mi mente. Como si estuviese oyendo conversaciones que se habían mantenido hacía días en habitaciones cerradas.

—Estoy seguro de que también se lo han recordado a usted —comenté con toda tranquilidad—. Pero usted no ha querido nunca que estuviera aquí, desde el primer momento, fue idea del coronel Thayer.

Ni se molestó en negarlo, mantuvo la voz tan llana como el horizonte.

—Eso poco importa ahora, señor Landor. Tanto el coronel Thayer como yo tendremos que asumir la responsabilidad de lo que sin duda se entenderá como falta de criterio. Me temo que a consecuencia de ello el jefe de ingenieros enviará a un investigador con toda urgencia. Alguien con carta blanca para ocuparse de este asunto hasta el final. —Su mano empezó a limpiar el escritorio una vez más—. Si el jefe de ingenieros actúa con tanta precipitación como de costumbre, creo que podemos esperar que ese investigador llegue... —sus labios trabajaron unos segundos, calculando el tiempo—, digamos que en tres días. Nos encontramos pues con algo que no teníamos antes: un plazo de ejecución, señor Landor. Tiene tres días para encontrar al autor de esos crímenes. —Hizo una pausa y después añadió—: Si todavía quiere encontrarlo.

—Mis deseos no acaban ahí —repliqué revolviéndome en la silla—. Acepté encargarme de ello, capitán. Nos dimos un apretón de manos, eso es lo único que importa.

Asintió, pero sus cejas se afilaron en los extremos y cuando juntó las manos y se inclinó una vez más hacia su escritorio se le notaba que no estaba nada satisfecho.

—Señor Landor, espero no excederme si le digo que muestra una latente hostilidad hacia esta academia. No, espere —me pidió levantando un dedo—. El odio que intuí en el momento en el que lo conocí… Hasta hoy no había creído que debiera averiguar su origen.

—¿Y ahora?

—Ahora creo que puede ser otro obstáculo en el desempeño de sus investigaciones.

¡Estaba que echaba humo! Recuerdo que incluso busqué algo que agarrar —un tintero, un pisapapeles—, pero nada me pareció suficiente para igualar mi cólera. Lo que significó que solo tenía palabras para arrojarle.

—¡Por todos los santos! —grité poniéndome de pie—. ¿Qué más quiere de mí, capitán? Aquí estoy, trabajando sin remuneración…

—Usted mismo lo quiso así.

—Trabajando como un perro, por si no lo sabe. Gracias a usted, capitán, me han apaleado, casi me han cortado en filetes. He arriesgado mi vida en nombre de su preciada institución.

—Hemos tomado debida nota de sus sacrificios —replicó secamente—. Ahora, si no le importa volver a mi anterior pregunta. ¿Es intrínsecamente hostil a esta academia?

Me pasé la mano por la frente y expulsé una considerable bocanada de aire de los pulmones.

—Capitán, no busco pelearme con usted. Espero que usted y sus cadetes prosperen, evolucionen y vayan a matar a los soldados que sea necesario. Simplemente…

—¿Qué?

—Que este monasterio suyo no hace santos precisamente —aseguré manteniéndole la mirada.

—¿Quién dice eso?

345

—Ni tampoco hace siempre soldados. No me pongo de parte del presidente ni de ninguno de sus enemigos, pero creo que cuando le arrebata la voluntad a un joven, cuando lo rodea de normas y sanciones y lo priva del uso de su razonamiento, hace que este sea menos humano y que esté más desesperado.

Las aletas de su nariz se abrieron ligeramente.

—Ayúdeme, señor Landor, estoy intentando seguir su razonamiento. ¿Está intentando decir que la academia es responsable de esas muertes?

—Alguien relacionado con la academia, sí. Y, por lo tanto, la propia academia.

—¡Eso es ridículo! Según ese razonamiento, todo crimen cometido por un cristiano sería una mancha en Cristo.

—Y así es.

Puede que fuera la primera vez que lo cogía desprevenido. Echó la cabeza hacia atrás, juntó las manos y durante un breve espacio de tiempo se quedó sin palabras. En el silencio que se produjo entre nosotros algo quedó claro.

El capitán Hitchcock y yo jamás seríamos amigos.

Nunca beberíamos Madeira juntos en casa del gobernador Kemble. Nunca jugaríamos al ajedrez ni iríamos a un concierto, no pasearíamos hasta el fuerte Putnam ni leeríamos los periódicos tomando zumo de pomelo. Desde ese momento, no pasaríamos ni un solo minuto juntos, si nuestro trabajo no lo requería. Y todo por la simple razón de que jamás nos perdonaríamos.

—Tiene tres días —me informó—. Dentro de tres días habrá acabado con nosotros, señor Landor. —Estaba saliendo por la puerta cuando creyó necesario añadir—: Y nosotros con usted.

Narración de Gus Landor

32

10 de diciembre

Bueno, el capitán Hitchcock podía decir lo que quisiese sobre mí, pero no que estuviera equivocado respecto al cadete Stoddard. A la mañana siguiente, un pescador de la vecindad llamado Ambrose Pike se presentó en la academia para informar de que un cadete le había hecho señas y le había ofrecido un dólar por llevarlo río abajo. Pike lo había llevado hasta Peekskill y después había visto cómo sacaba otro par de dólares de una bolsa de cuero y compraba un pasaje para el siguiente vapor a Nueva York. Pike no le habría dado más vueltas, pero su mujer le dijo que podía ser un fugitivo, en cuyo caso, podían enviarle a Ossining por complicidad en un delito, a menos que se presentara, por eso estaba ahí, para declarar que él, Ambrose Pike, no era cómplice.

¿Cómo sabía que llevaba a un cadete?

Bueno, el chaval llevaba puesto el uniforme. Hasta que no llegó río abajo no se puso una camisa hecha en casa, un pañuelo y una gorra de cuero para pasar a ser un aldeano más del río.

¿Qué explicación le había dado el joven para abandonar West Point con tanta prisa?

Le había dicho que en su casa había problemas y que no podía esperar a la lancha de la academia. Eso fue todo lo que le contó hasta que llegó a Peekskill. Ni siquiera se despidió.

¿Podía decir algo más sobre el joven?

Estaba muy pálido, eso era lo único en lo que se había fijado. Y, a pesar de que hacía sol y el joven estaba bien abrigado, temblaba de vez en cuanto.

¿Y qué pensó de aquello?

Bueno, era difícil de decir, pero parecía que lo perseguía el diablo.

Ese mismo día recibí en el correo un interesante paquete de mi confidente en Nueva York, Henry Kirke Reid.

Querido Gus:

Siempre es un placer tener noticias tuyas, incluso si están relacionadas con cosas tan horribles como el trabajo. He de pedirte que la próxima vez que me hagas un encargo me des un poco más de cuatro semanas para llevarlo a cabo. Los informes de Richmond acaban de llegar y si hubiese tenido una semana o dos más podría haber averiguado muchas más cosas sobre tu hombre. En cualquier caso, te envío lo que tengo, que incluye el resultado de mis investigaciones en Boston, Nueva York y Baltimore.

Tu Poe es muchas cosas, Gus. Te dejo a ti que decidas si es alguna de ellas en particular. Solo te diré que mientras que su pasado está tan lleno de cadáveres como el de cualquiera, ninguna de esas almas difuntas ha regresado todavía para acusarlo. Tampoco han puesto precio a su cabeza. Lo que no quiere decir, como bien sabes, nada.

En tu carta mencionabas una compensación. ¿Puedes hacerme el favor de olvidarla? Las investigaciones no han sido agotadoras y esta será mi humilde forma de honrar la memoria de Amelia. Nunca te envié las adecuadas condolencias.

Nueva York ya no es un sitio tan alegre sin ti. Pero espero que sobrevivamos hasta poder volver a verte. ¿Qué otra cosa podemos hacer?

Con mis mejores deseos,

H. K. R.

Esa noche me senté para leer los informes de Henry, los leí una y otra vez, con creciente tristeza. Sentí que había cosas que se estaban desgarrando. Y cuando oí la familiar llamada en la puerta de la habitación del hotel, me alegré de haberla cerrado con llave. El pomo se movió, suavemente al principio y con mayor insistencia después, hasta quedarse quieto. Oí el sonido de pasos que se alejaban. Volví a estar solo.

Informe de Edgar A. Poe a Augustus Landor

11 de diciembre

Landor, ¿dónde estabas anoche? Encontré tu puerta inexplicablemente cerrada y, a pesar de llamar, no obtuve respuesta. Aún me desconcertó más el hecho de que estoy casi seguro de que vi luz en tu ventana. Has de tener cuidado y apagar las velas cuando salgas. No querrás quemar el imponente hotel del señor Cozzens ahora que acaban de construirlo.

Me pregunto si estarás «en casa» esta noche. Estoy fuera de mí respecto a Lea. Ha opuesto resistencia a mis intentos de verla y no me queda más remedio que pensar que los recientes horrores ocasionados por la desaparición del señor Stoddard han causado estragos en su excesivamente delicada sensibilidad. Quizá está intentando ocultarme toda prueba de debilidad femenina. ¡Ay! ¡Qué poco me conoce entonces, Landor! La amaré más en la debilidad que en la fuerza; la estimaré más en la muerte que en el nacimiento del amor. Ha de saberlo.

Landor, ¿dónde estás?

Narración de Gus Landor

33

11 de diciembre

Aquella noche volvió. Recuerdo que hacía una noche glacial. Había abierto el diario de Leroy Fry, pero los símbolos parecían alejarse de mí y al final el cuaderno se quedó en mis rodillas como un gato dormido. Las brasas se estaban apagando en la chimenea y tenía las puntas de los dedos blancas por el frío porque, no sé por qué, no era capaz de echar otro leño al fuego.

Tampoco pude cerrar la puerta. Al poco de las once oí la suave llamada, la puerta que se abría, y una vez más vi esa familiar cabeza.

—Buenas noches —saludó Poe como hacía siempre.

Excepto que en ese momento estábamos en distinto terreno. Ninguno de los dos podría haber dicho qué era diferente, pero los dos lo sentimos. Por ejemplo, Poe no podía sentarse ni estar de pie. Dio vueltas por la habitación entrando y saliendo de las sombras, mirando por la ventana, dándose golpecitos en los costados. Quizá esperaba que le ofreciera la habitual botella de Monongahela.

—El soldado Cochrane no ha aparecido para escoltarme hasta aquí —dijo finalmente.

—Sí, creo que ahora tiene otro jefe.

Asintió sin escuchar realmente lo que le había dicho.

—Bueno, no importa. Conozco bien el terreno, no me descubrirán.

—Ya te han descubierto, Poe. Nos han descubierto a los

dos. Y ahora tendremos que atenernos a las consecuencias.

—Nos miramos un momento antes de que añadiera—: Será mejor que te sientes.

Renunció a la mecedora, su asiento habitual, se sentó en el borde de la cama y tamborileó con los dedos en la colcha.

—Presta atención, Poe. A cambio de interpretar con clemencia tu conducta en casa del gobernador Kemble, el capitán Hitchcock me ha pedido que renuncies a ser mi ayudante.

—No puede hacer algo así.

—Sí, puede, y lo ha hecho.

Sus dedos empezaron a moverse nerviosamente girando como polillas alrededor de la luz.

—Muy bien, Landor. ¿Le has contado las miríadas de veces que te he sido de ayuda?

—Sí.

—¿Y no se ha quedado impresionado?

—Está muy preocupado por tu seguridad, Poe. Como debe ser. Como debería de haberlo estado yo.

—Quizá podríamos apelar al coronel Thayer…

—Thayer está de acuerdo con Hitchcock.

Me ofreció una sonrisa descarada, la sonrisa de un Byron.

—¿Y qué nos importa, Landor? Podemos seguir viéndonos como antes. No pueden detenernos.

—Pueden destituirte.

—¡Que lo hagan! Me llevaré a Lea y nos iremos de este maldito lugar para siempre.

—Muy bien. Entonces soy yo el que te destituye —dije cruzando los brazos.

Parpadeó ligeramente mientras me estudiaba, aunque no añadió nada, de momento.

—Dime, ¿cuál fue el juramento que me hiciste en esta habitación? ¿Te acuerdas?

—Juré decir la verdad.

—La verdad, sí. Al parecer es una palabra que nadie te ha definido todavía. Lo que me plantea un gran problema. Puedo trabajar con un poeta, no tengo ningún problema, pero no con un mentiroso.

Se puso de pie y, después de mirarse las manos un momento, dijo:

—Será mejor que te expliques, Landor, o tendré que exigirlo.

—No tengo por qué explicarme —repliqué fríamente—. Puedes echarle un vistazo a esto.

Busqué en el cajón de la mesita auxiliar, saqué el montón de papeles amarillentos de Henry Kirke Reid que estaban atados con una cuerda y lo lancé al medio de la cama. Con ojos recelosos me preguntó qué era aquello.

—Le pedí a un amigo que te investigara.

—¿Por qué?

—Porque te contraté para hacer un trabajo —contesté encogiéndome de hombros—. He de saber con qué clase de persona estoy tratando. Sobre todo, si esa persona habla de asesinar a gente. Por supuesto, el informe tuvo que recopilarse muy deprisa, así que no es tan completo como debería ser, pero es suficiente, me basta.

Se metió las manos en los bolsillos y dio otra vuelta por la habitación. Cuando volvió a hablar, oí la crispación de un jugador que acumula faroles.

—Bueno, Landor, me alegro de que me des ocasión para citar a Shakespeare. Normalmente no te gustan las referencias.

—Ya sabes que solía ir mucho al teatro. —Estiré la mano hacia la cama y recogí los papeles—. ¿A qué esperas, Poe? ¿No quieres leerlo? Si alguien se hubiese tomado esa molestia conmigo, estaría como loco por ver qué es lo que decía de mí.

Se encogió de hombros y después dijo con voz cansina:

—Seguro que es el mismo montón de mentiras que siempre.

—Un montón de mentiras, sí. Es lo mismo que pensé yo cuando lo leí —dije hojeando las páginas—. Cuando acabé, la única pregunta que logré hacerme fue: «¿En qué no ha mentido Poe?». —Lo miré a los ojos un momento antes de volver a estudiar las páginas—. Resulta difícil saber por dónde empezar.

—Entonces, no lo hagas —comentó tranquilamente.

—Bueno, empecemos por algo pequeño. Dejaste la Universidad de Virginia no porque el señor Allan te cortara la asignación, sino porque… Veamos cómo lo ha redactado Henry: «Acumuló unas enormes deudas de juego». ¿Te refresca eso la memoria, Poe?

No hubo respuesta.

—Ya veo por qué te gusta decirle a la gente que pasaste tres

353

años allí en vez de ocho meses. Aunque eso no es lo único que has exagerado. Esa vieja hazaña tuya de hacer a nado doce kilómetros en el río James, parece ser que fueron solamente ocho.

Se sentó en el borde de la mecedora y se quedó inmóvil.

—No pasa nada, es simplemente exagerar las cosas un poco. Eso no hace daño a nadie. No, cuando la cosa se pone interesante es... —Mi dedo cayó como un meteorito—. ¡Aquí! En tus aventuras europeas, sí. Me temo que no puedo imaginar dónde puedes insertarlas. Te has pasado toda la vida viviendo con el señor Allan, estudiando o sirviendo en el Ejército de Estados Unidos, sin intervalos. Así que, ¿dónde nos deja eso? Luchar en defensa de los griegos: mentira. Viaje a San Petersburgo: mentira. Ningún diplomático tuvo que rescatarte porque seguro que no has estado nunca en ningún sitio, excepto en Inglaterra. Y respecto a lo de navegar los mares, imagino que lo tomaste prestado de tu hermano. Creo que se llama Henry, Henry Leonard. ¿O es *Henri*?

Hizo justo lo que esperaba. Se frotó el trozo de piel que va del labio a la nariz con el dedo, justo donde se había puesto el bigote de crin de caballo.

—En ese tiempo, por supuesto, Henry estaba inmerso en otras cosas. En alcohol, en su mayor parte. Nadie espera mucho de él, excepto una muerte prematura. Debe de ser una desilusión muy grande para una familia como la tuya, con un linaje tan distinguido. Jefes francos era, ¿verdad? Con un Chevalier le Poer y quizá un par de almirantes británicos en ella. —Sonreí—. Irlandeses de chabola más bien. Vi a muchos de ellos mientras viví en Nueva York. Normalmente tumbados: siempre caen de espaldas, como Henry.

Incluso en la penumbra de la habitación alcancé a ver que se le coloreaban las mejillas. O quizá lo sentí, como el calor de la chimenea.

—Lo extraño es que sí que tienes un miembro distinguido en la familia y, sin embargo, nunca hablas de él. Tu abuelo, Poe. Un general de verdad, ¡por el amor de Dios! Incondicional del departamento de intendencia. Recordado cariñosamente por... ¿Lo leo, Poe? «Recordado cariñosamente por sus valientes esfuerzos en requisar para vestir a las tropas revolucionarias.» Al parecer, íntimo de Lafayette. No puedo imaginar por qué no lo mencionas nunca. A menos que… —Metí la cabeza entre las páginas una vez más—. Bueno, supongo que su vida después de la guerra no fue muy heroica. Una tienda de confección, veo, entre otros negocios. Ninguno de los cuales llegó a prosperar. A partir de ahí, déjame ver: «Fue declarado insolvente en 1805». Qué pena —dije levantando la vista con expresión de tristeza—. Supongo que diríamos que estaba «arruinado». Y pensar que te daba tanta vergüenza que preferías que la gente pensara que tu abuelo era Benedict Arnold.

—Eso era un juego —se defendió meneando la cabeza—. Para divertirme un poco, eso es todo.

—Y ocultar la verdad. En lo que respecta al general David Poe y, por supuesto, a los Poe de Baltimore, no han tenido un céntimo nunca, que yo sepa.

Su cabeza empezaba a hundirse, centímetro a centímetro.

—Lo que me lleva a la última línea —afirmé elevando la voz—. A tus padres.

En ese momento levanté la vista del papel, porque esa parte me la sabía de memoria.

—No murieron en el incendio del Richmond Theatre de 1811. Tu madre llevaba muerta dos semanas en el momento en que se declaró el fuego. Fue una fiebre infecciosa, creo, aunque los documentos son un poco confusos respecto a ese tema.

Me puse de pie y me acerqué a él blandiendo los papeles como si fueran un alfanje.

—Y tu padre ni siquiera estaba. La había abandonado dos años antes. Dejó a tu pobre madre en la estacada, el muy sinvergüenza, con dos hijos pequeños. Nadie volvió a saber nada de él. Nadie le echó mucho de menos tampoco. Según tengo entendido, era un pésimo actor que jamás cosechó las críticas que obtuvo su esposa. Y por ello bebía. Aunque en tu familia parece lo más normal. Espera, ¿cómo lo describe aquí?: «Una enfermedad, corroborada por varios médicos eminentes».

—Landor, te ruego que…

—Bueno, por la que siento lástima es por tu madre. Sola en el mundo. El primer marido muerto, el segundo desaparecido y dos niños que alimentar. No, perdón, ¿he dicho dos? Quería decir tres. —Hojeé las páginas—. Sí, sí, así es. Una hija llamada Rosalie. Rose la llaman ahora. Creció y se convirtió en una chica un poco distraída, según me han contado. No… ¡Qué extraño! —exclamé juntando las cejas—. Al parecer nació en diciembre de 1810. Lo que fue, déjame pensar, más de un año después de que os abandonara tu padre. Mmm. —Sonreí y meneé la cabeza—. Es algo que lo supera todo. Jamás he conocido a un niño que tardara un año entero en nacer. ¿Qué te parece eso, Poe?

Sus manos se habían aferrado a los brazos de la mecedora y respiraba lenta y profundamente.

—Bueno —dije despreocupadamente—. Seamos modernos al respecto. ¿Qué otra cosa se puede esperar de una actriz? ¿Sabes el chiste de la diferencia entre una actriz y una fulana? El trabajo de la fulana acaba en cinco minutos.

Se levantó de la silla y vino hacia mí con las manos como garras y los ojos nublados.

—¡Siéntate! ¡Siéntate, poeta!

Se paró y dejó caer los brazos. Dio unos pasos hacia atrás y volvió a ocupar su sitio en la mecedora.

A salvo, me di la vuelta, me dirigí a la ventana, abrí las cortinas y miré hacia la noche: clara, uniforme y negra amoratada, salpicada de estrellas. La luna estaba suspendida, lisa, blanca y llena en el hueco de las colinas del este y su luz me llegaba en lentas oleadas, primero cálida y después fría.

—Solo hay una cuestión que mi pequeña investigación no ha podido resolver. ¿Eres un asesino?

Me sorprendí al ver que me temblaban los dedos. Quizá era por el fuego, había dejado que se apagara.

—Sin duda eres muchas cosas, pero eso, eso no podía creerlo. Por mucho que dijera el capitán Hitchcock. —Me volví y miré su pálida cara—. Pero después recordé tu conversación con Lea en el fuerte Putnam. ¿Te la repito? Creo que recuerdo las palabras de memoria.

—Haz lo que quieras —respondió con desgana.

Me pasé la lengua por los labios y me aclaré la garganta.

—Palabras del cadete de cuarto año Edgar A. Poe, tal como se las dijo a la señorita Lea Marquis: «Nos rondan porque no los queremos lo suficiente. Los olvidamos, no es que queramos hacerlo, pero lo hacemos. Por eso nos reclaman. Desean que nuestros corazones los recuerden, para no ser asesinados dos veces». —Lo miré—. Son tus palabras, Poe.

—¿Y qué?

—Bueno, es lo más parecido a una confesión que puede hacerse. Lo único que faltaba por encontrar es tu víctima. E incluso eso costó poco rato. —Empecé a dar vueltas alrededor de su silla, tal como hacía en los tiempos en que vivía en Nueva York cuando interrogaba a un sospechoso: apretando la cincha—. Es tu madre, ¿verdad? —Me incliné hacia él y le susurré al oído—. Tu madre, Poe. Cada vez que la olvidas, cada vez que te arrojas en los brazos de otra mujer es como si la volvieras a asesinar. Matricidio, sí. Uno de los peores crímenes de la creación.

Me enderecé y seguí andando para completar la última curva del círculo.

—Bueno —dije mirándolo a la cara—, no tienes por qué preocuparte. El olvido no es un crimen por el que ahorquen. Lo que te deja en libertad, amigo. Resulta que no eres un asesino en absoluto. Eres solamente un niño que no puede dejar de querer a su mamá.

Volvió a levantarse… y volvió a titubear. ¿Por qué? No lo sé. ¿Por la diferencia de tamaño? (Supongo que podría haberlo tumbado si hubiese querido.) Seguramente era más por la diferencia de poder, que es una cosa completamente distinta. Creo que llega un momento en la vida de todo hombre en el que se ve forzado a admitir su completa impotencia. Gasta su última moneda en bebida, o la mujer a la que ama lo aparta de su vida, o se entera de que el hombre en el que ha confiado plenamente desea lo peor para él. Y en ese momento se encuentra desnudo.

Así es como se encontraba Poe en el centro de aquella habitación, como si le hubiesen arrancado la piel y sus huesos se tambalearan en el interior.

—Supongo que has acabado —dijo finalmente.

—De momento.

—Entonces, te deseo buenas noches.

Dignidad, sí, ese era su último reducto. Mantuvo la cabeza erguida mientras se dirigió a la puerta por última vez y la mantuvo así en el pasillo y más allá.

O, al menos, lo intentó. Algo hizo que se volviera. Algo le obligó a hablar con tono escaldado.

—Algún día lamentarás lo que me has hecho.

Narración de Gus Landor

34

12 de diciembre

Seguía despierto cuando oí el sonido de los tambores de la mañana. Estaba despierto, pero tenía la curiosa sensación de estar arrastrando mis sentidos. Sentado en la cama tuve la impresión de que la ceniza ardiente del alba tenía olor a betún, que la colcha sabía a champiñones y que el aire que me rodeaba tenía la consistencia de la arcilla. En pocas palabras, estaba en algún lugar entre la nitidez y el agotamiento, y, al poco, el agotamiento acabó imponiéndose. Me quedé dormido sentado y me desperté pasado el mediodía.

Me vestí rápidamente y fui dando traspiés hasta el comedor de la academia, donde observé un momento a los cadetes-animales devorar la comida, tan absorto en mis pensamientos que ni me di cuenta de que se me acercaba Cesar, el camarero. Me saludó como a un viejo amigo y me preguntó si no preferiría comer con los oficiales en el comedor de arriba, sí, era un sitio mucho más adecuado para un caballero como yo...

—Le estoy muy agradecido —contesté sonriendo—, pero estoy buscando al señor Poe. ¿Sabe qué ha sido de él?

El señor Poe le había comunicado al capitán encargado del comedor que no se sentía bien y que le excusara para poder ir al hospital. Aquello había ocurrido hacía una hora.

¿Ir al hospital? Bueno, ya había utilizado ese truco antes. Quizá no se había preparado la clase o rondaba la puerta de Lea para suplicarle que le dejara verla.

O…

Sí, era una idea que podría haberse sacado de uno de los melodramas en los que actuaba la señora Poe. En mi defensa he de decir que tengo muy poca experiencia en romper corazones y el pensar que Poe pudiera recurrir a la salida romántica me dejó totalmente confundido. Así que me apresuré a darle las gracias a Cesar, le puse una moneda en la mano y, cuando me di la vuelta, le oí decir:

—No tiene buen aspecto, señor Landor.

No me quedé para contradecirle. Iba ya de camino hacia los barracones sur. Subí saltando los peldaños y recorrí el pasillo a grandes zancadas…

En la puerta de Poe había un hombre que no había visto nunca. Era un hombre mayor, le faltaban unos cinco centímetros para medir uno ochenta, delgado e hirsuto, con una larga nariz aguileña y un par de espesas cejas que parecían pertenecer a alguien mucho mayor. Tenía los brazos cruzados como espadas y estaba… iba a decir «apoyado», pero a pesar de que estaba inclinado contra la pared su cuerpo no se doblaba ni un centímetro, no más de lo que hace una escalera cuando se la apoya en una esquina.

Al verme se enderezó, inclinó la cabeza y me preguntó:

—¿Podría decirme dónde encontrar al señor Poe?

Tenía una voz dura, con el fantasma de un reborde escocés elevándose en cada R. Me temo que me quedé mirándolo. No pertenecía a ese lugar. No vestía uniforme, ni sabía nada de los horarios de la academia. Y mostraba una irritación hacia el lugar, como si un malvado genio le hubiese puesto un laberinto en el camino.

—¿Sabe? Yo me estaba preguntando lo mismo —contesté finalmente.

«¿Qué tipo de relación tiene con el señor Poe?», era la pregunta que podía leerse en su pálida cara de huesos pronunciados. Una pregunta que me desviví en contestar, como un novato frente a un tribunal de examinadores.

—Ha estado… Supongo que podría llamarlo «ayudando» a la academia en unas investigaciones que estoy llevando a cabo. O estaba ayudando a…

—¿Es usted un oficial?

—No. Soy simplemente… Un civil que está aquí de momento. —Falto de palabras, extendí la mano—. Gus Landor.

—Mucho gusto, John Allan.

No sé cómo describirlo, lector, excepto que fue un poco como ver un personaje de cuento de hadas saliendo de la página. Solo lo conocía a través de Poe y, como todas las figuras de su pasado, en su narración estaba investido de una naturaleza fantástica y podría haber esperado encontrármelo tanto como que me aplastara un centauro en la calle.

—Señor Allan —dije medio susurrando—. Señor Allan de Richmond.

Sus ojos de águila resplandecieron y sus cejas de paja se unieron.

—Veo que le ha hablado de mí.

—Solo en términos de gran respeto.

Estiró una mano, se volvió ligeramente y añadió en tono frío:

—Es muy amable, pero sé muy bien cómo habla de mí a la gente.

Por extraño que suene, me cayó bien. Un poco. «No siempre es agradable ser un personaje de cuento de hadas», pensé. Así que abrí la puerta de la habitación de Poe y le propuse que esperáramos dentro. Le cogí el abrigo y lo colgué en la repisa de la chimenea. Le pregunté si acababa de llegar de Nueva York.

Asintió con cierto orgullo.

—He conseguido subir a uno de los vapores de la temporada. He tenido que discutir el precio, claro. Si todo va bien, espero coger el siguiente de vuelta. Me han sugerido quedarme en el hotel, pero no veo la necesidad de que me robe un proveedor del ejército cuando el gobierno ya lo hace.

No había ni rastro de queja en esas palabras, he de confesarlo. Todo lo que dijo estaba impregnado de principios, esculpidos en tablillas. Supongo que a la persona que más me recordaba era a Thayer, con esta diferencia: Thayer se había endurecido por una idea, no por dinero.

—Me han dicho que acaba de casarse.

—Así es.

Aceptó mis felicitaciones y cuando nos quedamos en silencio y ya estaba pensando en las palabras de despedida me fijé en que un pequeño temblor le recorría la cara.

—Escuche. Señor Landor, ¿verdad?

—Sí.

—¿Le importa que le dé un consejo amistoso?

—No.

—Creo que ha dicho que la academia había reclutado a Edgar para que hiciera unas investigaciones.

—En cierto modo.

—He de dejar bien claro que a ese chico no se le pueden confiar grandes responsabilidades.

—¡Ah! —Me callé y parpadeé—. Señor Allan, he de decirle que yo lo encuentro sincero y amable…

No pude acabar porque sonreía, por primera vez, y porque su sonrisa podría haber sajado un forúnculo.

—Entonces es que no lo conoce bien, señor Landor. Lamento decirle que es una de las personas menos sinceras y menos de fiar que conozco. De hecho, yo mismo me preocupo de no creer ni una sola cosa de las que dice.

Habría supuesto que esa era su última palabra sobre el tema si no hubiese sido tan parecido a lo que yo había dicho. Con lo que no contaba era con el entusiasmo del señor Allan al respecto.

— ¿Sabe? —dijo señalando al aire—. Antes de que viniese a la academia le di cien dólares, ¡cien dólares!, para que pagase a su sustituto en el ejército. Me habían dicho que era la única forma de que lo dispensaran para poder venir aquí. Bueno, pues dos meses más tarde recibí una carta abominable y amenazadora de su sustituto, el sargento Bully Graves.

Ojalá hubieras podido oírle pronunciar ese nombre, lector. Fue como si alguien hubiera tirado basura en su salón.

—Ese sargento Bully Graves me informaba de que no había recibido el pago y de que cuando presionó a Edgar este le contestó que el señor Allan no le había dado el dinero. ¡El señor Allan no le había dado el dinero! —repitió golpeando cada palabra en la palma de su mano—. Pero eso no es todo. Nuestro Edgar se encargó de decirle al teniente Graves que yo no estaba sobrio muy a menudo.

Se me acercó como si esas palabras hubieran salido de mi boca. Se detuvo a medio metro de mí y sonrió.

—¿Le parezco lo suficientemente sobrio, señor Landor?

Contesté que sí. Nada apaciguado se fue a hablar con la ventana.

—Mi difunta mujer le tenía mucho cariño y por ella he tolerado su libertinaje y su esnobismo, su afectación. Incluso su manifiesta ingratitud. Pero se acabó. El banco ha cerrado, señor Landor. Tiene que valerse por sí mismo o ceder totalmente.

En ese momento me dio la impresión de que Poe y yo habíamos hecho lo mismo. Ya que, ¿acaso no habíamos intentado los dos doblegar a unos padres rectos como una vela que ni en un millón de vidas se habrían doblegado?

—Bueno, es muy joven, ¿no? Además, no creo que tenga otro medio de subsistencia. Según tengo entendido, la familia Poe está atravesando una mala temporada.

—Tiene al Ejército de Estados Unidos, ¿no? Que acabe lo que empezó. Si cumple el plazo en su puesto, un puesto que le he asegurado yo, por cierto, si completa estos cuatro años, tendrá el futuro asegurado. Si no, bueno… —Puso las palmas de las manos hacia arriba—. Será uno más en una serie de fracasos y no derramaré lágrima alguna.

—Pero, señor Allan, su hijo…

Eso es todo lo que pude decir, pues su cabeza dio una sacudida y sus ojos se afilaron como agujas.

—¿Cómo ha dicho?

—Su hijo —repetí débilmente.

—¿Eso es lo que le ha dicho? —Puso un nuevo tono: de combustión lenta y sufrimiento—. No es mi hijo, señor Landor. No tiene ninguna relación conmigo. Mi difunta esposa y yo nos apiadamos de él y lo alojamos como se haría con un perro extraviado o un pájaro herido. Jamás lo adopté ni le di a entender que lo haría. Los derechos que tiene conmigo son los mismos que podría tener con cualquier otro cristiano, ni más ni menos.

Aquellas palabras le salieron de corrido. Ya había soltado el mismo discurso antes.

—Desde que llegó a la mayoría de edad ha sido una continua molestia para mí. Ahora que me he vuelto a casar y he asumido los derechos de las relaciones genuinas, de las relaciones de sangre, no veo la razón para cargar más con él. A partir de hoy tendrá que ir por su camino. Y eso es lo que tengo pensado decirle.

«No me cabe la menor duda, y esto solo es el ensayo», pensé.

—Lo que intentaba decirle antes, señor Allan, es que su... su Edgar ha estado sometido a mucha presión últimamente. No sé si será el mejor momento para...

—Es tan buen momento como cualquier otro —dijo con rotundidad—. Lo hemos mimado demasiado tiempo. Si quiere ser un hombre, que se deshaga de esas dependencias infantiles.

Bueno, a veces sucede, lector. Alguien está hablando y de repente asocias ideas, no es su voz, sino el eco de otra persona y sabes que esas mismas palabras se dijeron muchos años antes, que las dejaron caer como un mazo contra el mismo hombre que las estaba dejando caer en ese momento y comprendes que son el verdadero legado que puede tener una familia, y el peor. Sabes todas esas cosas y, sin embargo, odias esas palabras y al hombre que las está pronunciando.

Y al darme cuenta de que era lo mismo que ser libre, ya no sentí necesidad de apaciguar a ese mercader, a ese escocés, a ese cristiano. Ya no tenía necesidad de fingir que él era más alto que yo, podía valerme por mí mismo, mirarlo directamente a sus ojos de cabra y decir:

—Así que va a bajarle los humos a ese joven y va a lavarse las manos respecto a él y a los últimos veinte años en... cinco minutos. En cuatro si no le responde, para poder subir al próximo vapor. Es usted un hombre muy frugal.

Su cabeza se ladeó un centímetro.

—Mire, señor Landor, no me gusta el tono de su voz.

—Y a mí no me gustan sus ojos.

Creo que nos sorprendió a los dos que lo cogiera por el chaleco marsellés y arremetiera con todo mi peso contra él hasta dejarlo pegado a la pared. Sentí que la ventana vibraba detrás de nosotros y también sus fuertes músculos debajo de la chaqueta, olí mi aliento en su cara.

—¡Bastardo! —le espeté—, ¡vale más que cien como tú!

¿Cuándo sería la última vez que alguien se había atrevido a ponerle la mano encima a John Allan? Seguramente había

363

transcurrido más de una generación, lo que puede explicar por qué no ofreció gran resistencia.

Aunque yo tampoco tenía muchas ganas de pelear. Solté su chaleco, di un paso atrás y dije:

—Si le sirve de consuelo, también vale más que mil como yo.

Para cuando salí de los barracones sur, me picaban los ojos y la verdad es que fue un alivio que el viento del norte soplara y encendiera mi cara. Caminé rápidamente y no miré atrás hasta que llegué a las dependencias de los oficiales. Allí fue donde lo vi, yendo lentamente en línea recta hacia los barracones: una diminuta figura con un capote roto y un chacó de cuero, con la cabeza hundida hacia el viento, avanzando hacia su destino.

Narración de Gus Landor

35

12 de diciembre

«$\mathcal{V}$ALOR», fue lo único que se me ocurrió decirle. Lo garabateé en el reverso de una letra comercial y lo dejé en el único lugar en el que estaba seguro de que lo encontraría: bajo nuestra piedra secreta en el jardín Kosciusko.

Tras hacerlo, me quedé allí, aunque no sé por qué. Puede que fuera para tener aquel lugar para mí solo. Me senté en el banco de piedra y miré hacia el Hudson mientras oía el burbujeo de la fuente en la pila y me preguntaba qué era lo que pretendía dejando ese mensaje. Por qué iba Poe a escuchar nada de lo que yo le dijera. Y si solo estaba intentando tranquilizar mi conciencia, cómo podía esperar que una sola palabra llevara a cabo una labor tan ardua.

Preguntas, una detrás de otra, y, entre ellas, fragmentos del paisaje que tenía a mis pies: un rubor de feldespato, un agua marmórea y un pico con forma de oreja desapareciendo en una nube en forma de barba.

—Buenos días.

Lea Marquis se paró delante de mí, acalorada por la caminata y con la capa colgándole de forma descuidada, como si alguien se la hubiese arrojado al pasar a su lado. En la cabeza solo llevaba un gorro de color rosa pálido, inclinado hacia un lado.

Mi sorpresa me privó de mostrar educación en un primer momento, pero enseguida me levanté y le hice una seña en dirección al banco.

—Siéntese, por favor.

Tuvo el cuidado de dejar un metro de espacio entre nosotros y en un primer momento no hacer otra cosa que rozar sus zapatos el uno contra el otro.

—Hoy no hace tanto frío —comenté—. Al menos, no tanto frío como ayer.

Entonces recordé —demasiado tarde— lo que le había pasado al pobre Poe cuando había hablado del tiempo. Me preparé para su reproche, pero este no llegó.

—Bueno —dije al cabo de un rato—, me alegro de que me haga compañía. No me parece justo tener un lugar tan encantador para mí solo.

Asintió levemente, como para asegurarme de que me estaba escuchando. Después, frunciendo el entrecejo en dirección a su regazo, dijo:

—Siento mucho que Edgar y yo le convenciéramos para seguirnos el juego en casa del tío Gob. Fue un juego y no... pensamos en las consecuencias. Para la otra gente, me refiero.

—A mí no me afectaron, señorita Marquis, se lo aseguro. E incluso Poe salió bien librado.

—Sí, lo sé.

—Así que... no es necesario... pero se lo agradezco.

—Faltaría más.

Tras cumplir con su deber, levantó la vista una vez más y buscó mis ojos. Un brillo muy peculiar se había apoderado de sus pálidos iris. Parecía estimular toda su estructura, así que la sentí de una forma en que no lo había hecho nunca.

—Señor Landor, no veo la necesidad de mostrar timidez o disimulo. He venido aquí con una misión en mente.

—Entonces, llévela a cabo. Hizo una pausa.

—Sé... —Otra pausa—. Sé que hace tiempo que investiga a mi hermano. Sé que sospecha que ha hecho cosas terribles y que de haber tenido pruebas lo habría arrestado.

—Señorita Marquis —dije poniéndome colorado como un adolescente—. Tiene que entenderlo, no puedo...

—Entonces deje que hable con claridad por los dos. Mi hermano no es culpable de ninguna muerte.

—Habla como una verdadera hermana, no esperaba menos de usted.

—Es la verdad.

—Entonces, la verdad relucirá.

De repente se levantó, se acercó al río y miró la escarpadura.

—Señor Landor —prosiguió, dándome la espalda—. ¿Cuánto costaría que lo olvidara todo?

—Me sorprende, señorita Marquis. No nos conocemos lo suficiente como para sobornarnos.

Se dio la vuelta y dio un paso hacia el banco.

—¿Eso es lo que le gustaría? ¿Que nos conociésemos más?

¡Qué imagen, lector! Labios crueles, ojos duros y un indecente ensanchar de las aletas de la nariz. Carámbanos con un volcán en su interior. Espléndida.

—De hecho, preferiría dejar que siguiera con su idea.

Y, sin más, se consumió todo el fuego y todo el hielo. Se quedó allí con los brazos colgando.

—¡Ah! —exclamó en tono sumiso—. Entonces tenía razón, no era eso lo que buscaba. —Soltó una carcajada—. Me temo que pasará a la historia como otra de las intrigas fallidas de mi madre. Muy bien, ¿y si le prometo que no tendrá que casarse conmigo o volverme a ver?

—Ningún hombre en su sano juicio aceptaría eso, señorita Marquis.

—Pero usted es diferente al resto de los hombres. Quiero decir que la oportunidad de amar… otra vez… no es su intención, creo.

Aparté los ojos de ella para mirar al río, en el que una barcaza azul se dirigía hacia el sur envuelta en una capa de neblina. Una plañidera paloma saltaba como una piedra sobre las depresiones del agua.

Entonces me acordé de Patsy. De la forma en que me había rehuido la última vez que la había visto. Y cómo parte de mí se había sentido dolida y parte… se había alegrado, al tener lo que siempre había querido.

—Es verdad —confesé—. Creo que me he alejado de esa cacería.

—Solo para participar en otra. Tiene intención de cazar a mi hermano y reclamar toda mi familia como botín.

—Quiero que se haga justicia —dije desapasionadamente.

—¿La justicia de quién, señor Landor?

Me contuve en el momento en el que iba a contestar porque se había producido un cambio en ella. No repentinamente, no; primero lo noté en sus ojos, que empezaron a hervir en sus cuencas. Después vi que sus mejillas se volvían blancas como el azúcar y su boca se abría como una trampa para osos.

—Bueno, esa sí que es una pregunta profunda —respondí intentando que mi voz sonase suave—. Le sugiero que la comente algún día con su amigo el señor Poe, es muy bueno en ese tipo de cosas. Mientras tanto, tengo mucho que hacer y poco tiempo para…

—¡No puede! —Aquellas palabras salieron como un bramido de su boca, antes de que esta estuviera lista para recibirlas. Se hicieron añicos en el aire y sus fragmentos cayeron haciendo espirales—. ¡No!

Aquel no fue el grito que lanzó en el estudio del gobernador Kemble. No, era un sonido propio, un sonido humano. Provenía de un lugar en el que yo no había estado nunca.

Y supongo que para mí fue un alivio saber que quienquiera que fuese el que la estaba torturando no era yo, lector.

—Señorita Marquis…

Pero ya no me prestaba atención. Y al mismo tiempo uno podría pensar que la avergonzaba su conducta, ya que empezó a tambalearse alejándose de mí, como si la condujera un íntimo sentimiento de fracaso.

—¡Señorita Marquis! —grité.

No puedo creer lo cautelosamente que la seguí al principio. Creo que incluso en ese momento sabía lo que su cuerpo intentaba llevar a cabo, pero no conseguía que mis piernas me permitieran atender su llamada.

Las suyas sí que respondieron, incluso aunque empezaran a ponerse rígidas y a fallar. De alguna forma consiguió subirse al mirador, se paró allí, en el borde, tambaleándose y estremeciéndose… y entonces se arrojó.

—¡No! —grité.

Le cogí el brazo justo en el momento en el que el resto de su cuerpo desaparecía y fue demasiado tarde porque la inercia de su cuerpo lo arrastraba todo, me arrastraba a mí y caímos, los dos, en medio de un torrente de piedras y un arroyo de viento. Y, aun así, seguí agarrándola, incluso cuando sentí que la tierra cedía ante mis pies.

Y entonces, de la nada, la tierra volvió a aparecer y volvió a atraparnos.

Abrí los ojos y casi me echo a reír al notar los agujeros en mi espalda y en mis rodillas, ya que, después de todo, había sido un precio muy bajo. Habíamos caído un par de metros sobre un saliente de granito y estábamos… estábamos a salvo. Prisioneros aún de nuestras humanas cadenas, pero a salvo.

Qué equivocado estaba, corríamos un peligro todavía mayor.

Lea no había aterrizado, había caído fuera del saliente y —¡cuánto tardé en darme cuenta!— colgaba en el aire, completamente suspendida. Yo era su única cuerda de salvamento, una muy débil, y estaba al borde del saliente de granito, agarrado a él por los dos.

Bajo nosotros no había nada, excepto vacío, toneladas y toneladas de vacío y piedras afiladas por el agua a cientos de metros, esperando deshacernos en átomos.

—¡Lea! —exclamé con un grito ahogado—. ¡Lea!

«¡Despierta!», era lo que quería gritar, pero conocía lo suficiente de su enfermedad como para saber lo inútil que habría sido. Estaba en pleno ataque, su cuerpo estaba rígido como un púlpito y se estremecía con rápidos y brutales espasmos que hacían casi imposible el que pudiera sujetarla. Su mano se había contraído hasta formar un puño, sus pupilas habían desaparecido y le salía una fina línea de espuma entre los dientes. No había forma de sacarla de ese estado.

Sentía que se me escurría poco a poco.

—¡Lea!

No pedí socorro, solo la llamaba a ella porque sabía que, al final, era la única persona que podía ayudarnos. Habíamos elegido un lugar demasiado apartado para que pudiera vernos alguien. Incluso las piraguas y esquifes que bajaban como plumas por el río pasaban de largo sin prestarnos atención, concentrados en sus propios asuntos.

De hecho, en ese momento, me sentí tan impotente como en el armario de Artemus. Una vez más estaba atrapado en una pelea personal, sin nada a lo que recurrir excepto mi ingenio y valor, que me parecieron poco a la altura de la posibilidad de salvar una, dos vidas, que pendían de unos dedos. Cada vez iba deslizándose más y más de ella, y más y más de mí la seguía, me arrastraba fuera del saliente y me acercaba más a las húmedas piedras negras que tan pacientemente nos esperaban abajo...

Finalmente conseguí que mi mano aferrara su muñeca. Dejó de escurrirse y, animado por su quietud, empecé a mirar a mi alrededor, revolviendo en la oscuridad, tanteando en busca de un punto de apoyo, algo, cualquier cosa en la que agarrarme... pero no encontré nada.

Hasta que mis dedos se cerraron alrededor de algo duro, seco y encallecido.

Lo leí como habría hecho el ciego Jasper, con la piel. Era una raíz. Una raíz de árbol que sobresalía de la superficie de la roca.

¡Cómo me agarré a ella! ¡Cómo la apreté mientras con la otra mano empezaba a izar a Lea!

Admito que hubo momentos en los que pensé que iba a romperme por lo feroces que eran las fuerzas que tiraban de ambos lados. Pronto me di cuenta de que no eran iguales. La raíz, ante el tirón combinado de nuestros dos cuerpos, empezaba a doblarse.

«Por favor —le supliqué—. Por favor, mantente.» Pero no me hizo caso y fue doblándose cada vez más hasta que empezó a quebrarse como una espina y, al poco, mi silenciosa súplica se vio reemplazada por otra, en voz alta en aquella ocasión: eran las mismas palabras una y otra vez. Pasaron días hasta que recordé cuáles eran.

«¡No puedes! ¡No puedes!»

Quizá pienses que era una petición divina, lector, yo también lo creo. Un hombre al que jamás habrían encontrado rezando. Solo puedo decir que, cuando finalmente se partió la raíz, mi mano ya estaba subiendo —intuitivamente, de milagro— hacia la siguiente raíz, y esa sí que se mantuvo firme, y lo siguiente que recuerdo fue que estaba a horcajadas en el saliente y delante de mí yacía Lea Marquis, todavía temblando, todavía viva.

Tuve el lujo de disfrutar de un tiempo antes de tener que pensar en el resto del recorrido. No había forma de saltar, eso estaba claro: todavía teníamos que escalar dos metros hasta llegar al nivel del suelo y Lea seguía inconsciente, aunque ya no sufría unas convulsiones tan fuertes como antes.

Teníamos una cosa a nuestro favor: una fila de raíces que

constituían un camino en zigzag hasta la parte de arriba. La cuestión era cómo íbamos a subir los dos. Tras varias pruebas y errores, llegué a la conclusión de que, si mantenía la espalda contra la montaña y cerraba las piernas alrededor de la cintura de Lea, podía hacer de nosotros un cuerpo solo al que arrastrar sin que ella cayera a las rocas.

Pero, ¡Dios mío!, fue un arduo trabajo. Lento, sudoroso y que requería tesón. En más de una ocasión tuve que buscar respiro agarrándome a alguna de las raíces.

«Estás muy viejo —recuerdo que pensé en un momento determinado—. Estás muy viejo para estas cosas.»

Subir metro y medio debió costarnos unos quince minutos, pero yo calculaba el recorrido en centímetros y cada uno que ganábamos hacía posible que ganáramos otro, por mucho que la piedra me cortara la piel, por mucho que mis piernas me temblaran por el peso del cuerpo de Lea, podía subir otro centímetro.

Al final, los centímetros fueron sumándose y llegamos arriba, donde nos desplomamos en un montón de piernas y brazos. Tras descansar un momento para recobrar el aliento, la cogí y la llevé al banco de piedra. Permanecí inclinado hacia ella unos minutos, jadeando, dolorido y sangrando por todos los costados. Después la cogí en brazos y, mientras notaba que iban desapareciendo sus contracciones, que sus brazos se relajaban y el cuerpo volvía poco a poco a ella, el terror que me invadía dio paso a una especie de ternura.

En ese momento la entendí mejor. Al final comprendía un poco de la tristeza que se aferraba a ella incluso en sus momentos más alegres. Y también entendí esto: qué poco sabía de ella ni lo sabría jamás.

Cuando volví a mirarla, las pupilas habían vuelto a su sitio y los párpados volvían a tener vida propia. Pero su cuerpo seguía temblando contra el mío y me dio la impresión de que ese debía de ser el peor momento para ella, el regreso de la oscuridad, no hacia la luz, sino hacia otra región inferior, donde podía ser arrastrada en cualquiera de las dos direcciones.

—Debería… —consiguió decir.

—¿Debería qué?

Pasó todo un minuto antes de que pudiera completar la frase.

—Debería haberme dejado caer.

Y sí, pasó otro minuto antes de que yo pudiera decir nada en respuesta. Las palabras se atascaban en mi garganta.

—¿Y qué habría solucionado eso? —conseguí preguntar finalmente.

Le pasé los dedos por la frente y sus rasgos volvieron a la vida. La luz regresó a sus ojos y me observó con una mirada de insondable pena.

—No tema —susurró—. Dijo que todo saldría bien.

Todo.

«¿Quién?», tendría que haber sido la siguiente pregunta que formulara, pero no, estaba demasiado impresionado por sus palabras como para pensar en otra cosa.

Al cabo de unos minutos consiguió levantar la cabeza y, al cabo de otro, sentarse. Se pasó la mano por la frente y dijo:

—¿Puede traerme un poco de agua?

Lo primero que pensé fue ir a la fuente, pero en el momento en el que estaba a punto de ponerme el sombrero, oí su voz, más fortalecida.

—Y algo de comer, si no es mucho pedir.

Subí los peldaños de dos en dos, contento de poder volver a caminar, de moverme, y preguntándome dónde podría encontrar algo de comida a aquellas horas. Estaba casi en el hotel cuando metí la mano en el bolsillo y saqué un trozo pequeño y duro de pemmican. Oscuro y arrugado como un mendigo, pero mejor eso que nada, pensé mientras daba la vuelta y me dirigía hacia el jardín.

No estaba.

Había desaparecido por completo. Busqué detrás de los arbustos y de los árboles, seguí el camino de grava hacia Battery Knox, hasta llegar a Chain Battery; incluso me asomé a la escarpadura para ver si lo había intentado otra vez. No la vi por ningún sitio. Mi sola compañía era su voz, diciéndome cada vez que me volvía

«Todo saldrá bien.»

Lo mismo que había dicho mi hija.

Narración de Gus Landor

36

Creo que al profesor Papaya no le gustan las sorpresas, porque no le dejan tiempo para preparar la suya. Y sin sorpresas, es... Bueno, solo diré que casi no reconozco al hombre que abrió su puerta. Tras buscar en vano a Lea, monté a Caballo y fui directamente a casa del profesor, donde llegué al poco de anochecer. El olor a jazmín y a madreselva se había apagado. Los huesos de rana habían desaparecido, al igual que las jaulas que colgaban del peral y la serpiente cascabel de la puerta.

Y también había desaparecido Papaya o, al menos, eso pensé cuando vi al hombre que había en la puerta, vestido con unos sosos pantalones y calcetines a rayas. No llevaba nada al cuello, excepto un crucifijo de marfil.

«Así que este es el aspecto que tiene cuando no hay nadie, el de un sacristán retirado», pensé.

—Landor, no estoy disponible —gruñó.

Sabía que no éramos lo suficientemente amigos como para que me dejara entrar cada vez que quisiese. Así que supongo que fue la desesperación que emanaba en mí como una peste lo que consiguió que al final cediese. Dio un paso hacia atrás y, con toda la calma, me hizo pasar.

—Si hubiera venido ayer, le habría ofrecido corazón de buey.

—Gracias, profesor, no lo entretendré mucho.

—Bueno, entonces, vamos a ello.

Y tras haber hecho todo el camino me encontré preguntándome, no por primera vez, si no estaría perdiendo mi tiempo y mi aliento por algo que tenía tanta sustancia como un capricho.

—Profesor, la última vez que estuve aquí mencionó algo de un cazador de brujas que se pasó al otro lado. Un tipo que acabó quemado en la hoguera y… algo como que tiró el libro a las llamas.

—Sí, claro —contestó moviendo una mano irritado—. Le Clerc, Henri le Clerc.

—Creo que dijo que era sacerdote.

—Sí.

—¿No tendrá un dibujo de él en algún sitio? ¿Un grabado quizá?

—¿Eso es todo lo que quiere? ¿Un dibujo? —preguntó mirándome detenidamente.

—De momento sí.

Me llevó a la biblioteca, fue hacia la estantería y, sin que tuviera que ayudarlo, trepó a ella como una ardilla y volvió con un libro en doceavos medio desencuadernado.

—Tome, ahí tiene a su adorador del diablo —dijo manteniendo el libro abierto.

Miré al hombre vestido con cuello de sacerdote y hábito oscuro ricamente plisado. Huesos ligeramente marcados, ojos clementes y boca grande y recta: unos rasgos agradables y varoniles, una cara hecha para recibir confesiones.

Papaya, el viejo zorro, vio que se me iluminaban los ojos.

—Lo ha visto antes —aseguró.

—En otra versión, sí.

Intercambiamos miradas. No cruzamos ni una sola palabra, pero al cabo de un minuto se llevó la mano a la nuca y se quitó la cadena con el crucifijo de marfil. Lo depositó en mi mano y cerró mis dedos alrededor.

—Por regla general no creo en las supersticiones, pero, una vez al mes o algo así, me las tomo en serio.

Sonreí y dejé el crucifijo en su mano.

—Soy una causa perdida, profesor, pero gracias de todos modos.

Cuando volví aquella noche encontré un sobre que habían metido por debajo de la puerta. No dudé ni un momento de quién había escrito aquello, imposible con aquella florida caligrafía ni con su desorbitada inclinación (unos cuarenta y cinco grados), que denunciaban a su autor con tanta claridad como una firma.

Me quedé quieto un momento y pensé si podría no hacerle caso y, con cierta tristeza, decidí que sí debía hacérselo.

Landor:

No le debo ninguna obligación ya, pero una vez —o eso creí— se tomó muy en serio mis asuntos, supongo que sentirá curiosidad por saber el nuevo rumbo que he decidido tomar. No hace ni cinco minutos, Lea y yo nos hemos prometido. Dentro de nada renunciaré a mi graduación en la academia y me llevaré a mi mujer —tan pronto como lo sea— lejos de este desierto.

No deseo por su parte ni felicitaciones ni conmiseración. No quiero <u>nada</u> de usted. Solo deseo que cese el odio y la recriminación que tanto han desfigurado su alma. Adiós, Landor, me voy con mi amada.

Suyo,

E. A. P

375

«Así que Lea no ha perdido el tiempo», pensé.

Y de hecho fue lo repentino de la noticia lo que me desconcertó. ¿Por qué estaba sucediendo tan rápido? ¿Por qué tanta prisa después del roce de Lea con la muerte? Por supuesto, Poe estaría dispuesto a actuar al primer gesto de su amada, pero ¿qué ganaba ella fugándose para casarse? ¿Por qué iba a abandonar a su hermano y a su familia cuando más la necesitaban?

A menos que no tuviese nada que ver con el matrimonio. A menos que una gran urgencia estuviera llevando las cosas a su extremo.

Entonces mis ojos se detuvieron en las palabras «Adiós, Landor», que saltaron hacia mí como metralla e hicieron que saliera corriendo por el pasillo y bajara saltando los peldaños.

Poe corría peligro. Lo sabía con toda certeza. Y para salvarlo tenía que encontrar al hombre que pudiera —o bajo la adecuada presión, quisiera— responder a mis preguntas.

Había pasado media hora de la medianoche cuando llegué a casa de los Marquis. Llamé a la puerta como un marido borracho que vuelve de la taberna y cuando Eugénie, con cara de sueño y en camisón, se plantó en ella y abrió la boca para reprenderme, algo en mi cara hizo que las palabras permanecieran encerradas en su garganta. Me invitó a pasar sin hacer ningún tipo de sonido y, cuando le pregunté dónde estaba su señor, señaló ligeramente alarmada hacia la biblioteca.

Había una sola vela encendida. El doctor Marquis estaba sentado en un gran sillón de terciopelo con una monografía abierta en su regazo. Tenía los ojos cerrados y roncaba ligeramente, pero su brazo continuaba donde lo había dejado: extendido y con los dedos alrededor de una copa de brandy, serena como un estanque (Poe solía quedarse dormido de la misma manera).

No tuve que decir palabra alguna. Abrió los ojos, dejó la copa y se estremeció en la oscuridad.

—¡Señor Landor! ¡Qué sorpresa más agradable! —exclamó empezando a levantarse—. He estado leyendo un fascinante tratado sobre la fiebre puerperal. Estaba pensando que precisamente usted apreciaría una discusión sobre específicos soberanos, pero ¿dónde está? —Miró la silla que acababa de abandonar, dio una vuelta totalmente aturdido y encontró el tratado, todavía en su regazo—. ¡Ah, aquí!

Me miró expectante, pero yo ya me había acercado al espejo y examinaba mis patillas, me limpiaba la pelusa de la barbilla, para asegurarme de que estaba listo.

—¿Dónde está el resto de su familia?

—Me temo que es tarde para las damas, se han retirado.

—Ah, bien. ¿Y su hijo?

Parpadeó.

—En su barracón, por supuesto.

—Por supuesto.

Crucé la habitación dando cortos pasos, rozándole levemente cada vez que pasaba (la habitación era muy estrecha), sintiendo que sus ojos seguían cada paso que daba.

—¿Puedo ofrecerle alguna cosa, señor Landor? ¿Brandy?

—No.

—Whisky quizá. Sé que le gusta…

—No, gracias —repetí deteniéndome a medio metro de él y sonriéndole a la luz de la vela—. ¿Sabe, doctor? Estoy un poco enfadado con usted.

—¡Ah!

—No me dijo nunca que tenía un antepasado ilustre. En el cráter de su boca tembló una media sonrisa.

—No creo que… No estoy seguro de lo que…

—El padre Henri le Clerc.

Se desplomó en el sofá como una perdiz herida en el ala.

—Le aseguro que no es un nombre que despertara mucho interés en la actualidad, pero en sus tiempos, según me han dicho, fue el mejor cazador de brujas. Hasta que se convirtió en uno de los cazados. ¿Puedo coger la vela?

No contestó. La cogí y la acerqué a las estanterías, hacia el nicho en el que estaba el antiguo retrato al óleo. El retrato al que no había prestado atención la primera vez que lo había visto. Tenía un gran parecido con el grabado del libro de Papaya.

—Es Le Clerc, ¿verdad, doctor? Un hombre bien parecido, su antepasado. Yo también habría querido que estuviera de mi parte.

Bajé la vela y observé cómo el camafeo de la joven señora Marquis se hacía visible. Dejé el camafeo a un lado, puse la mano sobre la toscamente apelmazada superficie inferior, sobre la enmohecida cubierta de color gris que había confundido en su momento con un cojín.

—Y este es su libro, ¿no? Me avergüenza confesar que ni siquiera sabía que era un libro. Tiene una textura muy inusual. Piel de lobo si no recuerdo mal.

Tras un momento de vacilación, metí los dedos y lo levanté. Era muy pesado, como si cada página estuviera revestida de plomo y repujada con oro.

—*Discours du Diable* —leí abriéndolo por la primera página—. ¿Sabe, doctor?, hay gente en este mundo que pagaría mucho dinero por este libro. Podría ser un hombre rico antes de que se pusiese el sol.

Lo cerré y volví a dejarlo con mucho cuidado en su sitio y a poner el retrato de la señora Marquis encima.

—Su familia ha sido todo un rompecabezas para mí, doctor, no me importa reconocerlo. No conseguía establecer quién… quién estaba al mando, quién establecía el ritmo. En un momento u otro sospeché de todos. No se me ocurrió que podía ser otra persona. Alguien que ni siquiera está vivo.

Me paré frente a él.

—Su hija sufre epilepsia. No, por favor, no lo niegue, he visto los síntomas. Durante sus ataques, imagina estar en contacto con alguien. Alguien que le dice cosas, que quizá le da instrucciones —dije indicando hacia el retrato de la pared—. Es él, ¿verdad?

Al final, el doctor Marquis resultó no saber disimular. Hay gente que guarda secretos como capas de pizarra, los va amontonando cada vez más alto y no deja ninguna grieta. Con otros basta un ligero golpecito para que todo el edificio se venga abajo. Y para esa gente ni siquiera es necesario tener una cara como la de Le Clerc. Solo es necesario estar cerca cuando pasa eso.

Así que eso pasó con el doctor Marquis. Estaba dispuesto a hablar, y lo hizo, mientras la vela chisporroteaba y la noche se vestía de día. Y cuando su flujo de palabras se reducía, le servía otro brandy, me miraba como si yo fuera un ángel de la caridad y las palabras volvían a fluir.

Me contó la historia de una hermosa niña, destinada a todas las cosas estupendas que una chica puede tener: matrimonio, posición social, niños… Pero destinada, a su vez, por la enfermedad. Una espantosa enfermedad que se apoderó de ella sin que nadie se diera cuenta, que detenía su cerebro y la sacudía como a una calabaza.

Su padre la trató con todos los cuidados médicos que conocía, pero nada funcionó. Incluso llamó a curanderos, pero también fracasaron a la hora de frenar el horror. Con el tiempo, ese horror se apoderó de toda la familia y los cambió a todos. Así que abandonaron la comodidad de Nueva York y la cambiaron por el aislamiento de West Point. Abandonaron a sus amistades y se recluyeron en ellos mismos. El padre renunció a sus ambiciones, la madre se volvió amarga y excéntrica y los hijos, que tuvieron que arreglárselas estando solos, desarrollaron unos lazos poco naturales entre ellos. Eran todos, a su manera, esclavos de la enfermedad.

—¡Por Dios! ¿Por qué no se lo dijeron a nadie? Thayer lo habría entendido —pregunté.

—No nos atrevimos. No queríamos que nos evitaran. Tiene que entenderlo, señor Landor, fueron unos tiempos terribles para nosotros. Cuando Lea cumplió doce años, los ataques se hicieron mucho peores. En más de una ocasión, perdimos la esperanza de que pudiera seguir viva. Y entonces, un día, fue una tarde, en julio, volvió en sí y dijo…

Se calló.

—¿Qué dijo?

—Dijo que había conocido a alguien, a un caballero.

—¿El padre Le Clerc?

—Sí.

—Su tatatarabuelo o lo que fuera.

—Sí.

—¿Y hablaba con él?

—Sí.

—¿En francés? —le pregunté poniendo cara de incredulidad.

—Lo hablaba muy bien, sí.

En su voz había un tono de desafío nada habitual en él.

—Dígame, doctor. ¿Cómo supo Lea quién era ese misterioso hombre? ¿Se preocupó en presentarse?

—Había visto el cuadro. En aquellos tiempos lo tenía en el desván, pero ella y Artemus lo encontraron.

—¿En el desván? No me diga que se avergonzaba de su antepasado.

—No, no —dijo moviendo las manos—. No es eso. Père le Clerc no era… Nunca fue el hombre que decían que era. No era malo en absoluto, era un curandero.

—Incomprendido.

—Exactamente.

—Así que ese incomprendido curandero, esa criatura de la imaginación de su hija, empezó a instruirla. Y ella, a su vez, instruía a Artemus. Y en algún momento, su mujer se convirtió en alumna también.

La verdad es que aquello era solo una suposición. No había nada que apuntara a la señora Marquis, solo mi intuición. Por la forma en que el sonido se transmitía en ese comprimido hogar, no podía hacerse nada en privado por mucho tiempo. Había sido una corazonada, pero por la forma en que se le cayó la cara al doctor, por la forma en que siguió cayéndosele, supe que había dado en el blanco.

—Bueno, contribuyó a que tenga un currículo muy interesante, doctor. El tema principal, por lo que veo, eran los sacrificios. Sacrificios de animales, hasta que llegaron a un momento en que los animales no les bastaban.

Su cabeza se movía de un lado a otro como un péndulo.

—¿Qué habría dicho su preciado galeno, doctor? ¿Qué habría dicho Hipócrates del sacrificio de jóvenes?

—No. Me juraron que el señor Fry ya estaba muerto. Me juraron que jamás matarían a nadie.

—Y, por supuesto, los creyó. Pero también creía que un hombre podía regresar de la muerte y hablar con su hija.

—¿Qué otra elección tenía?

—¿Qué elección? —grité dando con el puño en el respaldo de su sillón—. ¡Nada menos que usted! Un médico, un hombre de ciencia. ¿Cómo pudo creer semejante locura?

—Porque...

Se tapó la cara con las manos y soltó un gemido de niña.

—No le oigo, doctor.

Levantó la cabeza y gritó:

—¡Porque no fui capaz de curarla!

Se secó los ojos, dejó escapar un último sollozo y levantó la mano en señal de mudo ruego.

—Toda mi ciencia había sido inútil, señor Landor. ¿Cómo iba a poner objeciones a que buscara una cura en otro lado?

—¿Una cura?

—Es lo que le prometió si hacía lo que le pedía. Lo hizo y se puso mejor, señor Landor. Eso no puede negarlo nadie. Los ataques ya no eran tan frecuentes y, cuando los tenía, no eran tan graves. ¡Mejoró!

Me incliné hacia la estantería, muy cansado de repente. Extremadamente cansado.

—Así que, si su salud iba mejorando, ¿qué quería de un corazón humano?

—No quería nada, pero él le dijo que era la única manera de liberarse, para siempre.

—¿Liberarse de qué?

—De su maldición. De su don. Estaba cansada, ¿es que no lo ve? Quería estar sana, vivir como cualquier otra mujer. Quería amar.

—¿Y lo único que tenía que hacer era ofrecer un órgano humano?

—No lo sé. Les dije a Lea y a Artemus que no me contaran nada de lo que estaban haciendo. Era la única forma de poder mantener mi silencio.

Se puso los brazos alrededor de su cabeza y dejó que esta cayera. A veces resulta difícil presenciar la debilidad humana. Que es, por experiencia, a lo que se reduce la mayor parte de la corrupción. La debilidad, disfrazada de fuerza.

—Bueno, doctor, el problema para usted es que sus hijos siguen ahorcando a otra gente en su pequeña academia diabólica.

—Me juraron que no fueron responsables de...

—No estoy hablando de Fry. No estoy hablando de Ballinger o de Stoddard. Estoy hablando de alguien que todavía sigue entre nosotros. ¿O es que no sabe que su hija se ha prometido al señor Poe?

—¿Al señor Poe?

Su asombro fue demasiado gradual como para ser fingido. No conseguía entenderlo e intentó asimilarlo por etapas. Cada una de ellas actuaba en él como un hijo que le hacía sacudirse por completo.

—Pero si el señor Poe ha estado aquí esta noche. Nadie ha dicho nada de un compromiso.

—¿Poe ha estado aquí?

—Sí, hemos tenido una agradable conversación y después él y Artemus han ido al salón para tomar una copa. Ya sé que va contra las normas —dijo dejando ver sus enormes dientes—, pero un trago de vez en cuando no hace daño a nadie.

—¿Artemus también ha estado aquí?

—Sí, tenían una especie de fiesta.

—¿Y cuándo se ha ido Poe?

—No lo sé. No podía quedarse mucho rato, tenía que volver a su habitación, igual que Artemus.

A menudo me pregunto si las cosas habrían sido diferentes de haber estado en forma desde el principio. Si hubiese preguntado por aquel retrato familiar la primera vez que lo vi o si hubiese entendido la gravedad de la enfermedad de Lea Marquis la primera vez que me la describieron.

O si hubiese reconocido directamente lo que vi en la casa de los Marquis aquella noche.

No, me costó más de media hora darme cuenta de lo que era y, en cuanto lo hice, me incliné hacia el doctor Marquis y le susurré las palabras al oído, un reproche que debería de haberme hecho a mí mismo.

—Dígame, doctor, si Poe ha salido de su casa, ¿por qué sigue su capote en el vestíbulo?

Era la única prenda que había. Un bulto de lana negra, confección estándar del gobierno, excepto por...

—Excepto por el desgarrón —dije sosteniéndolo en la mano—. ¿Lo ve, doctor? En casi todo el hombro. Debe de habérselo hecho al salir tantas veces por la leñera.

Me miró, sus labios balbucieron algo y se quedaron flácidos.

—Si algo he aprendido, doctor, es que los cadetes nunca van a ningún sitio sin sus capotes. No hay nada peor que salir para pasar lista una mañana de invierno sin algo de abrigo.

Dejé el capote en la percha. La sacudí un par de veces y dije con tanta naturalidad como pude:

—Así que, si el señor Poe no ha salido, ¿dónde ha ido?

Algo brilló en sus ojos, una diminuta chispa.

—¿Qué pasa, doctor?

—Estaban... —Se dio la vuelta intentando orientarse—. Estaban sacando un baúl.

—¿Un baúl?

—Con ropa vieja. Iban a tirar ropa vieja.

—¿Quién?

—Artemus, Lea le estaba ayudando. Tenían las manos ocupadas, así que les he abierto la puerta y... —La abrió, dio un paso hacia afuera y escudriñó la oscuridad, como si esperara encontrarlos todavía allí—. No...

Se volvió hacia mí y nuestras miradas se cruzaron, se puso pálido y se llevó las manos a las orejas. Era la misma postura que tenía en el jardín Kosciusko el día que lo vi con su mujer. La postura de un hombre que quiere callarlo todo.

Lo cogí por las manos, se las bajé y las mantuve firmes en su sitio.

—¿Dónde lo han llevado?

Luchó, luchó como si él fuera el fuerte.

—No pueden estar muy lejos —dije intentando mantener calmada la voz—. No se puede llevar un baúl muy lejos. Tiene que ser a poca distancia.

—No...

«¿Dónde?», tuve intención de gritarle al oído, pero algo enganchó mi voz en el último momento y la estranguló hasta convertirla en un susurro. Pareció que había sido un grito, ya que echó la cara hacia atrás por el impacto. Cerró los ojos y las palabras babearon en sus labios.

—A la nevera.

Narración de Gus Landor

37

13 de diciembre

Un viento cortante soplaba del oeste cuando el doctor Marquis y yo nos precipitamos por la explanada. Los árboles silbaban, una lechuza volaba, casi haciendo un salto mortal, por encima de nuestras cabezas, una picotera de los cedros cotorreaba como un mono loco…, al igual que el doctor Marquis, que no dejó de hablar mientras corríamos.

—No creo que…, no creo que sea necesario avisar a nadie, ¿no cree? Es un asunto de familia y todo eso. Hablaré con ellos, señor Landor… Una vez hecho y si nadie ha resultado herido…

Bueno, dejé que siguiera hablando. Sabía que su mayor miedo era que llamara a Hitchcock y a un grupo de refuerzos, pero, puesto que tenía mis motivos para arreglar aquella cuestión en privado, guardé silencio. Esto es, hasta que dos jóvenes cadetes se acercaron a nosotros a grandes zancadas.

—¿Quién va? —preguntaron los dos al unísono.

Era uno de los nuevos dobles puestos de guardia ordenados por Hitchcock, repletos de cinturones, cartucheras, latones y hierro.

Sentí la mano suplicante del doctor Marquis sobre mi brazo.

—Somos el señor Landor y el doctor Marquis —contesté, intentando sonar tan calmado como pude entre los jadeos—. Hemos salido a hacer un poco de ejercicio.

—¡Avancen y den el santo y seña! —nos ordenaron.

En una noche normal, en cualquier puesto de guardia, aquella petición no habría pasado de ser una mera formalidad. Pero la situación había cambiado tanto que el centinela de mayor edad, lejos de tranquilizarse, sacó el mentón y repitió la orden con voz de niño hombre.

—¡Avancen y den el santo y seña!

—Ticonderoga —respondí dando un paso hacia delante.

Mantuvo su actitud un momento y cuando oyó que su compañero se aclaraba la garganta relajó el gesto.

—Continúen —dijo bruscamente.

—¡Buen trabajo, caballeros! —los alabó el doctor Marquis mientras nos alejábamos corriendo—. Me siento más seguro sabiendo que están en su puesto.

Aparte de ellos, la única persona que vimos aquella noche fue Cesar, el camarero, que apareció, por raro que parezca, en lo alto de la colina y nos saludó como un chaval que estuviera de excursión. Estábamos demasiado ocupados corriendo como para devolverle el saludo. Dos minutos después llegamos a la nevera y al mirar aquella familiar caseta de muros de piedra y techo de paja, de repente, recordé a Poe subido en ella y observándome mientras yo iba dejando piedrecitas en la hierba. En aquel momento no sabíamos que lo que estábamos buscando, el corazón de Leroy Fry, se encontraba justo debajo de nosotros.

—¿Dónde están? —pregunté.

No fue más que un susurro, pero el doctor Marquis dio un paso atrás.

—No estoy seguro —susurró a su vez.

—¿No está seguro?

—No he entrado nunca. Lo encontraron hace muchos años un día que estaban jugando. Es una especie de cripta o catacumba, algo así.

—Pero ¿dónde está? —pregunté en un tono de voz más elevado.

—Creo que dentro —contestó encogiéndose de hombros.

—Doctor, la nevera no tiene más de cuatro metros y medio de lado. ¿Me está diciendo que dentro hay una cripta?

—Lo siento, es todo lo que sé —aseguró con una tímida sonrisa.

Al menos, habíamos llevado faroles y en el bolsillo tenía una caja de cerillas. Tras abrir la puerta cubierta con piel de carnero nos detuvimos en el umbral, ante la primera bocanada de aquella heladora oscuridad. Y allí nos habríamos quedado, de no haber contado con el ejemplo de Artemus y Lea, que habían ido allí siendo niños y habían encontrado una forma de entrar. ¿No podíamos hacer nosotros lo mismo?

En un principio casi fracasamos, pues ninguno de nosotros dos estaba preparado para una caída de un metro y, cuando nos volvimos a poner de pie y levantamos los faroles, alcanzamos a ver poco más que... a nosotros mismos.

Estábamos frente a una brillante torre de hielo, recogido el invierno anterior en el cercano estanque y almacenado, bloque a bloque, para el largo año que había por delante. Allí estaba, delante de nosotros, un espejo deformado en el que nuestras imágenes se ondulaban y nuestros faroles se oscurecían como soles apagados.

Solo era hielo. El hielo que evitaba que la mantequilla del señor Cozzens se pusiera rancia y embelleciera la mesa de los postres de Sylvanus Thayer la siguiente vez que apareciera la junta de visitantes... y, sí, mantendría algún esporádico cadáver hasta que pudiera entregarse a la tierra. Era agua helada, nada más. Y, sin embargo, era un lugar aterrador. No sabría decir qué es lo que le confería esa sensación. Puede que fuera el olor a serrín húmedo o el débil crujir de la paja que habían metido en todos los agujeros o la algarabía de los ratones dentro del doble muro o el sudor que rezumaba el hielo y se pegaba en uno como una nueva piel.

¿O simplemente se reducía a que hay algo extraño en entrar en un lugar reservado para el invierno?

—No pueden estar muy lejos —murmuró el doctor haciendo que la luz de su farol se reflejara en una larga estantería llena de hachas y tenazas elevadoras.

Su respiración era más pesada, quizá por el aire que respirábamos, que era más cálido y sofocante de lo que esperaba. La luz de mi farol hizo que se reflejaran las duras líneas de metal de un quitanieves y brillaran sus dientes de tiburón, y en ese momento sentí que pendíamos de un paladar gigante y nos movíamos con las corrientes de aire de la respiración.

El aire entraba por los agujeros del techo, suaves corrientes de aire nocturno, salpicadas con luz de estrellas. Di un paso atrás para admirar mejor la vista y sentí que perdía pie. Me apoyé en el otro para equilibrarme, pero me hundí completamente. Caía o, mejor dicho, descendía oblicuamente en una larga y lenta tangente. Busqué un asidero, pero lo único que había a mi alrededor era hielo y mi mano resbalaba. Entonces entendí lo que estaba pasando, estaba cayendo por el sumidero y cuando el farol chocó contra la pared alcancé a ver la cara del doctor Marquis y en ella vi miedo y, sí, preocupación, y recuerdo que también impotencia. Porque, a pesar de que estiró la mano, supo que no podía hacer nada por mí. Caía…

Lo curioso es que no perdí pie hasta llegar al fondo y entonces lo que hizo que cayera a cuatro patas fue el impacto con el suelo. Levanté la cabeza, había un muro de piedra a ambos lados y, a mi espalda, un suelo de piedra. Había ido a parar a una especie de pasillo, desnudo y con olor a cerrado, un vestigio probablemente de cuando se construyó el fuerte Clinton, a unos seis metros por debajo del interior de la nevera actual.

Di un paso adelante. Un solo paso cuya respuesta fue un sonido débil y crujiente.

Saqué una cerilla del bolsillo y la froté contra la caja. Estaba andando sobre huesos. Todo el suelo estaba cubierto de ellos.

La mayoría eran pequeños, no mucho más grandes que los huesos de rana de Papuya. Esqueletos de ardillas y ratones de campo, alguna zarigüeya y un buen número de pájaros. Resultaba difícil de decir ya que estaban esparcidos por el suelo sin orden ni cuidado. De hecho, parecían funcionar como una especie de alarma, ya que no se podía pisar en ningún lado sin aplastarlos.

Volví a caer a cuatro patas y empecé a gatear por aquel pasillo sujetando la cerilla con una mano mientras los apartaba con la otra. En más de una ocasión se me metió alguna pata o cráneo entre los dedos. Me los quitaba y seguía mi camino limpiando y gateando, limpiando y gateando.

Cuando se apagó la primera cerilla, encendí otra. La levanté hacia el techo y vi una colonia de murciélagos colgando como delicados bolsos negros que vibraban al respirar. Por primera vez oí a través de los muros una oleada de sonidos —imposibles de definir—, murmullos que se transformaban en chillidos o un siseo roto por un gemido. No sonaban altos en absoluto, ni siquiera eran reales quizá, pero, a pesar de todo, tenían un cierto peso, como si hubieran estado fortaleciéndose como la propia roca, acumulándose en capas.

Empecé a avanzar más deprisa y conforme iba limpiando el camino me fijé en que la llama de la cerilla tenía una luz menos nítida. Algo competía con ella.

La apagué y entrecerré los ojos en dirección a la sofocante oscuridad. A tres metros, una mancha de luz se colaba a través de una grieta en el muro.

Era la luz más extraña que había visto en toda mi vida, lector. Fría como el helado y entrelazada como una red. Conforme me acercaba, la red empezó a deshacerse en rayas, y estas se difuminaron hasta convertirse en láminas y, de repente, me encontré mirando una habitación. Una habitación de fuego.

Había fuego en las paredes: velas encendidas en filas en la pared. Había fuego en el suelo: un círculo de antorchas y dentro del círculo un triángulo de velas. Cerca había fuego que casi llegaba al techo: un brasero de carbón, tan ferozmente alimentado que las llamas tenían la altura de una habitación y, al lado del brasero, un pino apoyado en la piedra también llameante. Había tanto fuego y tanta luz que intentar ver algo que no fuera luz se convertía en un acto de deseo o desesperación. Por ejemplo, intentar ver las letras que alguien había grabado en la base del triángulo:

$$\text{SHT}$$

O las tres figuras que se movían con sosegada determinación entre las antorchas y las velas. Un diminuto monje vestido con un sencillo hábito de color gris, un sacerdote con sotana y sobrepelliz… y un oficial del Ejército de Estados Unidos con el viejo uniforme de Joshua Marquis.

Había llegado justo a tiempo. Acababa de levantarse el telón en el teatro privado de la familia Marquis.

Pero ¿qué tipo de función era aquella? ¿Dónde estaban los salvajes ritos que había visto en el libro de Papaya? Los demonios alados tirando de niños, las brujas montadas en escobas y los esqueletos tocados con gorros. Esperaba —deseaba, creo— ver el pecado en su mayor expresión y me había topado con un baile de disfraces.

Uno de los participantes —el monje— se volvió hacia mí. Me escondí detrás del muro, aunque no antes de que la luz de la antorcha mostrara que debajo de la capucha se escondían los fríos rasgos de roedor de la señora Marquis.

No se parecía en nada a la quebradiza y sonriente mujer que había conocido. Se había convertido en el más apagado de los acólitos y esperaba una orden. Esta llegó antes de que transcurriera un minuto. Se la dio, como correspondía, el oficial del Ejército, que inclinó la cabeza hacia ella y le dijo con una suave voz que llegó directa a mi oído:

—Rápido.

Era, como cabía esperar, Artemus, disfrazado con el uniforme de su difunto tío. No le quedaba tan bien como a Poe, pero se comportaba con el orgullo que le había llevado a ser capitán de la mesa ocho.

Y si ese era Artemus, la tercera figura, el sacerdote de lento caminar, cabeza inclinada y hombros encogidos, que se acercaba a un altar de piedra toscamente labrado, solo podía ser Lea.

Lea Marquis, sí. Solo le faltaba el alzacuello que yo le había arrebatado cerca de la taberna de Benny Havens.

En ese momento estaba hablando —o quizá lo había estado haciendo todo el tiempo— con una voz inusitadamente resonante. No soy muy bueno con las lenguas extranjeras, lector, pero apostaría lo que fuera a que lo que salía por su boca no era latín, francés, alemán o ningún otro idioma hablado por humanos. Creo que era una lengua inventada, en ese momento, por Lea Marquis y Henri le Clerc.

Podría intentar transcribirlo, pero sería algo como: «skrallikonafaheernow», un auténtico sinsentido, pensarás. Y eso era, con la diferencia de que conseguía convertir cualquier otro lenguaje en un disparate y las palabras que había estado pronunciando durante casi medio siglo ahora me parecían absolutamente aleatorias.

En cualquier caso, ese lenguaje debía de tener algún sentido para los compañeros de Lea, ya que al cabo de unos minutos su voz se elevó hasta alcanzar una cadencia más alta y los tres se volvieron a la vez para mirar el objeto amortajado que yacía fuera del círculo mágico. Y así es como me habían mantenido bajo su hechizo: hasta ese momento ni siquiera me había fijado en ese bulto, a pesar de estar a la vista, iluminado por una antorcha. Incluso cuando le presté atención solo conseguí ver lo mismo que había visto el doctor Marquis: un montón de ropa, del que sobresalía una mano.

Artemus se arrodilló y apartó los trapos uno a uno hasta que dejó al descubierto la postrada forma del cadete Poe.

Le habían quitado la guerrera, aunque conservaba el resto del uniforme, y allí estaba, como un candidato a cinco salvas de honor, con la cara pálida y los dedos tan rígidos que casi lo di por muerto, hasta que un ligero temblor sacudió su cuerpo, como si una corriente de aire hubiera pasado a través de él. En ese momento me alegré de que hiciera frío.

Mucho frío. Hacía más frío que en la nevera, más que en los casquetes polares. Hacía el suficiente frío como para conservar un corazón en buen estado durante semanas.

Artemus empezó a subir la manga de la camisa de Poe, abrió un maletín de médico, muy similar al que utilizaba su padre, y sacó primero un torniquete, después un frasquito de mármol, un tubo de cristal muy estrecho y, finalmente, una lanceta.

No grité, pero Lea me tranquilizó, como si supiera que estaba allí, soltando un «¡Shhh!» a nadie en particular.

Sí, me estaba diciendo: «Todo saldrá bien». Y a pesar de que no me lo creí, tampoco protesté. Ni siquiera cuando la lanceta de Artemus encontró una fina línea azul en el antebrazo de Poe. Ni siquiera cuando la sangre empezó a gotear a través del tubo en dirección al frasquito.

Todo aquello duró cinco segundos —Artemus sabía hacerlo bien—, pero el pinchazo de la lanceta había provocado algo en el cuerpo de Poe, un estremecimiento en sus piernas y hombros. Murmuró: «Lea», y sus grises ojos empezaron a abrirse y a contemplar el espectáculo de verse a sí mismo desapareciendo en un recipiente. «Qué extraño», masculló entre dientes.

Hizo un intento por levantarse, pero la poca fuerza que pudiera tener lo estaba abandonando. Tuve la impresión de que incluso podía oírlo, como la lluvia colándose por una viga: plas, plas, plas. Cada vez que la sangre dejaba de manar, Artemus le daba una vuelta al torniquete.

«Va a morir», pensé.

Poe se apoyó en un codo y dijo:

—Lea.

390

Y volvió a decirlo, lo dijo con mayor resolución, ya que la había visto, gracias al resplandor de las antorchas y las velas, a través de su ropaje.

Lea estaba lista, arrodillada a su lado, con el pelo cayéndole en los hombros y una sonrisa de ensueño. Una sonrisa que podría haber sido una bendición, pero que le causó a Poe la mayor de las tristezas. Intentó apartarse de ella y al no conseguirlo probó a levantarse, pero las fuerzas lo habían abandonado. Y la sangre, pues Artemus había acertado, continuaba su goteo.

Lea pasó la mano por el enmarañado pelo —un gesto de cariño conyugal— y le acarició la cara con suavidad.

—No durará mucho.

—¿El qué? —tartamudeó—. No entiendo…

—¡Shhh! —le ordenó poniéndole un dedo en los labios—. Unos minutos más y todo habrá acabado. Seré libre, Edgar.

—¿Libre? —repitió débilmente.

—Para ser tu esposa. ¿Para qué si no? —Se echó a reír y se alisó la ropa—. Supongo que antes tendré que dejar de ser sacerdote.

Poe la miró como si cambiara de forma a cada palabra que pronunciaba. Entonces levantó el brazo, indicó hacia el tubo de cristal y dijo con voz de niño:

—¿Qué es eso, Lea?

Estuve a punto de contestarle yo. Sí, deseaba que mi voz encendiera ese helador claustro. Quería gritárselo a los murciélagos…

«¿No te has dado cuenta todavía, Poe? Necesitan a alguien virgen.»

Narración de Gus Landor

38

*L*a verdad es que acababa de acordarme. Recordé los comentarios de Artemus en la oscurecida escalera: «Sospecho que todavía no… te has entregado, digamos, a una mujer». Había estado repitiendo mentalmente esas palabras días y días, esperando un atisbo, y este había llegado. Entonces supe que Artemus no había dicho aquello sin más, sino que lo había hecho hablando por Henri le Clerc. Quien, como todo buen brujo, en las grandes ceremonias solo quería la mejor sangre.

—Escucha —decía Lea atrayendo la cabeza de Poe hacia la suya—. Ha de ser así, ¿lo entiendes?

Poe asintió. Si fue debido a las manos de Lea o por propia voluntad, no lo sé, pero asintió. Entonces observó cómo la joven rodeaba el frasquito con las manos.

Estaba casi lleno. Lo levantó como si fuera un plato de sopa caliente y lo llevó hacia el altar de piedra. Después, dándose la vuelta, recorrió la habitación con la vista, deteniéndose en cada par de ojos. Levantó el frasquito por encima de su cabeza… y lentamente comenzó a derramarlo.

La sangre se precipitó, hizo un charquito en su cabeza y cayó por un lado, deslizándose por su cara en brillantes franjas. Aquello le daba un aspecto casi cómico, lector, como si se hubiese puesto una lámpara con flecos cubierta con una tela encima de la cabeza y los flecos se le hubiesen quedado pegados. Mientras miraba a través de ese velo de sangre, las palabras que salieron de su boca eran perfectamente reconocibles.

—Gran padre, libérame de mi don. Libérame, gran padre misericordioso.

Fue a la parte de atrás del altar de piedra, buscó en un pequeño nicho que había en la pared y sacó una caja de madera. Creo que era una caja de puros, seguramente de su padre. La abrió, miró su contenido totalmente absorta y después, como buena maestra que era, lo sacó y lo mantuvo en alto para que lo vieran sus compañeros.

Qué ligero parecía en ese pequeño contenedor. No era mayor que un puño, tal como había dicho el doctor Marquis. A duras penas merecía el esfuerzo.

Pero aquel corazón había sido el comienzo de todo y también sería el fin.

De la boca de Lea empezó a brotar un torrente de... de juramentos, diría yo. Volvía a hablar en aquella lengua extraña, pero el sonido de las consonantes en sus labios, el cruel sabor de cada sonido, confería a su discurso una profunda sensación de obscenidad. Después, su voz se apagó y el claustro se sumió en el silencio en el momento en que levantó el corazón hacia el techo.

Tuve la sensación de que algo estaba a punto de pasar, que no ganaba nada con seguir esperando. Si quería salvar a Poe, tenía que actuar ya.

Por raro que parezca, no había sido el peligro lo que me había contenido, sino una extraña sensación de orgullo. No quería ser un actor más en el teatro de los Marquis. Un actor que ni siquiera se sabía el papel y solo tenía una ligera idea del argumento.

Con todo, había alcanzado a entender que en la cadena de esa familia había un eslabón endeble. Y si lograba aprovecharme de eso y mantenía la calma, quizá conseguiría obrar con la suficiente audacia como para liberar a Poe y vivir para contarlo.

Jamás me había sentido tan mayor como en ese momento, mientras esperaba en el pasillo. Si hubiese encontrado a alguien que hubiera querido hacerlo por mí, lo habría empujado a través de aquella puerta sin pensarlo dos veces. Pero no había nadie más. Lea levantaba la cabeza como si estuviera guardando ropa de cama en un alto estante y ese movimiento —y todo lo que presagiaba— fue suficiente como para espolearme.

Di tres largos pasos hacia el interior de la habitación y me quedé allí sintiendo el calor de las antorchas en la cara, esperando a que me vieran.

No resultó ser una espera muy larga. A los cinco segundos, la encapuchada cabeza de la señora Marquis se dio la vuelta. Sus dos hijos hicieron lo propio al poco tiempo. Incluso Poe —a pesar de estar drogado y con su fuerza vital agotándose en un lento y rojo drenaje—, incluso él consiguió fijar sus ojos en los míos.

—Landor —suspiró.

El calor de las antorchas no era nada comparado con el de todos esos ojos fijos en mí, y detrás de ellos, una pregunta compartida. Tenía que darles una explicación. Nada podría continuar hasta que lo hiciera.

—Buenas noches —saludé. Aunque, tras consultar el reloj de bolsillo, me corregí—. Perdón, buenos días.

Puse una voz tan suave como humanamente pude, pero seguía siendo la voz de un intruso, la voz de alguien que no estaba invitado y Lea Marquis se estremeció al oírla. Dejó la caja de puros en el suelo, dio un paso hacia mí y estiró los brazos con un gesto que insinuaba una bienvenida antes de transformarse en desafío.

—No debería estar aquí.

No le hice caso y me volví hacia la mujer que tenía al lado, la mujer cuya boca temblaba bajo la capucha de monje.

—Señora Marquis —dije con voz cálida.

El sonido de su nombre pareció operar un cambio en ella. Se retiró la capucha para mostrar sus rizos. Incluso —no pudo contenerse, lector— me sonrió. Cualquiera hubiese dicho que estaba en su casa de la calle de los profesores intentando engatusarnos para jugar una partida de cartas.

—Señora Marquis —repetí—. ¿Le importaría decirme a cuál de sus dos hijos quiere salvar de la horca?

Se le oscurecieron los ojos y su sonrisa se torció por el desconcierto. No, parecía estar pensando: «Debo de haberle entendido mal».

—¡No, madre! —gritó Artemus.

—Es un farol —apuntó Lea.

Seguí sin hacerles caso y concentré toda mi atención y mi fuerza en su madre.

—Me temo que no tiene elección, señora Marquis. La verdad es que colgarán a alguien por esto. Lo entiende, ¿verdad?

Sus ojos empezaron a ir de un lado a otro y hundió la boca.

—No se puede destripar a un cadete impunemente, ¿no cree? Cuando menos, crearía un mal precedente.

Su sonrisa había desaparecido por completo, se había borrado y, sin ella, su cara estaba desnuda. No mostraba ni rastro de alegría o esperanza.

—¡Esto no es de su incumbencia! ¡Es nuestro santuario! —gritó Lea.

—Bueno —dije abriendo las manos—. Siento tener que contradecir a su hija, señora Marquis, pero creo que ese corazoncito, el que estaba sujetando, sí, es de mi incumbencia. —Me di un pequeño golpe en el labio con el dedo—. Y de la academia.

Empecé a andar con pasos lentos y suaves, sin un propósito claro, sin dar muestras de miedo. El sonido de las gotas que salían del cuerpo de Poe y caían al suelo de piedra me acompañó.

—Es un asunto muy triste, muy triste, señora Marquis. Sobre todo para su hijo, con esa carrera tan brillante ante él. Pero, como ve, aquí hay un corazón humano, que con toda probabilidad pertenece a un cadete. Tenemos a un joven al que han drogado y secuestrado y, creo que es justo decirlo, agredido. ¿Es así, señor Poe?

Me miró con cara de no entender nada, como si estuviera hablando con otra persona. Su respiración era inquieta, a cortos intervalos.

—Lo que, entre una cosa y otra, me deja muy pocas alternativas. Espero que lo comprenda, señora Marquis.

—Olvida una cosa —intervino Artemus con la mandíbula tensa—. Le superamos en número.

—¿Sabe? —pregunté dando un paso hacia él y ladeando la cabeza como un gorrión, aunque sin quitar los ojos de la señora Marquis—. ¿Cree que su hijo quiere matarme realmente? ¿Además de todas las personas que ya ha asesinado? ¿Permitiría algo así?

Se vio reducida a colocarse los rizos en su sitio, una débil reminiscencia de la mujer coqueta que debió de ser en su día. Cuando finalmente habló, lo hizo con un tono moderado y propiciatorio, como si hubiese olvidado añadir un nombre en su carné de baile.

—Venga, aquí nadie ha matado a nadie. Me lo dijeron, me aseguraron que…

—¡Calla! —siseó Artemus.

—No, por favor, señora Marquis. Insisto en que hable, porque todavía no sé a cuál de sus dos hijos he de salvar.

Su primer acto reflejo fue mirar primero a uno y después a otro —para sopesarlos, como si estuvieran en una balanza— antes de que el horror de tener que hacerlo fuera demasiado para ella. Se llevó la mano a la clavícula y la voz le salió entrecortada.

—No veo por qué…

—Sí, es un asunto complicado, ¿verdad? Si está preocupada por el estatus de cadete de Artemus, quizá desee que su hermana fuera el cerebro de todo esto y él un simple engañado, por así decirlo. Como usted, señora Marquis. Si preparamos un juicio contra Lea, a Artemus le caerán solamente unos cuantos días en el calabozo y después podrá graduarse la próxima primavera. Muy bien —dije aplaudiendo—. «El estado contra Lea Marquis.» Empezamos con los corazones desaparecidos. Nos preguntamos, ¿quién necesita un corazón humano? Su hija, por supuesto. Para complacer a su querido antepasado y curar su trágica enfermedad.

—No —dijo la señora Marquis—. Lea no habría…

—Necesita corazones, sí, y sabe que su hermano no tiene… ¿debería decir estómago para ello? Así que recluta a su mejor y más querido amigo, el señor Ballinger, y la noche del 25 de octubre le envía una nota al señor Fry para hacer que salga de los barracones. Debía de estar entusiasmado. Una cita secreta con una belleza. Debió de pensar que sus sueños se habían hecho realidad. Qué decepcionado debió de sentirse al encontrar allí al señor Ballinger. Con un nudo corredizo, sí —aclaré mirando a Poe—. He visto lo fácilmente que Ballinger podía inutilizar a un oponente.

—Lea —dijo la señora Marquis—. Lea, dile…

—Como el señor Ballinger era un buen amigo de la familia —continué—, estaba encantado de poder hacer algo por su hija. Incluso de ahorcar a un hombre y, siguiendo sus indicaciones, extirparle el corazón. Lo único que no estaba dispuesto a hacer, imagino, era quedarse callado. Así que hubo que ocuparse de él.

«No pares, Landor —era la orden que me daba a mí mismo mientras caminaba rodeando las antorchas, oía el goteo de la sangre de Poe y sonreía a la pálida y desmoronada cara de la señora Marquis— No pares.»

—Supongo que en ese momento entró en escena el señor Stoddard. Al ser otro admirador de su hija, muchos entre los que elegir, ¿no?, se ocupó de Ballinger. La única diferencia fue que no esperó a que nadie se ocupara de él.

Por primera vez, incluso Poe encontró fuerzas para protestar.

—No —murmuró—. No, Landor.

Pero sus palabras se vieron acalladas por la fría voz de Artemus.

—Es usted un miserable.

—Ahí lo tiene —repliqué sonriendo como un avejentado tío a la señora Marquis—. Tendrá que admitir que el estado contra Lea Marquis es un buen caso. Y hasta que no se localice al señor Stoddard, me temo que esa es la explicación más probable. Por supuesto —dije elevando la voz hasta conseguir un registro más suave—, estoy dispuesto a que me corrijan. Así que si estoy equivocado…

Por primera vez miré a los ojos de Artemus, fijamente.

—Alguien debería decirme si me equivoco, porque solo necesito llevar ante las autoridades a una persona. El resto de ustedes puede hacer lo que quiera. En lo que a mí respecta… —Mis ojos hicieron un rápido boceto de las antorchas, el árbol ardiendo y el brasero de carbón con llamas hasta el techo—. En lo que a mí respecta pueden irse al infierno.

Habíamos llegado a la parte de la obra que no podía controlar. El tiempo entró en escena.

Era el tiempo lo que debía amontonarse encima del joven Artemus Marquis, doblegarlo hasta que lo único que pudiera ver fuera la elección que tenía delante. Y, como para dramatizar la transacción, sus hombros empezaron a inclinarse y su piel comenzó a hundirse en sus orgullosas mejillas… Cuando volvió a hablar, incluso su voz había perdido su frecuencia habitual.

—No fue idea de Lea —aseguró titubeante—. Fue mía.

—¡No!

Echando fuego por los ojos y con un dedo apuntando como un estoque, Lea Marquis se abalanzó sobre nosotros.

—¡No voy a tolerar una cosa así!

Con un movimiento de su sotana rodeó el cuello de Artemus con un brazo y lo echó hacia atrás, para mantener una reunión privada con él entre las antorchas. Seguramente como la que había oído Poe: un continuo zumbido interrumpido por encendidos susurros.

—Un momento… lo que está haciendo… dividirnos…

Podría haber dejado que continuaran, pero el tiempo se había acabado y la representación (lo sentí con una especie de estremecimiento) volvía a ser mía.

—Señorita Marquis. Sería mejor que dejara de hablar con su hermano. Es un alumno aventajado, ya lo sabe.

Para ser sincero, no creo ni que me oyera. No, lo que consiguió separarlos finalmente fue su silencio. Tras un primer intercambio de palabras, la única voz que se oyó en aquel corrillo fue la de ella, y cuanto más hablaba, más claro estaba: Artemus había comenzado a ir por su camino. No había nada que hacer, excepto verlo marcharse.

En el momento en el que el brazo de ella se apretó con más fuerza alrededor de su cuello, en el momento en el que su voz se elevó hasta conseguir un tono de urgencia, él decidió apartarse para mantenerse cerca del homicida resplandor del brasero, hasta conseguir que los rasgos de su cara se convirtieran en una máscara de resolución.

—Yo maté a Fry —confesó.

Su madre se dobló hacia delante, como alguien que ha recibido una cuchillada, y soltó un gemido.

—También maté a Randy —añadió.

Sin embargo, Lea no profirió sonido alguno. Tenía los brazos inertes, al igual que la cara. Excepto en una cosa, una solitaria lágrima recorría su blanca mejilla.

—¿Y Stoddard? ¿En qué estaba involucrado?

Durante un instante, Artemus dio la impresión de estar tan indefenso como nunca lo había visto. Movió los brazos como un mal ilusionista y contestó:

—Stoddard era mi cómplice. Le entró el pánico. Puede decir que le entró el pánico y huyó.

Cuántos tonos diferentes había en su voz y qué horriblemente chocaban unos con otros. Podría haberme pasado días enteros intentando afinarlo, pero no disponía de ellos.

—Bueno —dije frotándome las manos—. Eso suena bien, ¿no les parece?

Me volví hacia la señora Marquis, que estaba de rodillas, en busca de una confirmación. La capucha había vuelto a caer sobe su cara. Entre aquellos bastos pliegues de color marrón no se distinguía ninguna extremidad humana; lo único que quedaba de ella era su voz, ligeramente áspera.

—No puede ser —dijo—. No puede ser.

No creo que buscara piedad, lector, pero entiende: al mismo tiempo estaba oyendo el goteo de la sangre. De la sangre de Poe, que seguía cayendo en ese suelo de piedra. Habría hecho cualquier cosa por detenerla.

—Sí, sí. Lo único que queda por hacer es… Sí, lo único que queda por hacer es solicitar las pruebas. Señorita Marquis, le estaría muy agradecido si me entregara ese bulto.

Lea había olvidado dónde había dejado la caja. Dio la impresión de estar frenética mientras buscaba con la vista a su alrededor, estudiando cuidadosamente todos los rincones oscuros e iluminados, antes de encontrarla en el sitio menos pensado, al lado de sus pies.

La abrió una vez más y observó su contenido con gélido asombro. Después volvió la vista hacia mí. Pasará mucho tiempo antes de que logre olvidar su mirada. Estaba acorralada, sí, con los perros de caza aullando por todas partes, aunque con una diferencia: albergaba una vaga esperanza, como si una vía de escape se abriera más allá de la soga.

—Por favor, déjenos solos. Casi ha acabado. Casi…

—Ha acabado ya —dije suavemente.

Se echó hacia atrás, un paso, dos pasos. Me puse a su altura. En ese momento ya había renunciado a disuadirme. Lo único en que pensaba era en escapar.

Es lo que hizo, fue corriendo hacia el altar con la caja en las manos.

Pensé que destruiría esa prueba arrojándola al brasero

o que la escondería debajo de una piedra sabe Dios dónde. Cuando intenté seguirla, Artemus me cortó el paso, opuso su peso contra el mío.

Así que allí estábamos los dos, en silencio, como habíamos estado en aquel armario, batiéndonos con el sable de Joshua Marquis. Y en esa ocasión no cabía duda de quién se impuso.

La juventud se imponía sobre la edad y Artemus me empujaba, no solamente hacia atrás, enseguida me di cuenta, sino en una dirección en concreto. No sé en qué momento se le ocurrió, pero en cuanto noté el calor en la espalda supe hacia dónde me llevaba: directamente hacia la pira de carbón del brasero.

Me resultó muy extraño mirarlo a los ojos y no ver nada en ellos, nada más que el reflejo de ese imponente fuego. De algún lugar cercano me llegaban los lamentos de la señora Marquis y las letanías de Lea, pero el sonido que más pesaba en mí era el chisporroteo del fuego acariciando mi espalda, dilatando mi piel.

También tenía fuego en las piernas, los músculos quemados por la resistencia. Una resistencia vana, ya que la distancia hacia las llamas iba mermándose y el fuego empezaba a besarme los omoplatos y a lamer los pelos de mi cuello. Lo veía en los ojos de Artemus, a quien veía armarse de valor para el último empujón.

Entonces, sin motivo aparente, su cabeza dio una sacudida hacia atrás y oí que soltaba un grito. Cuando miré al suelo vi el estropeado cuerpo del cadete de cuarta Poe aferrado a su pierna como una garrapata.

A pesar de estar drogado y sangrando, se había arrastrado hacia nosotros y le había clavado los dientes a Artemus Marquis en la pantorrilla izquierda, un mordisco de considerable anchura y profundidad. Y en ese momento estaba acometiendo la única labor que aún podía hacer: sujetarlo. Intentando tirarlo al suelo.

Artemus quiso deshacerse de él, pero Poe parecía haber experimentado una recuperación directamente proporcional a su fragilidad y no cedió. Artemus, que sabía que no podría contra los dos, eligió cargar contra la parte más débil. Levantó el puño y, tras calcular brevemente el golpe, se preparó para golpearle en la coronilla.

No llegó a hacerlo. Durante el tiempo que invirtió en lanzar el golpe yo lancé el mío. Mi puño derecho lo alcanzó en la mandíbula y el izquierdo le siguió al poco, atizándole debajo del mentón.

Cayó al suelo junto a Poe, que seguía aferrado a su pierna, y, cuando intentó levantarse, el peso de Poe lo mantuvo clavado al suelo. Para entonces yo ya había cogido una antorcha y la había acercado a la cara de Artemus. La mantuve allí hasta que provocó una cadena de brillante sudor en su frente.

—Todo ha acabado —dije apretando los dientes.

Si Artemus tenía pensado rebatir aquello, jamás podré decirlo porque en ese momento se oyó un ruido. Era el sonido de algo que no presagiaba nada bueno. Lea Marquis se plantó delante del altar con los ojos como lunas y las mejillas manchadas con algo que parecía arcilla. Se quedó allí apretándose la garganta con una mano roja.

Enseguida me di cuenta de lo que había hecho. Había aprovechado su último as. Loca por tener una nueva vida había seguido las instrucciones de Henri le Clerc al pie de la letra. Era lo último que me esperaba y quizá lo primero que debería haber esperado. En vez de entregar el corazón se lo había comido. Se lo había tragado entero.

Narración de Gus Landor

39

*A*l final la cosa acabó así: Lea no consiguió llevar a cabo las instrucciones de Henri le Clerc. Algo la frenó y el corazón que debía devorar se atascó a mitad de camino en su garganta y comenzó a impedirle respirar. Se le doblaron las rodillas… al igual que el cuerpo y cayó al suelo como una carga de astillas.

Artemus y yo corrimos hacia ella veinte segundos después de habernos deseado la muerte el uno al otro. Detrás de nosotros vino la señora Marquis arrastrando los pies por el suelo de piedra y, después de ella, Poe. Nos agrupamos alrededor del derrumbado cuerpo de Lea Marquis y observamos su pálida cara, enrojecida como tejido cardíaco, y unos ojos que se le salían de las cuencas.

—No puede… —gritó la señora Marquis con voz entrecortada—. No puede…

«Respirar» era la palabra que buscaba. Y, de hecho, de la boca de Lea Marquis no salía ni una sola palabra, ni siquiera una tos. Solo un desesperado silbido, similar al sonido de un pájaro atrapado en una chimenea. Se moría ante nuestros propios ojos.

Poe había puesto sus manos alrededor de la cabeza de Lea.

—¡Por favor! ¡Dios mío, dinos qué hemos de hacer!

Como este se hallaba ausente, lo hicimos lo mejor que pudimos. Le levanté el torso y la señora Marquis le golpeó en la espalda mientras Poe le susurraba en el oído que la ayuda estaba en camino. Levanté la vista y vi que Artemus sujetaba la lanceta que había utilizado para abrir la vena de Poe.

No anunció nada ni dio explicaciones, pero supe inmediatamente lo que quería hacer. Iba a agujerear una vía de aire en la garganta de su hermana.

Cuando se sentó a horcajadas sobre el pecho de Lea tenía un aspecto temible y un terrible destello en los ojos cuando miró la hoja. Entendí muy bien por qué la señora Marquis se la arrebató de la mano.

—¡Es su única esperanza! —gruñó.

¿Y quién éramos nosotros para discutírselo? Lea había dejado incluso de protestar y se le habían formado unas manchas azules alrededor de los labios, en la base de las uñas. Lo único que seguía moviéndose en ella eran los párpados, que subían y bajaban como un toldo ante un fuerte viento.

—¡Rápido! —susurré.

A Artemus le tembló la mano en el momento en el que calculaba dónde hacer el corte. Su voz también vaciló cuando recordaba las palabras de su padre:

—Cartílago tiroide —murmuró—. Cartílago cricoides… membrana cricotiroidea…

Finalmente su dedo se detuvo, y puede que también su corazón, justo antes de hundir la lanceta.

—¡Dios mío! —gimió—. ¡Por favor!

Solo necesitó una mínima presión para insertar la hoja en la garganta de su hermana como una varilla de nivel de aceite.

—Incisión horizontal —murmuró—. Un centímetro.

Alrededor de la hoja empezó a brotar un poco de sangre.

—Profundidad… un centímetro…

Rápido como la luz, Artemus retiró la hoja y metió el dedo índice en el corte que había en la garganta de Lea. De su interior surgió un extraño borboteo, como de agua corriendo por cañerías. Y entonces, mientras Artemus buscaba un tubo para insertárselo, la sangre empezó a acumularse formando un charquito.

No disminuía, cada vez se hacía más grande. Brotaba de la herida y se iba perdiendo en un torrente continuo que bañaba la marmórea piel de Lea.

—No debería salir tanta —siseó Artemus.

Pero la sangre continuaba brotando como un desafío total al hombre y a la medicina, saliendo a borbotones en nuevas oleadas, pintando la garganta de Lea. El borboteo sonaba cada vez más fuerte.

—La arteria —dijo Artemus con voz entrecortada—. ¿No la habré…?

Había sangre por todas partes, burbujeando, borbotando. Desesperado, Artemus sacó el dedo de la abertura haciendo un ruido característico y de su mano cayeron gotitas de sangre como perlas…

—Necesito. —Soltó un sollozo a mitad de frase—. Necesito… por favor… algo para vendarla…

Poe ya había comenzado a rasgar su camisa y yo hacía lo propio con la mía. La señora Marquis desgarraba su vestido y en medio de todo aquel destroce yacía Lea, inmóvil, excepto por la sangre, que manaba enfurecida de su interior, cada vez más, sin cesar ni aplacarse.

De pronto, de forma inesperada, su boca se abrió. Se abrió para dar forma a dos palabras, tan audibles como si las hubiera pronunciado.

—Te quiero.

Supongo que el que cada uno de nosotros pensase que era el destinatario de esas palabras dice algo acerca de Lea. Aunque no nos miraba. Finalmente había encontrado la salida y veía cómo nos abandonaba, sonriendo hasta que la luz de sus pálidos ojos dejó de destellar.

Nos quedamos arrodillados, como misioneros en una playa extranjera. Poe se llevó las manos a las sienes y en ese momento tuve el impulso no de consolarlo, sino de hacerle la pregunta que se había atascado en mi mente como una piedrecita de grava. Se la gruñí en la oreja:

—¿Sigue siendo el tema más elevado de la poesía? —Me lanzó una mirada extraviada—. ¿La muerte de una mujer hermosa sigue siendo el tema más noble de un poeta?

—Sí —contestó antes de desplomarse sobre mi hombro—. Landor, tendré que seguir perdiéndola, una y otra vez.

No supe a qué se refería, no en ese momento. Pero sentí el rítmico roce de su caja torácica contra la mía. Le puse la mano en la parte de atrás del cuello y la mantuve allí unos segundos… un poco más… pero seguía llorando, sin lágrimas, sin sollozos, hasta que sacó todo lo que llevaba dentro. Por el contrario, la señora Marquis parecía controlarse más que ninguno de nosotros y llenó el aire con su fría y tranquila voz.

—No tendría que haber sido así. Iba a ser una esposa, una madre…

Supongo que esa palabra, «madre», hizo que brotara algo de su interior. Intentó frenarlo en la boca, pero se le escapó entre los dedos. Era su propio grito.

—¡Una madre como yo!

Escuchó sus palabras hasta que desapareció el eco y después, con un sordo y gutural gemido, se arrojó sobre el cuerpo de su hija y empezó a golpearlo una y otra vez con sus diminutos puños.

—¡No! —dijo Artemus apartándola.

Pero quería más. Quería aporrear ese cuerpo hasta hacerlo polvo. Lo habría hecho si su hijo no la hubiese contenido.

—Madre —susurró—. Para, madre.

—¡Lo hicimos por ella! —gritó arremetiendo contra el inmóvil cuerpo de su hija—. ¡Todo por ella! Y después se muere. ¿De qué ha servido? Si no… ¿De qué ha servido?

Continuó así cuanto pudo y después, como suele pasar habitualmente con el dolor, cambió por completo. Le apartó el pelo de la cara, limpió la sangre de su blanca garganta y la besó en su pálida mano, antes de hundirse en el foso de sus lágrimas.

¿Qué imagen puede deslumbrar más que un dolor tan grande? Me abstraje en aquello y supongo que por eso me costó tanto oír la voz que provenía de arriba y que se posaba sobre nuestras cabezas como una capa de polvo.

—¡Señor Landor! —Volví la cabeza hacia el sonido—. ¡Señor Landor!

Mi primer impulso fue echarme a reír. Me sentí seriamente tentado de reírme, ya que había llegado mi salvador… y, mira por dónde, era el capitán Hitchcock.

—¡Abajo! —grité.

Mi voz tardó unos segundos en recorrer el pasillo y llegar hasta el pozo. Después se oyó decir:

—¿Cómo llegamos hasta allí?

—No lo hagan, subiremos nosotros.

Puse las manos en los hombros de Poe y lo levanté.

—¿Listo? —pregunté.

405

Aturdido por el dolor, y a duras penas conocedor de dónde estaba, miró el grasiento brillo en su brazo.

—Landor, ¿puede vendarme?

Miré la manga de mi camisa, que colgaba de un hilo. Era el vendaje que quería utilizar con Lea, pero a él también le serviría.

Le vendé la herida tan fuertemente como me atreví. Después, pasando su brazo sobre mi hombro, empecé a andar en dirección a la puerta. Lo único que podría habernos detenido era esa voz, suave y suplicante.

—¿Cree que…?

Era la señora Marquis, que señalaba con absoluta humildad hacia el altar de piedra, en el que estaba sentado Artemus.

No estaba solo, había arrastrado el cuerpo de Lea con él, le acunaba la cabeza en su regazo y nos lanzó una mirada desafiante, mucho más furiosa por lo que implicaba. Su madre solo pudo volver la cara hacia mí con una muda súplica.

—Vendremos a por ella más tarde, ahora he de llevar al señor Poe a…

«Un médico.» La palabra se detuvo en mi garganta como si fuera el comienzo de un chiste, un chiste que la señora Marquis pareció entender a la primera. Jamás había visto en ella una sonrisa tan espléndida. Lo que simplemente quiere decir que la habían provocado todos los sentimientos humanos, y ante semejante oleada de sentimientos no me hubiera sorprendido que sus dientes se fundieran.

—Vamos, Artemus —le pidió mientras nos seguía a Poe y a mí por el pasillo. Este la observó con los ojos hundidos—. Vamos, cariño. Ya sabes que no podemos hacer nada más por ella. Lo intentamos…

Incluso ella debió de darse cuenta de lo débiles que sonaban sus palabras, pero por mucho que intentó persuadirlo y engatusarlo, no obtuvo respuesta.

—Escucha, cariño. No quiero que te preocupes. Vamos a hablar con el coronel Thayer. Se lo explicaremos todo. Entenderá… entenderá todos estos malentendidos, cariño. Por algo es uno de nuestros más antiguos y queridos amigos. Te conoce desde que tenías… Jamás haría… ¿Me oyes? Te licenciarás, cariño.

—Ahora voy.

Su voz transparentó una curiosa luminosidad —«luz» sería

la palabra más adecuada— y supongo que esa fue la primera señal. La segunda fue que en vez de levantarse se arrellanó aún más donde estaba y acercó la cabeza de Lea contra su pecho. Entonces entendí lo que nos había estado ocultando. Tenía la lanceta con la que había abierto la garganta de su hermana clavada en un costado.

¿Quién sabe cuándo lo haría? Yo no oí que profiriera ningún gruñido, ni palabras, ni aspavientos ni tajo en el cuello, ningún alboroto. Creo que simplemente quería irse. Tan lenta y silenciosamente como pudiera hacerlo.

Nuestras miradas se cruzaron y saber lo que estaba pasando se deslizó entre nosotros en forma de torrente de camaradería.

—Voy enseguida —dijo con una voz aún más débil.

Puede que un hombre, en sus últimos minutos, preste más atención al mundo que lo rodea. Sugiero esto porque Artemus, a pesar de su angustia, fue el primero en levantar la vista hacia el techo. Antes de que mis ojos hicieran lo mismo, sentí el olor, el inconfundible olor de la madera quemada.

En cierto modo, la mayor de las sorpresas fue que esa habitación excavada en la roca tuviera algo tan prosaico como un techo de madera. Quién sabe lo que habría sido en sus tiempos. ¿Una celda de espera? ¿Una bodega para verduras? ¿Una bodega para barriles? Puede decirse que jamás había albergado un fuego tan imponente y soberbio como el que desataron los Marquis. Sus constructores deberían de haber sabido que el fuego no puede ser amigo de la madera.

El techo, torturado por las llamas del brasero, se carbonizaba, quebraba y cedía. Cuando las vigas se partieron empezó a caer del techo el fenómeno atmosférico más extraño que jamás hubiera visto. No era nieve, era hielo. Todo el contenido de la nevera de West Point se venía abajo.

No eran los tintineantes cubitos que el coronel Thayer ponía en su limonada, no, eran bloques, bloques de veinticinco kilos, con el peso y el sonido del mármol, que caían lentamente al principio, aunque con determinación, erosionando el suelo de piedra a cada impacto.

—Artemus. —La señora Marquis había recobrado un hilillo de voz mientras observaba desde la seguridad del pasillo—. Artemus, tienes que salir.

No sé si la señora Marquis entendía lo que estaba pasando. Dio un paso hacia el interior de la habitación y estaba intentando tirar de su hijo por los pies cuando un enorme pedazo de hielo cayó a pocos pasos de ella. Los añicos de cristal le salpicaron la cara y la cegaron temporalmente. Después, otro bloque cayó aún más cerca forzándola a retroceder un paso. Cuando la agarré por el brazo para sacarla de allí, lo único que pudo hacer fue pronunciar su nombre con un tono que sonó a resignación.

—¡Artemus!

Quizá pensaba que el hielo dejaría de caer. A lo mejor creía que su hijo estaba a salvo. La siguiente avalancha le demostró lo equivocada que estaba. El primer bloque lo golpeó en un lateral de la cabeza —un corto y rotundo impacto— y lo tumbó de lado. El siguiente le dio en el estómago y el tercero le aplastó los pies. Seguía vivo como para gritar, pero el sonido duró solamente lo que tardó el siguiente bloque de hielo en acertarle de lleno en la cabeza. Incluso a tres metros y medio oímos el crujido de sus huesos contra la piedra. Después ya no oímos nada más.

Sin embargo, su madre eligió ese momento para recuperar la voz. Allí estaba, lector, pensando que ya había consumido su pena, cuando de hecho tenía mucha más cantidad esperando a ser vaciada. Creo que lo único que consiguió que se callara fue la visión de algo que no podía igualar la pena. A través del hielo que caía vimos una figura que se levantaba lentamente.

Recuerdo que pensé que era Artemus preparándose para una última batalla. Pero este estaba donde había caído y la figura que se había puesto de pie —como un matón de bar despegándose del suelo— no llevaba uniforme, sino sotana.

Dos pies se afianzaron en el suelo de piedra y dos piernas se tambalearon en nuestra dirección. Vimos unos pálidos brazos y unos cabellos castaños, mejillas coloradas y ojos azules, asustados por la luz. Vimos que Lea Marquis se levantaba y andaba.

No era una aparición, era de carne y hueso, y sangre. Tenía una mano estirada hacia nosotros y la otra apretada contra el corte que había en su cuello. Y de su despedazado y estrangulado cuerpo salió un grito que no podría reproducir ningún humano ni animal.

Sin embargo, encontró un eco en Poe. Juntos confeccionaron un perfecto himno al horror, un creciente y áspero lamento que despertó a los murciélagos e hizo que salieran rebotando contra las paredes, metiéndose entre nuestras piernas y revolviéndonos el cabello.

—¡Lea!

A pesar de su debilidad, Poe hizo todo lo que pudo por volver con ella. Intentó zafarse de mí y, cuando no pudo, probó a dar un rodeo, pero cuando aquello también le falló, quiso pasar por encima de mí, sí, intentó subir por mi cuerpo. Cualquier cosa por volver con ella. Todo por morir con ella.

La señora Marquis habría hecho lo mismo, no le preocupaba el peligro. Tuve que contenerlos a los dos. Sin siquiera preguntarme por qué, rodeé sus cinturas con mis brazos y los aparté. En su agotado estado, no podían resistirse, pero a fuerza de rebelarse, consiguieron retrasar nuestro avance. Así que cuando llegamos al fondo del pasillo, lejos de aquella maldita habitación, aún alcanzamos a ver, recortada en la luz de la puerta, la figura de la mujer que habíamos dejado atrás.

—¡Lea!

¿Se daba cuenta de lo que estaba pasando? ¿Sabía lo que la había derribado contra la dura piedra —lo que se amontonaba sobre ella con esa espantosa determinación—, lo que la estaba pulverizando justo en el preciso momento de su renacimiento? Nada en su sordo grito dio muestras de que lo supiera. La estaban aplastando, eso era todo. Aplastada con tanta veracidad como los murciélagos que pasaron chillando a su lado, docenas y docenas de ellos aplastados entre el hielo y la piedra, chillando de camino a las puertas de la muerte.

El hielo seguía cayendo como rayos, bloque tras bloque… tragándose antorchas y velas… partiéndole la cabeza a Lea y machacando su sotana… golpeándola una y otra vez con una furia desoladora a la que solo podía responder con su suave y desprotegido cuerpo.

El hielo cayó con tanta fuerza y tanta rapidez que en un minuto taponó la puerta y empezó a amontonarse afuera. A pesar de todo, nos quedamos allí, sin poder llegar a imaginar semejante venganza, pues el hielo seguía cayendo, cayendo en pesados coros, cayendo en escalofríos de niebla, cayendo sobre la descendencia de los Marquis, cayendo como la muerte.

Narración de Gus Landor

40

14 al 19 de diciembre

Supongo que ese fue el último milagro. La tierra que había por encima de nosotros ni se inmutó. No se dio la voz de alarma ni ningún cadete se despertó. Nada alteró la rutina de la academia. Al primer atisbo del amanecer, como en cualquier otra mañana, el tambor del ejército salió a la explanada entre los barracones sur y norte y, siguiendo la indicación del cadete ayudante, golpeó el parche con los palillos con una cadencia que fue creciendo y alcanzando su plenitud hasta que se oyó en toda la explanada y latió en todos los oídos de cadetes, oficiales o soldados.

Creo que hasta que vi cómo se hacía ese sonido no lo había relacionado nunca con un ser humano. Para mí, oírlo desde mi habitación del hotel del señor Cozzens siempre había tenido un carácter de estímulo íntimo, de despertar de la conciencia quizá. Pero la conciencia era la que me había mantenido allí el resto de la noche, en el cuarto de guardia de los barracones norte, reunido con el capitán Hitchcock y escribiendo lo mejor que podía todo lo que había sucedido. Casi todo.

Era el último texto que entregaba a Hitchcock y este lo recibió con la debida ceremonia. Lo dobló y lo guardó dentro de una bolsa de cuero, para entregárselo en su momento al coronel Thayer. Después hizo un grave y lento gesto con la cabeza, que fue lo más cerca que estuvo de decir: «Bien hecho». Tras aquello, lo único que podía hacer era regresar a mi hotel. Excepto que tenía una pregunta, solo una, que necesitaba aclarar.

—Supongo que fue el doctor Marquis, ¿no?

Hitchcock me miró con cara de extrañeza.

—No le entiendo.

—La persona que lo avisó de dónde estábamos. Supongo que fue el doctor Marquis.

Meneó ligeramente la cabeza.

—Me temo que no. El buen doctor seguía sentado en la nevera cuando llegamos allí. Gimió y rechinó mucho los dientes, pero nos dio muy poca información.

—¿Entonces?

En su cara se dibujó una ligera sonrisa.

—Cesar.

Bueno, si no hubiese estado tan distraído en ese momento, supongo que habría acabado por imaginármelo. Me habría preguntado por qué paseaba un camarero de comedor por la explanada a esa hora de la noche. Pero ¿se me habría ocurrido que ese mismo Cesar —tan amable y cortés— era el agente al que habían encargado seguir a Artemus Marquis? ¿Que tras seguir a su presa hasta la nevera y después de verme a mí y al doctor Marquis llegar detrás de él había ido directamente al comandante a dar la voz de alarma?

—Cesar —repetí soltando una risita y rascándome la cabeza—. Es usted todo un enigma, capitán.

—Gracias —respondió de esa forma tan secamente irónica suya.

Al mismo tiempo, algo se revolvía en su interior, algo que no era tan irónico y necesitaba ser escuchado.

—Señor Landor —dijo finalmente.

—Sí, capitán.

Debió de pensar que sería más fácil decirlo si se alejaba, pero aun así seguía siendo un tormento para él.

—Me gustaría que supiera que si las exigencias de este asunto me han vuelto… Es decir, que si en alguna ocasión, por pura intemperancia, he puesto en duda su… su integridad o su competencia, entonces… Estoy muy…

—Gracias, capitán, yo también le pido disculpas.

Eso era lo más lejos que podíamos llegar sin avergonzarnos. Asentimos, nos estrechamos la mano y nos alejamos. Salí del cuarto de guardia justo a tiempo de ver al tambor tocando dia-

411

na. En el interior de los barracones se oyeron los primeros signos de vida. Jóvenes que tropezaban y caían, apartando la ropa de la cama para buscar sus uniformes. Volviendo a empezar.

Tras salir de la nevera, la señora Marquis había dado el significativo paso de no irse a la cama. La presión de la pena la mantenía de pie. Rechazó toda oferta de que la escoltasen y se dedicó a entrar y salir del patio de asamblea con misiones que mantuvo prendidas en su pecho. Así que vestida con su hábito de monje y con una dura sonrisa en la cara se acercó a unos cadetes de tercera que volvían de hacer guardia y les preguntó si la ayudarían a «sacar a sus hijos», les aseguró que solo les costaría unos minutos.

De hecho, no se había pensado todavía en recuperar los cuerpos. Aquello llevaría días y, hasta entonces, había otro trabajo que hacer. «Trabajo», esa fue la respuesta del doctor Marquis al dolor. En su último acto oficial antes de presentar su dimisión, vendó las heridas del cadete de cuarta Poe. Le tomó el pulso y afirmó que el joven no había perdido más sangre que la que le hubiera extraído un médico en una sangría normal. «Incluso puede haber sido beneficioso para él», aseguró.

El propio doctor parecía disfrutar de una excelente salud, su cara jamás había estado tan sonrosada. Solo una vez lo vi palidecer, cuando pasó al lado de su esposa en el patio de asamblea. Retrocedieron el uno ante el otro, pero también se encontraron. Intercambiaron miradas e inclinaron la cabeza como si fueran vecinos que se tropezaran en la calle. Y en ese cruce creo que alcancé a ver el futuro que les aguardaba. No era muy halagüeño. La conducta del doctor Marquis podía impedirle volver a trabajar en un puesto militar y, aunque podía (en vista de su pasado servicio) evitar un consejo de guerra, esa mancha en su pasado lo perseguiría hasta en el mundo civil. Jamás cumplirían el sueño de la señora Marquis de regresar a Nueva York —tendrían suerte si podía ejercer en la frontera de Illinois—, pero sobrevivirían y pocas veces, por no decir ninguna, hablarían de sus hijos en público o en privado, se tratarían con grave cortesía y esperarían, con toda la calma posible, la conclusión de su vida. O, al menos, eso es lo que imaginé.

ϒ

A Poe lo trasladaron a una cama en el pabellón B-3, el mismo que había albergado los cuerpos de Leroy Fry y Randolph Ballinger. En una situación normal le habría encantado disfrutar de la posibilidad de comunicarse con el espíritu de los muertos —incluso podría haberle inspirado la escritura de un poema sobre la transmigración de las almas—, pero, en esa ocasión, se quedó dormido y no se despertó, según me dijeron, hasta mitad de la alocución de la tarde.

Yo conseguí dormir unas cuatro horas antes de que uno de los lacayos de Thayer llamara a mi puerta.

—El coronel Thayer lo requiere para una reunión.

Nos encontramos en el parque de artillería. Permanecimos allí entre morteros, cañones de sitio y piezas móviles de artillería: armas expuestas, muchas de ellas arrebatadas a los ingleses y con el nombre del campo de batalla grabado. «Cuánto ruido harían si se dispararan todas a la vez», pensé. Pero estaban en calma y el único sonido que se oía provenía de la bandera, a media asta, restallando al viento.

—¿Ha leído mi informe? —le pregunté, y asintió—. ¿Tiene…? No sé si quiere hacerme alguna pregunta.

Respondió con voz baja y dura.

—Me temo que ninguna que pueda contestar, señor Landor. Me gustaría saber cómo he podido cenar y fraternizar con un hombre todos estos años, conocer a su familia casi tanto como a la mía y jamás haber llegado a comprender la profundidad de su dolor.

—Fue por deseo propio, coronel.

—Sí, lo sé.

Los dos mirábamos hacia el norte, hacia Cold Spring, que se ondulaba como en una fábula a través del humo de los hornos de la fundición del gobernador Kemble. Hacia Cro'Nest y Bull Hill, y más allá, hacia la borrosa cadena montañosa Shavangunk y, uniéndolos a todos, el río, llano y fruncido por la luz invernal.

—Se han ido —comentó Sylvanus Thayer—, Lea y Artemus.

—Sí.

413

—Jamás sabremos por qué lo hicieron. O ni siquiera lo que hicieron. Nunca sabremos dónde empezó un crimen y acabó el otro.

—Es verdad, aunque tengo alguna idea de cómo pasó.

—Soy todo oídos, señor Landor —dijo inclinando un centímetro la cabeza.

Me tomé mi tiempo. La verdad es que todavía seguía intentando aclarar en mi mente todo aquel asunto.

—Artemus hizo el corte, de eso estoy seguro, lo he visto trabajar de cerca. Era un cirujano nato como nunca he conocido otro, incluso si hizo… Bueno, su hermana fue un caso complicado…

—Sí.

—Apostaría lo que fuera a que también era él el que se disfrazaba de oficial. Posiblemente fue el que hizo que el soldado Cochrane abandonara el cuerpo de Leroy Fry.

—¿Y Lea?

Lea, solo oír pronunciar su nombre me hacía dudar.

—Bueno, estoy casi seguro de que estuvo en la taberna de Benny Havens aquella noche, con Artemus. Imagino que seguía a Poe para saber si estaba confabulado conmigo. Y al descubrir que sí lo estaba…

¿Qué hizo? Eso todavía no lo sabía. Quizá decidió deshacerse de él y aceleró sus planes por ello. O quizá decidió amarlo, amarlo aún más por haberla traicionado.

—Debió de ser ella la que dejó la bomba en la puerta de Artemus, para alejar las sospechas de su hermano. Incluso debió de dejar aquel corazón en su baúl para despistarnos.

—¿Y la madre y el padre?

—El doctor Marquis no les era útil en nada. Solo necesitaban su silencio. Y en cuanto a la señora Marquis, quizá abrió alguna puerta y encendió alguna vela, pero no me la imagino atando a un cadete o apretando un nudo corredizo en su cuello.

—No —admitió Thayer pasándose un dedo por la mandíbula—. Imagino que ese fue el trabajo del señor Stoddard y el del señor Ballinger.

—Eso parece.

—Y si ese fuera el caso, supongo que Artemus mató a Ballinger para evitar que alertara a las autoridades y que el señor Stoddard prefirió huir a convertirse en su siguiente víctima.

—Supone acertadamente.

Me miró como si yo fuera el cielo de la noche.

—Es usted reservado hasta el último momento, señor Landor.

—Es una vieja costumbre, coronel, lo siento. —Sacudí los brazos y golpeé los tacones de las botas—. Mientras tanto tendremos que esperar a ver qué dice Stoddard al respecto. Si lo encontramos.

Puede que entendiera aquello como un reproche, ya que su voz adquirió un tono blindado.

—Le estaremos muy agradecidos si se reúne con el emisario del jefe de ingenieros cuando llegue.

—Cómo no.

—Y redacta un informe para todas las comisiones investigadoras.

—Por supuesto.

—Aparte de eso, señor Landor, he de decir que ha cumplido sus obligaciones contractuales al pie de la letra y que, por lo tanto, lo eximo de su contrato. Confío en que eso no le moleste —dijo arrugando la frente.

«O al capitán Hitchcock», pensé, pero me mordí la lengua.

—Al final, espero que no le parezca mal que le demos las gracias.

—Ojalá las mereciera, coronel. Hay… —empecé a decir frotándome un lado de la cabeza—. Hay vidas que podrían haberse salvado si hubiera sido un poco más perspicaz o más rápido. O más joven.

—Al menos salvó una vida, la del señor Poe.

—Sí.

—Y no es que él le dé necesariamente las gracias por ello.

—No. —Metí las manos en los bolsillos y me balanceé sobre los pies—. No importa. Sus superiores estarán contentos, coronel. Espero que los chacales de Washington se batan en retirada pronto.

Entonces me estudió detenidamente y meditó si lo había dicho en serio o no.

—Creo que hemos conseguido una suspensión de la sentencia. Una suspensión solamente.

—No lograrán cerrar la academia.

—No, pero pueden despedirme a mí.

415

En sus palabras no había ni un ápice de protesta, ni una gota de sentimentalismo. Lo declaraba de forma tan inexpresiva como si lo hubiera estado leyendo en uno de los periódicos de la mañana.

No olvidaré lo que hizo entonces. Inclinó la cabeza hacia la boca acampanada de un cañón de casi nueve kilos y la mantuvo allí al menos medio minuto. Desafiándolo a que hiciera lo peor.

Después se frotó ligeramente las manos.

—Me avergüenza confesar, señor Landor, que por pura vanidad hubo un tiempo en el que me consideré indispensable para la supervivencia de la academia.

—¿Y ahora?

—Ahora creo que solo sobrevivirá sin mí. —Asintió levemente y se estiró—. Y creo que lo hará.

—Bueno, coronel —dije extendiendo la mano—, espero que esté equivocado en lo primero.

Me estrechó la mano, pero no sonrió, sino que su boca se contrajo hasta formar una mueca irónica.

—He estado equivocado en otras ocasiones, pero no con usted, señor Landor.

Estábamos en la entrada oriental de la taberna de Benny. A un metro de allí, mirando hacia el otro lado del río.

—He venido a decirte que todo ha acabado. He hecho mi trabajo.

—¿Y?

—Bueno, que podemos continuar, eso es lo que pasa. Como antes. No importa nada más, ha acabado, está…

—No, Gus, para. No me importa tu trabajo ni la maldita academia.

—¿Entonces?

Me miró un momento en silencio.

—Podrías haber sido tú, Gus. Han convertido tu corazón en una piedra.

—Bueno, una piedra puede vivir.

—Entonces, tócame. Una vez nada más, como solías hacerlo.

Como solía hacerlo. Aquello sí que era una tarea imposible. Debía de saberlo, porque encontré pesar en sus ojos cuando finalmente se alejó. Lamentaba mucho haberme molestado.

—Adiós, Gus.

Antes de que pasara otro día, el soldado Cochrane llevó toda mi ropa y mis pertenencias a mi casa de Buttermilk Falls. Sonreí al verlo saludarme como «¡Teniente Landor!». Tiró de las negras riendas del bayo y en un momento el carruaje desapareció por la cresta de la colina.

Durante los siguientes días estuve solo. Hagar no había vuelto y la casa no me acogió como antes. Las persianas venecianas, la ristra de melocotones secos y el huevo de avestruz me miraban como si intentaran ubicarme. Paseé cautelosamente por las habitaciones intentando no sobresaltar nada y estuve más tiempo de pie que sentado; salí a dar paseos para regresar apresuradamente en cuanto soplaba algo de viento. Estaba solo.

Entonces, el domingo por la tarde, 19 de diciembre, tuve una visita: el cadete de cuarta Poe.

Apareció de repente, como una nube de tormenta, y se quedó de forma enigmática en el umbral. Y cuando echo la vista atrás, sé que era un umbral.

—Sé de Mattie —dijo.

417

Narración de Gus Landor

41

Y ahora, lector, un cuento:

En las tierras altas vivía una joven doncella de no más de diecisiete años. Alta y encantadora, de tipo agraciado, dulce cuando estaba relajada. Había ido a vivir en ese remoto clima para que su padre siguiera vivo y, sin embargo, había visto morir a su madre. Se quedaron los dos solos en una casita de campo que daba al río Hudson, en la que no resultaba difícil que el tiempo pasara. Padre e hija se leían el uno al otro y jugaban a descifrar claves y rompecabezas, daban largos paseos por las colinas —la niña era de constitución fuerte— y llevaban una vida tranquila. No demasiado tranquila para la doncella, que no dejaba que nadie participara de sus momentos de silencio.

El padre amaba a su hija. En lo más íntimo de su corazón se permitía pensar que era el consuelo que le había concedido Dios.

Pero en el mundo hay más cosas que el consuelo. La doncella empezó a suspirar, en su callada forma de ser, por compañía. Y podría haber suspirado en vano —su padre se había convertido, tras una larga carrera profesional en la ciudad, en un ermitaño—, si una prima rica de su fallecida madre, la esposa de un banquero de la cercana Haverstraw, no se hubiera compadecido de ella. Al no tener una hija propia, la anciana mujer encontró en la doncella una agradable sustituta, una criatura de innata elegancia que aún podía moldearse en algo más hermoso, en algo que redundara en el esplendor de la anciana.

Así que, a pesar de las objeciones de su padre, la anciana se llevó a la doncella a dar paseos en carruaje y la invitó a cenas. Y cuando llegó el momento, invitó a la doncella a su primer baile.

¡Un baile! Mujeres con kilos y kilos de seda, muselina y merino. Hombres con levitas y pelo como los emperadores romanos. Mesas para cenas rebosantes de pasteles y postres, y el brillo de vasos de oporto. Violinistas y cotillones. El frufú de los vestidos de las mujeres, el runrún de los abanicos. Galanes con botones de latón dispuestos a dar su vida por un solo baile.

La doncella jamás había codiciado nada de todo aquello —quizá porque nunca había sabido que existía—, pero se entregó con buen ánimo al arreglo de vestidos, a la instrucción en conducta y a las lecciones a cargo de profesores franceses de baile. Y siempre que su padre se ponía serio al verla en su nueva vida, ella se reía y fingía que rompía el vestido y, antes de acabar el día, le prometía que era el único hombre de su vida.

419

Llegó el día del baile. El padre tuvo la satisfacción de ver a su hija entrar en el landó como la flor de una de las familias más distinguidas de Nueva York. Se despidió de él con un leve gesto de la mano a través de la ventanilla y desapareció hacia la casa de su prima en Haverstraw. Durante el resto de la noche, la imaginó cada vez más mareada y con la boca seca mientras le hacían dar vueltas en el parqué. Se imaginó interrogándola cuando volviera, pidiéndole que le contara todo lo que había hecho y visto, incluso a pesar de que sentía gran menosprecio por todo aquello. Se imaginó preguntándole, en el tono más educado que pudiera, cuándo pensaba acabar con toda esas tonterías.

ϒ

Pasaron las horas y no regresó. Medianoche, la una, las dos. Angustiado, el padre cogió un farol y fue a buscarla por los caminos poco frecuentados de las cercanías. Al no encontrar ni rastro de ella, estaba a punto de montar en su caballo y cabalgar hasta Haverstraw —ya tenía el pie en el estribo—, cuando la vio aparecer cojeando por el césped. Parecía rota en esa visión.

El pelo que se había peinado con delicados tirabuzones caía flácido y despeinado. Una gran franja de las enaguas mostraba dónde le habían desgarrado el vestido de tafetán de color lila. Las mangas que tanto le había gustado modelar estaban arrancadas a la altura del hombro.

Y tenía sangre. Sangre en las muñecas, sangre en el pelo. Mostraba tal profusión de sangre que ella debió entenderla como una muestra de su vergüenza. No dejó que la lavara y se negó a contarle lo que había pasado. Durante unos días se negó a hablar por completo.

Herido por su silencio, loco por el dolor, el padre fue a casa de la prima de su mujer (a la que había renunciado) para que le informara de lo que había pasado esa noche. Entonces le habló de tres hombres.

Jóvenes enérgicos y bien parecidos que habían aparecido de la nada. Nadie recordaba haberlos invitado o haberlos conocido antes. Tenían una conversación educada, buenos modales e iban impecablemente vestidos, aunque daba la impresión de que sus trajes no les quedaban lo suficientemente bien como para ser suyos. Una cosa era indudable: estaban encantados de estar rodeados por mujeres. Se comportaban, comentó un invitado, como si los hubiesen liberado de un monasterio.

Una mujer en particular atrajo su atención: la joven doncella de Buttermilk Falls. Desprovista de las artimañas de otras chicas más sofisticadas, al principio se mostró encantada con sus atenciones. Cuando empezó a ver hacia dónde se encaminaban esas atenciones, se refugió en su acostumbrado silencio. Lejos de sentirse molestos, los tres jóvenes se mostraron alegres y la siguieron por todas las habitaciones. Cuando la doncella salió a tomar aire, presentaron sus respetos y fueron detrás de ella.

No regresaron ni tampoco la doncella. En vez de presentarse sangrando y con el vestido desgarrado ante su anfitriona, emprendió sola el largo camino hacia casa.

Las heridas de su cuerpo se curaron rápidamente. Pero otra cosa no se curó o simplemente cambió hasta transformarse en un profundo silencio. Un silencio particularmente atento, como si esperara el sonido de unas ruedas en el camino.

Tenía la frente despejada y tranquila, nunca abandonó la lealtad hacia su padre, nunca fue poco atenta y, sin embargo, sus actos escondían esa espera. ¿Qué esperaba? Su padre reunió algunos fragmentos de aquello, como una cara familiar que aparecía y desaparecía entre la multitud, pero nunca pudo ponerle nombre.

Algunos días volvía a casa y la encontraba arrodillada en el salón con los ojos cerrados y moviendo los labios sin emitir sonido alguno. Siempre negaba que estuviera rezando —sabía muy bien lo poco que le había servido a su padre la religión—, pero en todas esas ocasiones se quedaba aún más callada y él tenía la inquietante sensación de que la había interrumpido en mitad de una conversación.

421

Una tarde lo sorprendió sugiriendo que fueran de pícnic. Pensó que era lo más adecuado para sacarla de sus ensoñaciones. Hizo un día espléndido, soleado y sin nubes, y con una brisa con olor a incienso que venía de las montañas. Prepararon jamón y ostras, un budín hecho a toda prisa, melocotones y algunas frambuesas de la granja Hoesman. Comieron tranquilamente y mientras estaban sentados en un risco que daba al río tuvo la impresión de que los espectros comenzaban a alejarse.

La doncella metió los platos uno a uno y los cubiertos en la cesta de pícnic, siempre había sido una niña muy ordenada. Después se puso de pie y, tras mirarlo a la cara, le dio un abrazo.

Él estaba demasiado sorprendido como para devolvérselo y observó cómo se acercaba al borde del risco, donde miró hacia el norte, el este y el sur. Se dio la vuelta y, con cara abierta y sonriente dijo: «Todo irá bien. Todo saldrá bien».

Entonces levantó los brazos por encima de su cabeza, se dobló hacia atrás, como un saltador de trampolín, y con los ojos fijos en él se arrojó hacia un lado. Se quedó ciego y ni vio hacia dónde caía.

El río se llevó el cuerpo y él contó a los vecinos que había huido con un hombre. Una mentira que escondía una verdad: había huido, se había arrojado en sus brazos y lo había hecho con un corazón sereno, como si aquel hubiese sido el verdadero fin de sus días. Se fue sabiendo que él la estaba esperando.

Lo que podría decirse respecto a la muerte de la doncella es que liberó a su padre para que pudiera entregarse a la idea que había ido formándose en su mente sin que ni él mismo lo supiera.

Un día abrió un libro de Byron —lo abrió simplemente porque a ella le gustaba— y encontró una cadena. Era la cadena que llevaba en la mano la noche que volvió del baile. Se la había arrebatado a uno de los hombres que la habían atacado y la mantuvo tan apretada que le dibujó un círculo en la mano. Solo la soltó cuando su padre no la estaba mirando.

¿Por qué había guardado un recuerdo tan siniestro y lo había escondido en su libro más preciado si no era para que él lo encontrara y lo usara?

Una chapa de latón en forma de rombo colgaba de la cadena y en ella había un escudo de armas, el del cuerpo de ingenieros.

Al fin y al cabo, ¿por qué no podían haber sido unos cadetes? Tres jóvenes que habían aparecido de la nada vestidos con trajes que no les quedaban bien y hambrientos de mujeres. Además, todos tenían una excelente coartada en el caso de que alguien hiciera preguntas. Habían pasado toda la noche en los barracones. Ningún cadete había abandonado nunca las instalaciones de la academia sin permiso.

Ese cadete había llevado con él su perdición. La placa de latón tenía grabadas las iniciales L. E. F.

Era muy fácil encontrar al dueño. Los nombres de los cadetes de West Point eran de dominio público y solo había uno que respondiera a esas iniciales: Leroy Everett Fry.

Esa misma semana, por casualidad, el padre oyó mencionar ese nombre en la taberna de Benny Havens. Ese Leroy Fry pertenecía a la legión de cadetes admiradores de la camarera, aunque era de los menos dignos de atención. Noche tras noche, el padre volvió a la taberna con la esperanza de verlo, hasta que un día lo encontró.

Era un joven más bien pequeño. Afable y pálido, pelirrojo y zanquivano, nadie habría pensado que pudiera representar una amenaza para nadie.

El padre permaneció allí toda la noche observando a aquel cadete con tanto detenimiento como pudo, sin que este lo viera. Cuando volvió a casa sabía lo que tenía que hacer. Y cada vez que vacilaba en su promesa, cada vez que se preocupaba por su alma, se daba cuenta de que no tenía nada por lo que preocuparse. Dios se la había llevado. Dios no tenía nada más que reclamarle.

Se llamaba Mathilde, Mattie. Tenía el pelo de color castaño y sus ojos eran de color azul pálido, que en ocasiones adoptaban un tono gris.

423

Narración de Gus Landor

42

*E*n su anterior visita, el cadete de cuarta Poe había ido como el que va a una galería de arte. Con los sentidos despiertos, moviéndose directamente de las persianas venecianas al huevo de avestruz o a los melocotones, analizándolos uno detrás de otro...

En esa ocasión llegó como comandante. Cruzó la habitación con grandes pasos, arrojó el capote sobre la repisa de la chimenea como si no le importara dónde dejarlo, se volvió hacia la litografía griega que nunca le había gustado, cruzó los brazos... y me desafió a que hablara.

Y lo hice, con una calma que me sorprendió incluso a mí mismo.

—Muy bien, sabes lo de Mattie. ¿Qué tiene eso que ver con nada?

—Tiene todo que ver, como bien lo sabes.

Dio una vuelta por la habitación lentamente dejando que su vista estudiara todos los objetos que había en ella, aunque sin detenerse en ellos. Se aclaró la voz, se enderezó y dijo:

—¿Te interesa saber de lo que me he enterado, la trayectoria de mis conclusiones? ¿Te interesa?

—Por supuesto, cómo no.

Me miró fijamente, como si no me creyera, y dejó de andar.

—Comenzaré con un hecho sorprendente. En la nevera solo había un corazón.

Hizo una pausa, para crear un efecto dramático, imagino, y esperar mi respuesta.

Al no obtener ninguna, continuó.

—En un principio me sentí incapaz de recordar nada de lo que había pasado en aquella cámara infernal. Todo estaba envuelto en una benéfica amnesia. Pero, conforme pasaron los días, me encontré con que volvían a mí con todo lujo de detalles más y más fragmentos de esa extraña reunión. Y, a pesar de que no me atreví a contemplar ese... ese horror, es decir, que...

En ese momento volvió a acobardarse y dejó de recordar.

—A pesar de que no podía mirarlo directamente, al menos podía recorrer sus alrededores como hacen los turistas, con la mente concentrada en todo lo que veía. Y durante esas exploraciones, me vi atraído una y otra vez por ese acertijo, ese... único corazón.

—Supongamos que era el de Leroy Fry. Muy bien, entonces, ¿dónde estaban los otros? Los corazones de esos animales, el de Ballinger. ¿Dónde estaba la otra parte de la anatomía de Ballinger? No se encontraron en ninguna parte.

—Estarían guardados, para posteriores ceremonias —sugerí.

En su cara se dibujó una siniestra y lenta sonrisa, ¡qué buen profesor habría sido!

—Ya, pero no creo que tuvieran pensado hacer más ceremonias. Se suponía que era el rito final, ¿no le parece obvio? Así que esa enojosa pregunta continúa en el aire. ¿Dónde están los corazones que faltan? Después hice un segundo y, al parecer, inconexo descubrimiento. Sucedió mientras... —se calló para dejar que un nudo pudiera bajar por su garganta—, mientras leía las cartas de Lea. Y, debido a que decliné el estar presente en sus exequias, esas oraciones eran lo más cercano que tenía para honrar su memoria. Mientras me entregaba a esos... esos oficios amorosos, me tropecé con el poema que me había escrito. Quizá el único remanente de sus versos. Quizá lo recuerdes, Landor, pues te lo copié. Al leerlo una vez más, descubrí, me avergüenza tener que confesarlo, por primera vez, que el poema, además de tener otras virtudes, es un acróstico. ¿Te habías fijado, Landor?

Sacó un rollo de papel del bolsillo. Cuando lo desplegó encima de la mesa, un ligero vaho a raíz de lirio llegó hasta nosotros.

Enseguida me di cuenta de que la primera letra de cada línea estaba subrayada y era más grande.

Eternamente divagará mi alegre corazón con lo superficial
Despavorida si palidezco o me aflijo.
Guarda nuestros corazones en una verde cúpula de placer
Adornada con una frondosa enredadera de ciprés
Recompensada aún más, porque eres mío.

—Tenía mi nombre delante de las narices y no me había dado ni cuenta —confesó posando suavemente la mano sobre el papel. Después volvió a enrollarlo y lo guardó en el bolsillo más cercano al corazón—. Quizá quieras adivinar lo que hice después. ¿Te apetece, Landor? Saqué una copia del otro poema, el encargado metafísicamente que tanto maldijiste. Lo leí con nuevos ojos, Landor. Compruébalo tú mismo.

Sacó el papel tamaño folio, el que había tachado en mi habitación del hotel. Ocupaba casi el doble de espacio que el que había escrito Lea.

—Al principio no lo entendí. Intentaba incorporar las líneas sangradas en mis cálculos. Pero en cuanto las quité de la imagen, el mensaje brilló con tanta claridad como el sol. ¿Quieres comprobarlo, Landor?

—No creo que sea necesario.

—Insisto.

Bajé la cabeza hacia el papel y le eché el aliento. Y si tuviera un carácter más fantasioso, incluso diría que él también me echó el aliento.

Mecida por una arboleda de esplendor circasiano,
En un arroyo tenebrosamente jaspeado de estrellas,
En un arroyo quebrado por la luna y barrido por el cielo,
Algunas gráciles doncellas atenienses rinden
Su tributo con tímidos ceceos.
Topé allí con Leonor, desamparada y delicada,
Arrebatada por un grito que desgarraba las nubes
Hoscamente torturado, nada pude hacer sino rendirme
A la doncella del ojo azul pálido,
Al demonio del ojo azul pálido.

Inserto en sombras de esa empalizada oscurecida por el sueño
    Temblé bajo la odiosa estola de la noche
Leonor, dime cómo llegaste aquí,
    A este inhóspito e inexplicable bajío,
    A este húmedo y oscuro, indeseable bajío.
¿Debería hablar?, gritó quebrada por el miedo
    ¿Osaré susurrar el terrible tañido del infierno?
El nuevo alba trae el sombrío recuerdo
    Del demonio que robó mi alma,
    De los demonios que saquearon mi alma.

Cayó, cayó, cayó el cálido y despedazador vendaval
    Con unas alas demasiado oscuras como para describirlas.
Ajado mi corazón, le supliqué que se diera prisa…
    «¡Leonor!», se abstuvo de contestar.
Ya, la interminable noche la había atrapado en su lodo
    Cubriéndola por completo, excepto su ojo azul pálido.
Oh, noche oscura con negra furia de infierno calavernario,
    Que olvidó solamente ese sepulcral ojo azul.

—Mathilde cayó —murmuró Poe, y tras dejar que el silencio se posara, añadió—: Un mensaje inequívoco. Y, una vez más, escondido a plena vista.

Sentí que mis labios intentaban esbozar una sonrisa.

—A Mattie siempre le gustaron los acrósticos.

Sentí que clavaba la vista en mí y que se esforzaba por mantener calmada la voz.

—Tú también lo viste, ¿verdad, Landor? Por eso intentaste convencerme para que cambiara los versos. El comienzo nada más. Querías que volviera a escribir este, este mensaje de los Campos Elíseos, antes de que nadie pudiera leerlo.

No dije nada.

—Por supuesto, solo era un nombre y un predicado. Sin embargo pronto descubrí que tenía algo más. Dos partes más del texto, Landor. Deja que te las enseñe.

Sacó un par de trozos de papel del bolsillo y los dejó uno al lado del otro encima de la mesa.

—Esta es la nota que estaba en la mano de Leroy Fry. Fuiste lo suficientemente descuidado como para dejarla a mi alcance. Y esta otra es la que me enviaste, ¿te acuerdas?

Era el mensaje que había escrito para tranquilizar mi conciencia, aun sabiendo que no lo conseguiría.

VALOR

—La encontré el otro día en el jardín Kosciusko, debajo de nuestra piedra secreta. Un sentimiento muy noble, Landor, que te honra. Aunque he de reconocer que lo que más me sorprendió fue la forma de los caracteres. Las mayúsculas, como sabes, son tan características —y tan irrefutables— de cada persona como las minúsculas.

El dedo índice de su mano derecha iba de un mensaje a otro.

—¿Ves? La V, la A y la O son casi idénticas a las que había en la nota de Leroy Fry.

Sus cejas se unieron hasta formar un ceño de sorpresa, como si acabara de hacer ese descubrimiento.

—Puedes imaginarte mi asombro. «¿Había escrito la misma mano las dos notas? ¿Cómo era posible algo así? ¿Qué razón podía tener Landor para enviarle mensajes a Leroy Fry? ¿Y cómo podía tener relación aquello con su hija?» — Meneó la cabeza y soltó una risita—. Bueno, por suerte esa noche estaba en el establecimiento de Benny Havens. La *divine* Patsy estaba sirviendo y, conocedor de su innata sinceridad, me pareció perfectamente natural preguntarle qué sabía de Mattie.

Se paró ante mi silla y apoyó una mano en mi hombro.

—Fue lo único que necesité, Landor, una pregunta. Me lo contó todo o, al menos, todo lo que ella sabía. Los tres rufianes anónimos, la «pandilla de canallas», como decía Leroy Fry. —Apartó la mano—. El día que murió fuiste a buscarla, ¿verdad? Hiciste que te jurara que no diría nada y luego le contaste la espantosa historia. Y guardó el secreto, Landor, eso tienes que reconocérselo. Hasta que decidió que guardarlo te estaba matando.

En ese momento supe lo que era estar en el otro lado, ser el doctor Marquis escuchando y que alguien te despelleje contándote tu vida privada. Aunque no era tan terrible como había imaginado. Había algo cercano a la dulzura en ello.

Se sentó en el sofá de arce y se miró la punta de las botas.

—¿Por qué no me lo contaste? —preguntó.

—No era algo divertido de contar —contesté encogiéndome de hombros.

—Pero podría… podría haberte consolado, Landor. Podría haberte ayudado como tú me ayudaste a mí.

—No creo que nadie pueda consolarme en ese asunto. Aunque te lo agradezco.

Fuera lo que fuese lo que lo había ablandado volvía a endurecerse. Se puso de pie y entrecruzando las manos en la espalda volvió a su alocución.

—Estoy seguro de que te das cuenta del extraño asunto en que se ha convertido todo esto. Una joven a la que amabas que habla a través de la poesía. «¿Para qué?», me pregunté. ¿Por qué quería que conociera su existencia? ¿Era para denunciar un crimen? ¿Un crimen en el que su padre estaba involucrado? Bueno, pues hice lo que tú habrías hecho. Me puse a revisar mis suposiciones, empezando por la primera. Creo que fuiste tú el que lo expresaste mejor, Landor: «¿Qué probabilidades hay de que dos partes diferentes tuvieran las mismas intenciones hacia el mismo cadete la misma noche?».

Inclinó la cabeza hacia mí, esperando con mucha paciencia una respuesta. Al no recibir ninguna suspiró ligeramente exasperado y respondió por mí.

—Pocas, había pocas probabilidades. Las coincidencias de ese tipo no se admiten en los análisis lógicos —dijo moviendo un dedo en dirección al techo—. A menos que una persona dependa de la otra.

—Tendrás que expresarte con más claridad, Poe, no soy tan culto como tú.

Sonrió.

—Sí, la vena de autodesprecio. La utilizas de forma inexorable, ¿verdad, Landor? Deja que te diga esto pues: ¿qué pasa si una parte simplemente está buscando un cadáver? No necesariamente con urgencia, sino dispuesta a esperar hasta que se le presente una oportunidad. Y, entonces, la noche del 25 de octubre aparece como por arte de magia.

»Para esa primera parte, llamémosla de momento Artemus y Lea, quién sea el muerto es irrelevante. En lo que a ellos respecta podría ser un primo segundo lejano. Se harían con cualquier cuerpo que encontraran, siempre que tuviese corazón. Lo único que no harían era asesinarlo. No, es la otra parte la que está dispuesta, y lista, para asesinar. Para matar a ese hombre en particular. ¿Por qué?

»¿Podría ser venganza, Landor? En cuanto a motivación, te confieso que en las últimas semanas yo mismo he deseado la muerte de al menos dos personas.

Empezó a dar vueltas a mi alrededor, tal como había hecho yo con él en aquella habitación de hotel, y con muchos otros en los viejos tiempos, apretando la cincha alrededor del culpable. Incluso su voz empezaba a sonar como la mía: el cantarín ascenso y descenso de la voz, el suave agolpamiento de hechos. «¡Menudo homenaje!», pensé.

—Ahora, pasemos a la otra parte interesada en Leroy Fry. Llamémosla provisionalmente Augustus. Esta segunda parte, una vez interrumpida en su mortal recado, aunque no antes de resolverlo satisfactoriamente, vuelve a su exquisita casa de campo, digamos que… en Buttermilk Falls. Se consuela con el hecho de que, a pesar de que lo hayan sorprendido en pleno crimen, ha huido sin que lo identificaran. Por lo tanto, se sorprende muchísimo cuando lo llaman al día siguiente para que vuelva a West Point. De hecho, podría haber pensado razonablemente que lo habían detenido, ¿eh, Landor?

«Sí —quise decir—, sí. Durante todo el camino hacia la academia rezó a un Dios en el que no cree.»

—No podemos imaginar su confusión cuando la segunda parte, provisionalmente llamada Augustus, se entera de que, durante las pocas horas que habían pasado, el cuerpo había sido horriblemente mutilado. Y ese delito adicional no solamente le proporciona una extraordinaria tapadera para su acto, sino que ha obligado a las autoridades de West Point a requerir su ayuda para que encuentre a los malhechores. ¡Vaya giro de los acontecimientos! Debe de pensar que Dios está de su parte.

—No creo que piense eso.

—Bueno, Dios o el demonio, hay una providencia trabajando de su parte, porque le envía a Sylvanus Thayer, ¿no? Ponen inmediatamente a nuestro Augustus a investigar la muerte de Leroy Fry. Le dan carta blanca para que deambule por la academia a su gusto. Lo invisten con una autoridad de oficial, le comunican santos y señas y contraseñas. Puede ir donde quiera y hablar con quien desee. Puede, por así decirlo, apretar el nudo corredizo alrededor del cuello de sus otras víctimas y tirar de él cuando tenga oportunidad.

»Y, mientras tanto, la segunda parte, ese Augustus, puede representar el papel de brillante investigador cuyo infalible instinto e inteligencia innata le permite resolver los crímenes que él mismo ha cometido.

Dejó de dar vueltas, sus ojos brillaban como escamas de pescado.

—Y como resultado de su astucia, los miembros de esa desafortunada primera parte, a los que provisionalmente llamamos Lea y Artemus, quedarán para siempre como los asesinos.

—Bueno —repuse con toda calma—, no para siempre. La gente se olvidará de ellos como del resto de nosotros.

Todo el fingimiento y todos los rodeos cesaron en ese mismo instante. Vino directamente hacia mí con el puño apretado a un lado de su cuerpo. Estaba listo para golpearme, pero en el último momento agarró el arma con la que siempre se había sentido más cómodo: las palabras. Se inclinó y me las metió por la oreja.

—Yo no los olvidaré —siseó—. Yo no olvidaré que tiraste sus nombres a la basura.

—Ellos solitos hicieron un buen trabajo.

Dio un paso atrás y flexionó los dedos como si realmente hubiera dado un puñetazo.

—Tampoco olvidaré que nos hizo hacer el payaso, a mí en particular. Yo fui tu mejor payaso, ¿verdad, Landor?

—No —dije mirándolo directamente a los ojos—. Eras la persona a la que iba a entregarme. Lo supe desde el momento en que te conocí. Y ya ves.

Y como ante eso no tenía nada que decir, la alocución finalizó. Volvió a sentarse en el sofá y dejó caer los brazos a un lado con la mirada perdida al frente.

—¡Por Dios! ¡Qué educación la mía! ¿Quieres un whisky?

431

Sus articulaciones se tensaron ligeramente.

—No te preocupes, puedes mirar mientras sirvo los vasos. Incluso tomaré el primer sorbo, ¿qué te parece?

—No es necesario.

Le puse un par de dedos y un par de dedos más para mí. Recuerdo que me observaba a mí mismo con cierto interés. Y, por ejemplo, me fijé en que mis manos no temblaron al servir y ni siquiera derramé una gota.

Le entregué su vaso, me senté con el mío y me calenté un poco en el silencio. Era el tipo de silencio en el que nos quedábamos a veces en la habitación del hotel cuando habíamos agotado todos los temas de conversación, la botella estaba casi acabada y no quedaba nada que decir ni hacer.

Pero no pude resistirlo, esa última vez tenía que romper el silencio.

—Si quieres que diga que lo siento, lo haré. Aunque no creo que eso sirva de nada.

—No quieres disculparte —dijo fríamente. Dio vueltas lentamente al vaso que tenía en su mano, mirando cómo rebotaba y se derramaba la luz que entraba por la ventana—. Pero puedes aclararme un par de cosas, si no te importa.

—No me importa en absoluto.

Me miró por el rabillo del ojo, pensando quizá hasta dónde podía llegar.

—La nota que Fry tenía en la mano. ¿De quién creía que era?

—De Patsy, por supuesto. Siempre había sido muy dulce con ella. Me descuidé un poco y no recuperé la nota, pero, como bien has dicho, tenía prisa.

—¿La oveja y las vacas también fueron cosa tuya?

—Claro, si iba a matar a los otros dos tipos, tendría que arrancarles el corazón para que pareciera obra de unos seguidores de Satán.

—Y tener una tapadera.

—Exactamente. Y como no tenía la práctica de Artemus, tuve que practicar con otras especies primero. —Tomé un trago y lo bebí a intervalos—. Aunque he de decir que nada te prepara para arrancar un corazón a alguien de tu propia especie.

Me refería al sonido de una sierra cortando carne humana, al astillamiento de los huesos, a la lentitud de la sangre muerta. La pequeñez de ese bulto en la caja torácica. No es un asunto fácil, no. No es un asunto limpio.

—Y, por supuesto, fuiste tú el que dejó el corazón en el baúl de Artemus.

—Sí, pero Lea fue más lista que yo. Dejó esa bomba en la puerta y le dio a su hermano una buena coartada.

—Ya, pero al final conseguiste extraerle una confesión a Artemus, ¿no? A cambio de salvar a su hermana. Por eso fuiste a la nevera solo en vez de llamar al capitán Hitchcock. No buscabas la verdad, sino una condena.

—Si hubiera ido a buscar a Hitchcock, a lo mejor no habría podido salvarte.

Meditó mis palabras un rato, miró su vaso y se pasó la lengua por los labios.

—¿Y habrías dejado que colgaran a Artemus por tus asesinatos?

—No creo. Una vez que hubieran encontrado a Stoddard habría inventado alguna cosa. O eso quiero pensar.

Apuró el último trago de whisky y cuando le ofrecí más me sorprendió rechazándolo. Creo que por una vez quería tener pleno control de sus facultades.

—¿Te enteraste de que Ballinger estaba implicado gracias al diario de Fry?

—Sí.

—Así que todas esas páginas que transcribías y le entregabas al capitán Hitchcock todas las mañanas...

—Eran reales, solo faltaba alguna cosa en ellas.

—Y entre esas cosas estaba el nombre de Ballinger, y el de Stoddard.

—Sí.

—Ballinger —repitió, y su cara se llenó de nuevo de preocupación—. ¿Cuándo... confesó?

—Tuve que presionarlo. A Fry también. Los dos recordaban su nombre, el nombre de la anfitriona de aquella noche. Incluso se acordaban del vestido que llevaba Mattie. Me contaron muchas cosas, pero no estaban dispuestos a traicionar a sus camaradas. Nada los obligaría a hacerlo. «No lo diré», repetían como si los hubieran instruido para esa eventualidad. «No lo diré.» Bueno —comenté para alejar el recuerdo—, me habrían ahorrado un montón de tiempo y de esfuerzo si lo hubiesen dicho, pero supongo que su código de *caballerosidad* no se lo permitía.

La cenicienta cara de Poe empezó a mostrar ligeros pliegues en la piel.

—Al parecer, solo Stoddard ha escapado a tu justicia —murmuró.

Y era por mi culpa, quise decirle, pero no lo hice. Puede que no me creas, lector, pero de todo lo que hice en nombre del amor y del odio, de todo lo que lamento y querría no haber hecho, hay una cosa que me avergüenza profundamente. Que dejé ver mis intenciones. Que tras encontrar el nombre de Stoddard en el diario de Fry cometí el error de ir directamente al comedor con el único propósito de posar mis ojos sobre el hombre que iba a asesinar en breve. Supongo que lo estaba marcando, como había marcado a Fry en la taberna hacía mucho tiempo. Excepto que ya no podía reprimir mis sentimientos como antes. Stoddard me miró a los ojos, vio lo que había en ellos y supo que era hombre muerto. Por eso huyó.

—Tienes razón —acepté—. Stoddard ha desaparecido y no tengo la voluntad o la fuerza para salir en su búsqueda. Solo puedo esperar que pase el resto de su miserable vida mirando a sus espaldas.

Entonces me escrutó, intentando, supongo, encontrar al hombre que había conocido.

—Lo que hicieron fue algo terrible —dijo tanteando una forma de echarse atrás, probando cada palabra como una tabla suelta en el suelo—. Algo espantoso, salvaje, sí, pero tú, Landor, tú eres un hombre de la ley.

—Al infierno la ley —dije calmadamente—. La ley no salvó a Mattie, no hizo que volviera. La ley no significa ya nada para mí, ni la de Dios ni la de los hombres.

Poe empezó a mover las manos en el aire.

—Deberías haber acudido a las autoridades de West Point cuando atacaron a tu hija. Podrías haber expuesto tus argumentos a Thayer, asegurarte una confesión.

—No quería que confesaran, quería que murieran.

Se llevó el vaso a los labios y, al darse cuenta de que estaba vacío, volvió a bajarlo y se dejó caer en la silla.

—Bueno —soltó con voz suave—, te agradezco el que me lo hayas explicado, pero aún me queda una pregunta.

—No faltaba más.

No habló enseguida y, debido a su silencio, pensé que había llegado al quid de algo.

—¿Por qué te interesaste por mí? ¿Por qué precisamente yo?

Arrugué el entrecejo mirando el vaso.

—Mientras tuvieras debilidad por mí nunca descubrirías la verdad.

Asintió varias veces seguidas y cada vez su mejilla bajó un poco más.

—Y ahora que ya la he descubierto, ¿qué?

—Eso depende de ti. Por el hecho de que has venido solo infiero que no se lo has contado a nadie.

435

—¿Y si lo he hecho? —preguntó tan triste como una iglesia—. Has cubierto tus huellas muy bien. Lo único que tengo son un par de notas que podría haberlas escrito cualquiera y un ridículo poema.

El ridículo poema seguía encima de la mesa. Las arrugas se habían marcado y las ennegrecidas letras sobresalían en el papel. Pasé el dedo lentamente por el borde.

—Siento haberte hecho creer que era malo. Estoy seguro de que a Mattie le habría gustado.

Soltó una amarga risa.

—Seguro, lo escribió ella.

Tuve que sonreír.

—¿Sabes? A menudo pienso que me habría gustado que se encontrara contigo en el baile. A ella también le gustaba Byron. Le habría gustado oírte hablar sin parar. Es verdad que quizá le habrías mencionado la muerte, pero, aparte de eso, habría estado a salvo contigo. ¿Y quién sabe?, a lo mejor habríamos acabado siendo familia.

—En vez de lo que somos.

—Sí.

Se llevó la mano a la frente y de su flácida boca brotó un sonido.

—Landor, creo que me has roto el corazón absolutamente, más que ninguna otra persona.

Asentí, dejé el vaso y me puse de pie.

—Entonces, puedes vengarte.

Sentí que mientras iba al hogar me seguía con los ojos, busqué en el jarrón de mármol y saqué la vieja pistola de chispa. Pasé la mano por el cañón con ánima sin estrías.

Poe empezó a levantarse, pero después se dejó caer.

—No está cargada —dijo con cautela—. Me dijiste que solo servía para hacer ruido.

—La he cargado con balas del arsenal de West Point. Me alegra decir que sigue funcionando.

Se la ofrecí, como el regalo que era.

—Si eres tan amable.

Los ojos se le salían de las órbitas.

—Landor.

—Imagina que es un duelo.

—No.

—Me quedaré quieto, no te preocupes. Cuando hayas acabado solo tienes que tirar la pistola y cerrar la puerta al salir.

—No, Landor.

Me llevé el arma a la sien y puse mi mejor sonrisa.

—Lo que pasa, Poe, es que no voy a ir a la horca. He visto demasiados ahorcamientos en mi carrera. La caída nunca es lo suficientemente rápida y el nudo tiende a ceder. El cuello nunca se rompe limpiamente. Un tipo puede pasar horas balanceándose antes de morir. Si no te importa, preferiría...

Le ofrecí la pistola una vez más.

—Es el último favor que te pido.

Estaba a pocos metros, tocando la baqueta que había debajo del cañón.

Lentamente, como si estuviera recordando el momento, meneó la cabeza.

—Landor, eso es de cobardes, ya lo sabes.

—Soy un cobarde.

—No, eres muchas otras cosas, pero eso no.

Mi voz empezó a debilitarse. Casi no conseguía subir por la garganta.

—Podrás ser compasivo.

Me miró con gran ternura, siempre lo recordaré. Odiaba defraudar.

—Pero ya sabes que no soy un ángel para ir por ahí repartiendo misericordia. Debes pedírselo a otra autoridad. —Me puso la mano en el brazo—. Lo siento mucho, Landor.

Con pasos de pesada cadencia cogió su capote (todavía desgarrado en el hombro) y se dirigió a la puerta. Se dio la vuelta y me miró una última vez, con la inútil pistola colgando a un lado.

—Guardaré…

No pudo acabar la frase. Al elocuente Poe le faltaron palabras y lo único que dijo al final fue:

—Adiós, Landor.

437

Narración de Gus Landor

43

Diciembre de 1830 a abril de 1831

*L*a verdad, lector, es que era un cobarde. Si no, lo habría hecho en el momento en que Poe cerró la puerta. Habría seguido el camino de todos esos griegos y romanos, que apagaban sus velas al primer indicio de escándalo. Pero no pude.

Empecé a preguntarme entonces si no habría pasado por alto alguna razón. Y así, poco a poco, se me ocurrió el ponerlo todo por escrito lo mejor que pudiera, diseñando el documento de mis crímenes y dejando que la justicia cayera como quisiera.

Una vez que empecé no hubo forma de pararme. Trabajé noche y día, como la fundición del gobernador Kemble, y ya no me importó tanto que la gente no viniera a verme. Las visitas solo habrían sido una molestia.

Seguí saliendo de vez en cuando, a la taberna de Benny en la mayoría de las ocasiones, aunque durante el día, para no encontrarme a ningún cadete. Aunque nada consiguió que dejara de encontrarme con Patsy, que me trató con la misma fría amabilidad que siempre había mostrado en público. Lo que, pensándolo bien, era lo mejor que me podía haber pasado.

A través de los habituales de la taberna conseguí enterarme de alguna cosa acerca de Poe, que se había convertido en uno de sus clientes preferidos. Algún tiempo después de navidades me contaron que había emprendido su última batalla contra West Point. Una silenciosa batalla que consistía en no aparecer. No aparecer en francés o matemáticas, no aparecer para la formación antes de ir a la iglesia, no aparecer a la hora de pasar lista de diana o hacer guardias. Había dejado de aparecer en todo lo que podía aparecer, no hacía caso a ninguna orden que le dieran… un perfecto modelo de desobediencia.

En dos semanas consiguió lo que quería: un consejo de guerra. Casi no se defendió y ese mismo día lo expulsaron del Ejército de Estados Unidos.

Le dijo a Benny que se iba directamente a París para pedirle al marqués de Lafayette que le dejara ingresar en el ejército polaco. Era difícil imaginar cómo iba a llegar allí, no tenía nada más que veinticuatro centavos cuando dejó la academia y le había dado a Benny su última manta y la mayor parte de su ropa para pagar las deudas del bar. Cuando lo vieron por última vez estaba gorroneando un viaje a un cochero que iba a Yonkers.

Lo consiguió, y también consiguió dejar tras él un legado en forma de leyenda local.

Ninguno de los habituales de Benny lo vio, así que no puedo asegurarlo, pero uno de sus últimos días en la academia le ordenaron que apareciera para hacer instrucción con el arma y las cartucheras. Bueno, así es como apareció, con el arma y las cartucheras, pero sin nada más. Se plantó en la explanada desnudo como una rana. Benny opina que simplemente quería exhibir su «South Point». Yo creo que seguramente estaba protestando contra el lenguaje chapucero, si es que realmente pasó, cosa que dudo. Poe no soportaba el frío.

439

No volví a saber de él, no en persona. Sin embargo, a finales de febrero recibí, con la dirección escrita por él, un artículo corto del *New York American* que decía así:

Triste suceso: la noche del pasado jueves se encontró al señor Julius Stoddard ahorcado en sus habitaciones de la calle Anthony. No se descubrió ninguna carta en el cuerpo y no se vio a nadie entrar o salir del lugar. Sin embargo, se dice que la señora Rachel Gurley, una vecina, oyó al señor Stoddard mantener una animada conversación con otro caballero de identidad desconocida. Los conocidos del señor Stoddard estaban considerados como personas respetables y algunos objetos hallados en su persona parecen indicar que había sido cadete de la Academia Militar de Estados Unidos.

Desde entonces lo he leído infinidad de veces y, con cada lectura, encuentro nuevas preguntas que me asaltan. ¿Era Poe el caballero que fue a visitarlo? ¿El que mantuvo esa animada conversación con Stoddard en sus momentos finales? ¿Fue Poe el que apretó la cuerda alrededor de su cuello, lo arrastró hacia el techo y volvió a salir cuando nadie lo veía? ¿Podía mi Poe hacer algo así incluso al servicio de viejas alianzas?

Nunca lo sabré.

No mucho después recibí otro paquete con la dirección escrita de su puño y letra. De nuevo, sin carta ni nota. Era un librito, eso era todo, encuadernado en amarillo y gris: *Poemas de Edgar A. Poe*.

Estaba dedicado al cuerpo de cadetes de Estados Unidos, lo que imaginé que era una broma hasta que el ciego Jasper me dijo que Poe se las había arreglado para conseguir que la mitad del cuerpo fueran suscriptores. Eso suponía que unos ciento treinta y un cadetes habían desembolsado un dólar y veinticinco centavos por el privilegio de ver publicados los versos de Poe.

Bueno, es verdad lo que dicen de ellos: ningún cadete pierde la oportunidad de gastarse la paga. Imagino que se decepcionarían, ya que no había ni una sola burla sobre el teniente Locke en todo el maldito libro. Jack de Windt dijo que había visto a un grupo de cadetes arrojando sus copias desde Gee's Point. Sin duda, encontrarán esos libros dentro de unos siglos, cubiertos de sedimentos y huesos de marineros en el fondo del Hudson, esperando aún un lector.

Me fijé en otra cosa: el epígrafe. Para alguien llamado Rochefoucault, *Tout le monde a raison*. Tuve que buscar el viejo diccionario de francés de Mattie, pero cuando lo encontré, la traducción fue fácil.

Todo el mundo tiene razón.

Lo que es la cosa más maravillosa o más terrible que he oído nunca, no puedo decidirme. Cuantas más vueltas le doy, más se aleja de mí. Pero no puedo dejar de pensar que aquello era un mensaje para mí. Signifique lo que signifique.

Υ

Un día de marzo recibí mi primera visita en mucho tiempo: un tipo llamado Tommy Corrigan. Pertenecía a una banda
de unos doscientos irlandeses que una noche de 1818 invadió el tipi de Tammany. Estaban cansados de que los dejaran fuera de las candidaturas y no dejaban de gritar «¡Fuera
los nativos!» y «¡Emmitt al Congreso!», y sí, rompieron los
muebles, destrozaron las instalaciones y armaron un gran
alboroto. Desgraciadamente, Tommy recibió una cuchillada
fortuita por parte de uno de sus camaradas y murió aquella misma noche. Sin embargo, recuerdo que hizo añicos una
ventana con una silla e hizo saltar los cristales, trozo a trozo,
con su rosado dedo. Un gesto delicado. Resulta extraño que
lo recuerde después de tantos años, pero en ese torrente de
recuerdos en el que llegó, permaneció al menos tres semanas
y no dejó de pedirme cerveza con gaseosa.

Después de aquello vino Naphthali Judah, un antiguo líder
de la sociedad Tammany que se apropió de algunos miles de
dólares de la lotería de la Medical Science y que en una ocasión me había regalado un abrigo de lana de cordero que ya no
utilizaba. Quería que se lo devolviera porque lo necesitaba su
mujer, el forro del suyo estaba deshilachado.

Al día siguiente, vino Alderman Hunt, muerto hacía siete
años, y después mi difunta madre, que entró como si fuera
la dueña de la casa y empezó a limpiar justo donde lo había
dejado Patsy. Al siguiente, mi viejo perro Terranova. Al otro,
mi esposa, que se mostró demasiado ocupada arreglando los
tulipanes como para prestarme atención.

Toda aquella multitud debería de haberme molestado más,
pero había llegado a ver el tiempo de forma diferente. No es
eso duro y fijo que creemos que es, no, a veces es suave, tiene
pliegues y ante una presión extrema, se dobla... y personas de
otras generaciones se ven apelotonadas y forzadas a permane-
cer en el mismo sitio a la vez y respirar el mismo aire, con lo
que ya no tiene sentido hablar de «muertos» o «vivos», porque
nadie hace una cosa ni otra, al menos no completamente. Lea
estudia bajo la tutela de Henri le Clerc, Poe escribe versos con
Mattie y yo charlo con Alderman Hunt, Naphthali Judah y
Claudius Foot, que sigue intentando convencerme de que fue
el maldito tren correo de Baltimore y no el de Rochester.

441

Estos invitados míos no ocupan mucho espacio y en su mayoría me dejan trabajar. La verdad es que me parece alentador ver que continúan con los asuntos que llevaron en vida. No hay coros celestiales para ellos ni tampoco llamas del infierno, hay mucho que hacer. Me pregunto si seguirán allí cuando muera. Quizá a lo mejor me reúno con ellos, en cuyo caso podremos seguir juntos.

Y puede que Mattie esté también allí. Todo es posible. En cualquier caso, pensar en el fin, que llega ahora, lo hace todo más fácil.

Epílogo

19 de abril de 1831

*E*l trabajo está hecho, lo he escrito todo, ahora solo espero el Juicio.

Dejo la pluma y meto el manuscrito en el fondo del cajón de mi escritorio, detrás de una fila de tinteros. No lo encontrará el primero que llegue, no, requerirá que lo busque un ojo más curioso. Pero lo encontrarán.

Le digo adiós con la mano a mi mujer, que tamiza las cenizas del hogar. Es un buen día para Alderman Hunt y Claudius Foot. Le rasco a mi perro detrás de las orejas.

Afuera hace un tiempo encantador. Son los primeros días cálidos del año: la luz invernal se vuelve amarilla por el polen; los tuliperos son de color rosa y hay un grupo de petirrojos en el prado. Creo que siempre es mejor irse cuando el mundo está en todo su esplendor. Tu mente está despejada. Sigo el camino que hicimos un día Mattie y yo y me quedo en el mismo risco mirando el río. Incluso desde esta altura es posible discernir la forma en que el Hudson se arrastra a sí mismo. La costra del invierno está vencida y el agua embiste desde el norte con espuma en la boca.

Tendré que irme así, mirando hacia abajo, con los ojos abiertos todo el tiempo, porque no tengo tu fe, Mattie. No puedo volar hacia sus brazos porque no sé si estará esperando… porque no sé si habrá alguien esperando. ¿No es eso lo que siempre he dicho? Cerramos como si fuéramos una tienda y nadie viene a llamar. Nadie recuerda siquiera la calle.

ϒ

Así que aquí estoy. Dime, hija, con tu voz. Dime, dime que me estarás esperando. Dime que todo saldrá bien. Dímelo.

444

Agradecimientos

*M*i obligación con la historia requiere que señale que ningún cadete resultó muerto o seriamente herido durante el mandato de Sylvanus Thayer. Thayer, Hitchcock, Kemble y otros personajes de la vida real aparecen en estas páginas, pero reclutados para una empresa puramente ficticia, al igual que el propio Edgar Allan Poe, quien, que yo sepa, solo asesinó en sus escritos.

De las muchas fuentes que he consultado, la que más me ha ayudado ha sido *Eggnog Riot*, de James Agnew, que puede que sea la única novela ambientada en West Point en el siglo XIX (un saludo al espíritu del coronel Agnew.) Estoy muy agradecido a Abby Yochelson, de la biblioteca del Congreso, por la ayuda que me prestó; al historiador de la USMA, Steve Grove, y al historiador militar Walter Bradford. Cualquier error histórico hay que achacármelo a mí y no a ellos.

Quiero dar las gracias a Marjorie Braman, una extraordinaria editora que comprendió mi relato mejor que yo; a mi publicista, Michael McKenzie, un esforzado trabajador del mundo del espectáculo, y a mi agente, Christopher Schelling, que me hace reír al menos una vez a la semana. A mi hermano, el doctor Paul Bayard, que me proporcionó *pro bono* respuestas a mis consultas sobre detalles médicos; a mi madre, Ethel Bayard, que me ofreció su saber a la hora de redactar, y a mi padre, el teniente coronel retirado Louis Bayard (USMA 1949), que me dio su bendición. Don hizo el resto.

Este libro utiliza el tipo Aldus, que toma su nombre
del vanguardista impresor del Renacimiento
italiano, Aldus Manutius. Hermann Zapf
diseñó el tipo Aldus para la imprenta
Stempel en 1954, como una réplica
más ligera y elegante del
popular tipo
Palatino

Los crímenes de la academia
se acabó de imprimir
un día de otoño de 2022,
en los talleres gráficos de Liberdúplex, s.l.u.
Ctra. BV-2249, km 7,4, Pol. Ind. Torrentfondo
Sant Llorenç d'Hortons (Barcelona)